Das Buch

An zehn verschiedenen Orten in Mumbai schlagen Terroristen im November 2008 gleichzeitig zu und richten ein Massaker an. Der BND schickt Karl Müller und Svenja Takamoto zu nachträglichen Ermittlungen nach Indien und Pakistan. Dort stößt man auf etwas Merkwürdiges: Mitten im Chaos des wahllosen Mordens erschoss ein Einzeltäter zielgerichtet eine Frau. Beim Opfer findet sich ein Plastikkärtchen mit der Aufschrift: „Im Namen Allahs". Schon bald tauchen weitere solcher Kärtchen auf. Bei einem islamfeindlichen Geistlichen – ermordet in Köln mitten in seiner Kirche. Und nahe einem Bus, der mit vierzehn amerikanischen Insassen bei Bogotá in die Luft gejagt wird. Offenbar hat sich ein Einzelner aufgemacht, um einen persönlichen Vernichtungsfeldzug zu führen. Doch wer ist er? Wie schafft er es, in einer Welt der kompletten Datenüberwachung unerkannt über alle Grenzen zu gelangen? Und vor allem: Wo wird er als Nächstes zuschlagen?

Der Autor

Jacques Berndorf – Pseudonym des Journalisten Michael Preute – wurde 1936 in Duisburg geboren und lebt seit 1984 in der Eifel. Er arbeitete viele Jahre als Journalist, u.a. für den *Spiegel* und den *Stern*, bevor er sich ganz dem Krimischreiben widmete. Seine *Eifel*-Krimis haben Kultstatus erlangt. 2003 erhielt er den *Ehrenglauser* für seine Verdienste um die deutschsprachige Kriminalliteratur. Er ist der erste Außenstehende, dem der BND zu Recherchezwecken die Tore öffnete. In seiner BND-Reihe um Karl Müller sind bereits bei Heyne erschienen: *Ein guter Mann* und *Bruderdienst*.

JACQUES BERNDORF

DER MEISTERSCHÜLER

Roman

WILHELM HEYNE VERLAG
MÜNCHEN

Verlagsgruppe Random House FSC-DEU-0100
Das für dieses Buch verwendete FSC®-zertifizierte Papier
Holmen Book Cream liefert Holmen Paper, Hallstavik, Schweden.

Vollständige Taschenbuchausgabe 04/2011
Copyright © 2009 by Wilhelm Heyne Verlag, München,
in der Verlagsgruppe Random House GmbH
Redaktion: Angelika Lieke
Printed in Germany 2011
Umschlaggestaltung: Eisele Grafik-Design, München
Umschlagillustration: © Kat Menschik, Berlin
Druck und Bindung: GGP Media GmbH, Pößneck
ISBN: 978-3-453-43534-6

www.heyne.de

Für meine Frau Geli,

für Hannah Sophie Bentz in Down Under.

*Mit einem intensiven Dank für die Schilderung
mitunter tödlicher Gefahren für UNO-Leute:
an Kerstin und Ralf Engels.*

In memoriam Willi Weiler, der uns leider verließ.

»Also«, nahm Cruickshank den Faden wieder auf, »ist es ein Verrückter, mit dem wir es hier zu tun haben, oder ist das Ganze geplant?«

»Wer hat eigentlich behauptet, dass Verrückte nicht planen?«, fragte Van Veeteren.

Håkan Nesser
Das vierte Opfer

PROLOG

Er beeilte sich nicht sonderlich, er wollte in erster Linie gründlich sein.

Drei Stangen TNT klebte er im vorderen Bereich unter den Mercedes-Sprinter, so dass bei der Explosion der Tank aufgerissen würde. Er wollte keine Überlebenden. Vier Stangen klebten schon im hinteren Bereich dicht an der Achse. Die Ladungen würden den Kleinbus wie eine Sardinendose aufreißen.

Es war jetzt 4:15 Uhr.

Totenstille. Das Licht in der Tiefgarage des Hotels war mattgelb und reichte kaum aus, um eine Zeitung lesen zu können. Er mochte den Ort nicht, hasste den Geruch von feuchtem Beton und Vernachlässigung. Unvermittelt quietschte rechts von ihm das Scherengitter der Einfahrt, ein breiter gelber Lichtfinger kündigte ein Fahrzeug an. Er glitt hinter das Heck eines großen silbernen Jeeps und stand einfach still.

Es war ein schwarzer BMW. Ein Paar stieg aus. Der Mann sagte auf Englisch: »Mein Gott, bin ich müde.« Seine Stimme hallte ein wenig nach. Die Frau antwortete nicht, sie eilte in Richtung Aufzug, und ihre hochhackigen Schuhe knallten bei jedem Schritt wütend auf den Beton. Dann drehte sie sich plötzlich um und zischte empört: »Weshalb musstest du eigentlich diese blöde Zicke so anhimmeln? Und wann hörst du endlich auf, ewig die gleichen dämlichen dreckigen Witze zu erzählen? Außerdem hast du schon wieder zu viel getrunken.«

Ihr Begleiter antwortete nicht.

John wartete, bis sie im Aufzug waren. Dann nahm er das Handy. Er schaltete es probeweise auf die beiden Ladungen Sprengstoff. Die Anzeige leuchtete sofort auf. Es funktionierte.

Während er seine Utensilien einpackte, betete er demütig zu seinem Gott und bat ihn um Hilfe. Beten war ungeheuer wichtig, es machte ihn ruhig und gelassen.

Als er die Tiefgarage über einen Treppenaufgang verließ, war es 4:28 Uhr. Der Wachmann in seinem Glaskasten bewegte sich nicht. Er hatte den Kopf tief gesenkt, wahrscheinlich schlief er.

Es wurde Tag, auf dem breiten Boulevard eilten die ersten Frühaufsteher zu ihren Arbeitsplätzen, die ersten Busse fuhren. Er schlenderte zu seinem Leihwagen, den er in einer Seitenstraße abgestellt hatte, setzte sich hinter das Steuer und zog die Einmalhandschuhe von seinen Händen. Dann öffnete er einen blauen Leinenbeutel mit verschiedenen Utensilien, um sein Aussehen ein wenig zu verändern.

Nur wenige Minuten später startete er den Wagen und fuhr gemächlich in Richtung Norden aus der Stadt hinaus.

Er kannte den Weg der beiden Familien genau. Sie würden gegen acht in den Mercedes-Kleinbus steigen und dann geruhsam auf einer kleinen, schmalen Straße ziemlich genau elf Kilometer zurücklegen. Sie würden den schmalen Streifen Buschwald queren, dann in die Hügel eintauchen, um letztlich bei der Gruppe neuer Häuser anzuhalten, in denen die Großeltern lebten.

Er war ganz sicher, dass der Mercedes die alten Leute nicht erreichen würde.

Er fuhr durch eine tiefe Senke in dem Waldstreifen und bog auf der nächsten Höhe von der schmalen Straße ab, um seine Position zu erreichen. Nachdem er dem unbefestigten Weg etwa zweihundert Meter gefolgt war, stieg er aus. Von dem Punkt aus konnte er die Senke gut einsehen. Er befand sich unmittelbar darüber, etwa zwanzig Meter höher und nur knapp hundert Meter entfernt. Ein Logenplatz. Er sah sich um, um sicherzugehen, dass niemand in der Nähe war, dann wartete er geduldig.

Der Kleinbus tauchte um 8:35 Uhr in seinem Blickfeld auf und rollte langsam dahin. Er vermutete, dass eine der Ehefrauen ihn fuhr. Auf diesem Stück Straße war der Bus jetzt das einzige Fahrzeug.

Dann war da plötzlich ein Mann. Ein Mann mit einem zweirädrigen Karren und einem Pferd davor. Er musste aus dem Wäldchen gekommen sein. Der Mann schlurfte neben dem Pferd her, das langsam dahintrottete. Es ist nur ein alter Mann mit einem alten Pferd, dachte er. Er hatte diese Straße zwei Tage lang beobachtet, und ihm war von Anfang an klar gewesen, dass so etwas passieren konnte.

Er entschied sich schnell und aktivierte die Zünder. Ein Feuerball stieg in die Höhe, darüber eine riesige, tiefschwarze Wolke. Dann fiel der ohrenbetäubende Lärm der Explosion über die Landschaft. In all dem explodierenden, feurigen Durcheinander erkannte er das Pferd besonders gut, weil es meterhoch in die Luft wirbelte, sich dabei grotesk drehte und beinahe wie eine Spielzeugfigur aussah. Dann noch eine kleine, undeutliche Figur, eines der Kinder wahrscheinlich. Es regnete Glassplitter, Metallteile und andere Gegenstände, und immer wieder schossen Flammen in die Höhe.

Er wartete nicht, bis all die schartigen, zerrissenen Trümmer sichtbar wurden, sondern stieg in sein Auto und fuhr direkt zu der Stelle, um sich Gewissheit zu verschaffen. Er zählte in der flirrenden Hitze fünf Kinder, die zwei Ehefrauen und zwei Kindermädchen. Alle waren tot. Halb zerfetzt und entstellt lagen sie zwischen den Wrackteilen. Dann noch die beiden farbigen Ehepaare, die im Internet als »vier Helden für alles« vorgestellt wurden. Er registrierte mit Befriedigung, dass auch Timothy umgekommen war. Er lag abseits im Gras neben der schmalen Fahrbahn, sein Schädel war vollkommen zerschmettert. Aber er vermisste Greg. Wo war der lange Greg?

John griff in seine Hosentasche, nahm eine kleine weiße Plastikkarte heraus, wischte sie sorgfältig auf beiden Seiten ab und legte sie neben das, was von Timothys Kopf übrig geblieben war. Auf der Karte stand in kleinen, elegant geschwungenen Zeichen in feuerroter Farbe: Im Namen Allahs. Es war die Schrift des Korans, des heiligen Buches aller wahrhaft Gläubigen.

Dann neigte er den Kopf und sprach ein langes Dankgebet.

Doch nun musste er weiter.

Er setzte sich in seinen Wagen, wendete und fuhr auf der schmalen Straße weiter stadtauswärts. Nur wenige Kilometer entfernt mündete sie in eine der großen Verkehrsadern der Stadt. Er fuhr Richtung Zentrum und parkte vor einem Baumarkt.

Eine schnelle Entscheidung war jetzt nötig, und er traf sie sofort. Er rief das Büro der beiden Männer in New York an.

»Summer hier«, meldete er sich mit seidenweicher Stimme. »Ich suche Greg. Ist er noch bei Ihnen im Büro oder schon zu Hause?«

Die Frau erwiderte freundlich: »Nein, Greg arbeitet noch in seinem Haus auf Long Island. Wenn Sie ihn treffen wollen, geht das aber nur noch morgen und übermorgen. In drei Tagen beginnen nämlich unsere Ferien.«

»Dann habe ich ja Glück«, sagte er. »Ich danke Ihnen sehr.«

»Gern«, sagte die Frau.

Also New York, dachte er.

Wahrscheinlich hatte Greg kurzfristig entschieden, Timothy solle mit den Frauen und Kindern schon mal nach Bogotá vorausfliegen, während er für die letzten notwendigen Entscheidungen vor den Ferien noch die Stellung hielt.

John rief den Flughafen an und verlangte American Airlines. Und weil er gut gelaunt war, quasselte er fröhlich drauflos: »Mein Name ist Robson, und wahrscheinlich können Sie mein Leben retten. Ich muss unbedingt heute Abend in New York sein. Können Sie das irgendwie hinkriegen? Ich revanchiere mich auch mit einem Candlelight-Dinner, wenn ich zurückkomme.«

Die Frau lachte und erwiderte: »Ich kann Sie auf eine Direktmaschine buchen, die in zwei Stunden geht. Sie wären dann gegen Abend in New York. Aber: Ich habe nur noch erste Klasse.«

»Okay, erste Klasse«, bestätigte er begeistert und wiederholte sicherheitshalber: »Robson mein Name.«

Er fuhr weiter in die Stadt hinein und parkte in einem Gewirr aus Gassen, in denen Heerscharen von Touristen unterwegs waren. In einem schicken und ziemlich teuren Laden kleidete er sich komplett neu ein und zahlte umgerechnet fast sechshundert Dollar. Er trug jetzt schwarze Laufschuhe zu schwarzen Jeans und eine schwarze Lederweste über einem rot karierten Sommerhemd, richtig adrett. Und er trug sein eigenes sandfarbenes, dünnes Haar. Ein wenig nuschelnd erklärte er dem Verkäufer, dass sein Gepäck im Flughafen verlorengegangen sei, und ließ sich von dem jungen Mann angemessen bedauern.

Als er eine Stunde später auf dem Flughafen ankam, ging

er mit eiligen Schritten zum Schalter von American Airlines. Er bekam sein Ticket und zahlte bar.

Dann ging er noch einmal zurück zu seinem Leihwagen, um zu kontrollieren, ob er auch keinen Fehler gemacht und nichts übersehen hatte. Er zerstörte das Handy, das er zur Zündung der Ladungen benutzt hatte, indem er den Wagen ein paarmal darüberrollen ließ, und versenkte die Überreste anschließend in einem Gully. Den Schlüssel ließ er einfach stecken, dazu öffnete er noch das Seitenfenster neben dem Fahrersitz etwa zehn Zentimeter. Er hatte gelesen, dass Bogotá von Autodieben nur so wimmelte, da würde sich also schon jemand erbarmen. Den Wagen hatte er auf den Namen Giarra gemietet und angegeben, er werde voraussichtlich zehn Tage damit unterwegs sein. Der Verleih hatte zweihundert US-Dollar Kaution verlangt. Heute war erst der dritte Tag, da würde es also noch lange dauern, bis jemandem etwas auffiel. Seine alte Kleidung hatte er gleich neben dem Geschäft in einer alten Tonne entsorgt, jetzt hatte er nur noch eine große dunkelblaue Tasche als Gepäck, die er mit in die Kabine nehmen würde. Darin waren nur seine Toilettentasche, neue Unterwäsche, zwei Paar Socken, zwei Paar neue Laufschuhe, drei neue Hemden. Selbstverständlich auch zwei Sätze Ausweise und Papiere. Die lagen sicher verstaut im doppelten Boden der Tasche.

Es stand vor zwei möglichen Problemen: In New York hatten die Flugbehörden und die geradezu panisch operierenden amerikanischen Sicherheitsspezialisten Kameras und Computer installiert, die biometrische Daten von jedem Fluggast aufzeichneten. Natürlich so, dass niemand es bemerkte. Eigentlich wollte er die großen amerikanischen Drehkreuze des Flugverkehrs schon deshalb am liebsten vermeiden.

Hinzu kam, dass der amerikanische Zoll äußerst gründlich war. Er konnte diesen Schwierigkeiten zwar grundsätzlich ausweichen, wenn er andere Strecken über kleine Flugplätze nahm, aber er musste unbedingt Greg töten. Das war unausweichlich, es war seine heilige Pflicht. Und er wusste, dass Greg mit Sicherheit sofort informiert wurde, wenn feststand, dass die verkohlten Leichen im Kleinbus seine Familie und engsten Freunde gewesen waren. Er musste es also nicht nur schaffen, Greg in New York zu töten, er musste es auch unbedingt getan haben, ehe irgendjemand Greg von dem furchtbaren, unfasslichen Geschehen in Bogotá informierte. Ein trauernder Familienvater war jemand, der nicht zu kontrollieren war, der sich entweder im Schmerz verkroch und die Welt nicht an sich heranließ oder aber durchdrehte und völlig unberechenbar wurde.

Er entschied sich also für das Risiko. Ihm war ohnehin bewusst, dass sein Kampf nicht ohne Risiko verlaufen konnte. Er war der festen Überzeugung, dass allein Allah irgendwann entschied, wann sein Weg zu Ende war. Bis dahin würde er Allahs unerbittlicher Krieger sein und sich von nichts und niemand aufhalten lassen.

Auf dieser Reise konnte er nun endlich einmal den wunderbaren himmelblauen Spezialausweis des wunderbaren Morton Robson benutzen, der sich so hartnäckig geweigert hatte, zu sterben. Er erinnerte sich erheitert an den mit zitternder Stimme gestammelten Satz: »Ich gebe Ihnen meine Ersparnisse! Alles, was ich habe!« Robson hatte gar nicht begriffen, worum es ging.

Er schlenderte betont lässig durch den Zoll vor dem Abflugbereich und hielt dabei nur den himmelblauen Ausweis hoch. Der Zöllner war ein junger Mann, der nach dem Ausweis griff, ihn aufklappte, kurz prüfend daraufstarrte und dann lächelnd nickte. »Selbstverständlich, Sir, die UNO. Guten Flug wünsche ich.« Die Tasche interessierte ihn nicht. Sie wanderte derweil problemlos durch das Röntgengerät.

In dem großen, eleganten Warteraum der Erste-Klasse-Passagiere servierte man ihm einen Kaffee, aber er trank nur wenige Schlucke davon. Dann geleitete ihn eine Stewardess an all den anderen Wartenden vorbei in die Kabine und wünschte ihm einen guten Flug. Als die Maschine die Nase hob, um in einen azurblauen Himmel aufzusteigen, schlief er längst.

Feinde zu töten, erschöpfte ihn jedes Mal bis ins Mark, und es hatte sehr lange gedauert, bis er endlich akzeptiert hatte, dass die Stunden nach einer Tat mit Schlaf gefüllt werden wollten. Auf diese Weise vermied er die Hektik und immerwährende Nervosität der ständig Erfolgreichen. Er ersparte sich ebenso die sinnlosen Grübeleien darüber, ob er denn auch alles richtig gemacht hatte. Wenn er schlafen ging, gab es für ihn keine Zweifel mehr.

Als er erwachte, fühlte er sich erholt und fragte die Stewardess, ob sie eine vegetarische Mahlzeit auf der Karte habe.

»Selbstverständlich, Mr. Robson. Darf es buntes Gemüse sein? Mit Petersilienkartoffeln?«

»Das wäre schön.«

Er fragte sich, ob die Passagierliste dieses Fluges schon in New York angemeldet sein könnte. Mit einem Morton Robson von der UNO? Wahrscheinlich. Die US-Amerikaner lebten seit dem 11. September in ständiger Furcht vor einem neuen Angriff und versuchten beinahe krankhaft, alles zu kontrollieren. Statt einfach mal zur Kenntnis zu nehmen, dass ihre Geheimdienste ganz unverzeihliche Fehler begangen hatten, obwohl ihnen eigentlich alle Informationen vorlagen. Sie wissen allerdings nichts vom Meisterschüler, dachte er lächelnd, sie ahnen nicht einmal, dass es ihn gibt. Und sie werden auch nichts von ihm erfahren, weil nur Allah ihn kennt.

Er aß mit großem Appetit.

Dann dachte er über die Waffe nach. Er hatte vor Jahren im Internet gelesen, dass es für einen verantwortungsbewussten Gotteskrieger wichtig sei, viel Zeit auf die Wahl der richtigen Waffe zu verwenden. Er hatte sich den Hinweis gemerkt, obwohl er nicht wusste, ob das ein kluger Mann geschrieben hatte. Klar war: Er konnte keine Armbrust benutzen, obwohl er diese Waffe liebte. Sie war hinderlich, zu groß, zu unhandlich, konnte nicht unsichtbar unter der Kleidung getragen werden. Eine Armbrust konnte nur dort Verwendung finden, wo mit Sicherheit keine Zeugen auftauchten. Und er hatte keine Ahnung, ob er Greg ohne Zeugen antreffen würde. Er brauchte etwas Schnelles, Sauberes. Und es musste problemlos zu beschaffen sein.

Der Zoll in New York wusste selbstverständlich, dass Mr. Morton Robson, Beamter der UNO, aus Bogotá eingetroffen war. Vier Zöllner verrichteten gewissenhaft ihre Arbeit, und er wartete geduldig in der Schlange, bis er an die Reihe kam.

Der erste Zöllner war ein dicker, gemütlicher Mann und begrüßte ihn lächelnd mit den Worten: »Willkommen zu Hause, Mr. Robson.«

»Oh, vielen Dank«, sagte John erfreut und erwiderte das Lächeln. Erneut hielt er den wunderbaren himmelblauen Ausweis hoch. Dann stellte er seine Tasche ganz freiwillig genau vor den Zöllner auf den Metalltisch und griff nach dem Reißverschluss, um ihn aufzuziehen.

»Das wollen wir gar nicht sehen«, sagte der dicke Mann und griff auch nicht nach dem Ausweis. »Einen schönen Abend noch, Mr. Robson.«

»Danke, Ihnen auch.«

Er stieg in ein Taxi und fragte den Fahrer, wo er ein gutes, gemütliches, bezahlbares Hotel finden könne, möglichst eines mit Läden in der Umgebung und nahe an den großen Straßen.

»Richtig günstig ist es in Queens«, sagte der Taxifahrer. »Da kann ich eins empfehlen, ruhig gelegen, aber prima erreichbar.«

»Das ist sehr gut.«

Das Hotel hieß Ann's Corner und erfüllte seinen Zweck. Er trug sich unter Morton Robson ein und bezahlte zwei Übernachtungen in bar. Das junge Mädchen hinter dem Tresen war verwirrt und sagte stirnrunzelnd: »Hier zahlt nie jemand bar.«

»Dann bin ich die Premiere«, antwortete John lächelnd und schob ihr zehn Dollar Trinkgeld über den Tresen.

Zwanzig Minuten später war er auf der Straße und schlenderte an den Geschäften vorbei. In der Auslage einer Pfandleihe erblickte er die geeignete Waffe. Er ging hinein und kaufte sie.

Er stellte sich vor, dass Greg immer wieder versuchte, seine Frau, seine Kinder oder Timothy zu erreichen, und sie seit Stunden nicht ans Telefon bekam. Als Nächstes würde er das Hotel in Bogotá anrufen, falls er überhaupt wusste, in welchem Hotel sie abgestiegen waren. Das Hotel würde möglicherweise schon Kenntnis von dem explodierten Kleinbus haben, aber wahrscheinlich erst einmal versuchen, ihn hinzuhalten. Wie auch immer, er musste sich beeilen.

Er nahm ein Taxi und ließ sich nach Long Island bringen. In der Nähe der Straße, in der er Greg zu finden hoffte, stieg er aus und ging dann zu Fuß weiter. Er fühlte sich voller Zuversicht.

Es war eine Allee mit großen, kräftigen Linden. Das Haus erwies sich als alt, gemessen an New Yorker Verhältnissen. Wahrscheinlich war es kurz vor oder nach dem Zweiten Weltkrieg gebaut worden, und mit Sicherheit von jemandem, der viel Geld gehabt hatte. Große graue Granitsteine – wie für die Ewigkeit. Alles wirkte riesig, und soweit er wusste, wohnten beide Familien dort, Greg unten, Timothy oben. Timothy war tot. Vor den oberen Fenstern waren die Rollläden heruntergelassen. Unten bei Greg schimmerte Licht durch die weißen Jalousien. Er dachte lächelnd und ohne jeden Neid: So wohnen reiche, einflussreiche Leute.

Es gab einen schmalen, tristen Vorgarten, der von der Straße durch ein altmodisches Eisengitter abgetrennt war. Die vier mageren Ilexbüsche darin wirkten so trostlos, als bewachten sie Gräber.

Er zählte drei Kameras an der Straßenfront, zwei auf der Seite, wo der Eingang lag. Das hatte er erwartet. Wahrscheinlich waren weitere auf der Rückseite angebracht, dort lag wohl auch die Pkw-Zufahrt. Hier an der Vorderfront gab es keine Einfahrt und keine Garage. In einen Pfeiler aus einfachen roten Backsteinen waren zwei Bronzeplatten eingelassen. Auf der oberen stand G. L., auf der unteren T. D., darunter jeweils ein Klingelknopf. Greg Leary und Timothy Danton. Er war am Ziel.

Es war jetzt 22:05 Uhr Ortszeit.

Er schlenderte weiter, um sich ein Bild von dieser Straße zu machen. Es gab viele Häuser, die Geld verrieten, mehrere davon boten den Luxus einer eigenen Tiefgarage. Zuweilen glitt ein Auto über die Fahrbahn, Menschen waren weit und breit nicht zu sehen.

Dann entwickelte sich vor ihm plötzlich eine lebhafte Szene. Vier große schwarze Wagen näherten sich in schneller Fahrt und hielten nur wenige Meter vor ihm. Es wirkte wie ein Ballett, als die Fahrer ausstiegen und wie auf ein geheimes Kommando hin beinahe gleichzeitig die hinteren Türen öffneten. Sofort erfüllte Gelächter die Straße, lautes Reden, Fröhlichkeit. Es waren junge Paare in Abendkleidung, und sie klangen, als seien sie fest entschlossen, einen schönen Abend zu verbringen.

»Verzeihen Sie!«, murmelte er und machte einen weiten Bogen um die lebhafte Gruppe.

Er schlenderte weiter und drehte sich erst um, als jedes Geräusch verstummt war und die Wagen sich wieder entfernt hatten.

Er überlegte, ob er vielleicht sicherer agieren konnte, wenn er abwartete, bis das Licht hinter den Jalousien erlosch. Aber das war zu ungewiss und konnte Scheitern bedeuten. Wenn die Garagen irgendwo hinter dem Haus lagen, konnte Greg ein Auto besteigen und verschwinden, weil er vielleicht irgendwo noch ein Bier trinken wollte. Und es war nicht gut, zu lange auf dieser stillen Straße zu stehen.

Er musste es jetzt tun, und zwar in einer ganz direkten Aktion. Er drückte auf Gregs Klingel.

Es knackte, als der Lautsprecher aktiviert wurde, und eine Frau schrie: »Wir wollen unsere Ruhe! Wir wollen unseren Spaß haben.« Dann die Stimme einer zweiten Frau. Sie kreischte: »Hau ab, du Arsch! Das ist unsere Party!«

»Ich bin Ramon aus Bogotá«, sagte er ruhig und freundlich. »Ist Mister Greg da?«

»Greg ist nicht da!«, schrie die erste Frau. »Für dich ist Greg nicht da! Hau ab, verdammt!«

»Ramon aus Bogotá«, wiederholte er geduldig. »Für Mister Greg!«

Die zweite Frau sagte jetzt wesentlich leiser: »Na, komm schon rein, du Ramon du, du aus ...«

Dann knackte es im Lautsprecher, und die eiserne Pforte sprang auf.

Er sah, wie die Kamera über dem Eingang auf ihn schwenkte, offensichtlich eine Automatik. Sicherheitshalber hielt er die ganze Zeit die rechte Hand vor sein Gesicht.

Die Haustür stand weit offen, dahinter ein Treppenhaus. Geradeaus ging es ebenerdig in die Wohnung von Greg, auch diese Tür war geöffnet. Er hörte Frauen hysterisch kichern. Links hinter dem Eingang ging es offensichtlich in die Küche, er sah einen gigantischen rot lackierten Eisschrank. Im Raum daneben stand ein riesiger ovaler Tisch. Esszimmer, dachte er automatisch. In dem Moment kicherten die Frauen erneut. Es musste die rechte Tür sein.

Er machte einen weiteren Schritt vorwärts und sah sie. Für einen kurzen Augenblick war er verwirrt, weil sie so jung waren. Puppengesichter. Er schätzte sie auf sechzehn, vielleicht siebzehn Jahre, Mädchen noch. Sie waren vollkommen nackt, ihre Gesichter waren stark geschminkt. Wie Nutten, dachte er.

Die beiden Frauen knieten auf einer großen Liege und verdeckten etwas. Dann lachte der Mann hinter ihnen gellend und nuschelte: »Wer aus Bogotá? Kenne ich den?« Er setzte sich aufrecht hin. Auch er war nackt.

John drehte sich um und suchte nach dem Steuerstand der Kameras. Er entdeckte ihn auf einem kleinen Tischchen rechts neben der Wohnungstür. Darüber auf einem Regal vier Bildschirme. Er ging zu dem Steuermodul, nahm den kleinen schwarzen Kasten in beide Hände und riss mit einem leisen Ratschen die elektrische Verbindung aus der Wand. Dann legte er den Kasten auf die Fliesen des Vorraums und trat ein paarmal mit aller Kraft darauf. Es knackte, die Plastikhülle brach, irgendwelche Teile sprangen über die Fliesen. Er sah einen Chip, bückte sich danach und steckte ihn in die Hosentasche.

Erleichtert bemerkte er, dass der flotte Dreier im Wohnzimmer anscheinend immer noch zu beschäftigt war, um Notiz von ihm zu nehmen. Also widmete er sich in Ruhe zuerst der Wohnungstür. Er lächelte, als er den Stahlbalken sah, der in einer schweren Halterung quer über die Eingangstür befestigt war. Reiche Leute, dachte er, haben ständig Angst, dass jemand sie beklaut. Er betätigte das Drehschloss in der Mitte des Balkens, und die Stahlbolzen schoben sich nach außen. Die Tür war gesichert.

In diesem Augenblick kam eines der Mädchen, eine Dunkelhaarige, in den Vorraum getänzelt und trällerte gut gelaunt und vollkommen überdreht: »Hör mal, du Arsch aus Sowieso, wo steht denn der Champagner?«

»Das weiß ich nicht«, sagte er leise. »Vielleicht in der Küche?«

Die junge Frau blickte ihn an und schien ihn doch nicht zu sehen, ihre weit aufgerissenen Augen glitzerten merkwürdig. »Kann sein. Kann sein, du Arsch.« Dann ging sie an ihm vorbei und summte eine Melodie vor sich hin.

Er war sofort hinter ihr, griff mit der Linken hart nach vorn um ihre Taille und zog das Messer durch ihre Kehle. Dann ließ er sie fallen.

Jetzt kam der Mann in den Vorraum. Er war groß, sicher größer als einen Meter neunzig. Er bewegte sich leicht schwankend und fragte dümmlich: »Was ist los?« Er stierte auf das tote Mädchen auf den Fliesen.

»Sie ist tot«, sagte John hinter ihm. Er stieß Greg Leary das Messer in den Rücken. Linke Seite, ungefähr zwanzig Zentimeter unterhalb des Schultergürtels, die Klinge leicht schräg nach oben gerichtet.

Greg versuchte instinktiv, sich zu drehen. Er schaffte es nicht, fiel nach vorn, ohne die Arme noch schützend vor das Gesicht halten zu können. Er fiel in das Blut der Frau.

John bückte sich und drehte Gregs Kopf leicht nach rechts. Er war tot, kein Zweifel.

Von dem zweiten Mädchen auf der großen Liege tönte es herüber: »Ich fliege, ich fliege von dem Zeug.«

Er stellte sich in den Türrahmen und fragte: »Was darf ich zu trinken bringen?«

Die junge Frau versuchte, ihn zu fokussieren, aber ihr Blick schweifte immer wieder ab. »Wodka, ich will unbedingt Wodka.«

»Natürlich«, nickte er und betrat den Raum.

Auf dem niedrigen Tisch vor der Liege lag eine Glasplatte. Sie hatten darauf eine Unmenge Lines gezogen und dazu Hundertdollarnoten gerollt. Sofort stieg strenge Verachtung in ihm hoch.

»Steh auf«, sagte er leise.

»Wie? Was soll das?« Sie versuchte, sich aufzurappeln, schwankte, und ein dünner Speichelfaden lief ihr aus dem Mundwinkel.

Er stieß ihr das Messer in die Brust und sah ihr ins Gesicht, während sie starb.

Anschließend drückte er sie zurück auf die Liege und wartete ein paar Sekunden.

Dann drehte er sich um und ging in den Vorraum zurück. Er holte ein Kärtchen mit dem Aufdruck ›Im Namen Allahs‹ aus der Tasche, rieb es sauber, beugte sich zu dem toten Greg hinunter und legte es in die große Blutpfütze um den Oberkörper des Mädchens. Es schwamm.

Er sprach ein Dankgebet.

Die Kühle des Abends tat ihm gut, er würde irgendwo eine Kleinigkeit essen, dann schlafen gehen und in aller Frühe New York verlassen. Jetzt hatte er Zeit, unendlich viel Zeit. Er schlenderte die Straßen entlang, und als er niemanden bemerkte, der ihm Aufmerksamkeit schenkte, zog er die Einweghandschuhe aus, nahm den Chip aus der Hosentasche und das lange, schmale Messer aus dem Gürtel. Er ließ alles in einen Gully fallen.

Sic transit gloria mundi!, dachte er heiter.

ERSTES KAPITEL

Die sogenannte Operation Crew hatte sich in Krauses Büro versammelt, und niemand außer Krause wusste, was auf der Tagesordnung stand.

»Es ist wichtig!«, hatte er lediglich geäußert.

Krause saß in seinem schwarzen Schreibtischsessel und drehte sich zur Meute, die sich auf der Sitzecke breitgemacht hatte. Er war ein kleiner, untersetzter Mann, einundsechzig Jahre alt, mit ungesunder Gesichtsfarbe. Er wirkte grau, sein Körper vom endlosen Sitzen am Schreibtisch verformt. Aber seine hellen Augen blickten grundsätzlich angriffslustig.

Von links nach rechts in der Sitzecke hatte er den sechsundvierzigjährigen Sowinski vor sich, dessen Gesicht wie immer hochrot glühte. Sowinski hielt sich selbst für den Beschützer aller Außenagenten, jeden Tag und jede Nacht und über Tausende von Kilometern rund um den Planeten. Das bewies und versicherte er seinen Schutzbefohlenen auch stets aufs Neue. »Ich bin bei euch!«, pflegte er zu sagen. Er trug niemals ein Jackett, dafür umso häufiger eine alte blaue Strickjacke mit Lederflecken auf den Ellenbogen, die schon bessere Tage gesehen hatte. Die Krawatte dazu war wie immer hellblau und wirkte wie aus Plastik.

Neben ihm saß Esser, Spezialist für die gesamte Wissenschaft und die Hintergründe der Politik, politisch, wirtschaftlich und sozial. Er war ein großer, gertenschlanker Mann, der niemals Krawatte trug und es schon fertiggebracht hatte, zu einer Besprechung mit der Kanzlerin in einem knallrot gemusterten Hawaiihemd aufzutauchen. Sein Ruf beim BND war legendär: Er hatte alle sechsunddreißig Bände des *Großen Brockhaus* gelesen und bezeichnete sich selbst bescheiden als »leidlich gebildet«. Er beklagte gerade, dass es in der Kantine schon wieder Kartoffelsalat mit viereckigem Fisch gab, woraufhin Sowinski ihn grinsend tröstete: »Dafür gibt es begleitend eine giftgrüne Süßspeise mit extra vielen E-Nummern drin.«

Neben Esser saß Karl Müller auf dem Sofa, operativer Außenagent, ein Mann von zweiundvierzig Jahren, der auf den ersten Blick so durchschnittlich daherkam, dass sich in der Regel niemand, der ihm nur einmal begegnet war, hinterher noch an ihn erinnerte. Was in seinem Job allerdings nur von Vorteil sein konnte. Müller verfügte über ein blitzschnell reagierendes Gehirn – und dazu die erstaunliche Fähigkeit, selbst in einem vollendeten Chaos noch gelassen zu bleiben.

Als einzige Frau komplettierte Svenja Takamoto die Runde, ebenfalls operative Außenagentin und achtunddreißig Jahre alt. Eine schöne Frau mit asiatischen Gesichtszügen, aber eindeutig deutscher Herkunft. Sie war außerordentlich sprachbegabt, in der ganzen Welt zu Hause und zuweilen schrecklich bauchbetont, wie ihre männlichen Kollegen zumindest fanden. Sprich: gefühlsbeladen. Im Dienst wurde von ihr gemeinhin als »unserer Svenja« gesprochen.

»Meine Lieben, ich habe Sie natürlich aus einem guten Grund zusammengerufen«, eröffnete Krause die Besprechung. »Er heißt: Mumbai. Wir müssen das Blutbad vom 26. November letzten Jahres noch einmal vor Ort genauer recherchieren.«

Esser und Sowinski warfen sich einen ärgerlichen Blick zu

und schauten mit einer gewissen Ungeduld auf Krause. Der Anschlag lag schon Monate zurück, auf den Schreibtischen stapelten sich die neuen Vorgänge. Krause ließ sich jedoch nicht so schnell aus dem Konzept bringen. »Bitte lassen Sie mich die Anschläge noch einmal rekapitulieren. Einhundertfünfundsechzig Menschen wurden bei dieser Untat mit einer unfassbaren Kaltblütigkeit einfach abgeknallt, mehr als dreihundert verletzt. Der Anschlag unterschied sich von allen zuvor dagewesenen. Niemand hat sich einen Sprengstoffgürtel umgeschnallt, um sich schnell mal unter beliebig vielen Menschen in die Luft zu sprengen. Keine Autobomben, wie man sie sattsam kennt, auch keine entführten Flugzeuge. Vor allem gab es nicht nur ein einziges Ziel.

Nein, die Täter kamen mit einem Fischerboot aus dem Norden, aus Pakistan, stiegen vor der Riesenstadt in ein Schlauchboot, legten in Back Bay an, teilten sich in fünf Gruppen, überfielen zwei Luxushotels, das Jüdische Zentrum im Nariman House, das Leopold Café, die Victoria Railway Station – für mordbereite Extremisten mit dreieinhalb Millionen Reisenden pro Tag ein ideales Ziel. Sie stellten keine Forderungen, sie gingen mit Kalaschnikow-Sturmgewehren, Neun-Millimeter-Pistolen, Handgranaten, Fünf-Kilo-Sprengstoffbomben und fünfhundert Schuss Munition in Häuser, die sie niemals zuvor betreten hatten, zu Menschen, die sie niemals zuvor gesehen hatten und von denen sie absolut nichts wussten. Sie töteten wahllos, wobei sie nur auf eines achteten: Sie durften keine Muslime töten – denn sie waren von Muslimen in Pakistan geschickt worden. Das moderne, lebhafte Mumbai ist bei den strengen Muslimen die Hauptstadt der Sünde, Inbegriff menschlicher Verfehlungen, die Hölle auf Erden.«

Müller und Svenja nickten immer wieder bestätigend. Die meisten Teile der Vorgänge waren ihnen einigermaßen bekannt. Svenja kritzelte auf einem Block ein paar wenige Stichwörter mit und wartete gespannt, worauf Krause wohl hinauswollte.

»Die T-Shirts und Hosen der Täter waren neu und lässig, ihre Art zu töten war es auch«, fuhr Krause fort. »Und während sie ihre grauenvolle Ernte einbrachten, telefonierten sie mit den Männern, die sie losgeschickt hatten, und einer von ihnen hörte am Handy das Lob: ›Bruder Abdul, die Medien vergleichen deine Aktion mit dem 11. September.‹ Neun von ihnen wurden getötet, nur einer überlebte, er heißt Adschmal Amir.

Für viele Stunden standen Pakistan und Indien am Rande eines Krieges, beide Staaten verlegten in höchster Eile Truppen in die Grenzregionen, indische Düsenjäger kreisten über Pakistan. Und sofort tauchte der dringende Verdacht auf, dass die Terroristen Hilfe in der Riesenstadt gehabt haben mussten. Und es stellte sich auch heraus, dass der indische Geheimdienst vorher bereits dreimal eindringlich gewarnt hatte: Es werden Attentäter Luxushotels in Mumbai angreifen! Aus unerfindlichen Gründen, vielleicht sogar absichtlich, wurden diese Warnungen überhört oder nicht ernst genommen oder unterschlagen.«

Krause legte eine bedeutungsvolle Pause ein. Dann kam er zum Kern der Sache. »Ich will, dass Sie vor Ort ermitteln. Sie, Müller, in Mumbai und Sie, Svenja, am Ausgangspunkt der Unternehmung, in Pakistan. Sie treffen dort die Quelle Sieben, Sie, Müller, unseren geneigten Freund Bleistift in Mumbai. Eventuell ergibt sich auch die Möglichkeit, neue Informanten aufzutun. Denn die Attentate haben gezeigt, dass unsere Arbeit in der Region dringend intensiviert werden muss. Wir haben jetzt schon mehrfach die Erfahrung machen müssen, dass wir platt auf die Schnauze fallen, wenn wir menschliche Quellen von unseren amerikanischen Brüdern übernehmen – wenn ich das einmal so auf den Punkt bringen darf. Wir wollen also unabhängiger werden. Alle technischen Anweisungen kommen von Sowinski, alle Hintergründe von Esser. Besonderheiten bezüglich der Kommunikation für die Reise kommen von Goldhändchen, falls er Besonderheiten auf Lager hat. Sie reisen beide morgen, Sie können auch miteinander kommunizieren, aber nur in der hier im Hause vorgeschriebenen Weise. Sie versuchen beide, die bisherigen Kenntnisse über die Killer und ihre Aktionen auszuweiten. Und Sie kehren dann zurück, wenn Herr Sowinski sagt: Das war's!« Er lächelte. »Irgendwelche Unklarheiten?«

»Keine«, sagte Svenja knapp, und Müller schüttelte den Kopf.

»Na dann, Gott befohlen«, murmelte Esser grimmig. Und weil er sprachliche Schnörkel sehr liebte, setzte er noch hinzu: »Wohlauf in Gottes schöne Welt!«

Svenja reagierte fromm: »Amen!«

Müller betrat seine neue Wohnung mit stiller Freude.

Svenja hatte sie eingerichtet, und er hatte sich, anfangs noch nörgelnd, ihrem Diktat gebeugt. Alles war hell und erschien ausgesprochen fröhlich. Eine Sitzecke mit großen farbigen Blüten auf weißem Hintergrund, eine knallrot lackierte Bücherwand, weiße japanische Ballonlampen, zwei blaue Bodenvasen.

»Wäre etwas Dunkles nicht viel praktischer?«, hatte er gefragt. »Es besteht die Gefahr, dass ich Rührei auf den Polstern verteile oder einen Löffel Erdbeermarmelade auf dem Weg zum Brötchen verliere oder mir ein Pfannkuchen mit viel Speck vom Teller rutscht.«

»Du bist ein Barbar«, hatte sie lachend geantwortet. »Ich werde dich zur Reinlichkeit erziehen.«

Sie hatten einen ganzen verregneten Tag lang sogar ernsthaft und beinahe ein wenig aufgeregt erwogen, zusammenzuziehen. In Svenjas Wohnung, zum Beispiel. Die sei eigentlich groß genug, hatte sie wie beiläufig erwähnt. Sie waren nervös um das Thema herumgetanzt, bis Svenja energisch sagte: »Schluss jetzt mit diesem bürgerlichen Scheiß! Macht keinerlei Sinn bei unserem Beruf. Ist eher kontraproduktiv.« Müller hatte genickt und hinzugefügt: »Dann braucht Krause uns auch nicht zu feuern.« Denn eigentlich waren jegliche intime Beziehungen unter Agenten verboten.

Er hörte das Band seines Festnetzanschlusses ab. Die Hausverwaltung teilte mit, dass ihm jetzt der Parkplatz Nummer sechzehn hinter dem Gebäude zugeteilt sei. Anna-Maria, seine kleine Tochter, sagte etwas atemlos: »Papa, ich will mit dir sprechen. Geht das?« Die Stimme seiner Mutter schrillte ein wenig aufgeregt: »Junge, warum meldest du dich denn nicht? Ich hab dir so viel zu erzählen. Und du könntest auch ruhig mal vorbeikommen.«

Er hatte wie so oft ein schlechtes Gewissen und wählte ihre Nummer.

»Müller«, sagte sie erwartungsvoll. Und dann sehr hell: »Junge, wie schön! Ich kann hier sehen, wer mich anruft, Toni hat mir das eingerichtet. Er kann irgendwie alles.«

»Wer ist Toni, Mutter?«

»Ein Bekannter. Nicht, was du denkst, ich ...«

»Ich denke gar nichts«, sagte er lachend. »Es ist dein Leben.«

»Bist du in Berlin, Junge?«

»Muss ich wohl. Ich denke, du siehst meine Nummer.«

»Ach Gott, ja, natürlich. Toni hat sich gerade ein neues Auto gekauft, und wir haben beschlossen, an die Müritz zu fahren. Und ich habe aus Vaters Zimmer sämtliche Bücher verschwinden lassen, die Regale stehen jetzt auch im Keller. Stell dir vor, Toni kann auch tapezieren, und ich habe eine Tapete mit ganz strahlend blauen Enzianblüten ausgesucht. Warst du mal an Vaters Grab, Junge?«

»Nein, war ich nicht. Zu viel zu tun, zu viel auf Reisen.«

Sie schwieg eine Weile. »Gräber besuchen ist ja auch nicht besonders angenehm«, murmelte sie dann. »Und du hast eine neue Wohnung. Hast du auch eine neue Frau?«

»Habe ich nicht. War Anna-Maria bei dir?«

»Ja, vor einem Monat waren sie für eine Stunde hier. Aber ich hatte den Eindruck, dass die Oma langsam aus der Mode kommt. Anna-Maria hat so gefremdelt, ganz schrecklich. Und ihre Mutter hat so getan, als habe es dich nie gegeben. Kümmerst du dich denn?«

»Nicht genug«, antwortete er und versuchte sich an den Namen des Mannes zu erinnern, den seine Mutter zuletzt in den Himmel gehoben hatte. Der Spaß hatte sie knapp zwanzigtausend Euro gekostet. »Wohnt dieser Toni denn jetzt bei dir?«

»Nicht doch, Junge. Er hat ein eigenes Haus, sogar eins mit zwölf Parteien.« Sie kicherte. »Er ist eine richtig gute Partie!« Dann räusperte sie sich. »Und du? Immer noch für das Vaterland unterwegs, wie Vater das seinerzeit nannte?«

»Ja, Mutter, immer noch.«

»Können wir denn mal bei dir vorbeikommen, Toni und ich?«

»Ja, gerne«, sagte er. »Nur in den nächsten Tagen geht es nicht. Ab morgen früh bin ich weg, und wie immer weiß ich auch nicht, wie lange es dauern wird.«

»Du machst das schon, Junge«, sagte sie aufmunternd. Dann legte sie unvermittelt auf.

Müller starrte noch einen Moment auf das Telefon in seiner Hand. Sie hat ein neues Leben, dachte er. Das ist gut so. Und es ist auch gut, dass sie lebendig ist und gern lacht und Friedhöfe nicht mag. Er war für Sekunden irritiert, als er sich das Gesicht seines Vaters vorzustellen versuchte und seine Erinnerung ihm kein Bild lieferte.

Anna-Maria. Sie war jetzt acht. Er war dankbar dafür, dass er zu dieser Tageszeit eine Ausrede hatte, sie nicht anzurufen. Sie würde in der Schule sein, nicht erreichbar. Dann dachte er einen Moment lang: Du Schweinehund wirst jede Gelegenheit nutzen, sie nicht anzurufen. Und gleich darauf: Was könntest du ihr denn auch sagen?

Er wollte unter die Dusche und sich danach noch ein wenig über Mumbai informieren, als Sowinski auf dem roten Telefon anrief und knapp sagte: »Sie verlassen morgen früh Berlin um 10:30 Uhr nach Frankfurt/Main und steigen dann um auf eine Direktmaschine. Unterlagen inklusive Hotel im Sekretariat. Sie nehmen Bargeld an Bord. Und: Esser will Sie noch einmal sehen. Heute Nachmittag um vier.«

»Ich werde da sein. Irgendetwas Besonderes?«

»Nein. Sie nehmen nur neue Handys auf, bei Goldhändchen. Der Treff ist Standard. Aber Esser hat Hinweise bezüglich der Region.«

Müller fragte: »Mal ganz ehrlich: Ist das wirklich realistisch, dass wir die Region mit Einsatz von mehr Kontakten irgendwie in den Griff bekommen?«

Sowinski schnaubte. »Tja, das ist ein Lieblingsthema von Krause. Er hat Angst, dass sich da mehr entwickelt. Dass dort vielleicht Leute hochkommen, die dann den Terror weltweit exportieren. Auf eigene Faust. Eine neue Art von Terroristen, die ohne jede Anbindung und auf eigene Rechnung arbeiten. Aber solange diese Politikidioten hier runde einhundertzwanzig gute Leute von uns permanent mit einem Untersuchungsausschuss binden, geht mir das Geschwätz auf den Geist. Meine Frau weiß schon bald nicht mehr, wie ich aussehe. Na gut, wir sehen uns. Und entschuldigen Sie meine Nörgelei.«

»Sie haben ja Recht«, beruhigte ihn Müller. »Wie lange werden wir den Ausschuss noch haben?«

»Endlos und immer wieder, weil ständig Journalisten neue Skandale erfinden. Die Leute vermuten beim BND grundsätzlich irgendwelche Gesetzesverstöße oder illegale Vorgehensweisen. Und sie vermuten, dass wir den Amerikanern im Irakkrieg irgendwelche Hilfestellungen geleistet haben, die uns buchstäblich zu Mitkämpfern machen. Was ist da gelaufen? Die Bundesregierung wollte eine eigene Lagebeurteilung des Krieges im Irak. Das war alles. Ein vollkommen normaler Auftrag an uns. Wir hatten dort zwei Leute, die täglich berichteten. Kann sein, dass die Amis die Telefonate abhörten. Vor allem steht zu vermuten, dass sie die Agenten orten konnten. Aber wir haben ihnen bestimmt keine Zielkoordinaten durchgegeben. Über das meiste müssen wir öffentlich den Mund halten, denn wir sind bekanntlich ein Geheimdienst. Seien Sie froh, dass Sie nichts damit zu tun haben.«

»Das bin ich auch«, versicherte Müller.

»Ach, übrigens möchte ich Sie noch darauf aufmerksam machen, dass Ihr Einsatz in Mumbai XXL ist. Sie werden eine Waffe tragen müssen. Krause meint, diese Gegend ist ein einziges Chaos. Also keine Kompromisse.«

»Und Svenja? Pakistan? Auch XXL?« Noch während er die Worte aussprach, wusste er, dass die Frage idiotisch war. Aber es war bereits zu spät.

Sowinski lachte. »Kein Kommentar. Machen Sie es gut.«

Du bist ein Arschloch!, schalt sich Müller ärgerlich selbst, spielst hier automatisch den fürsorglichen Macker, du lebst immer noch im falschen Jahrhundert. Außerdem schießt sie unter Stress manchmal besser als du, und sie ist im Zweifelsfall kühler, wenn die Temperatur steigt. Und bevor du den Mund aufmachst, solltest du, verdammt noch mal, dein Gehirn einschalten.

Esser grummelte etwas in einer sehr fremd klingenden Sprache in sein Telefon, legte auf und fragte dann freundlich: »Wie oft haben Sie Quelle Sieben schon getroffen?«

»Viermal«, antwortete Svenja. »Sie ist eine Irin, die aus Liebe nach Pakistan gegangen ist. Ihr Name ist Mara. Inzwischen hat sie fünf Kinder mit ihrem Helden Ismail Mody. Und er ist noch immer ihr Held.«

»Wie schätzen Sie ihn ein?«

»Nun ja, er ist einer der Vizepräsidenten des pakistanischen Geheimdienstes ISI. Dafür finde ich ihn erstaunlich liberal, für die Sache der Muslime geradezu schreckenerregend, für den Geheimdienst schwierig: ein Liberaler in ihren Reihen! Aber für Pakistan ist er möglicherweise eine letzte Hilfe, falls es in einen bewaffneten Konflikt mit Indien gerät.«

»Was glauben Sie: Weiß er, dass seine Frau für uns arbeitet?«

»Das weiß er auf jeden Fall, denn seine Ehe mit Mara ist intakt.«

»Was, verehrte Frau Takamoto, ist eine intakte Ehe?« Esser verzog süffisant den Mund.

Sie lächelte kurz. »Er lebt für die Familie, er sorgt für die Kinder, er vermeidet erstaunlich viele Reibungsflächen, und er schläft mit ihr. Und sie sorgt, raffiniert und unauffällig, für die Notausgänge in ihrem Leben.«

»Ist der BND so ein Notausgang?«

»Selbstverständlich«, antwortete Svenja. »Wenn es in Pakistan knallt, weiß sie, dass wir ihn und die Familie herausholen, wenn eben möglich. Und er weiß das auch, deshalb wird er sich ihren Plänen beugen. Für einen Pakistaner ist er erstaunlich modern. Wahrscheinlich ist er auch nur noch ein halber Pakistaner.«

»Das kann ihn das Leben kosten«, stellte Esser kühl fest. »Wir haben Nachrichten, dass Mody aufgrund seiner Offenheit und Liberalität nicht nur im Geheimdienst immer stärker unter Druck gerät. Die Radikalen sägen an seinem Stuhl. Genaues wissen wir nicht, es kursieren nur unschöne Gerüchte. Umso wichtiger ist es, dass Sie sich ein genaues Bild von der Lage vor Ort machen. Wie wird sich die Situation entwickeln? Könnte es sein, dass uns seine Frau bald als Quelle verlorengeht?«

Svenjas Stirn legte sich in sorgenvolle Falten. »Das ist wirklich beunruhigend. Mody ist ein guter Mann – gerade auch für uns. Und ich mag seine Frau sehr, sie ist mir beinahe eine Freundin. Es ist gut, dass ich sie in dieser Lage sehen kann. Was Mody betrifft: Er ist eben ein klarer Außenseiter. Und es erstaunt mich nicht, dass er angefeindet wird. Man sagt, dass der Überfall auf Mumbai so glatt und brutal verlief, weil der ISI seine Hände im Spiel hatte. Und dass Mody deshalb so gefährlich lebt, weil die meisten hohen Offiziere im ISI ihn nicht mögen. Sie müssen ihn manchmal sogar hassen, er ist für den Frieden. Frieden mit Afghanistan und Frieden mit Indien.«

Esser folgte ihren Erklärungen mit ernstem Gesicht. Dann wechselte er abrupt das Thema. »Was ist Ihre Legende?«, fragte er, und sie wusste, dass diese Fragen notwendig waren.

»Ich bin eine Irin, mein Name ist Shannon Ota. Ich kenne Mara vom Studium in Oxford. Ich bin also eine alte Bekannte. Von Beruf bin ich Ethnologin und arbeite für das Max-

Planck-Institut in München, Deutschland. Meine Spezialität ist seit Jahren eine Langzeituntersuchung über die Inuit in Alaska und ihre Sozialisation in die westliche, moderne Gesellschaft. Trostloses Thema. Ich bin unverheiratet, fünfunddreißig Jahre alt, keine Kinder, alleinstehend. Pässe, Urkunden, Lebenslauf, alles vorhanden.«

Esser nickte versonnen vor sich hin. »Sie wissen, dass es XXL ist?«

»Bis jetzt bin ich nicht davon ausgegangen. Bereitet Ihnen das Sorgen?«

»Ihr seid meine Kinder, ich mache mir immer Sorgen.«

»Bewaffnete Frauen sind in Pakistan nicht selten. Unter der Kleidung kann ich mühelos eine kurze AK 47 tragen. Ich nehme an, dass Sie das wissen.«

»Ja, das weiß ich.« Er lächelte schmallippig. »Aber vorstellen kann ich es mir nicht. Sie werden also wallende Kleider tragen und Ihr Haar bedecken. Haben Sie diese Frau jemals bewaffnet erlebt?«

»Die Frauen verteidigen die Familie und die Sippe. Und sie sind meistens allein. Ismail Mody ist als hoher Offizier des Geheimdienstes nur sehr selten zu Hause. Ja, ich habe Mara schon mit Waffen erlebt. Ich erinnere mich noch genau: Wir saßen bei Tee und Kuchen, und es war sehr heiß. Sie schwitzte und zog ihre Jacke aus. Wir mussten lachen, weil sie gar nicht daran gedacht hatte: Sie trug eine Glock, neun Millimeter, rechts an der Taille in einem Weichholster.«

»Ist dieser Geheimdienst in Pakistan Ihrer Meinung nach tatsächlich so rechtslastig und korrupt wie geschildert?«

»Zweifelsfrei, und leider durchdrungen von hohen und höchsten politischen Ambitionen. Und über allem schwebt die Möglichkeit, dass der Staat Pakistan zusammenbrechen könnte, weil die Talibankämpfer und die große Clique um Osama Bin Laden jetzt gemeinsam dazu aufrufen, die pakistanische Regierung zu stürzen und einen islamistischen Staat zu gründen. Dann wäre eine veritable Atommacht von heute auf morgen geköpft – und in neue, gefährlichere Hände geraten. Das könnte weitaus schlimmer werden als der 11. September und alle seine Folgen. Das kann verheerend sein. Mittlerweile kommen junge Dschihad-Krieger aus den Golfstaaten, Zentralasien, aus Usbekistan, Turkmenistan und auch aus Tschetschenien hinzu, Hunderte jeden Tag. Das ganze Land ist, wie Madeleine Albright ganz richtig sagte, eine internationale Migräne.«

Sie saß sehr nachdenklich in ihrem Sessel, scheinbar vollkommen gelöst und konzentriert, eine schöne, intelligente Frau, die bereit war, in ein anderes Leben zu wechseln, weil ihre Vorgesetzten das befahlen.

Sie ist ein Glücksfall, dachte Esser stolz.

»Sie sollten also sehr vorsichtig sein«, sagte er sanft. »Sie reisen in ein Pulverfass. In und um Karatschi leben mehr als dreizehn Millionen Menschen.«

»Ich bin doch gar nicht wichtig genug«, erwiderte sie schnell.

»Das ist dummes Zeug«, brauste er auf. Dann lächelte er unvermittelt. »Ich bin mit meinem Fragenkatalog aber noch nicht ganz durch. Wie kommen Sie hin?«

»Flug Berlin–Dubai am Nachmittag, dann weiter nach Karatschi-Flughafen. Dann fahre ich mit einem Leihwagen im Indusdelta nach Nordosten Richtung Hyderabad, etwa die halbe Strecke nach Kotri. Ich steige in einem Hotel ab, in dem auch alleinreisende Frauen akzeptiert werden. Dort warte ich, bis Mara anruft. Die Familie wohnt in Kotri in einer geschlossenen Siedlung für gefährdete Personen der Regierung.«

»Erwarten Sie Schwierigkeiten?«

»Nein.«

Er lauschte diesem Nein nach und lächelte dann: »Darf ich Ihre Aufmerksamkeit abschließend auf eine interessante Küstenlinie lenken, die Pakistan und Indien gemeinsam haben? Es ist das Arabische Meer, und dort gibt es einige kleine Fischernester mit einem erstaunlich regen Ganovenleben. Uns interessiert diese Ecke, denn entlang dieser Küste haben die Terroristen ihren Weg nach Süden in die indische Vorzeigestadt Mumbai gefunden. Fragen Sie Quelle Sieben danach. Wir nehmen an, dass es sich nicht um eine Einbahnstraße handelt, sondern gehen davon aus, dass Leute aus Indien ihrerseits den Weg nach Norden, nach Pakistan suchen, um Gotteskrieger zu werden. Hasardeure, Waffenhändler, Drogenschmuggler, Goldschmuggler, sie alle tummeln sich dort. Eine exzellent bewaffnete Horde. Gelegentlich legt die Staatsanwaltschaft Mumbais ein paar Schiffchen wegen Schmuggels lahm, aber generell ist das eine wilde Ansammlung von Männern, die keiner Verdienstmöglichkeit aus dem Weg gehen. Wir möchten da rein, sehr tief rein, wenn ich das einmal so unverhohlen bemerken darf. Quelle Sieben wird davon wissen, und der Geheimdienst der Pakistaner hat todsicher Leute in dem Getümmel. Und wir hätten gern auch ein paar. Sie müssen sich unbedingt mit Müller absprechen, wenn das Thema während Ihrer Reise auf der Tagesordnung steht. Nicht auszudenken, was geschieht, wenn Sie beide sich gegenseitig umzulegen versuchen. Von Schiffchen zu Schiffchen sozusagen.« Er grinste nicht einmal, als er das sagte. »Sie werden also unter Umständen aufeinander zuarbeiten, wie das in den Vorschriften heißt.«

»Soll ich nach meinem Treffen mit Quelle Sieben dorthin reisen?«, fragte sie.

»Das ist noch nicht geklärt. Aber möglicherweise, wenn Quelle Sieben einen Weg weist. Das kann nur der Kollege Sowinski entscheiden. Und jetzt wünsche ich Ihnen eine gute Reise. Ihre Unterlagen sind wie immer im Sekretariat. Und wir hier passen auf Sie auf.«

»Machen Sie es gut. Und achten Sie auf das Haus«, antwortete sie lächelnd, stand dann auf und ging hinaus. Sie mochte Esser sehr, er war zuweilen wie ein Vater. Den eigenen hatte sie kaum gekannt, ein Schattenbild, sie wusste nicht einmal, wie Vater sich anfühlt.

Sie ging langsam die Flure entlang, benutzte einen Lift, tauchte im Souterrain auf und klopfte an Goldhändchens Tür. »Routineabfrage«, erklärte sie. »Auf dem Weg nach Pakistan.«

»Ein ideales Land für Spione!«, verkündete er mit viel Tremolo. »Wollen wir denn dieses oder jenes neue Handy mitnehmen?« Er saß wie üblich im Halbdunkel, starrte auf seine Bildschirme und drehte nicht einmal den Kopf in ihre Richtung. »Ein neues Handy für Madame?«

»Werde ich es denn brauchen?«, fragte sie zurück und ließ sich in einem Ledersessel nieder.

»Das kommt drauf an, ob die Eingeborenen friedlich sind oder dich unbedingt im Kochtopf haben wollen.« Goldhändchen trug ein weißes Hemd mit offenem Kragen, dazu einen giftgrünen Schal, weiße Hosen und grüne Sneakers.

Soweit Svenja wusste, symbolisierte die Farbe Grün Frieden und Freiheit. Ob das Absicht war? »Warum neue Handys?«

»Weil wir mit der Zeit gehen«, antwortete er. »Du hattest bisher immer ein privates und eines für den Dienst, oder? Nein, antworte mir nicht, ich weiß, dass es so ist. Jetzt gebe ich dir zwei neue. Der Unterschied zu den alten ist sehr schlicht: Wenn du eines der beiden zwölf Stunden lang nicht benutzt, kommt hier ein Signal an, das uns sagt, dass irgendetwas nicht stimmt. Benutzt du eines der beiden länger als vierundzwanzig Stunden nicht, wissen wir, dass etwas faul ist und die Eingeborenen bereits an dir nagen. Unter Benutzung verstehen wir, dass du es nur einschaltest, du musst nicht einmal mit jemandem telefonieren. Und du musst über diese technische Funktion auch nicht genau Bescheid wissen. Also, daran denken: Jedes Handy einmal in zwölf Stunden kurz einschalten. Klar so weit?«

»Sehr klar, von Frau zu Frau«, murmelte Svenja. »Und vermutlich willst du jetzt meine beiden alten Handys haben, oder? Dann möchte ich aber noch meinen ganzen Krimskrams auf die neuen übertragen.«

»Das darfst du, meine Liebe, das ist erlaubt. Die Handys haben ein unterschiedliches Design. Das rote ist das vom Dienst, das grüne ist dein privates. Und dann noch etwas Besonderes: Dieser ehrenwerte Orden der besonderen Menschen hat zu deiner Sicherheit einen kleinen Trick in beide Geräte eingebaut. Wenn du die Ziffer Zwei länger als vier Sekunden gedrückt hältst, ist sämtliches Material im Gerät automatisch gelöscht, das Anrufprotokoll, die gespeicherten Daten, die Tonaufnahmen, Fotos, schlicht alles.« Er wandte ihr jetzt endlich den Kopf zu und strahlte sie fast überirdisch an. »Wo genau in Pakistan machst du denn die Straßen unsicher?« Er stand auf, griff nach einer kleinen grünen Wasserkanne und begann langsam und betulich die Pflanzen zu gießen, die in einer endlosen Reihe unter Speziallampen vor sich hin dösten.

»Im Delta des Indus. Landung in Karatschi.«

»Das ist gut, da ist es flach. Da kann ich dich schnell orten, falls irgendetwas Schwieriges im Weg ist oder irgendjemand nach deinem Blut dürstet. In den Stammesgebieten des Landes im Grenzbereich zu Afghanistan ist mir einmal jemand durch die Lappen gegangen, weil er sich in einer Felsenhöhle verkrochen hat, um ausgerechnet dort den

Notruf abzusetzen. Er war ein dummer Junge, technisch überhaupt nicht begabt.«

»Hat er überlebt?«

»Hat er nicht.«

»Du bist ein Scherzkeks«, lächelte sie. »Aber ich mag dich. Und Grün steht dir.«

Dann reichte sie ihm ihre beiden Handys, und er steckte sie in ein Gerät. Er nahm zwei neue Handys, löste sie aus den Verpackungen und steckte sie in ein anderes Gerät. Nach kurzer Zeit sagte er: »So, Mädchen, alles klar. Also: Grün ist privat, rot sind wir. Und nicht vergessen: Falls du mit deinem Angebeteten reden willst, niemals die Handys benutzen, immer nur das Festnetz – falls es da überhaupt eines gibt. Und noch etwas: Diese hellbraunen Stulpenstiefel sind hübsch, aber es fehlen genau zwei Zentimeter.«

»Du Zickenkrieger!«, erwiderte sie lachend. Dann setzte sie hinzu: »Und ich bete ihn niemals an, mein Lieber. Niemals! Aber trotzdem: Wie erreiche ich meinen Müller, wenn kein Festnetz zur Verfügung steht?«

»Wie immer im Notfall. Du drückst die Acht, etwa zwei Sekunden lang.« Goldhändchen grinste wie ein Gassenjunge. »Das mit dem Nichtanbeten glaube ich dir nicht. Und grüß mir den Müller ... ach nein, brauchst du nicht, der kommt ja gleich persönlich.«

Im Flur lehnte sie sich an die Wand und rief Müller an.

»Sehe ich dich noch, bevor wir fliegen?«

»Heute Abend, das wäre schön«, antwortete er.

»Hast du Anna-Maria gesehen oder mit ihr gesprochen?«

»Nein.« Seine Stimme war augenblicklich schroff.

»Also um acht?«

»Um acht«, bestätigte er. »Bei dir.«

Sie ging zum Lift und fuhr ein Stockwerk tiefer.

In der Schießhalle sagte sie dem leitenden Beamten: »Ich

habe ein schlechtes Gewissen. Ich muss unbedingt was tun. Ich war schon drei Monate nicht mehr hier.«

»Das weiß ich, ich habe dich angemahnt. Du solltest bei deinem Beruf die Termine für die Schießübungen einhalten und regelmäßig hier auftauchen. Pflicht ist: nach jedem Einsatz. Aber ich predige tauben Ohren.« Er war verärgert. »Welche Waffe?«

»Glock, neun Millimeter«, antwortete sie. »Ich habe sie mitgebracht. Hohlmantelgeschosse.«

»Du nimmst Bahn zwei, verschiedene Distanzen, fünfzehn Meter, dreißig Meter, vierzig Meter. Du trägst jeden Schuss ein, wir wollen schließlich sehen können, wie gut du bist. Willst du einen schnellen Film?«

»Den ganz schnellen, bitte.«

»Gab es irgendwelche Pannen? Bei der Waffe? Bei dir?«

»Nein, gab es nicht. Ich will keinen Ohrenschutz.«

»Schon klar. Ich hole dir Munition. Was ist mit deiner Waffe? Abweichungen im Gefecht?«

»Wie üblich ein leichter Verriss nach oben nach dem dritten Schuss. Aber nur beim schnellen Schießen, sonst keine Abweichungen.«

»Okay, das ist Standard«, sagte er sachlich und verschwand, um die Munition zu holen. Als er zurückkam, nahm er ihre Waffe, ließ das Magazin herausfallen und füllte es neu auf. »Die Magazinfeder ist in Ordnung, ein bisschen stramm vielleicht.«

»Aber die Waffe arbeitet fehlerfrei«, wandte sie ein. »Ich habe mich dran gewöhnt, oder hast du was Besseres?«

»Die neue Beretta ist gut, auch besser für dein Handgelenk, nicht so massig, leichter, gleichzeitig mit viel Körper. Aber es ist vielleicht nicht so gut, jetzt die Waffe zu wechseln. Ich schicke dir erst einmal einen schnellen Film.«

Eine Waffe mit viel Körper, dachte sie mit leichter Verachtung. Hat er etwa eine erotische Beziehung zu diesen Dingern?

Der Film lief an, mit Blick auf ein Gehölz, aus dem dann Männer hervorbrachen. Sie waren verdammt schnell. Und bewaffnet, große Waffen. Es waren vier, die sich rasch trennten. Sie legte auf den Mann rechts außen an, und er fiel sofort. Den zweiten verfehlte sie, den Linksaußen traf sie auf Anhieb, den Mann daneben verfehlte sie wieder.

»Das ist sehr gut für eine Premiere«, kam die Stimme des Trainers aus dem Steuerstand. »Ich schicke dir jetzt was aus der Sonne.«

Sie nahm ein volles Magazin und lud durch. Sie stand breitbeinig zur Bahn, drehte sich dann leicht nach links und nahm die Waffe langsam hoch. Nur auf die Waffe in deinen Händen konzentrieren, hatten die Lehrer endlos wiederholt, niemals wütend auf den Gegner sein. Sie sind die Waffe, Frau Takamoto!

Die Leinwand war jetzt grell, die Sonne stand voll auf einer Gasse, die Umrisse der Häuser waberten leicht in der Hitze. Dann tauchte links ein geduckter Mann mit etwas in den Händen auf, das wie eine Waffe wirkte. Kleines Ziel, geduckte Haltung. Sie schoss sofort. Plötzlich ein massiger Mann rechts an einer Hauswand, der ein Gewehr mit beiden Händen vor der Brust hielt. Auch hier zögerte sie keine Sekunde.

»Du hast beide getötet«, beklagte sich der Trainer.

»Ja und?«, fragte sie giftig. »Soll ich sie vielleicht mit Heftpflaster werfen?«

»Zu aggressiv!«, stellte er nüchtern fest. »Sie hatten beide Knüppel in den Händen.«

Sie schoss nicht gern, aber sie schoss gut. Sie mochte diese Waffen nicht, aber es war möglich, dass sie ihr das Leben retteten.

ZWEITES KAPITEL

St. Severin lag stolz in einem Viertel uralter Kölner Straßen, wie ein Ei in einem besonders schönen Nest.

John parkte den Leihwagen in etwa einhundert Metern Entfernung und zog den Trenchcoat an, um die Armbrust darunter verbergen zu können. Es war 5:15 Uhr und die Morgenluft kühl und diesig.

John kannte das Terrain, er war tagelang jeden Morgen um dieselbe Zeit an der wuchtigen Kirche gewesen und hatte den Pfarrer beobachtet. Um diese Zeit schloss er stets eine kleine Seitentür zur Sakristei auf und ging hinein. Er war immer der Erste.

John wusste auch, dass wenig später eine alte Frau kommen würde, um sich in die große stille Kirche zu setzen und mit ihrem christlichen Gott zu sprechen. Die Frau war harmlos: Uralt, mit trüben Augen, sie ging mühsam und krumm, das Gesicht stets auf die Steine zu ihren Füßen gerichtet.

Er wartete, bis auch die Alte durch die Tür gegangen war. Wenig später folgte er den beiden hinein. Die Sakristei war sehr groß, mit einer mächtigen Tafel, auf der alle möglichen Mitteilungen angebracht waren: die Tagesdienste der Pfarrer und Kapläne, die Listen der Messdiener, besondere Andachten, Termine von Trauungen, Beerdigungen und Taufen.

Leise schlich John durch die Tür und warf einen vorsichtigen Blick in den Kirchenraum. Es herrschte das ewige Halbdunkel, das nur durch eine einzige Lampe vor dem Hauptaltar erhellt wurde, die in schwindelnder Höhe aufgehängt war.

Die alte Frau saß bereits zusammengesunken in einer der Bänke, das Gesicht tief über die gefalteten Hände geneigt. Der Pfarrer stand genau in der Mitte vor dem Hauptaltar und hatte den Kopf ebenfalls gesenkt, offensichtlich in tiefster Konzentration.

John nahm die Armbrust unter dem Trenchcoat hervor und betrachtete sie sicherheitshalber noch einmal. Er legte den Aluminiumbolzen in den Schlitten und löste den Sicherungshebel. Der Pfarrer stand noch immer da und sprach mit seinem Gott.

John hob die Waffe, ging auf den Pfarrer zu, blieb etwa fünf Meter entfernt von ihm stehen und zielte ruhig. Es entstand kaum ein Geräusch, als er den Bolzen fliegen ließ, nur ein helles *Pflopp*. Der gefiederte Bolzen traf den Priester seitlich vom linken Ohr. Der Kopf flog ruckartig nach rechts und federte dann zurück, während der Mann mit weit aufgerissenen Augen zu Boden fiel.

Der Bolzen steckte tief im Schädel, die rote Befiederung wirkte wie eine Blume auf der linken Gesichtshälfte.

John ging mit ruhigen Schritten auf den Priester zu und sah ihn sterben. Laut röchelnd versuchte er noch irgendetwas zu sagen, aber die Worte wurden durch einen Schwall Blut erstickt, der aus seinem Mund drang. Auch um den Bolzen herum trat plötzlich viel Blut aus und lief auf den grauen Steinboden.

John legte die Waffe neben den Pfarrer und steckte ihm sein Kärtchen zu. Sobald er die Kirche verlassen hatte, zog er die Handschuhe aus. Tief atmete er die frische Luft ein.

Um 9:30 Uhr sagte Krause in die Gegensprechanlage, die ihn mit seinem Sekretariat verband: »Ich möchte gern Herrn Sowinski sehen. Fragen Sie ihn bitte, ob das jetzt geht. Und würden Sie danach bitte kurz reinkommen?«

Als die Sekretärin vor seinem Schreibtisch stand, sagte er: »Ich wollte doch einmal hören, wie es Ihrem Sohn geht, Gillian.«

»Es geht ihm ganz gut, jeden Tag ein wenig besser. Jetzt, wo er die Amputation hinter sich hat, sagt er immer: Mami, wir schaffen das schon.«

»Wie lange ist er noch im Krankenhaus?«

»Voraussichtlich vier Wochen. Er bekommt jetzt eine Prothese, und sie sagen, er muss dann trainieren, trainieren, trainieren. Und das Schuljahr kann er sowieso vergessen ... O Gott, das ist manchmal alles ein bisschen zu viel.« Sie brach in Tränen aus.

»Ja«, murmelte Krause ein wenig ratlos. »Also, ich würde vorschlagen, Sie fahren Ihren Job hier für ein paar Wochen auf fünfzig Prozent runter. Wenn Ihnen das hilft. Wir brauchen nicht darüber zu reden, Sie stimmen das einfach mit den anderen drei Damen ab und sind dann eben da, wenn Sie da sind.«

»Ich könnte auch in die Nachtschicht wechseln, dann hätte ich tagsüber ein wenig mehr Zeit, also das wäre ...«

»Entscheiden Sie, was für Ihre Situation am besten passt«, bestimmte er. »Ihr Sohn braucht Sie am Tag. Wie alt ist er jetzt nochmal, sieben oder acht?«

»Acht ist er.«

»Also, nehmen Sie sich Zeit für ihn. Und würden Sie mir jetzt bitte Sowinski rufen?«

Er wollte sich lieber nicht mehr so genau daran erinnern, was Gillian alles erzählt hatte, nachdem ihr Sohn vor ein Auto gelaufen war. Es war auf jeden Fall eine dieser schrecklichen Geschichten, bei denen man schon depressiv wurde, wenn man nur davon hörte. Ein Alptraum, dachte er. Ich frage mich, wie diese Leute damit fertigwerden. Wahrscheinlich überhaupt nicht. Wally hat mal gesagt, sie würde so etwas nicht überleben. Da ist es ein Glück, dass wir keine Kinder haben. Und gleich darauf: Das hätte Wally jetzt nicht hören dürfen.

Als Sowinski nach einem kurzen Klopfen hereinkam, stand Krause vor dem Fenster und starrte hinaus in die Bäume. »Gillians kleiner Sohn bekommt eine Prothese«, sagte er tonlos.

»Ich habe davon gehört.« Sowinski setzte sich. »Du fragst dich, was wir tun können.«

»Ja, das frage ich mich. Ich frage mich, wie viel Leben da an mir vorbeigeht, von dem ich keine Ahnung habe. Hast du die Sache heute Morgen aus Köln mitgekriegt? Ermordeter Pfarrer? Könnte das ein Terrorist gewesen sein?«

Sowinski hob abwehrend die Hände. »Frag mich doch nicht so etwas!«

»Ich will es nur erörtert wissen. Ein katholischer Priester, der sich vehement gegen den Bau einer großen Moschee in Köln ausgesprochen hat, wird in aller Herrgottsfrüh in seiner Kirche mit einer Armbrust erschossen. Das hat irgendwie etwas Satanisches, oder?«

»Ja, ja, ich habe es im Internet gelesen. Aber du musst auch wissen, dass wegen dieses geplanten Baus schon seit Monaten heftig gestritten wird und dass dieser Pfarrer ein scharfer Hund war. Er hat ganz üble Pamphlete geschrieben und behauptet, Köln sei eine der katholischsten Städte der Welt und der katholische Herrgott würde eine Riesenmoschee in seiner eigenen Stadt ganz bestimmt nicht befürworten, und ähnlichen Kokolores. Können wir uns darauf einigen, mein Lieber, dass das unter keinen Umständen ein

Fall für uns ist? Ich meine, es ist regionaler Schmonzes. Gut, es ist höchst bedauerlich, was dem Seelenhirten da widerfahren ist, aber wer sein Maul so weit aufreißt, muss damit rechnen, nicht gemocht zu werden.«

»Ich möchte trotzdem, dass jemand von uns hinfährt und sich die Sache ansieht.«

»Das kannst du mir nicht antun, verdammt«, sagte Sowinski scharf, sprang auf und verließ grußlos den Raum. Er ließ die Tür aber nicht zuknallen, sondern schloss sie sehr sanft hinter sich.

»Mein lieber Kokoschinsky!«, murmelte Krause betroffen in die Stille. Zuweilen verfiel er in das Idiom seiner Heimat, dem Ruhrgebiet. Er wartete, leicht verunsichert, ungefähr fünfzehn Minuten.

»Gillian, jetzt brauche ich den Esser.«

»Gillian ist zu ihrem Sohn ins Krankenhaus gefahren. Gerlinde hier. Ich rufe Herrn Esser.«

Esser kam herein und sagte angriffslustig: »Ich weiß, ich weiß, es gibt Zoff mit Sowinski, und du brauchst meine moralische Unterstützung – wofür auch immer.« Er setzte sich und grinste.

»Sagen wir mal so: Ich würde einfach gerne verstehen, weshalb Sowinski so scharf reagiert.«

»Du überforderst uns ...«

»Aber zu viel Arbeit gab's doch schon immer. Was ist jetzt plötzlich anders?«

Esser ließ sich mit seiner Antwort Zeit. Schließlich sagte er im Ton eines offiziellen Statements: »Das Problem ist, dass wir ein Geheimdienst sein sollen.«

»Ja, und?«

»Nicht die Polizei.«

»Aber wir müssen doch zumindest über derartige Möglichkeiten nachdenken: Das könnte sehr gut ein terroristischer Akt gewesen sein, kein x-beliebiges Verbrechen. Wo kommen wir denn hin, wenn uns diese Überlegungen verboten sind?«

»Niemand kann das verbieten«, sagte Esser. »Das will ja auch keiner.«

»Wieso reagiert er dann wie eine Jungfer, die unbedingt eine bleiben will?«

»Das musst du ihn fragen, nicht mich.«

»Also, da hat in Köln ...«

»Ja, ja, ich hab die Meldungen dazu gelesen. Ziemlich schauerlich. Aber was haben wir damit zu tun?«

»Was, wenn das ein Anschlag aus hochgradig politischer Motivation war? Der vielleicht keine Einzeltat bleiben wird?«

»Dann hat die Kölner Kripo viel zu tun. Es ist ein Gewaltverbrechen, da sind wir nicht zuständig. Irgendjemand murkst irgendjemand anders ab. Das ist Mord, aus welchem Motiv auch immer.«

»Und wenn dieser Täter morgen beispielsweise in London auftritt?«

»Ja wenn, ja wenn. Du reitest in zunehmendem Maße auf diesen Hypothesen herum. Das ist Spielerei. Du bist doch sonst ein Meister klarer Worte, aber jetzt beginnst du zu schwimmen. Sowinski ist einer der besten Operationsleiter, die wir jemals hatten. Dann bekommt er von dir die zusätzliche Aufgabe, diesen blödsinnigen Bundestagsausschuss mit Protokollen und Aufzeichnungen zu beliefern. Das frisst ihn auf, er geht schon seit langem auf dem Zahnfleisch.«

»Muss ich mich entschuldigen?«

»Ja, das musst du. Unbedingt.«

»Sind Müller und Svenja gut angekommen?«

»Ja, Müller gestern Nacht, Svenja heute Morgen. Aber

lenk jetzt nicht ab und komm bloß nicht auf die Idee, jemanden nach Köln zu schicken. Wir lassen jetzt erst mal andere ihre Arbeit machen.«

»Davon habe ich doch noch gar nicht gesprochen.«

»Ich kenne dich doch!«, bemerkte Esser drohend und stand auf. »Aber jetzt muss ich los. Meine Geschäfte rufen.«

Krause war jemand, der jedes Problem so schnell wie möglich anging, weil er aus langer Erfahrung wusste, dass Schweigen nicht half und Grübeln erst recht nicht. Also rief er Sowinski an und sagte: »Es tut mir leid, ich möchte mich entschuldigen. Können wir reden?«

»Später«, muffelte Sowinski. »Sagen wir, in einer Stunde.«

»In Ordnung. Also in einer Stunde.«

Er sagte in die Sprechanlage: »Eine sichere Leitung nach Mumbai bitte und dort zu Müller.« Als die Leitung stand, fragte er: »Gut angekommen? Wie ist die Stimmung?«

»Bestens«, antwortete Müller knapp.

»Haben Sie schon mit Svenja gesprochen? Dort auch alles in Ordnung?«

»Ja, alles in Ordnung bei Svenja, nur gerädert vom langen Flug.«

»Wir hatten vorgestern zu wenig Zeit, ausführlicher miteinander zu sprechen. Und ich denke, ich muss Ihnen sagen, weshalb Sie ausgerechnet Indien stürmen sollen.«

»Ich glaube, ich habe Sie schon verstanden. Sie fürchten, dass Mumbai nicht der letzte große terroristische Schlag war. Dass von Pakistan aus zu viel in diese Richtung gesteuert wird. Und dass möglicherweise Terroristen von dort zu uns exportiert werden könnten. Auch Einzeltäter. Dazu braucht Berlin einen täglichen Lagebericht, falls es wieder irgendwo knallt.« Müller lachte. »Und dann bekommen wir den nächsten Skandal mit der sensationell klingenden

Frage, was der deutsche BND denn ausgerechnet in Indien zu suchen hat.«

»Genau das. Es ist wie beim Irak, nur wahrscheinlich schlimmer. Haben Sie Bleistift schon kontaktiert?«

»Ja, er weiß, dass ich hier bin. Wir sehen uns noch heute Abend.«

»Fragen Sie ihn bitte, ob er eine oder mehrere einigermaßen verlässliche Figuren im Norden des Landes hat, die uns künftig als Quellen dienen könnten. Wir versprechen sichere Leitungen und natürlich die übliche Finanzhilfe für den Alltag. Ich will jemanden aus der regionalen Wirtschaft der Inder, keinen aus der Provinzverwaltung. Ich will jemanden, der beruflich ständig im Land unterwegs ist. Und ich will Genaueres zu Mumbai wissen.«

»Warum der Norden?«

»Nun, weil ich annehme, dass die Pakistaner zuerst einmal den hohen Norden nehmen wollen, um ein für alle Mal das umstrittene Kaschmir zu kassieren. Und weil ich vermute, dass die Pakistaner, wenn sie verrücktspielen, in einer Zangenbewegung über Indien herfallen. Und wenn Sie sich die Landkarte anschauen, werden sie im Süden die Grenze überschreiten und im Norden in Höhe Lahore ...«

»Aber die Zangenbewegung wird sich schnell erschöpfen, und niemand kann das Riesenland Indien besetzen, die Pakistaner haben gar nicht so viel Militär und Gerät.«

»Das ist richtig, junger Mann. Den Pakistanern werden Kaschmir und diese oder jene anschließende Provinz genügen. Aber Sie müssen zugeben, dass unsere Informationen über den Norden Indiens bis heute Seltenheitswert haben. Das will ich ändern. Und der Resident in Delhi kann das im Kriegsfall gar nicht leisten, er wird ohnehin überfordert sein, und wahrscheinlich müssen wir ihn dann zurückrufen.«

»Was kann ich zusichern?«

»Sagen wir, zweitausend Dollar im Monat und das erforderliche technische Gerät. Und wenn der Kandidat verlässlich erscheint, vielleicht noch ein einfaches kleines Auto.«

»Okay, ich werde mich bemühen.«

»Alles Gute für Sie.«

Krause arbeitete seine Tagesliste ab, telefonierte weltweit, ließ sich informieren, sprach Mut zu, versprach schnelle Zahlungen, gab neue Direktiven aus. Er tanzte über den Erdball, wie Esser das nannte. Dann meldete er sich ab und ging zu Sowinski.

Er betrat das Büro, nickte Sowinski nur zu, weil der gerade telefonierte, und setzte sich brav auf den Stuhl vor dem Schreibtisch, um zu warten.

Als Sowinski das Telefonat beendet hatte, sagte Krause: »Ich bin gekommen, um mich bei dir zu entschuldigen.«

Sowinski sah ihm in die Augen und erwiderte: »Das reicht nicht. Du musst endlich aufhören, Windmühlenkämpfe gegen irgendwelche nichtexistenten Terroristen zu führen. Das blockiert mich, und dich auch. Und es blockiert unsere Leute draußen, wenn sie plötzlich für solche Aktionen ins Ausland sollen.«

»Siehst du eine Möglichkeit, deine Arbeit für den Untersuchungsausschuss jemand anders zu übertragen?«

»Sehe ich im Augenblick nicht. Nicht in dieser laufenden Phase.«

»Dann sollten wir das aber für kommende Fälle bereits jetzt planen.«

»Das wäre gut. Emmerich ist jemand, der das kann. Er ist auch belastbar.«

»Also gut, Emmerich. Dann will ich zu dem Mord an dem Kölner Priester nur noch sagen, dass ich hellhörig werde, wenn solche Sachen passieren. Ich denke, es steht zu erwarten, dass wir es auch hier in Deutschland mit Terroristen zu tun kriegen, die entweder in der Gruppe oder auch allein agieren. Leute, die überall auf der Welt zuschlagen. Ich kann das nicht unterdrücken, ich bin mir sicher, wir nähern uns solchen Zeiten.«

Sowinski nickte. »Du musst verstehen, dass meine Ressourcen erschöpft sind. Ich kann Svenja und Müller steuern, auch noch die üblichen sechs oder acht Leute vorn im Feld. Aber ich kann nicht noch zusätzlich drei oder vier Leute betreuen, die deinen Vermutungen nachjagen. Du hast auch keinerlei Beweise.«

»Aber du verstehst doch mein Anliegen, oder?«

»Ach, Krause, du weißt ganz genau, was ich von dir halte. Und ich bin der Erste, der deine Ahnungen ernst nimmt. Aber bitte nur dann, wenn wir wenigstens den Hauch eines Beweises haben.«

»Und was wäre, wenn ich in solch fraglichen Fällen die Betreuung unserer Leute vor Ort übernehmen würde?«

Sowinski starrte ihn an und brach dann in schallendes Gelächter aus. Er beugte sich vor, hatte die Hände flach auf seinen Schreibtisch gelegt, schloss die Augen und lachte brüllend ohne jede Andeutung von Respekt.

»Ich warte seit Monaten darauf, dass du mir damit kommst, und ehrlich gesagt, in Anbetracht deines IQ kommst du damit ziemlich spät.« Noch immer lachend, schüttelte er den Kopf. »Du kannst doch gar keine Leute draußen steuern, das hast du seit zehn Jahren nicht mehr getan. Du würdest doch ständig Handys, Telefone, Faxgeräte, Funk, Computer, Internet verwechseln. Du kannst keine Leute steuern, Krause, du bist hier der Chef.«

Nach einem sehr langen Schweigen nickte Krause unglücklich. »Da hast du sicher Recht.«

»Misch dich da nicht ein, lass uns das machen«, bat Sowinski, immer noch kichernd.

Krause schlich hinaus, ging in sein Sekretariat, bat um einen Kaffee, schlürfte ein paar Schlucke davon, ließ die Tasse dann auf einer aufgeschlagenen Akte stehen und verschwand in seinem Büro. Er wirkte deprimiert und ein wenig hilflos.

Wenig später sprach er mit seiner Frau am Telefon darüber: »Ich glaube, ich mache hier im Augenblick eine Menge Fehler, Wally. Wenn ich so recht darüber nachdenke, sollte ich vielleicht doch etwas früher in Pension gehen.«

»Du hast schon wieder diesen Arme-Sünder-Ton drauf. Lass das einfach, das passt nicht zu dir. Kommst du heute denn mal etwas früher heim?«

»Ich weiß es noch nicht.«

»Was ist mit dem Wochenende? Fahren wir mal an die Müritz oder an die Havel? Ich meine, ich brauche ja jetzt Fahrpraxis, das ist wichtig.«

»Wir können darüber reden«, antwortete er vorsichtig. Seit sie den Führerschein hatte, sprach sie ununterbrochen über Wochenendtouren, es war geradezu aufdringlich und versetzte Krause in nicht enden wollenden Stress.

»Na, sieh mal zu!«, sagte sie hoffnungsfroh und beendete dann das Gespräch.

Die erste große Wochenendtour hatten sie nach Frankfurt/Oder gemacht, ohne jedoch ihr Ziel zu erreichen. Irgendwo in namenloser Wildnis hatte Wally plötzlich gesagt: »So, das reicht mir für heute, die Oder kann warten.«

Er hatte sie angestarrt und entsetzt gebrummt: »Wir sind hier erst in Fürstenwalde.«

»Na, und?«, hatte sie erwidert. »Beim nächsten Mal nehme ich die Autobahn und zische einfach durch. Jetzt kannst du mir einen Kaffee spendieren.«

Mittags um zwei waren sie schon wieder zu Hause, fühlten sich höchst unbehaglich, redeten aber keinen Ton miteinander. Wally hakte den Tagesausflug am Abend mit der sehr klugen Bemerkung ab: »Ich denke, es ist für das Auto auch viel besser, wenn ich nicht so viel in der Gegend rumgurke.«

Sowinskis Anruf holte ihn in die Gegenwart zurück. »Also, ich schicke den Thomas Dehner nach Köln. Er ist neunundzwanzig, sehr zielstrebig, außerordentlich einfühlsam, schwul übrigens, der Junge ist Gold wert, den müssen wir aufbauen. Tu uns allen den Gefallen, instruiere ihn, aber ruf ihn während des Einsatzes nicht an, lass ihn einfach in Ruhe arbeiten.«

Krause war so verblüfft, dass er kein Wort herausbrachte.

Svenjas Hotel war klein und teuer, wirkte diskret und elitär und lag in einem großen Garten mit riesigen Palmen, in leuchtenden Farben blühenden Büschen und einem luxuriösen Pool. Sie trug das lichtgraue, weit fallende Gewand der muslimischen Frauen, und sie fühlte sich darin sogar wohl. Sie saß an einem Gartentisch vor ihrem Zimmer, dichter Schatten schützte sie vor der brennenden Nachmittagssonne. Zum wiederholten Male versuchte sie Mara zu erreichen. Diesmal klappte es.

»Hier ist Shannon auf Besuchsreise, ich grüße dich herzlich.«

Maras Stimme war dunkel und ein wenig rau. »Das ist ja eine schöne Überraschung. Wo bist du?«

»Schon hier, im Hotel. Was machen die Kinder?«

»Alles bestens.«

»Was macht dein unvergleichlicher Mann?«

»Der ... der arbeitet. Wie immer. Ich nehme mal an, dass

er gerade das Land rettet. Ja, du willst sicher wissen, wann wir uns sehen können, oder? Also, ich denke, das wird heute nicht mehr möglich sein. Vielleicht eher in zwei, drei Tagen. Wir haben im Augenblick wahnsinnig wenig Zeit: Wir haben jede Menge Familienfeste.«

Die Worte »wahnsinnig wenig Zeit« und »Familienfeste« waren abgesprochene Codes und standen für: Kein Treffen jetzt! Unter keinen Umständen! Gefahr!

Es machte keinen Sinn, weiter zu fragen, und schon gar nicht, sich nach der Art der Gefahr zu erkundigen. Mit Sicherheit wurde Maras Anschluss überwacht, mit Sicherheit war ihr Mann außer Haus, wahrscheinlich schwebte sie selbst in Ungewissheit.

»Das macht nichts«, erwiderte Svenja munter. »Ich habe Zeit und bin das Luxusweib auf Reisen. Ich aale mich am Pool und lass es mir gutgehen.«

»Das ist lieb«, sagte Mara. »Ich melde mich. Versprochen.«

Svenja überlegte eine Weile, dann rief sie Berlin.

Sowinski meldete sich knapp: »Was ist, Svenja?«

»Ich habe mir gerade ein Stopp eingehandelt. Quelle Sieben sagt, dass es zwei bis drei Tage dauern kann, bis ich sie sehe. Irgendetwas ist da los, und sie klang eindeutig besorgt. Habt ihr irgendwelche Hinweise?«

»Nein, haben wir nicht. Aber ich frage den Residenten in Delhi und den in Lahore. Ein paar Minuten Geduld, bitte. Und auf keinen Fall das Haus von Sieben anlaufen.«

»Schon klar, danke.«

Sie rief den Zimmerservice und bestellte sich ein Steak, englisch, in Butter, mit etwas Gemüse. Sie aß grundsätzlich, wenn irgendetwas plötzlich ihre Arbeit störte.

Es war nur eine halbe Stunde später, als Sowinski sich meldete: »Der Resident in Delhi glaubt nicht, dass es etwas mit dem Tagesgeschäft zu tun hat. Der in Lahore lautet gleich. Das hat aber nichts zu sagen, denn im pakistanischen ISI kann es Krach geben, großen Krach. Und der Krach kann Maras Mann betreffen, wie wir beide wissen. Ich glaube nicht, dass er zu Hause ist. Schon deshalb nicht, um seine Frau und die Kinder nicht unnötig zu gefährden. Was meinen Sie: Sind es zwei Tage oder drei?«

»Ich denke, eher drei«, antwortete sie schnell.

Dann hörte sie im Hintergrund andere Leute sprechen, und Sowinski sagte hastig: »Svenja, ich hänge Sie jetzt ein, rufe aber in der nächsten halben Stunde noch einmal an. Verlassen Sie bitte das Hotel nicht, unter keinen Umständen.«

»Gut«, sagte sie. »Roger.« Was bedeutete, dass sie tatenlos in diesem hübschen Haus herumgammeln musste. Ein Zustand, den sie hasste.

Es dauerte diesmal fast eine Stunde, ehe Sowinski sich wieder meldete.

»Entschuldigung, es ging nicht eher. Goldhändchen hat sich der Sache genauer angenommen und ist dabei vielleicht nicht immer die hochoffiziellen Wege gegangen. Wir haben jetzt Nachrichten sowohl aus Pakistan wie auch aus Indien. Die Quellen sind im Moment nicht sehr genau, erscheinen mir aber durchaus vertrauenswürdig. Jedenfalls sind die Nachrichten höchst alarmierend: Maras Mann, der ehrenwerte Vizepräsident des pakistanischen Geheimdienstes, ist zurückgetreten und spurlos verschwunden. Die Meldung ist zwei Stunden alt und bislang noch unbestätigt. Wir haben keine Ahnung, wo er sich aufhält, und wahrscheinlich weiß seine Frau das auch nicht. Klar so weit?«

»Klar. Die Folgen daraus?«

»Keine Annäherung an Mara. Bringen Sie sie um Gottes willen nicht in Bedrängnis. Rufen Sie nicht bei ihr an. Bleiben Sie im Hotel und warten Sie ab.«

»Moment, Moment, nicht so hastig. Die fünf Kinder, was ist mit denen? Bis auf den Ältesten gehen die, soweit ich weiß, alle noch zur Schule. Wo sind die?«

»Nach Auskunft unserer Quellen ist die Ehefrau samt allen Kindern im Haus.« Er machte eine kurze Pause. »Rühren Sie sich nicht vom Fleck. Der Ehemann ist entweder auf der Flucht oder bereits tot. Es ist höchst riskant für die Familie, wenn Sie in irgendeiner Form eingreifen. Glauben Sie mir, Mädchen, ich weiß, was Sie jetzt durchmachen. Also, bis ich mich wieder melde: absoluter Stillstand. Keine Bewegung, kein Telefonat. Ende.«

»In Ordnung«, murmelte sie hilflos.

Müller war immer wieder fasziniert von Mumbai, die Riesenstadt war für jemanden seines Berufes ein wahres Eldorado. Unendliche Menschenmassen, ein permanenter infernalischer Lärm, ein Verkehrsgewühl, gegen das die Rushhour in New York beinahe geordnet wirkt, ein ständig drohender Verkehrskollaps. Er hatte oft gedacht, dass er sich in keiner Innenstadt der Welt so leicht verstecken konnte wie hier. Gleichzeitig war ihm bewusst, dass er nach spätestens zwei Stunden mitten im Gewühl wahrscheinlich Panik bekommen und sich heftig in die angenehme, stille Kühle seines Hotelzimmers zurücksehnen würde.

Er saß in einem Straßencafé irgendwo in der Nähe eines Bahnhofs der Eisenbahngesellschaft Western und starrte auf den vorüberbrausenden Verkehr, diese unglaubliche Ansammlung von Motorradrikschas und der kastenförmigen schwarz-gelben Taxis – Nachbauten des legendären Fiat 1100, den die Italiener schon längst vergessen haben. Im Grunde wartete er wie immer auf das große Scheppern, auf ein Chaos mit zerbeulten Autos und schwerverletzten, schreienden Menschen – aber es passierte nicht, es ging aus unerfindlichen Gründen immer gut. Er hatte gelesen, dass selbst die Verkehrsplaner der Stadt keine Ahnung hatten, wieso der Verkehr in diesem Gemisch aus Lärm, betäubenden Gerüchen, bedrohlichen Menschenmassen und selbstmörderischen Fahrweisen immer noch reibungslos lief.

Bis zum Treffen mit Bleistift in seinem Hotel hatte er noch eine Stunde Zeit. Er holte sich an der Theke einen zweiten Espresso und ein Glas Maracujasaft und ging mit den Getränken zurück zu seinem Platz. Er hatte sich die BND-Unterlagen zum Attentat mitgenommen und las sie noch einmal konzentriert durch.

Müllers Diensthandy klingelte, und er meldete sich knapp mit: »Ja?«

»Ich will, dass Sie es sofort wissen«, sagte Sowinski. »Svenja ist gegen eine Mauer gelaufen, hat Stillstand für etwa drei Tage. Der Vizepräsident des ISI in Pakistan, Ehemann unserer Quelle, ist zurückgetreten und verschwunden. Reden Sie darüber mit allen, die Sie treffen. Wir brauchen Klarheit. Ende.«

»Sicher«, sagte Müller.

Ich werde mit Bleistift beginnen, dachte er. Bleistift ist ein Schwätzer, aber ein solider Transporteur von Gerüchten, ein Naturtalent.

Hoffentlich geht es gut aus für Svenja, hoffentlich sitzt sie nicht in einer Falle. Müllers Magen zog sich bei dem Gedanken für einen kurzen Augenblick schmerzhaft zusammen, aber er gestattete sich nicht, dem Gefühl von Sorge Raum zu geben.

Ismail Mody, dachte er stattdessen, sieh mal einer an. Er erinnerte sich daran, dass Esser einmal geäußert hatte: Der Mann ist ein Juwel, aber irgendwann wird irgendwer hingehen und ihn abknallen. Vielleicht war genau das jetzt geschehen.

Müller steckte sich die Mappe mit den Unterlagen unter den Arm und machte sich auf den Weg zu seinem Hotel. Nach einer Weile war er es leid, durch die feuchte Hitze zu traben, und winkte eine Motorrikscha heran. Er gab dem jugendlichen Fahrer zehn US-Dollar und nannte ihm das Ziel.

Das Hotel war klein und fein, und todsicher hatte Sowinski es ausgesucht, weil es ebenerdig drei Ein- und Ausgänge hatte, eine Tiefgarage, die die nächsten drei Häuser umfasste, sowie einen Innenhof, in dem ein erstklassiges Restaurant war, aus dem man in vier verschiedene Richtungen entkommen konnte. Sowinski sorgte für die Seinen, Notausgänge inklusive.

Er benutzte das Hoteltelefon, um Svenja anzurufen.

»Ich bin's. Berlin sagt, du sitzt fest.«

»Ja, ich langweile mich hier zu Tode. Hast du irgendeinen Job für mich?«

»Leider nein. Ist dein Fisch tatsächlich verschwunden?«

»Ja, so ist es. Und kein Mensch weiß etwas. Weißt du was?«

»Ich weiß nur, dass mir das nicht gefällt ... Ich bin hier jederzeit erreichbar.«

»Das ist gut«, sagte sie. »Das ist sehr gut.«

»Hast du genug zu lesen dabei?«

»Ja, habe ich.«

»Pass auf dich auf. Ich würde gern alle paar Stunden deine Stimme hören.«

Bleistift war pünktlich, er tänzelte aus der Lobby auf ihn zu, nuschelte in seinem leicht gebrochenen indischen Englisch: »Herr Doktor Dieckmann, ich freue mich!«, und reichte

Müller eine Hand, die sich wie ein feuchtes Spültuch anfühlte.

»Schön, Sie gesund zu sehen!«, sagte Müller. »Wollen wir etwas essen? Wir können hier im Haus bleiben oder woanders hingehen. Ganz, wie Sie wollen.«

»Mir ist alles recht«, sagte Bleistift. »Hier ist es in Ordnung, sagen meine Späher.«

»Das ist gut, dann bleiben wir hier.«

»Wissen Sie, dass es hier original deutsche Bratkartoffeln gibt?«, gluckste Bleistift.

»Fantastisch.«

Und um zu betonen, dass er ein Kosmopolit war und sich mit Landesspezialitäten auskannte, schob Bleistift nach: »Mit kross gebratenen Speckstückchen.«

»Das klingt verführerisch«, murmelte Müller lächelnd.

Er hatte einen Tisch in einer abseits gelegenen Ecke des Innenhofs reservieren lassen und dem Kellner gesagt, bei seinem Gast handele es sich um eine außerordentlich wichtige Persönlichkeit.

Bleistift arbeitete für das indische Innenministerium, für eine Abteilung, die irgendwo im nebulösen Grenzbereich zwischen Polizei und Geheimdienst angesiedelt war. Was genau er dort machte, war nicht ganz klar und eigentlich auch unwichtig, denn er war jemand, der sich auf allen Feldern herumtrieb und überall dort zu Hause war, wo abends bei einem Gläschen Alkohol über das Wohl und Wehe des modernen Indien entschieden wurde. Er war ein berufsmäßiger Partygänger, ein Wanderer zwischen allen Welten, ein endloser Schwätzer, aber noch besserer Zuhörer, der alles an Gerüchten aufsaugte, was gestreut wurde.

Sie verdankten ihm bereits eine Menge gute Hinweise. Krause hatte es einmal so ausgedrückt: Er überreicht jedes Mal ein ganzes Bouquet Gänseblümchen, und wir haben anschließend die Arbeit, darin nach dem edlen Röslein zu suchen. Aber es ist immer eins drin.

Eine Unwägbarkeit allerdings kam hinzu: Es konnte sehr gut sein, dass Bleistift mit Genehmigung seiner Vorgesetzten ein genau festgelegtes Spiel als Doppelagent spielte. Zuletzt hatten sie sich vor einem Jahr in Wien gesehen, wo Bleistift irgendetwas mit der Internationalen Atomenergiebehörde zu regeln hatte.

»Ich habe etwas für Sie!«, eröffnete Müller ihm jetzt gut gelaunt.

»Sehr schön!« Bleistift strahlte, als habe er eine großzügige Gratifikation versprochen bekommen. Er war ein kleiner, dicker Mann um die vierzig mit langem schwarzem Haar, das er offensichtlich mit einer ordentlichen Portion Gel bearbeitet hatte. Sein Anzug war aus beigefarbenem Leinen, die Krawatte orange mit einem wilden Muster, das an Pantoffeltierchen unter dem Mikroskop erinnerte. Er selbst bezeichnete sich aus Müller völlig unbegreiflichen Gründen gern als eine Künstlernatur.

»Ismail Mody ist zurückgetreten und gleich darauf verschwunden«, begann Müller.

Es war deutlich, dass diese Nachricht Bleistift unvorbereitet traf. Seine Augen weiteten sich, seine rechte Hand fuhrwerkte für eine Sekunde wild über dem Tisch.

»Ich hörte davon«, sagte er dann vage und setzte dabei eine wichtige Miene auf.

»Haben Sie auch gehört, dass er längst in Delhi sein soll? Und dass die CIA zwanzig Millionen Dollar geboten hat, um ausführlich mit ihm sprechen zu können?«

»Das kann ich mir so nicht vorstellen. Immerhin, es ließe sich annehmen, dass er in Delhi ist. Aber wenn, dann sicher geheim und sehr privat. Er hatte ja Zeit genug, sich einen Weg aus dem Land zu suchen.« Bleistift war zwar mit der

Neuigkeit überrumpelt worden, aber auch er hatte offensichtlich längst mit dieser Möglichkeit gerechnet.

Es gab kein gutes Gegenargument, also nickte Müller nur und schob die nächste Provokation nach. »Er soll übrigens derjenige gewesen sein, der Indien vor den Anschlägen im November gewarnt hat.«

Der Kellner näherte sich ihrem Tisch, und Bleistift schwieg.

Sie orderten einen sündhaft teuren Bourbon, doppelt, auf Eis, ohne Wasser, dazu zwei Bitburger.

Im Hintergrund lärmte eine Gruppe ganz junger Inder, offensichtlich die Crème de la Crème, die Zukunft des Landes. Sie stritten auf Englisch darüber, wessen Haschisch das beste sei und dass bestimmte Sorten Speed unheimlich crazy machten, aber leider auch impotent. Ein auffallend kleiner, schmaler Junge krähte fröhlich »Und dann hängt er da!« in die Runde, was alle offensichtlich irre komisch fanden. Ein junges Mädchen hob ihr Glas und rief kichernd: »Auf alle Hänger!«

Dann stand Bleistift unvermittelt auf und sagte: »Entschuldigen Sie mich bitte!« Er watschelte in Richtung der Toiletten davon.

Jetzt muss er telefonieren!, dachte Müller, jetzt heizt er seine Gerüchteküche an. Da muss er beim Pinkeln genau überlegen, ob er seinen Minister informiert oder doch erst einen der Staatssekretäre. Natürlich würde auch einer der siebzig Fernsehkanäle dieser Stadt infrage kommen oder eine der Tageszeitungen. Wie auch immer: Müller hatte mit Erfolg die Topnachricht des nächsten Tages lanciert, niemand würde das noch aufhalten können. Vor allem aber würde Bleistift mit der Sicherheit des geborenen Spionagegenies vermuten, dass da noch weitere Leckerbissen auf ihn warteten. Müller gab ihm zehn Minuten für drei schnelle Telefonate. Bleistift brauchte elf.

Der Kellner war inzwischen mit dem Whiskey aufgetaucht und reichte ihnen die Karte. Bleistift bestellte tatsächlich ein Wiener Schnitzel mit Bratkartoffeln, und Müller entschied sich für ein scharfes Lammcurry.

»Wir suchen ein paar Leute im Norden, sagen wir, für das Gebiet zwischen Delhi und der pakistanischen Grenze, der indische Teil Kaschmirs inbegriffen. Es sollten bewegliche Leute sein, Leute, die viel herumkommen. Aus der privaten Wirtschaft. Wir denken an langfristige Bindungen. Fällt Ihnen dazu etwas ein?«

»Ich müsste mich umhören, aber ich denke, da lässt sich was machen.«

»Es wird beileibe nicht die große Spionageübung sein, eher etwas Handfestes. Geben Sie uns Namen weiter?«

»Über die üblichen Kanäle?«

»Genau.«

»Kann ich den Leuten etwas zusichern?«

»Wie Sie wissen, sind wir nicht knauserig.«

»Pi mal Daumen?«

»Etwa zwei pro Monat. Steigerungsfähig. Und vermeiden Sie Leute, die unser Honorar für das Wohl und Wehe des indischen Heimatlandes einstreichen wollen. Also keine Idealisten, bitte.«

»Sie erwarten etwas in dieser Region?«

»Das kann man so sagen. Pakistan spielt doch langsam total verrückt.«

»Das sehe ich allerdings auch so. Es gibt da ein paar private Unternehmen, die mit der Weltgesundheitsbehörde landwirtschaftliche Projekte im nördlichen Indien vorantreiben. Unter anderem im Teeanbau. Die haben gute Leute, da könnte ich mal fragen. Es sind Studenten im Praktikum, die sich gern etwas dazuverdienen, helle Köpfe.«

»Hört sich gut an«, sagte Müller.

Solange es um Fakten ging, blieb Bleistift kurz und präzise, zog keine Schnörkel, übertrieb nicht einmal, war ein idealer Auftragnehmer. Er würde nie erfahren, was mit seinen Empfehlungen geschah, und er würde auch niemals nachfragen.

Dann sagte Müller: »Sie wollen mir doch nicht erzählen, dass Ihr Ministerium Ismail Mody nicht mit offenen Armen empfangen hat?« Vielleicht hatte Bleistift ja seinerseits beim Pinkeln Neues über Mody erfahren.

»Oh, er ist selbstverständlich herzlich willkommen, und ich wette, er bleibt nicht in Indien. Ich nehme an, dass er längst in einem privaten Flieger sitzt, um irgendwo in Ruhe über seinen weiteren Lebensweg nachdenken zu können, während wir beide uns hier noch den Kopf über seinen Verbleib zerbrechen. Soweit ich weiß, ist er doch ein kluger Mann. Aber er wird von allen Extremisten verbissen gejagt werden. Um ehrlich zu sein: Ich gebe ihm maximal ein halbes Jahr, dann lebt er nicht mehr.«

»Hat er seine Familie mitgebracht?«

»Das entzieht sich leider meiner Kenntnis, lieber Doktor.«

»Was meinen Sie: War er denn wirklich derjenige, der Indien vor den Novemberangriffen gewarnt hat?«

»Es gab drei Quellen, die uns gewarnt haben. Und ja: Er war eine davon.«

»Und wer in Ihrem Hause hat geschlafen?«

Bleistift zog die Schultern hoch und breitete seine Arme in einer hilflosen Geste aus. »Sie würfeln es im Augenblick gerade aus. Dann wird es eine lautlose Explosion geben, und zwei oder drei Figuren werden in die Wüste geschickt, aber niemand wird es merken.«

»Natürlich, das verstehe ich. Lassen Sie uns kurz die Novemberangriffe streifen. Wie sieht Ihre Auswertung aus?«

»Trübe, um ehrlich zu sein. Wir sind gewarnt worden und

haben nicht reagiert. Die Folgen waren verheerend, der Tourismus in Mumbai und Umgebung brach schlagartig ein, und es gab europäische Magazine, die das Geschehen klarer und detaillierter darstellten als unsere eigene Regierung. Der deutsche STERN zum Beispiel war ausgesprochen gut. Ich hätte die Möglichkeit, an die ersten Aussagen des einzigen Überlebenden heranzukommen. Es sind dreißig DIN-A4-Seiten, äußerst interessant.« Er hielt plötzlich inne, als habe er etwas zu viel verraten.

»Was würde das kosten?«, fragte Müller freundlich. Jetzt wurde es ernst.

»Ich denke, viertausend Dollar würden ausreichen. Aber ich müsste erst fragen.«

Todsicher würde er umgehend ein Vernehmungsprotokoll liefern. Aber ebenso todsicher bekäme Müller niemals die Bestätigung, dass dieses Protokoll wirklich echt war. Dennoch glaubte er nicht, dass Bleistift ihm einen Fake anbieten würde.

»Ich kaufe es«, sagte Müller leichthin. »Und ich gebe Ihnen das Geld sofort und in bar.« Er stand auf und ging in die Lobby, fuhr mit dem Lift nach oben, zählte das Geld ab und steckte die Scheine in einen Umschlag des Hotels. Dann kehrte er zurück, reichte Bleistift den Umschlag und fuhr fort, als hätte es diese Unterbrechung gar nicht gegeben.

Als Bleistift pro forma fragte: »Soll ich quittieren?«, winkte er nur ab. »Schicken Sie es mir hierher ins Hotel. Da ich nicht weiß, wann ich abreise, bitte mit meiner Dienstadresse in Berlin, so dass es mir gegebenenfalls nachgeschickt werden kann. Ein junger Mumbai-Attentäter, der gerade ziemlich wahllos in alle Richtungen geschossen hat, interessiert uns natürlich. Hat er glaubwürdige Angaben gemacht?«

Das Essen kam, und sie schwiegen, während der Kellner es auftrug. Als er sich mit einer knappen Verbeugung zurückgezogen hatte, antwortete Bleistift: »Natürlich, durchaus. Er hasst außer Muslimen so ziemlich alles, was es auf diesem Planeten gibt. Das Verhör ist insofern exakt das, was man erwarten kann, sein Charakter ist vollkommen deformiert.«

»Mir ist bei der Rekonstruktion der Attentate etwas aufgefallen«, sagte Müller. »Das Hotel Trident/Oberoi wird für dreißig Stunden besetzt, es gibt dreiunddreißig Tote. Das Leopold Café wird gewissermaßen auf der Durchreise besetzt, es gibt zehn Tote, die Täter gehen weiter zum Hotel Taj Mahal. Dort gibt es bis zum Morgen des folgenden Tages zweiunddreißig Tote. In der Victoria Station sterben achtundfünfzig Menschen, und einhundertvier werden verletzt. Dann kommt das Nariman House, das Jüdische Zentrum darin. Dort dauern die Kämpfe ungewöhnlich lange, nämlich vierundvierzig Stunden. Es gibt nur acht Tote.« Müller sah ihn mit gleichmütigem Blick an.

»Sie sind wirklich clever!«, lobte Bleistift. »Sie vermuten irgendeine Abweichung?«

»Aber ja doch«, nickte Müller. »Habe ich etwa Unrecht?«

»Nein, nein. Sie haben natürlich Recht. Ich hätte wissen müssen, dass Sie draufkommen. Zum einen hatte das Gründe in der Struktur des Hauses. Es ist extrem schmal, sechsstöckig und komplett aus Stahlbeton hochgezogen. Jedes Stockwerk hat zur Straße hin einen Balkon, der über zwei Drittel des Gebäudes läuft. Wenn sich darin zwei, drei oder vier Terroristen verschanzt haben, gibt es nur den ganz harten Weg, das Gebäude zu befreien. Und harte Wege dauern lange. Und es waren eben nicht mehr als acht Leute im Haus. Sie müssen Raketen in das Haus schießen, um diese Terroristen zu töten. Es geht nur mit Raketen, nur mit geballter Feuerkraft. Das haben unsere Leute getan ...«

»Nachdem die Polizei noch während der Kämpfe die Bewohner offiziell bereits für tot erklärt hat.«

»Richtig. Das hört sich ziemlich brutal an, ging aber nicht anders.« Er strahlte, in diesem Revier war er zu Hause, die Selbstverständlichkeit eines gewaltsamen Todes faszinierte ihn. »Es waren ja diese amerikanischen Raketen, deren Kopf sich nach dem Abschuss öffnet und dann jeder etwa dreißig kleine Bomben freisetzt, die herumsausen wie Bienen, ja, wie Bienen. Ich bin natürlich kein Fachmann, aber so was nennt man wohl eine multiple Tötungsmaschine.«

»Aber das war nicht die einzige Abweichung, nicht wahr?«

Jetzt wirkte Bleistift geradezu begeistert. »Es war von Beginn an klar, dass Nariman House ein Ziel ersten Ranges sein würde. Wen hassen die Gotteskrieger am meisten? Wissen Sie, als die Knallerei losging, als irgendwann klarwurde, was da ablief, saß ich gerade in der Badewanne, und meine Frau kam rein und sagte: Da sind Leute in der Stadt, die schießen alles zusammen! Und ich antwortete nur: Dann wird Doktor Dieckmann einfliegen. Das habe ich tatsächlich gesagt. Und ich habe sofort versucht, zum Jüdischen Zentrum durchzukommen, was ich natürlich nicht geschafft habe. Die Stadt spielte ja verrückt. Aber ich wusste definitiv: Da musst du hin, alter Knabe! Und dann kam mir eine Idee!« Er lächelte. Tatsächlich.

Du wirst es mir gleich sagen, dachte Müller, keine Frage.

»Also, unsere Eliteeinheit, unsere Black Cats, die mit den Raketen, rauschten zum Nariman House. Mit so Panzern auf Gummirädern, ich weiß nie, wie diese Dinger heißen. Und ich habe ja den roten Ausweis meines Hauses. Da habe ich mich in die Befehlskette eingeklinkt und darauf bestanden, dass sie mich mitnehmen. Und irgendein Officer tat das dann auch, und ich konnte mir ansehen, wie das mit den Raketen funktionierte. Aber noch war ja nicht Schluss. Ich hockte da in diesem irre heißen Ding, schwitzte mir die Seele aus dem Leib und dachte mindestens einmal pro Minute, ich sterbe. Und als ich endlich aussteigen konnte, fiel ich tatsächlich vornüber in den Dreck. Mein Kreislauf versagte. Und gar nicht weit von mir lag da diese Frau, ziemlich dicht am Eingang vom Nariman House. Sie wirkte wie eine Insel. Sie passte da überhaupt nicht hin ...«

Er hörte unvermittelt auf zu reden. Der Schweiß auf seinem Gesicht glitzerte, und seine Augen verengten sich zu schmalen Schlitzen. Dann griff er in die kleine Brusttasche seines Jacketts und zog eine Plastikkarte heraus. Sie war weiß und hatte das übliche Format aller Bankkarten und sonstigen Kreditkarten. Darauf eine elegante arabische Schriftzeile in grellem Rot. »Das heißt: Im Namen Allahs!«, sagte Bleistift beinahe andächtig und legte die Karte vor Müller auf den Tisch.

Müller hatte sich zu ihm vorgeneigt. »Davon habe ich ja noch nie gehört.«

»Kein Wunder«, grinste Bleistift. »Nach allem, was ich so erfahren habe, gab's das sonst auch nirgends im Rahmen der Anschläge.«

»Und woher haben Sie ...?«, fragte Müller.

»Nun ja, ich hab es ja nicht so mit den Toten ...«, setzte Bleistift an, und Müller begann leise zu ahnen, was Bleistift getan hatte. Und vor allem, was er wollte. Gegen seinen Willen empfand er plötzlich so etwas wie Hochachtung. Das ist Gangstertum pur, dachte er matt. »Sie haben die Leiche, nicht wahr?«, fragte er.

Bleistift nickte begeistert. Und dann hauchte er: »Und den Film der Überwachungskamera habe ich auch.«

»*Mein Name ist* Thomas Dehner«, stellte Dehner sich vor. »Immer noch in Ausbildung.« Dazu lächelte er ein wenig unsicher.

»Schön formuliert«, murmelte Krause. »Nehmen Sie doch bitte Platz. Ich mache es kurz: Ich möchte Sie nach Köln schicken. Stippvisite. Haben Sie die Nachricht schon gelesen? Da wurde heute in den frühen Morgenstunden ein katholischer Priester vor seinem Altar mit einer Armbrust erschossen. Nach allen Informationen, die uns bis dato vorliegen, von einem Einzeltäter. Ich möchte, dass Sie sich das genauer anschauen.«

»Ich habe ihm die Unterlagen schon gegeben«, sagte Sowinski leise und ließ sich auf dem Stuhl neben Dehner nieder, offenkundig in der Absicht, die Sache auf keinen Fall auch nur eine Sekunde lang aus der Hand zu geben.

Um nicht die geringste Unklarheit entstehen zu lassen, vor allem aber, um Sowinski zu beruhigen, setzte Krause lächelnd hinzu: »Mein Freund Sowinski wird Sie steuern.« Dann wandte er sich an Sowinski und fragte: »Seine Legende?«

Sowinski reagierte fast militärisch stramm und präzise. »Psychologe Manfred Klar, Nachrichtenpool der Zentralstelle der Bundesregierung in Sachen Terrorismus. Papiere vorhanden, Legende auch.«

»Was können Sie besonders gut?«, fragte Krause.

»Neugierig sein und zuhören«, antwortete Dehner spontan. Er schien verwirrt. »Manchmal«, setzte er etwas leiser hinzu.

»Er hat sich im Fall Nordkorea in San Francisco ausgezeichnet. Sehr solide Arbeit, die amerikanischen Freunde haben ihn halb totgeschlagen«, erwähnte Sowinski nicht ohne Stolz.

»Ach, richtig, Sie waren das. Kompliment!«

Dehner erwiderte mürrisch: »Als besondere Leistung habe ich das damals nicht gerade empfunden.«

Krause begann leise zu lachen.

»Lassen Sie sich nicht verwirren, mein Junge«, sagte Sowinski an Dehner gewandt. »Herr Doktor Krause möchte Ihnen die besondere Aufgabe erläutern, die mit dem Köln-Besuch verbunden sein wird.«

»So ist es.« Krause nickte. »Um es auf den Punkt zu bringen: Ich gehe davon aus, dass wir in der nächsten Zeit zahlreiche unterschiedliche Formen von Terrorismus erleben werden. Durchaus auch Terroristen zum Beispiel, die allein arbeiten, ohne jemanden im Hintergrund, der sie steuert und finanziert. Auch aus Europa, nicht immer nur aus islamischen Ländern. Erinnern Sie sich an die englischen Attentate auf eine U-Bahn und einen Doppeldeckerbus? Das waren junge Muslime, ja, aber ihre Väter waren Ärzte, Beamte und Architekten, stammten also aus der Mittelschicht. Und sie waren Einwanderer in zweiter und dritter Generation. Das war eine ganz neue Art von Terroristen, die niemand auf dem Zettel hatte. Und sie müssen auch gar nicht in Afghanistan ausgebildet worden sein ...«

»Aber wie sollte sich denn ein Einzeltäter finanzieren, der weltweit operiert?«, fragte Dehner sofort leicht aggressiv. »Ich meine, er muss fliegen, herumreisen, zu den Zielen kommen, abtauchen, wieder fliegen, irgendwo unerkannt leben. Er braucht Aliasnamen inklusive gefälschter Papiere. Das kann ein Mensch allein und ohne organisatorische Steuerung doch gar nicht leisten.«

»Darauf kann ich Ihnen zum jetzigen Zeitpunkt keine Antwort geben, weil ich es schlicht nicht weiß. Aber meine Erfahrung und mein Instinkt sagen mir, dass es so passieren wird.«

»Ist denn so einer in Deutschland oder sonst wo schon einmal aufgetaucht?«, fragte Dehner.

»Nein«, antwortete Krause. »Unserer Kenntnis nach nicht.«

»Aber Sie denken, dass zum Beispiel so ein Täter diesen Priester in Köln getötet haben könnte?«

»Exakt«, bestätigte Sowinski. »So sieht die Überlegung aus.«

»Also gehe ich nach Köln, um festzustellen, ob es so ein Typ gewesen sein kann? Und das undercover?« Dehner schien immer ungehaltener zu werden.

»Richtig.« Krause sah die massive Abwehr in Dehners Gesicht und fügte hinzu: »Die Erfahrung lehrt, dass die Struktur der Täter sich verändert, dass sie sich anders entwickeln, dass sie andere Blickwinkel haben. Aber fast immer steht im Hintergrund die Faszination, ein Gotteskrieger zu sein. Eventuell auch, durch das Märtyrertum in das Paradies zu gelangen. Sie können durchaus, wie in England, die Mittelschichtsöhne sein, deren Eltern keinerlei religiöse Anbindung haben. Das kann also mit jugendlichem Protest beginnen.«

Eine Weile herrschte Schweigen.

Dehner sah ihn erstaunt an. »Aber da redet doch keiner von Terrorismus, oder? Das ist gewöhnliche Kriminalität! Eindeutig nicht unser Job.«

Krause reagierte sehr schroff. »Es ist mir gleichgültig, wie das genannt wird. Ich denke, wir müssen diese Figuren im Auge behalten, wenn sie auftauchen. Das Wild, das wir jagen, wird immer sehr scheu sein.«

»Okay. Aber das Wild steht ja nicht auf irgendeiner beliebigen Waldlichtung herum. Deshalb würde ich erst einmal abwarten, was die Mordkommission in Köln herausfindet, ob es Verdächtige gibt, wie sie aussehen, was die Staatsanwaltschaft sagt. Ich denke, der Fall wird ohnehin in unser zentrales Netz gestellt, und wir können sehen, welche Besonderheiten auftauchen.«

»Moment!«, sagte Sowinski scharf. »Wir sind ein geheimer Nachrichtendienst!«

Krause ließ den Einwurf unkommentiert, sah Dehner nur intensiv und zweifelnd an.

Sowinski wiederholte: »Moment, mein Lieber. Ich glaube, Sie haben nicht begriffen, worum es hier eigentlich geht. Wir erwarten eine neue Tätergeneration, die völlig anders agiert als die vorige. Wir erwarten sozusagen terroristische Solisten.« Es bereitete ihm ganz offenkundig Schwierigkeiten, die Theorie seines Chefs zu verteidigen. Er glaubte selbst nicht daran, und das nahm seinen Worten die Überzeugungskraft.

»Aha!«, reagierte Dehner mit nicht zu überhörender Ironie. »Also sind wir plötzlich eine Art polizeiliche Behörde?«

»Nicht schlecht!«, sagte Krause trocken.

Dehner ließ sich jetzt nicht mehr bremsen: »Der Mordfall wird in Köln untersucht, das LKA Nordrhein-Westfalen wird sich mit Sicherheit einschalten, notfalls mit Manpower. Das Gleiche gilt für das BKA. Und die lassen vom Verfassungsschutz bis hin zum Innenministerium und Außenministerium alle wissen, was da abgelaufen ist. Was also soll ich in Köln?« Er sah abwechselnd Krause und Sowinski mit großen Augen an, als bitte er dringend um Unterstützung in einer an sich klaren Sache.

»Wie alt sind Sie?«, fragte Krause.

»Neunundzwanzig«, antwortete er widerwillig und brachte es tatsächlich fertig, hinzuzufügen: »Und bitte keine pädagogischen Versuche in meine Richtung.«

Sowinski schlug die rechte Hand vor die Stirn und senkte den Kopf.

Doch Krause war nicht im Geringsten beleidigt, er sagte nur: »Wow!«

Und Dehner fuhr fort: »Das ist doch reine Paranoia, hinter jedem gewöhnlichen Verbrechen einen terroristischen Anschlag zu vermuten! In Deutschland gab es noch keinen einzigen! Und man sieht doch in Amerika, wohin die dauernde Angst führt: Überwachung aller öffentlichen Räume geht plötzlich über jede individuelle Freiheit. Rasterfahndung, Lauschangriff, Computerdurchsuchung, das haben wir mittlerweile auch allzu gut drauf. Nur bei Folter auf allerhöchsten Befehl halten wir uns wohl noch zurück.«

»Da stimme ich Ihnen durchaus zu«, meinte Krause versöhnlich. »Haben Sie schon vom Flughafen Baltimore in Maryland gehört? Da wird der Wartebereich vor der Sicherheitskontrolle mit blauem und violettem Licht beleuchtet, Wellnessatmosphäre, dazu Vogelstimmen und ein esoterischer Klangteppich. So verrückt es sich anhört: Das alles soll helfen, Terroristen zu fangen. Jeder, der sich in diesem Warteraum nicht automatisch entspannt, sondern als Nervenbündel erweist, wird diskret beiseitegenommen. Der Erfahrung nach mögen Terroristen keine Vogelstimmen.«

Dehner nickte verunsichert.

»Seien Sie locker, junger Mann«, fuhr Krause fort. »Ich denke, ich weiß, was Sie treibt. Im Heimatschutzministerium unserer Freunde läuft jetzt sogar das Projekt HOSTILE INTENT. Da werden elektronische Augen darauf getrimmt, sogenannte *microfacial expressions* zu erkennen, wenn sich also nur für den Bruchteil einer Sekunde irgendein Muskel im Gesicht bewegt. Man fand bisher vierzig solcher erwähnenswerten Minireflexe im Gesicht. Erkennt die Maschine so etwas bei einem Menschen, wird er diskret aus der Menge gezupft und einer genauen Überprüfung unterzogen. Inzwischen ist die Überwachung so weit, dass mit den richtigen Systemen von jedem Menschen in einer Menschenmenge Transpiration, Herzschlag, Hauttemperatur und so weiter aufgezeichnet werden können. Noch sind die Maschinen zu teuer, um sie großflächig einzusetzen. Ich betone: noch.«

»Denken die Amerikaner bei diesen Programmen nicht etwas naiv? Damit kann man doch keinen Terrorismus verhindern«, sagte Dehner.

»Genau!« Krause strahlte. »Naiv waren die schon immer. Aber aus dem gleichen Grund würde ich Ihnen abraten, jetzt auf unser Terrorismuszentrum zurückzugreifen, um in Erfahrung zu bringen, was in Köln bei diesem Mord los war. Bis Sie da mit allen Beteiligten von Polizei, BKA, Verfassungsschutz und so weiter geredet haben, sind Sie alt und grau. Damit kommt man nicht weiter. Vielleicht verstehen Sie jetzt endlich, warum ich Sie nach Köln schicke. Unsere Arbeit soll doch im Verborgenen bleiben, wenn eben möglich. Und sie soll von intelligenten Menschen durchgeführt werden, nicht von absurden Systemen. Und wenn wir Erfolg haben wollen, dann sollte uns niemand dabei zusehen.«

Dehner hatte plötzlich das diffuse Gefühl, er müsse sich für seine Angriffslust entschuldigen, und versuchte das mit der lahmen Bemerkung: »Ich bin noch ein Lehrling.«

Sowinski grinste breit.

»Schon gut«, murmelte Krause. »Ich bin ganz dankbar für derartige Attacken, Sie ahnen ja gar nicht, wie sehr. Reisen Sie, schauen Sie sich um, sprechen Sie mit Leuten, kommen Sie zurück, und wir reden.«

»Sie fliegen noch heute«, bestimmte Sowinski. »Und treffen sich morgen in der Früh mit dem Kontakt. Aber vielleicht ein kleiner Trost: Sie werden im Maritim wohnen, ganz edel und im vierten Stock.«

DRITTES KAPITEL

Mittlerweile befand sich John ungefähr hundertsechzig Kilometer nördlich von Karatschi am Rand eines kleinen Flugfeldes, das nur von Propellermaschinen benutzt wurde, die mit kurzen Lande- und Startbahnen auskamen. Er war im Punjab, der einzigen Landschaft Pakistans, die behaupten konnte, sich selbst zu ernähren. Er war ganz normal mit einer kleinen kanadischen Twin-Otter aus Jodhpur in Indien gekommen und hatte, wie erwartet, keinerlei Schwierigkeiten bei der Einreise.

Er benutzte einen Pass, den er schon seit langem mit sich herumtrug. Er war ausgestellt auf den Namen Sam Raille, Geologe aus Neuseeland. Er fiel nicht auf, machte niemanden neugierig. Es waren keine Touristen an Bord, nur Geschäftsleute, die offensichtlich regelmäßig mit dieser Linie flogen und sich inzwischen schon kannten.

Auf die Frage eines Uniformierten, was er denn im schönen Pakistan wolle, erklärte er gut gelaunt, er müsse zu komplizierten Vermessungen an den Indus. Seine Arbeitspapiere von einer australischen Vermessungsfirma lagen bei, inklusive einer Unbedenklichkeitsbescheinigung vonseiten der pakistanischen Zentralregierung.

Darauf war er besonders stolz. Es war schwierig gewesen, sie zu fälschen, weil pakistanische Stempel mehrmals im Jahr von heute auf morgen ihre Gültigkeit verloren und durch neue ersetzt wurden. Es war ein Zufall, dass er das bei der Fälschung berücksichtigen konnte. Er benutzte einen Stempel, der niemals wechselte und daher keinerlei Argwohn hervorrufen würde, einen gebrochenen, undeutlichen Stempel des pakistanischen Außenministeriums, alt und abgenutzt, auf einem kleinen grünen Schein.

Es gab auch keine Röntgenanlage, durch die man das Gepäck schieben musste, sondern nur einige Zöllner, die ausgesprochen gemütlich und freundlich Koffer und Taschen öffneten, um dann genussvoll in das pralle Leben der Reisenden zu greifen und allerlei Dinge ans Tageslicht zu befördern, die ihnen möglicherweise Rätsel aufgaben.

Johns kräftiges Teppichmesser war ein solches Rätsel.

»Wozu brauchen Sie das, Sir?« Der Beamte war jung und höflich und nicht im Geringsten aufdringlich.

»Das brauche ich, um die Geländekarten, die wir anlegen, schneiden zu können. Und dann würde ich es auch brauchen, falls jemand mir dummkommt und irgendetwas von mir haben will, das ich ihm nicht geben möchte. Sie müssen wissen, dass diese Dinger richtig wehtun.«

Der Beamte neigte schnell den Kopf, um nicht zu zeigen, dass er sich das Lachen verkneifen musste. »Das ist ein Argument«, sagte er dann heiter. »Schöne Tage bei uns, Sir.«

John verließ das kleine Gebäude des Flughafens. Soweit möglich, würde er nie im Leben hierher zurückkehren. Er würde seine Aufgabe erledigen und dann über die Arabische See nach Süden gehen. Er hatte auch schon eine sehr genaue Vorstellung davon, wie er das bewerkstelligen konnte. Es war schließlich nicht das erste Mal. Er hatte so eine Aktion schon einmal hinter sich gebracht, und das überaus erfolgreich.

Er stand vor dem Gebäude in der Sonne und fühlte, wie ihm der Schweiß ausbrach. Das fand er gar nicht gut, er mochte keinen Schweiß, am wenigsten bei sich selbst, er ekelte sich geradezu davor. Der Flughafen lag etwas außerhalb der kleinen Stadt, und er nahm ein Taxi. Er entschied sich für einen uralten fleckigen Mercedes, der so aussah, als würde er den nächsten Kilometer nicht überstehen. Freundlich wandte er sich an den Fahrer: »Ich brauche ein Hotel, ein gutes, solides.«

Der Mann sprach nur wenig Englisch, verstand aber »Hotel«, nickte lebhaft und fuhr sofort los. Der Dieselmotor spuckte und zog eine dunkle Qualmwolke hinter sich her.

Nach einer ziemlich turbulenten Fahrt erreichten sie einen Platz mit drei Hotels. Der Fahrer deutete nacheinander mit dem Zeigefinger auf jedes von ihnen und erklärte der Reihe nach: »Das da teuer und gut, das da sehr teuer und sehr gut, das andere nicht.«

John entschied sich für das sehr teure. Er nahm seine Leinentasche und seinen Rolli und verlangte an der Rezeption ein Zimmer für drei Tage. Niemand wollte seine Papiere sehen. Er bezahlte in US-Dollar und fuhr mit einem quietschenden Lift in den zweiten Stock. Das Zimmer war angenehm kühl.

Er hatte Zeit, nichts trieb ihn. Also zog er sich aus und genoss eine lange Dusche. Dann legte er sich auf das Bett und konzentrierte sich auf seine Atmung. Das hatte er gelernt, als er sich auf seine Aufgabe vorbereitete. Es machte ihm ausgesprochen Spaß, sich auf eine mentale Reise durch seinen Körper zu begeben: vom äußersten Ende der Fingerspitzen bis hoch in die Schultern, dann tief in den Bauchraum hinein, durch die Beine bis hinab zu den Zehen. Er konnte dabei mühelos das Tor zu einem kurzen Schlaf durchschreiten, aus dem er nach nur wenigen Minuten völlig erholt erwachte und sich ruhig und gelassen fühlte. Sein Vater hatte ihm das schon während seiner Schulzeit beigebracht, hatte erklärt: Autogenes Training wird dir immer zur Verfügung stehen, wenn du es einmal beherrschst. Er hatte tatsächlich Recht behalten: Es wirkte verlässlich.

Er beschäftigte sich lange mit seinen Trekkingschuhen und nahm mit einigen Handgriffen die Sohlen ab, die er in vielen Stunden Bastelarbeit darauf vorbereitet hatte, sein Bargeld aufzunehmen. Es war eine sehr einfache Methode, die ihm erlaubte, ständig etwa vierzigtausend US-Dollar bei sich zu haben. Ich wate im Geld, dachte er heiter.

Er trug Jeans mit einem europäisch geschnittenen, kurzärmeligen blauen Hemd. Dazu eine dunkelblaue Weste mit dem aufgedruckten Schriftzug MERCEDES BENZ auf der linken Brust. Die Weste war praktisch, hatte sehr viele Taschen, und er hatte im Rücken des Kleidungsstücks eine zusätzliche Tasche eingenäht, in der er einen Satz weiterer Papiere unterbrachte. Diesmal einen Reisepass für einen gewissen Mahmoud Illi aus dem Senegal, Kaufmann von Beruf. Wahrscheinlich würde er diesen Pass auf seinem Weg nach Mumbai und weiter in den Süden des indischen Subkontinents unbenutzt ins Meer schmeißen.

Er stand vor einer ohne Zweifel schwierigen Mission, denn in Kotri würde im Wohnresort der Regierung alles bewacht sein. Er kannte die Anlage nicht. Zwar hatte er versucht, sie bei Google-Earth anzusehen, aber sie war nicht deutlich erkennbar gewesen, höchstwahrscheinlich abgeschirmt durch die Regierung. Er hatte lediglich etwa vierzig Gebäude gesehen, aber keinen Zugang und auch keinen Hinterausgang. Er würde improvisieren müssen, aber das tat er gern. Er liebte Aufgaben, die ihn ganz und gar forderten und schnelle Reaktionen nötig machten. Er war ausgesprochen gut in Form.

Natürlich konnte auch hier geschehen, womit er unausweichlich eines Tages zu rechnen hatte. Auch hier konnte seine Reise zu Ende sein, war es möglich, dass ein eifriger

Wachmann ihn kurzerhand erschoss. Aber das würde Allah entscheiden, nicht er selbst. Und es konnte letztlich auch geschehen, dass er auf irgendeiner Straße von einem Truck erwischt wurde – das Leben war voller unvorhersehbarer Wendungen, und die ständige Gefahr gab ihm ein Gefühl von angenehm prickelnder Lebendigkeit.

Er verließ das Hotel und wanderte durch die Stadt. Als er auf einen Laden für billige pakistanische Kleidung stieß, ging er hinein und suchte sich zwei beigefarbene Leinenhosen und zwei einfache weiße Baumwollhemden aus. Das würde reichen.

Er fragte nach einer Autovermietung, und die Verkäuferin antwortete: »Also, da haben wir zwei, aber man sagt, die sind beide schlecht. Alte Autos, die nicht gut funktionieren. Einer ist gleich um die Ecke.«

John bedankte sich und ging in den Laden. Der Mann in dem Geschäft sah aus wie der klassische Gebrauchtwagenhändler in London oder München. Er trug einen Anzug samt Oberhemd und leuchtend roter Krawatte und entblößte grinsend eine Reihe schneeweißer Zähne, die mit Sicherheit so falsch waren wie der ganze Kerl.

»Haben Sie einen Toyota?«, fragte John.

»Da drüben!«, antwortete der Mann und deutete mit großer Geste auf zwei Wagen.

John nahm den schlechteren von beiden, einen Offroader, der einst wohl dunkelgrün gewesen sein mochte, inzwischen aber eine ganze Farbpalette aufwies, weil die Ersatzteile nicht beigespritzt worden waren. Die Reifen waren abgefahren, einige Beulen flüchtig mit Mennige bestrichen worden. Der Motor lief rund, ein Kind hätte das Auto bestimmt lustig gefunden.

»Ich brauche es eine Woche«, sagte John.

»Kaution dreihundert Dollar«, verlangte der Mann.

»Ich zahle zweihundert, okay?«

»Zweihundertfünfzig.«

»Also gut.«

Es gab sogar ein Formular, in das er sich unter dem Namen Heribert Fromm eintrug, Holzhändler aus Wien in Österreich, Europa.

John fuhr das Auto hinter sein Hotel und ging in sein Zimmer. Er würde irgendwann spät am Abend in das Auto steigen und davonfahren. Und irgendwo in diesem ewig grünen subtropischen Garten würde er den Wagen dann stehen lassen, seinen Auftrag angehen und dann verschwunden sein – wie immer.

Er bestellte Gemüse und süße Kartoffeln auf das Zimmer und aß langsam und genüsslich, während er auf die Straße hinausstarrte. Dann packte er die Sachen, die er mitnehmen wollte, in die große Leinentasche. Den Rollkoffer würde er irgendwo zurücklassen, ebenso die europäische Kleidung, die er nicht mehr benötigte.

In dieser Gegend der Welt war er sehr nahe an der Quelle des Kampfes, denn nur ein paar Hundert Kilometer nördlich von hier war er vor vielen Jahren im Grenzgebiet Pakistans und Afghanistans aufgetaucht – mit der innigen, glühenden und damals sicherlich verkrampften und ungeduldigen Sehnsucht, ein richtiger Gotteskrieger zu werden. Einer ohne Furcht, einer mit einem Löwenherzen. Er hatte sich dort den Namen John gegeben, der passte immer. Viele andere Europäer hatten auch so geheißen. Für die Ausbilder waren sie alle Johns gewesen, Verrückte aus dem Westen. Er war wunderbaren, aber engstirnigen Männern begegnet, die ihm sagten, wie er zu leben hatte und wie der Kampf aussehen würde. Aber sehr bald schon hatte er ihren Respekt verloren, und sie hatten sich abgewendet. Denn er war jung und wild und hatte ihnen bei den Schulungen widersprochen und

Fragen gestellt, die sich für einen zukünftigen Söldner Allahs nicht schickten. Wie konnte er ihnen mangelndes Taktikbewusstsein vorhalten? Wie konnte er es wagen, ihnen zu sagen, dass Angriffe mit einer großen Gruppe zu viele Unwägbarkeiten mit sich brachten? Sie hatten ihn das europäische Weichei genannt und herablassend gelächelt, wenn er an ihnen vorbeiging. Sie würden ihm jetzt mit Hochachtung begegnen, wenngleich sie keine Ahnung hatten, dass er es war, der überall neben den Leichen seiner Feinde die Botschaft hinterließ: Im Namen Allahs! Einmal hatte er geträumt, Osama schicke ihm eine Nachricht: Komm her, empfange meinen Bruderkuss, und sei Gast in meinem Haus. Groß ist dein Kampf!

Viele Dörfer hier und im Industal waren schon von den Gotteskriegern erreicht worden und wurden heimlich vorbereitet, eines Tages den frommen Männern aus dem Norden einen herzlichen Empfang zu bereiten. Das Swat-Tal hatten sie bereits unter Kontrolle, jenen beinahe paradiesischen Landstrich, in den früher die reichen Leute reisten, wenn sie geheiratet hatten. Sogar die Winter dort waren wunderbar, weil man Ski fahren konnte. Er war ganz sicher, dass die heimlichen Abgesandten der Taliban längst die großen Städte wie Lahore und Karatschi unterwandert hatten und in Eile Kämpferzellen aufbauten. Und irgendwann – schon bald, da war er sicher – würden seine Brüder im Glauben auch die Atomwaffen kontrollieren und klug einsetzen. Es war erheiternd, durch ein Land zu fahren, das in aller Stille sein Land geworden war. Es war gut, zu wissen, dass Moral und Gerechtigkeit herrschte und die Scharia das Leben bestimmte: Steinigen, Auspeitschen und Handabhacken für Ehebruch und Diebstahl. Und: Jedermann konnte zusehen, wie die Strafen vollzogen wurden.

Dein Gepäck soll leicht sein und dich nicht hindern, dachte er. Und fasse Mut und bete zu Allah. Unermesslich ist seine Macht, und er wird dich leiten, solange er will.

Als er am späten Abend auf dem Weg zu seinem Auto durch die Lobby des Hotels ging, hatte er sich ein wenig verändert. Er trug die pakistanischen Alltagskleider, eine kleine weiße Kappe auf dem Haar. Das Haar war schwarz, und er trug eine moderne Brille mit Gläsern aus Fensterglas. Das junge Mädchen am Empfang erkannte ihn nicht und fragte freundlich: »Was kann ich für Sie tun?« Da lächelte er und erwiderte: »Nichts!«

»Ich liebe dich«, sagte Svenja weich. »Und eigentlich könntest du kurz mal rüberkommen in mein Zimmer.«

»Wenn ich jetzt gleich losgehe, werde ich voraussichtlich in zehn Wochen bei dir sein. Wie fühlst du dich so?« Müller lag auf dem Bett, es war noch sehr früher Morgen. Bleistift würde gleich vor dem Hotel aufkreuzen, um ihm die Leiche zu zeigen.

»Nicht so gut«, sagte sie. »Vor allem mache ich mir Sorgen um Mara und die Kinder. Ich weiß, dass das blödsinnig ist, aber sie ist so eine wunderbare Frau.«

»Da höre ich ziemlich viel Emotion.«

»Ja, ganz richtig«, erwiderte sie bestimmt. »Wer sagt denn, dass ich die, deren Verrat ich verstehe, nicht gernhaben darf?«

»Niemand. Und gerade dafür liebe ich dich. Beschreib mir dein Zimmer.«

»Das Hotel ist in vier alten Häusern untergebracht, die wohl so um 1850 herum gebaut wurden, wahrscheinlich als Sommersitz englischer Verwaltungskönige. Ich denke, sie haben sie aufgekauft, renoviert und dann ein Hotel draus gemacht. Mein Zimmer liegt in dem Gebäude mit dem Namen Pearl und ist sehr groß und gut eingerichtet ... Ach was, Scheiße, Müller. Ich will mich nicht mit so einem oberflächlichen Kram abgeben. Mara spukt in meinem Kopf herum, ich habe von ihr geträumt, ganz schrecklich ...«

»Was denn?«

»Ich habe mich in mein Auto gesetzt und bin hingefahren. Niemand öffnete mir, aber die Tür war angelehnt. Ich ging hinein und sah nur Blut. Überall Blut. Und inmitten dieses roten Meeres sechs reglose Gestalten. Ich musste näher herangehen, um sie genauer zu sehen, und konnte es nicht. Und dann erkannte ich sie, Mara, die fünf Kinder, alle hingemetzelt ... Ich glaube, ich habe im Schlaf geschrien. Neben mir wohnt ein älteres Ehepaar, die mich beim Frühstück ganz komisch angesehen haben. Aber jetzt genug von meinen Befindlichkeiten. Was ist bei dir los?«

»Na ja, es gab Abweichungen beim großen Überfall auf Mumbai. Eine geheimnisvolle Tote direkt vor dem Nariman House. Das ist aber alles noch sehr unklar. Bleistift will mir gleich die Leiche des Opfers präsentieren.«

»Na, wenn das kein guter Start in den Tag ist.«

»Allerdings. Aber leider ein Tag ohne dich. Ich wünschte so sehr, ich könnte bei dir sein.«

»Das wünschte ich auch.«

»Wie siehst du aus als pakistanische Hausfrau?«

»Ziemlich gut. Das Zeug ist so weit geschnitten, dass ich eine Schnellfeuerkanone unterbringen könnte.«

»Lieber nicht.«

Dann schwiegen sie eine Weile, bis Svenja schließlich sagte: »Wir erreichen gerade unsere Grenze, hören wir auf.«

»Ja«, sagte er. »Bis bald. Ich denke an dich.«

Sie nahmen an, dass ihre telefonische Verbindung sicher war, aber man hatte ihnen gesagt, dass alle Gespräche, die

die Dreiminutendauer überschritten, trotzdem aufgezeichnet werden könnten, von wem auch immer.

Müller wechselte seine Kleidung, zog Jeans und ein einfaches T-Shirt an, dann eine Weste darüber, die man Anglerweste nannte und die so viele Taschen hatte, dass es schwierig war, sich zu merken, wo man was untergebracht hatte. Er nahm seine Waffe mit.

Bleistift saß in einem Auto mit Fahrer vor dem Hoteleingang und strahlte, als Müller erschien.

»Das wird Ihnen gefallen«, versprach er.

»Na, schauen wir mal«, sagte Müller und aktivierte sein drittes Handy, das ein Aufnahmegerät war. Er würde es bis zum Abschluss der Aktion laufen lassen. Goldhändchen hatte ihm dieses Handy ganz besonders ans Herz gelegt.

»Du weißt schon, mein Lieber, dass wir gern wissen wollen, warum du verlorengegangen bist. Dieses kleine Gerät kannst du nicht betrügen, es nimmt auch noch das Räuspern eines Menschen auf, der zehn Meter entfernt steht. Und das volle zehn Stunden lang. Und ich bin der König des Verfahrens, ich habe die Macht, das Gerät von hier aus über ein GPS-Signal anzupeilen und mir das Ganze hier in Berlin anzuhören, wo auch immer du dich herumtreibst oder wo auch immer dieses gottverdammte Aufnahmegerät ist. Also, trenn dich nicht davon, denn sonst könnte ich auf die Idee kommen, dass andere sehr böse Mächte des Teufels dich getötet haben. Und dann müsste ich dich vergessen.«

Merkwürdigerweise schwieg Bleistift während der ganzen Fahrt, gab nur dem Fahrer hin und wieder Anweisungen.

Es war noch vollkommen dunkel, als sie ein stilles Wohnviertel mit uralten englischen Villen und vielen Platanen am Straßenrand durchquerten, dann eine Industriezone, die von kreischendem Lärm erfüllt und taghell erleuchtet war. Schließlich kamen sie in ein Slumgebiet, in dem niemand mehr zu schlafen schien und wo auf verschiedenen Märkten bereits wildes Treiben herrschte. Manchmal schien es so, als seien die Behausungen in dichten Nebel gehüllt, aber es waren wohl nur die vielen Feuer, die überall brannten und schwelten.

Sie saßen im Fond des schwarzen BMW – ein Regierungsfahrzeug der gehobenen Klasse – und kamen im Bereich der Slums nur sehr langsam vorwärts, weil immer wieder Kinder und Jugendliche ihren Weg kreuzten, auf die Motorhaube zu springen versuchten oder sich an den Seitenfenstern festkrallten und mit großen Augen zu ihnen hineinstarrten. Dann rumpelte das Fahrzeug eine Sandpiste hoch und blieb oben auf den Gleisen der Eisenbahn stehen, und sie sahen unzählige Menschengruppen auf den Gleisen, die dort ihr Lager aufgeschlagen und manchmal nur eine Pappe zwischen sich und der Welt hatten.

»Sie sind hier zu Hause«, sagte Bleistift.

Müller wechselte die Waffe aus der Weste in die Hosentasche.

Es gab einen gewaltigen Schlag, als einer der verrückten Jugendlichen mit einem gewagten Sprung auf der Motorhaube landete und sich dort an einem Scheibenwischer festkrallte. Sein Gesicht war so dicht vor ihnen, dass sie das Weiße in seinen Augen blitzen sahen. Der Junge wirkte irritierend ruhig, er sah sie direkt an. In seinem Blick lag keine Furcht, nur das Bemühen, ihnen irgendetwas wortlos zu signalisieren, aber Müller konnte seine Botschaft nicht verstehen.

»Hat er Hunger?«, fragte er.

»Er will mit uns fahren«, erklärte Bleistift erstaunlich ruhig.

Der Fahrer fing wütend zu schreien an, Bleistift redete beruhigend in Hindi auf ihn ein. Der Fahrer hielt, stieg aus, zog den Jugendlichen am Arm von der Motorhaube und schlug ihm zweimal so fest mitten ins Gesicht, dass er taumelte und dann hinfiel.

Der Mann stieg mit mürrischer Miene wieder in den Wagen und sagte etwas sehr wütend Klingendes zu Bleistift, worauf der leise zu lachen begann und erklärte: »Jojo droht mir, sich versetzen zu lassen, wenn ich noch einmal seinen schönen Scheiß-BMW durch diese menschliche Hölle jage.«

Es verging fast eine Stunde, bis er plötzlich sagte: »Wir sind gleich da!«

Er ließ den Fahrer vor einem großen eisernen Werkstor anhalten und schickte ihn dann weg. An Müller gewandt, erklärte er: »Der Weg ist einigermaßen sicher, wir kontrollieren das alles hier.« Er schloss zwei schwere Vorhängeschlösser auf und sperrte dann wieder hinter ihnen zu. Das Gelände, das vor ihnen lag, war eine Industriebrache, und Bleistift ging zügig um einige große leere Werkshallen herum, ehe er vor einer schweren Tür in einem Betonbau stehen blieb und aufschloss.

»Wir kommen gewissermaßen von hinten in den Komplex rein«, erklärte er.

Müller schnupperte und verzog das Gesicht. Es roch ekelhaft süßlich.

»Es wird auch als Krematorium genutzt«, erklärte der Inder. »Niemand in den Slums wartet auf Papis Asche. Ein ständiges Elend, das die Kommune nicht beseitigen kann. Bei all diesen Millionen Menschen muss das einfach sein, und zwar vierundzwanzig Stunden am Tag. Ich muss hinter uns wieder abschließen.« Er drückte einen Lichtschalter, und an einer hohen Decke glimmten Neonröhren auf. Es war ein fahles, hoffnungsloses Licht.

Nachdem sie mehrere Minuten durch den gigantischen Bau gegangen waren, erreichten sie einen sehr hohen Raum, und Bleistift blieb vor einem Lastenaufzug stehen. »Hier geht es in die Unterwelt«, sagte er.

»Wer hat hier das Sagen?«, fragte Müller.

»Na ja, zum Teil die Kommune, zum Teil das Innenministerium, dann die Kriminalpolizei und auch die Staatsanwaltschaften. Es sind vielleicht acht Männer, die das hier unter Kontrolle haben. Wir kennen uns, und niemand redet dem anderen rein. Es ist vorgekommen, dass Bewohner des Slums während der großen Regenzeit in die Fabrikhallen eingedrungen sind, um im Trockenen zu sein. Wir hatten plötzlich dreitausend bitterarme Leute hier unten. Die haben uns fast in den Wahnsinn getrieben, wir konnten sie ja nicht einfach rausjagen – oder abschießen.«

Der Aufzug kam, und Bleistift drückte das Tor hoch. Es ging acht Geschosse nach unten, und der Lift schepperte und kreischte.

Müller war wütend. »Warum haben wir diesen Weg durch die Slums genommen? Das war verdammt riskant, das war lebensgefährlich.«

»Wir haben ihnen damals zu essen versprochen, vier Tage zu essen.« Bleistift sprach monoton, als habe er Müllers Frage nicht gehört.

»Und Sie waren der Verhandlungsführer?«

»Aber ja.«

»Da schimmert etwas durch«, bemerkte Müller vorsichtig.

Bleistift sah ihn an, und für Sekunden bekam sein Gesicht einen ungewohnt bitteren Zug. »Falls Sie vermuten, dass ich aus einem Ghetto stamme, so haben Sie Recht. Ich bin ein echtes Slumkind, ich kenne meinen Vater nicht und auch nicht meine Mutter. Ich weiß nicht einmal, ob ich Geschwister habe. Manchmal nehme ich diesen Weg, um das nicht zu vergessen. Und ich habe eine Bitte, Doktor Dieckmann. Wenn wir gleich unten ankommen, dann reden Sie nur mit mir, wenn wir allein sind.«

»O ja, natürlich«, antwortete Müller muffig. »Selbstverständlich.« Dann konnte er sich nicht enthalten, hinzuzusetzen: »Wir sind nicht leichtfertig, wir kennen Ihren Lebenslauf sehr genau.«

»Das dachte ich mir. Sie sollten auch wissen, dass ich einen wiederkehrenden Alptraum habe. Ich träume dann, ich müsste noch einmal dort leben.«

»Dann sollten Sie besser darauf verzichten, eine Ehefrau in Ihre Anekdoten einzubauen. Sie haben doch gar keine.«

Bleistift antwortete nicht, er öffnete die Lifttüren, und sie traten auf einen Gang, der taghell erleuchtet war. Geradeaus saßen an einem kleinen Tisch zwei schwer bewaffnete Wachmänner. Beide hatten eine Maschinenpistole von Heckler vor sich liegen. Sie blickten ihnen neugierig, aber nicht beunruhigt entgegen.

Bleistift reichte ihnen einen roten Ausweis, und sie nickten und trugen die Daten in ihre Unterlagen ein. Nachdem Bleistift unterschrieben hatte, gingen sie los.

Der Geruch des Krematoriums wurde jetzt intensiver.

Bleistift sagte: »Rechts von diesem Gang liegt das Krematorium. Links davon ist unser Ziel.«

»Wie tief sind wir hier?«, fragte Müller.

»Ungefähr sechzig Meter.«

Sie gingen nach Müllers Schätzung ungefähr zwei Kilometer durch eine öde, stinkende Betonröhre. Dann standen sie vor einem eisernen Rolltor. Es gab eine Klingel, und Bleistift drückte darauf.

Es waren drei schwer bewaffnete Wachmänner, die hinter dem Rolltor warteten. Bleistift legte erneut den roten Ausweis vor und musste erneut unterschreiben. Der restliche Weg war kurz und endete vor einer gläsernen Kabine, hinter der sechs Männer herumsaßen, die sich ganz offensichtlich langweilten.

Bleistift sagte etwas in ein Mikrofon. Einer der Männer nickte, nahm einen großen Schlüsselbund und kam zu ihnen. Er schloss eine Eisentür auf, ließ sie aufschwingen und lächelte ehrerbietig. Dann zog er sich wieder zurück.

Der Raum war riesig und eiskalt. Die Kühlanlage summte laut.

»Wir brauchen die Nummer sechsundfünfzig«, sagte Bleistift und schloss die Tür hinter ihnen. Die Wand war vollkommen mit Schüben bedeckt, hinter denen die Leichen lagen. Bleistift schritt auf eine Schublade zu und zog energisch daran.

Die Leiche war in einem ordentlichen grünen Leichensack verpackt. Bleistift zog den Reißverschluss auf und sagte förmlich und mit einem Hauch von Stolz in der Stimme: »Bitte sehr.« Die Frau war sehr schön.

Müller schätzte sie auf Mitte dreißig.

»Hatte sie Papiere bei sich?«

»Nein, überhaupt nichts«, antwortete Bleistift. »Die Kleidung habe ich schon untersuchen lassen. Es sind Jeans, die überall auf der Welt verkauft werden. Das Gleiche gilt für das T-Shirt und die Sportschuhe. Alle Herstellerschilder sind sorgsam entfernt worden, sie ist sozusagen eine sehr jungfräuliche Leiche.«

»Taucht sie in irgendwelchen polizeilichen Computersystemen auf?«

»Wir haben nichts gefunden.«

»Was sagen denn Ihre Kripoleute?«

»Sie sagen: Die Frau ist wahrscheinlich aus dem Nahen Osten. Sechzig Prozent. Aber wenn jemand auftauchen würde, um zu behaupten, sie stamme aus Neapel, würde mich das auch nicht wundern.«

»Und die Pathologen?«

»Sie haben den üblichen Y-Schnitt gemacht, kamen aber in der Frage der Identität nicht weiter. Das, was sie zuletzt gegessen hat, war ein Curry mit Hühnchenfleisch.«

»Was sagen die Zahnärzte?«

»Nichts Konkretes. Sie kann in Europa bei einem teuren Zahnarzt gewesen sein oder in Hongkong oder sonst wo.«

Die Frau hatte ein von langen schwarzen Haaren gerahmtes, schmales Gesicht. Sie war ungefähr einen Meter fünfundsechzig groß und hatte auf der linken Kopfseite ein blutverkrustetes schwarzes Einschussloch. Ansonsten schien sie auf den ersten Blick keine weiteren Verletzungen erlitten zu haben.

»Wie war ihre Konstitution?«

»Hervorragend, sagen die Pathologen. Sie muss regelmäßig Sport getrieben haben. Und sie hat nie im Leben körperlich hart gearbeitet.«

»Hatte sie Kinder?«

»Ja.«

»Gibt es Fotos von der Leiche?«

»Ja, natürlich. Aber wir haben sie nie zur Fahndung ausgeschrieben. Das erschien mir ziemlich sinnlos.«

»Warum?«

»Tja, warum? Ich habe viel über sie nachgedacht. Habe mehr Informationen über ihren Tod zusammengetragen. Und weil ich weiß, wie sie starb, habe ich gewusst, dass jemand sich damit beschäftigen muss, der mehr Einfluss hat als ich.«

Das ist geradeheraus, dachte Müller, er hat wohl seine ehrliche Stunde. »Was haben Sie mit ihr vor?«

»Nichts«, sagte Bleistift. »Ich kann sie noch eine gewisse

Zeit hierlassen, aber dann muss sie rüber und verbrannt werden. Ich habe schließlich auch meine Vorschriften.«

»Was erwarten Sie jetzt von mir?«

Bleistift schaute ihm in die Augen. »Ich will nur, dass Sie mir zuhören«, sagte er. »Prägen Sie sich einfach das Gesicht der Frau ein. Bitte.«

»Ich höre Ihnen zu.«

»Dann gehen wir in einen anderen Raum. Nur zwei Türen weiter.«

»Moment, ich fotografiere sie auch noch.« Müller machte einige Aufnahmen mit seinem Handy.

Der Raum zwei Türen weiter war ein sehr sachlich wirkendes Büro mit uralten, braun lackierten Stahlmöbeln. An der Wand eine Leinwand, auf einem Tisch ein digitales Abspielgerät.

»Hier können die Leute von der Kripo und den Staatsanwaltschaften sich Filme und Aufzeichnungen ansehen. Möchten Sie ein Wasser?«

»Ja, gerne.«

Bleistift goss aus einer Plastikflasche zwei Gläser voll.

»Prost! Sie erinnern sich, dass ich Ihnen erzählt habe, wie der furchtbare Tag am Jüdischen Zentrum für mich anfing. Es waren schreckliche Stunden, diese einsame Leiche, der Gestank, das pausenlose Rumgeballere, die Männer mit den Raketen und anschließend die Leichen – oder Teile von Leichen. Ich bin kein Mann für so etwas, habe ich auch nie sein wollen. Also, ich steige aus diesem brüllendheißen Panzer, mir war schlecht. Und dann sehe ich die Leiche auf dem kleinen Platz vor dem Haus.

Ich hatte den Kommandanten des Panzers gezwungen, mich mitzunehmen, also musste ich auch irgendwas tun. Ich traute mich noch nicht, ins Haus hineinzugehen, also kümmerte ich mich zunächst um die Tote. Sie wirkte irgendwie zerbrechlich, so schmal und leicht zu übersehen. Vielleicht jemand, der einfach nur im Weg gestanden hatte, als eine Kugel geflogen kam? Aber wieso dann diese Karte? So simpel schien es nicht zu sein. Ich habe gefragt, wie lange diese Frau da schon liegt, und ein Polizist sagte mir: Die lag schon da, als wir ankamen. Und dann sah ich die beiden Kameras am Haus. Eine war am zweiten Stock angebracht, die zweite am dritten. Kameras, die alles aufgezeichnet haben mussten. Darauf bin ich dann doch ins Haus rein. Es war schrecklich, beinahe hätte ich mich übergeben müssen. In den oberen Stockwerken tobten immer noch die Kämpfe. Ich hatte Glück: Die Steuerungseinheiten der Kameras waren im Erdgeschoss. Sie standen im Schlafzimmer des jüdischen Ehepaares, das das Zentrum leitete. Die beiden waren längst tot, ihre Körper völlig zerschossen, elend krepiert. Ich habe die Bänder geklaut.« Er lächelte versunken. »Geklaut sage ich deshalb, weil niemand weiß, dass ich sie genommen habe. Dann habe ich einen Gehilfen angerufen, der die Leiche der Frau einlud und hierherbrachte. Ich ging derweil nach Hause, um mir den Film anzuschauen. Gesehen habe ich das, was Sie jetzt auch sehen werden. Wie üblich sind das Datum und die Uhrzeit unten auf dem Bildrand angegeben.« Er schaltete den Apparat ein, löschte das Licht.

»Sie sehen jetzt die Bilder aus der unteren Kamera.« Bleistift schwieg jetzt, setzte sich in einen Stuhl und schlürfte das Wasser.

Der Film begann mit der Zeitangabe 21:28 Uhr. Die Kamera fing erst zwei, dann drei junge Männer mit großen Rucksäcken ein, die geradewegs auf das Haus zuliefen und aus Kalaschnikows zu schießen begannen, noch bevor sie es erreicht hatten. Dann verschwanden sie im toten Winkel, das heißt, sie betraten das Haus. Etwa drei Minuten lang geschah nichts. Dann kam aus Richtung des Hauses gesehen eine kleine schmale Gestalt von rechts. Die Frau, eindeutig die Frau. Sie ging schnell, sehr zielstrebig. Und plötzlich tauchte ebenfalls von rechts ein Mann auf, ebenfalls schmal von Wuchs, das Gesicht nicht erkennbar. Er hatte eine Kapuze tief in die Stirn gezogen. Erkennbar war aber die Pistole in seiner Hand. Innerhalb weniger Sekunden war er bei der Frau, hatte ihr die Waffe an den Kopf gehalten und abgedrückt. Verblüffend war, was danach passierte. Der Mann bückte sich kurz, steckte der Leiche etwas zu, verstaute seine Waffe danach unter seiner Kleidung. Dann lief er davon, von den Kameras weg, und verschwand zwischen den alten Häusern und den Elendshütten, die dort standen.

»Großer Gott«, sagte Müller in die Stille. »Kann es vielleicht sein, dass wir hier Zeuge einer privaten Tragödie geworden sind? Die Frau hat ihren Ehemann betrogen, und er läuft hinter ihr her und erschießt sie?«

»Dann muss er ein seltsamer Ehemann sein und sie eine sehr seltsame flüchtige Ehefrau. Wer flieht denn ausgerechnet in ein Haus, in dem Terroristen wie verrückt mit Handgranaten um sich schmeißen? Welcher Ehemann vergisst bei diesem Anblick nicht alle Mordgedanken? Und vor allem, wer steckt dann vorher noch so eine Karte ›Im Namen Allahs‹ ein?«

»Hat es – abgesehen von der Kamera – irgendwelche Zeugen bei der Polizei gegeben? Hat irgendwer die Sache weiterverfolgt? Die müssen die Frau doch direkt vor Augen gehabt haben, als sie auf das Haus und die Terroristen schossen.«

Bleistift sagte seltsam tonlos: »Sie können die weiteren Stunden der Kameraüberwachung anschauen. Was immer passiert, die Frau liegt da. Tot. Nur einmal rennt ein Polizeibeamter mit einem Schnellfeuergewehr direkt auf die Frau zu, legt sich hinter sie und benutzt sie als Schutzschild.«

»Das möchte ich sehen.«

»Bitte. Fahren wir auf die Zeitangabe 23:03 Uhr!«, sagte Bleistift.

Die Aufnahmen waren nicht mehr sauber, jedes Mal, wenn eine Granate explodierte, wurde die Aufzeichnung grellweiß. Dann rannte plötzlich ein Uniformierter so schnell er konnte hinter die Frau und benutzte sie als Brustwehr. Aber da musste ihn bereits eine Kugel getroffen haben, denn er rührte sich nicht mehr, und es wurde auch nicht mehr auf ihn gefeuert.

Müller trank einen Schluck Wasser. Es war lauwarm und schmeckte nach Chlor.

»Wie erklären Sie sich das alles?«, fragte er Bleistift.

»Ich kann es nicht erklären. Ich würde sagen, es ist eine Steilvorlage für einen Drehbuchschreiber.«

»Da haben Sie wohl Recht. Wer weiß sonst noch von dieser Leiche?«

»Der leitende Pathologe und mein zuständiger Oberstaatsanwalt.«

»Sie haben mir beim Essen diese Plastikkarte gezeigt. Kann ich die bitte nochmal sehen? Und Sie sagten, nirgends sonst, weder bei den Opfern noch bei den Tätern, habe es weitere Karten dieser Art gegeben?«

»Nicht, dass ich wüsste.«

»Haben Sie die Karte dem Oberstaatsanwalt gegenüber erwähnt?«

»Habe ich nicht. Wir hatten wegen der Angriffe auf die Stadt monatelang Chaos. Und kein Mensch hier hat sich für die Frau interessiert.« Er legte die Plastikkarte vor Müller auf den Tisch. »Die schenke ich Ihnen.«

»Hat denn Ihr Oberstaatsanwalt irgendeine Erklärung gehabt?«

»Nicht einmal ansatzweise. Er gab die Leiche zur Verbrennung frei.«

Müller stand auf und fotografierte die Plastikkarte. Dann steckte er sie ein. »Sie wollen mir die Leiche verkaufen, nicht wahr?«

»Das wäre eine Möglichkeit«, sagte Bleistift mit völlig ausdruckslosem Gesicht.

Vor seinem Termin am Morgen versuchte Dehner, Julian zu erreichen. Der Knabe war schon seit einigen Monaten seine ewige Versuchung. Julian war achtzehn, behauptete er jedenfalls. Aber er meldete sich nicht, und Dehner schrieb das seinem eigenen schwierigen, ungewissen Schicksal zu. Er wusste, dass der Junge seine Karriereaussichten in zwei Minuten zur Makulatur machen konnte. Aber er war seinem Zauber, seiner unglaublichen Schönheit verfallen. Der alte Rüdiger, mit dem Julian um die Häuser zog, hatte ihm die wild flammende Hoffnung geschenkt, Julian sei stark interessiert. Und zur Bestätigung hatte er auf Dehners Rechnung die nächste Flasche Chablis bestellt. Nur Maggie, ein gewaltiges Weib mit tiefem Bass, hatte ihn gewarnt: »Junge, lass das lieber sein, vergiss den Kleinen besser ganz schnell. Der wird dich nur verrückt machen, dir zwanzig Monatsgehälter abnehmen und dann weiterziehen. Er ist ein böses Engelchen!«

Ein Kriminalhauptkommissar mit dem Namen Rutger Blessing, Mitglied der Kölner Mordkommission, hatte ihm einen Gesprächstermin eingeräumt und leutselig erklärt: »Ich kann Ihnen den Fall Heinz Beda zu erklären versuchen, aber ich wage zu bezweifeln, dass die Bundesregierung irgendetwas damit anfangen kann. Das war ja wirklich keine Terroristengeschichte. Also gut, neun Uhr in meinem Büro.«

Dehner mochte diesen Auftrag nicht, wenngleich er verstanden hatte, auf welche Fährten er achten sollte. Im Rahmen seiner Ausbildung hatte er Vorlesungen in Polizeirecht und Polizeitaktik gehört, aber es interessierte ihn nicht wirklich, diese Arbeit nachzuvollziehen. Er hatte nichts gegen Krause und hatte all die Geschichten gehört, die von seinen geradezu überirdischen Fähigkeiten im Umlauf waren. Aber auf der anderen Seite war Krause vielleicht einfach nur ein ziemlich beleibter Spion, dessen beste Tage längst vergangen waren.

Nun gut, er würde das hier durchziehen und dann nach Berlin zurückkehren.

Blessing erwies sich als ein Mann in den Fünfzigern, klein, untersetzt, mit einem sorgfältig geschnittenen grauen Spitzbart. Er hatte wässrige blaue Augen, die ständig um Entschuldigung zu bitten schienen. Er holte Dehner an der Pforte ab und eröffnete das Gespräch mit der Bemerkung: »Sie sind also der Herr Klar vom Nachrichtenpool, extra aus Berlin angereist.« Er schüttelte Dehner die Hand und ging vor ihm her in den ersten Stock.

In seinem Büro angekommen, setzte er sich hinter seinen Schreibtisch und bedeutete Dehner lächelnd, ihm gegenüber Platz zu nehmen. Hinter seinem Kopf waren all die Urkunden und Ehrenzeichen an die Wand genagelt, die man ihm in seinem langen Polizistenleben verliehen hatte. Er war eine Zeit lang beim FBI ausgebildet worden, natürlich auch bei der CIA, war über Monate zu Gast bei der DEA in Miami, ein Jahr im Kosovo, sechs Monate in Südafrika. Er war reichlich herumgekommen.

»Ich würde mir den Fall Heinz Beda gerne einmal genauer anschauen«, sagte Dehner bescheiden. »Wenn Sie mir dabei behilflich sein könnten.«

»Na klar kann ich Ihnen aufs Pferd helfen. Wollen Sie einen Kaffee? Ich brauche dringend einen.«

Dehner lehnte ab, als er die dunkle Brühe sah, die aus der Thermoskanne kam.

»Was war denn dieser Beda so für ein Typ?«, fragte er.

Er bekam eine typische Kölsche Antwort: »Ach, fragen Sie besser nicht«, sagte Blessing mit einer wegwerfenden Handbewegung. »Er war Pfarrer, sogar ein recht beliebter, in St. Severin. Einer, dem es wichtig war, keine Vorschriften zu machen und ... na ja, das Leben zu genießen, sage ich mal. Sechsundfünfzig Jahre alt, wirklich sehr engagiert. Vor allem an den Schulen und den Kindertagesstätten.« Er hatte seine erste Tasse Kaffee geleert und fuhrwerkte erneut mit der Thermosflasche herum. »Also, sagen wir mal so: sehr erdgebunden, sehr fest verwurzelt bei den Kölnern, eine wilde Hummel im Karneval. Der ging in die Bütt und erzählte Witze, dass dir die katholischen Haare zu Berge stehen. So war er nun mal.« Er trank noch einen Schluck.

»Wie muss ich mir denn diesen Tötungsvorgang vorstellen?«, fragte Dehner.

»Also, der Beda muss so gegen Viertel nach fünf in die Kirche gekommen sein, das ist wohl seine übliche Zeit. Wir haben gottlob eine Zeugin für die Vorgänge, die alte Klara Schulte, die immer mit Beda zusammen morgens die Erste ist. Sie kommt also auch rein und setzt sich auf ihren angestammten Platz in der achten Bankreihe neben dem Hauptgang. Klara ist ein gutes Tier, wie wir hier sagen. Sie betet und wartet auf den Kaplan Münster, der die erste Morgenmesse hält. So gegen sechs Uhr für die ganz Frommen. Kurz und schmerzlos und ohne Predigt. Wollen Sie vielleicht einen Kognak?«

Dehner winkte nur ab und schüttelte den Kopf.

»Der Mord geschah relativ bald danach. Die alte Klara sitzt da und betet, der Pfarrer steht vor dem Hauptaltar. Der Mörder muss durch den kleinen Seiteneingang reingekommen sein, denn Klara sieht ihn erst, als er aus etwa fünf Schritt Entfernung auf den Pfarrer schießt. Mit der Armbrust, wie Sie ja sicher schon den reißerischen Artikeln im Internet und in der Presse entnommen haben. Der Täter geht kurz zu dem Sterbenden und bückt sich zu ihm hinab. Dann richtet er sich wieder auf, dreht sich um und stürzt zum Seiteneingang hinaus. Anscheinend eine ganz konzentrierte, schnelle Aktion. Mit einer Zeugin um diese Stunde hat er offenbar nicht gerechnet. Oder es war ihm gleichgültig.«

»Gibt es eine Beschreibung von ihm, mit der Sie etwas anfangen können?«

»Leider nein. Die Klara ist zweiundachtzig, da ist es mit den Augen nicht mehr weit her. Erst nachdem der Täter wieder verschwunden ist, begreift sie richtig, dass etwas Gravierendes passiert ist. Sie stemmt sich in ihrer Bank hoch, will zum Pfarrer gehen, aber jetzt wird sie vom Schock übermannt. Sie wird vor Aufregung ohnmächtig und liegt noch da, als Kaplan Münster in die Kirche kommt.« Blessing trank einen weiteren Schluck Kaffee.

»Wie sieht es mit dem Mordmotiv aus?«, fragte Dehner schließlich.

»Der Hintergrund ist ein solider Streit zwischen Katholiken und muslimischen Türken in der Stadt. Die wollen nämlich eine sehr große Moschee bauen, und die Katholiken sagen: Kommt nicht infrage, Köln bleibt katholisch! Der Streit geht schon lange, und die meisten Katholiken sind der Meinung, dass die Muslime sehr wohl ihre Moschee bauen sollen. Die türkische Gemeinde hier ist sehr groß, also brauchen sie ein Gotteshaus. Es gibt aber deutlich rechtsgerichtete Kreise, die etwas dagegen haben und auf dem Konflikt ihr Süppchen kochen. Und Heinz Beda, der sehr viel Einfluss hatte, gehörte zu denen, die gesagt haben: Lieber keine Moschee oder wennschon, dann eine deutlich kleinere! Nicht so ein Riesending!«

»Der Täter schießt also, geht dann hin und will sich vergewissern, dass Heinz Beda tot ist. Dann geht er hinaus. Was geschieht danach?«

»Er wollte sich nicht vergewissern, dass Beda tot war, er wollte etwas zurücklassen.« Blessing hatte einen Zeigefinger erhoben. Achtung: Jetzt kommt's!

Er zog eine Schublade an seinem Schreibtisch auf und ließ eine kleine Plastikkarte über den Tisch segeln, weiß mit einem grellroten Schriftzug. »Das ist Arabisch, das heißt ›Im Namen Allahs‹.«

»Haben Sie das Ding an die Presse gegeben? Von wegen: Wer diese Karte kennt, soll sich melden? Ich hab davon nämlich noch gar nichts gehört.«

»Nein, nein, nein«, wehrte Blessing schnell ab. »Die Auseinandersetzungen hier zwischen Gegnern und Befürwortern sind so scharf geworden, dass wir schon wilde Prügeleien mit großen Polizeieinsätzen hatten. Der Präsident hat gesagt: Wenn wir das veröffentlichen, heizen wir die Sache nur noch zusätzlich an.«

»Da wird er Recht haben. Wer stellt diese Karten her?«

»Das wissen wir nicht. Technisch ist das ein Klacks. Mit der richtigen Maschine kann das jeder. Die Kreditkarten für Banken werden genauso hergestellt.«

»Sind solche Karten jemals zuvor in Köln aufgetaucht?«

»Noch nie, da sind wir sicher.«

»Darf ich das fotografieren?«

Nach kurzem Zögern willigte Blessing ein. »Meinetwegen. Aber das müssen Sie bitte höchst vertraulich behandeln. Ich will auf keinen Fall, dass die Presse davon Wind bekommt, sonst bin ich dran.«

»Um Gottes willen! Hören Sie mir auf mit der Presse!«

Dehner stand auf und fotografierte die Karte mit seinem Handy. »Eine Armbrust als Waffe ist schon sehr ungewöhnlich. Haben Sie dazu recherchiert?«

»Aber natürlich. Der Täter benutzte eine amerikanische Armbrust, sinnigerweise heißt sie Robin Hood. Sie entwickelt im Flug eine solche Kraft, dass sie einen Menschen glatt durchschlagen kann. Heinz Beda wurde in den Kopf getroffen, er war sofort tot. Der Bolzen war ein herkömmliches Modell aus Aluminium. Die Dinger kann man in jedem Waffengeschäft kaufen.«

»Respekt, wie haben Sie das Modell denn so schnell ermitteln können?«

»Er ließ die Waffe in der Kirche liegen.«

»Wie bitte?«, fragte Dehner verblüfft. »Kann man sich da einen Reim drauf machen?«

»Wir haben, offen gestanden, keine Ahnung. Aber ich vermute, dass er sie zurückließ, um draußen unter keinen Umständen damit gesehen zu werden. Einfach zu riskant.«

»Haben Sie Fingerabdrücke?«

»Es gibt keine. Er hat mit Sicherheit Handschuhe getragen.«

»Wie haben sich denn bislang Ihre Untersuchungen entwickelt? Haben sich weitere Zeugen gemeldet? Gibt es konkrete Verdachtsmomente?«

»Nichts, absolut nichts. Der Täter fiel vom Himmel und fuhr anschließend wieder hinauf. Es ist sehr frustrierend. Wollen Sie nicht doch einen Kognak?«

Krauses erste Konfrontation des heutigen Tages hatte bereits in aller Früh stattgefunden. Seine Frau hatte angerufen.

»Weshalb bleibst du in dieser elenden Kaserne, warum kannst du denn nicht wenigstens über Nacht nach Hause kommen? Und warum muss ich überhaupt so blöde Fragen stellen?«, hatte sie ihn angeherrscht.

»Ich habe ein paar Stunden im Ruheraum geschlafen«, war seine schwache Antwort.

»Das glaube ich dir nicht. Ich glaube ja nicht einmal, dass ihr so etwas wie einen Ruheraum überhaupt habt.«

»Wir bearbeiten momentan zwei sehr schwierige Themen, viele hier sind nicht nach Hause gegangen. Wie geht es dir?«

»Mir geht es einigermaßen gut. Die Magdalena, Essers Frau, kommt gleich, wir wollen zusammen in die Stadt, wollen uns ein bisschen umsehen.«

Wonach, um Gottes willen, sieht man sich in der Stadt um?, dachte er verwirrt.

»Ich kriege Besuch, ich muss aufhören.«

Er hatte sich schon tausendmal vorgenommen, seine Frau nicht mehr mit derart fadenscheinigen Bemerkungen aus der Leitung zu werfen. Er tat es trotzdem immer wieder und verachtete sich dafür. Mit dir geht es bergab, mein Freund, dachte er. Du wirst alt, und du denkst wirr.

Kurz darauf meldete sich Müller aus Mumbai. »Wir können eine Leiche kaufen, wobei ich nicht sicher bin, ob das irgendeinen Gewinn verspricht.«

»Was ist das denn für eine Leiche?«, fragte Krause nach.

»Eine Frau, ungefähr Mitte dreißig. Sie wurde von jemandem vor dem Jüdischen Zentrum hier in Mumbai durch einen aufgesetzten Schuss aus einer großkalibrigen Waffe erschossen, hingerichtet, wenn man so will. Der Täter verschwand anschließend im Häusergewimmel. Und zwar nachdem die Terroristen im Haus waren, aber noch bevor die ersten Polizisten kamen. Eine sehr komische Sache. Das ist gefilmt worden, ich habe keine Zweifel an den Aufnahmen. Die Leiche ist nicht identifiziert.«

»Wir sollen also dafür bezahlen?«

»Sollen wir. Bleistift verlangt vierzigtausend Dollar. Ich weiß nicht genau, wie er auf die Summe kommt. Vielleicht denkt er an ein schönes Eigenheim. Vielleicht ist er aber auch einfach nur größenwahnsinnig geworden.«

»Was meinen Sie persönlich?«

»Ich bin mir da unsicher«, gab Müller unumwunden zu.

»Und wenn Sie ihm die Hälfte anbieten und mit ihm im Gespräch bleiben?«

»Es ist nicht das Geld, das mich unsicher macht. Der Mann, der sie erschoss, steckte der Frau eine Plastikkarte zu, auf der in arabischen Schriftzeichen ›Im Namen Allahs‹ steht.«

»Das besagt an sich noch gar nichts«, murmelte Krause. »Die Terroristen kamen aus Pakistan und waren vorher von einem Hassprediger und einigen muslimischen Kriegern intensiv geschult worden. Natürlich meinen die, im Namen Allahs zu kämpfen.«

»Ja, aber sonst wurde nirgendwo von so einem Kärtchen berichtet. Könnten wir es hier nicht tatsächlich mit einem Einzeltäter zu tun haben? Sie reden doch immer davon, dass sich auch mal ein Einzelner auf den Weg machen wird. Das hier könnte doch so einer sein.«

»Wir sollten die Spur auf jeden Fall weiterverfolgen. Also, wie wollen wir entscheiden?«

»Ich biete ihm zehntausend US-Dollar für die Aufnahmen der Überwachungskameras«, sagte Müller. »Die Leiche brauchen wir doch nicht unbedingt, oder?«

»Das ist ein Wort, das versuchen Sie mal! Sonst noch irgendetwas?«

»Ja. Ich habe Bleistift viertausend Dollar bezahlt für eine Kopie der ersten Aussagen des einzigen überlebenden Pakistaners von dem Überfall auf Mumbai. Immerhin dreißig Seiten.«

»Das könnte wirklich ein Schritt in die richtige Richtung sein«, lobte Krause. »Bis demnächst, passen Sie auf sich auf.«

Krause lehnte sich in seinem Sessel zurück und schloss die Augen. Er war hundemüde.

Dann gab es eine hektische Viertelstunde, weil Goldhändchen mit der Nachricht auftauchte, es seien zwei Bananendampfer auf dem Weg nach Bremen, die aller Wahrscheinlichkeit nach je eine Tonne hochwertiges Kokain an Bord hätten.

Goldhändchen legte vor Krauses Schreibtisch ein tänzerisches Solo hin, das seinesgleichen suchte. Dann setzte er sich auf den Stuhl vor Krauses Schreibtisch, sprang aber schon nach wenigen Sekunden wieder auf und sagte dabei mit bedrohlicher Stimme: »Und ich bleibe dabei: Diese Schiffe von dieser gottverdammten Reederei hatten schon einmal etwas an Bord, das da eigentlich nicht sein sollte. Aber damals hat mir kein Mensch zugehört, und ich möchte jetzt nicht wieder vergebens drauf warten, dass irgendeiner meiner nichtsnutzigen Mitarbeiter in diesem Hause mir sein Ohr leiht, verdammt noch mal!« Er war in heller Aufregung.

»Mäßigen Sie sich!«, sagte Krause, allerdings nicht sonderlich überzeugend. »Also, woher wollen Sie wissen, was die an Bord haben?«

»Von den Spaniern«, antwortete Goldhändchen triumphierend. »Sobald die Schiffe eine bestimmte Position erreicht haben, melden sie ihrem Reeder in Spanien: Früchte haben sechzig Prozent Reife!«

»Ja und?«

Goldhändchen tänzelte vor dem Schreibtisch herum, machte dann einen Ausfallschritt nach links und hob theatralisch die Arme.

»Wie: Ja und? Haben Sie schon mal gehört, dass ein Schiffsführer an seinen Reeder den Reifegrad der Bananen an Bord meldet? Das interessiert den Reeder einen Scheißdreck. Es interessiert ihn höchstens dann, wenn der Dampfer keine Kühlung mehr hat oder die Maschine kaputt ist.«

»Aha!«, sagte Krause. »Und wie geht das weiter?«

»Wie? Wie soll das weitergehen? Was meinen Sie damit?«

»Der Reeder weiß damit also, dass Drogen auf seinem Schiff sind?«

»Nicht unbedingt der Reeder, aber vielleicht die Auftraggeber der Drogenseite. Höchstwahrscheinlich aber der Empfänger.«

»Aber sicher ist das nicht?«

»Was ist schon sicher in unserem Gewerbe?«

»Wenig«, gab Krause zu.

Goldhändchen ließ sich dramatisch wieder auf den Besucherstuhl sinken und warf flehentliche Blicke hinauf zu seinem Gott.

»Aber wir haben nur diese Möglichkeit, herauszufinden, was die Schiffe an Bord haben. Wen interessieren schon Bananen?«

»Und ich verstehe da mal wieder etwas nicht?«, fragte Krause ironisch.

»Ja, kann man so sagen.« Goldhändchen stand erneut auf und bewegte sich elegant am Schreibtischrand entlang auf die Weltkarte an der anderen Wand zu. »Tatsache ist, dass der Markt in Europa von diesen Lieferungen beeinflusst wird. Die Preise bleiben nämlich stabil. Also habe ich den spanischen Kollegen folgenden Vorschlag gemacht: Jedes

Mal, wenn die beiden Bananenkähne auf Europa zuschippern, hören wir uns genau an, was die von sich geben. Und jetzt haben sie es mal wieder von sich gegeben.«

»Warum sagen Sie das nicht gleich?«

»Ich dachte, Sie hören mir zu!«, sagte Goldhändchen hoheitsvoll.

»Was tun wir jetzt?«

»Ich schlage vor, wir lassen die Schiffe ankommen und überwachen sie in den Ankunftshäfen. Wir rufen alle zu Hilfe, die uns unterstützen können.«

»Sehr gut«, nickte Krause. »Veranlassen Sie das.« Er wunderte sich, dass Goldhändchen keine Pirouette drehte, sondern einfach nur den Raum verließ.

Dann meldete sich Sowinski über die Rufanlage.

»Ich habe etwas für dich, falls du Zeit hast.«

»Habe ich. Was ist es?«

»Dehner hat eben aus Köln angerufen. Neben dem Priester, der in Köln in seiner Kirche mit einer Armbrust erschossen wurde, hat die Mordkommission eine kleine Plastikkarte gefunden, auf der in roter arabischer Schrift ›Im Namen Allahs‹ steht.«

»Wie bitte? Komm sofort her, augenblicklich. Und bring Esser mit.« Aufgekratzt bestellte Krause in seinem Sekretariat eine Kanne frischen Kaffee und Puddingteilchen.

Sowinski und Esser erschienen wenige Minuten später. Sie setzten sich, beide sahen erwartungsvoll aus.

Dann begann Krause: »Meine Herren, wir haben etwas sehr Merkwürdiges herausgefunden. Sowinski berichtet mir eben, dass Dehner in Köln auf eine Art Bekennerschreiben in Kärtchenformat gestoßen ist: ›Im Namen Allahs‹ sei der Mord geschehen. Und eben ruft Müller an und erzählt von einer ähnlichen Visitenkarte bei einem weiblichen Opfer der Attentate von Mumbai. Das sollte uns schwer zu denken geben.«

»Gemach, gemach«, sagte Esser. »Vielleicht hat jemand mit Sinn für gute PR Zigtausende der Dinger irgendwie in Umlauf gebracht.«

Der Kaffee und die Teilchen wurden hereingebracht.

»Man müsste auf jeden Fall erst mal vergleichen, ob das wirklich die gleichen Karten sind, und, wie der werte Kollege sagt, überprüfen, ob es davon nicht Unmengen gibt. Dass die Morde irgendwie einen gemeinsamen, nämlich islamistischen Hintergrund haben, ist ja offensichtlich«, urteilte Sowinski.

»Aber wenn das nun wirklich bedeutete«, wandte Krause ein, »dass jemand in dieser Sache in Mumbai war und anschließend in Köln? Von der Zeit her ist das machbar.«

»Was heißt denn in dieser Sache? In welcher Sache?«, fragte Esser nach.

»Vielleicht meldet sich demnächst eine neue Gruppe über Al-Dschasira und teilt mit, sie werde sich ab sofort immer mit diesen Visitenkarten vorstellen«, mutmaßte Sowinski. In dem Moment löste sich der Pudding aus seinem Teilchen und klatschte ihm auf die Hose. »Na, klasse!«, sagte er trocken.

»Aber wenn es nun doch ein Einzeltäter wäre!«, warf Krause ein.

Sowinski wurde schroff. »Ich will an diesen Überlegungen nicht mehr teilhaben. Das ist deine Theorie, das hat mit meiner Arbeit nichts zu tun.«

»Aber du selbst hast mir doch gerade gesagt, dass es eine zweite Karte in Köln gibt.«

Esser lenkte beschwichtigend ein: »Verfolgen müssen wir die Sache auf jeden Fall, Einzeltäter hin oder her. Wir haben eine Verbindung nach Mumbai, also können wir den Kölner

Mörder nicht als Spinner abtun, der nur aus Jux oder um von sich abzulenken, ein Kärtchen hinterlässt. Falls die Karten wirklich identisch sein und nur vereinzelt auftauchen sollten. Ich stehe dir da gerne zur Verfügung, Krause. Meine derzeitige Arbeit ist nämlich schlimmer, als allein eine Galeere zu rudern.«

»Was ist es denn?«, fragte Krause.

»Eine Statistik über die Wahrscheinlichkeit von Terrorangriffen durch schwarze Muslime aus Afrika in Europa.«

»Besteht die überhaupt?«

»Nein.«

»Warum beschäftigst du dich dann damit?«

»Weil ich immer noch hoffe, einmal überrascht zu werden. Außerdem haben wir die Statistik mitfinanziert. Weiß man denn ein bisschen mehr vom Opfer in Mumbai?«

»Eine Frau wurde vor dem Jüdischen Zentrum erschossen. Die Karte ist ebenso wie die Art der Ermordung – ein zielgerichteter Kopfschuss – eine Einzelaktion, die erheblich vom sonstigen Vorgehen der Terroristen abweicht. Das Opfer ist etwa Mitte dreißig, keiner hat sich um die Leiche gekümmert, und nun können wir sie kaufen.«

»Warum sollten wir das tun?«, fragte Esser.

»Das war auch meine Frage. Müller war sich auch nicht sicher. Allerdings hat er die Aufzeichnung, die zeigt, wie die Frau erschossen wurde.«

»Gut. Also, wir haben eine Abweichung, weil jemand zielgerichtet ermordet wird. Die Frau flüchtet aus dem Haus, und obwohl eigentlich alle Terroristen schon drin sind, kommt plötzlich einer ...«

»Nein, halt, sie ist nicht aus dem Haus raus, sie wollte ins Zentrum rein!«

Esser saß mit gebeugtem Rücken da und schien seine Finger nachzuzählen. Dann richtete er sich langsam auf und fragte: »Solltest du nicht sofort versuchen, Moshe in Tel Aviv zu erreichen?«

»Warum denn das?«

Esser antwortete nicht, er lächelte nur vielsagend.

Krauses Augen waren plötzlich groß. »Mein Gott, ich Trottel! Du hast natürlich Recht. Aber bleib hier, lauf mir ja nicht weg.« Dann sagte er in die Gegensprechanlage: »Ich brauche Moshe in Tel Aviv oder wo auch immer. Sofort und dringend. Und mitschneiden.«

Schon eine knappe Minute später kam Moshe über Lautsprecher, lärmend und gut gelaunt wie immer.

»Hör zu, du Edelspion, ich habe keine Zeit, ich sitze in einer Besprechung und kann mit eurem europäischen Pippifax sowieso nichts anfangen. Ich habe meinen alltäglichen Iran, und etwas anderes kann ich nicht beten. Also, was willst du?«

»Schalom!«, sagte Krause. »Ich nehme an, du hast trotzdem eine Minute für mich. Mehr Zeit habe ich auch nicht für dich, du Wüstenspinne. Wir arbeiten hier nämlich – im Gegensatz zu dir und deiner Truppe – ziemlich hart.«

»Schön, dich zu hören, und deine alten Vorurteile. Wie geht es deiner Frau?«

»Gut, nehme ich an. Und wie sieht es bei dir aus?«

»Wir haben die Enkelkinder im Haus, und meine Frau behauptet, sie habe noch nie so viel gearbeitet wie jetzt als Großmutter. Aber nein, die Kleinen machen uns viel Freude. Wie kann ich dir helfen?«

»Das wissen wir noch nicht so genau. Sowinski und Esser hören mit. Wir nehmen an, dass dir ein Agent verlorengegangen ist. Stimmst du zu?«

»Negativ«, sagte Moshe.

»Ich kann deutlicher werden«, sagte Krause. »Es ist eine Frau, Mitte dreißig. Sie ist seit November letzten Jahres verschwunden. Stimmst du zu?«

»Um Gottes willen!«, sagte Moshe ganz leise. »Du treibst keinen Scherz mit mir?«

»Nein, das würde ich nie tun. Wer ist sie, äh, wer war sie?«

»Susannah. Sechsunddreißig Jahre. Sie verschwand aus Hongkong. Spurlos. Mein Gott, Krause, hast du sie? Ist sie tot?«

»Ja, sie ist tot, Moshe. Sie starb im November bei den Kampfhandlungen in Mumbai. Zumindest müssen wir das annehmen. Ich lasse dir ihr Foto schicken.«

»Wie kam sie denn nach Mumbai?«, fragte Moshe mit einem leichten Zittern in der Stimme.

»Das wissen wir nicht«, antwortete Krause. »Sie wollte in das Jüdische Zentrum dort und wurde davor hingerichtet. Während des Terroranschlags.«

Es war deutlich, dass Moshe die Sprache versagte.

»Kann ich sie haben?«, fragte er endlich.

»Natürlich«, sagte Krause. »Deshalb rufen wir dich an. Wir schicken dir zu, was wir haben. Und grüße bitte deine Frau von mir und meiner Frau. Und wenn wir dir mit irgendetwas helfen können, lass es mich bitte wissen.«

Moshe antwortete nicht mehr, er unterbrach die Verbindung.

»Jetzt Müller. Dringend!«, bellte Krause in die Gegensprechanlage. »Und bitte wieder mitschneiden. Herrgott, was ist das denn für eine Situation!«

Noch nie hatten sie einen Toten des Mossad nach Tel Aviv melden müssen.

»Vielleicht ja doch eine Verwechslung«, murmelte er.

»Nie im Leben«, erwiderte Esser scharf.

Dann ertönte Müllers Stimme: »Hallo, Zuhause.«

»Hören Sie zu«, sagte Krause. »Wahrscheinlich ist Ihre unbekannte Tote eine Agentin des Mossad. Jedenfalls sagt

Moshe uns gerade, er hat eine verloren, er nannte sie Susannah. Und es würde zum Preis passen: Wenn Bleistift vierzigtausend Dollar verlangt, muss er gewusst haben, dass sie vom Mossad ist und dass Israel alles zahlen würde, um sie wiederzubekommen. Sie kennen ja den dortigen Grundsatz: Holt die Toten heim. Sie haben doch fotografiert, oder? Wir brauchen sofort ein Foto dieser Frau. Schicken Sie es bitte umgehend her. Dann laufen Sie unseren Geschäftsträger in Mumbai an, wir bereiten ihn vor, er wartet auf Sie. Ich kaufe den Leichnam. Handeln Sie schnell und nach eigenem Ermessen. Falls Sie nicht mehr genügend Geld haben, sagen Sie es dem Geschäftsträger. Er soll Sowinski anrufen und sich das Geld zusagen lassen. Wir hier lassen uns das Foto der Frau aus Tel Aviv bestätigen, darum brauchen Sie sich nicht zu kümmern. Dann soll der Geschäftsträger die Überführung der Frau nach Tel Aviv augenblicklich in die Wege leiten. Wenn er behördliche Schwierigkeiten erwartet, dann müsst ihr die Tote eben bürokratisch frisieren, mit anderem Namen versehen, ihr eine Krankengeschichte anhängen, was weiß ich. Aber so etwas dürfte keine Schwierigkeiten machen. Haben Sie das alles?«

»Scheiße!«, presste Müller hervor.

»Da stimme ich Ihnen aus vollstem Herzen zu«, sagte Krause. »Ich brauche wohl nicht zu erwähnen, dass Sie in Mumbai bleiben müssen, weil wir herausfinden sollten, was die Tote in der Stadt überhaupt zu suchen hatte. Und wie der Täter gerade auf sie kam.«

»Selbstverständlich«, bestätigte der brave Soldat Müller. »Vielleicht war sie hier, weil sie wusste, dass die Pakistaner kommen würden. Und der Mörder wusste beides. Ende.«

Eine Weile herrschte Schweigen, dann bemerkte Sowinski: »Müller ist immer so verdammt pragmatisch, aber in diesem Fall hat das was.«

VIERTES KAPITEL

Am Nachmittag hatte Svenja ihre Seele in eine heillose Irritation gesteuert. Sie dachte ununterbrochen an Mara und ihre Kinder und entwickelte ein Szenario nach dem anderen als Erklärung, weshalb sich diese Frau nicht meldete. Beinahe alle Bilder, die vor ihrem inneren Auge abliefen, waren blutig. Immer war Verrat im Spiel, immer undurchschaubare Brutalität, blutige Reaktionen von Mitspielern, die sie nicht kannte, gellende Schreie. Alpträume. Aber niemals spielte der Mann eine Rolle, für den Mara aus Liebe nach Pakistan gegangen war. Ismail Mody kam in keiner einzigen Szene vor.

Schließlich rief sie Müller an.

»Sprich mit mir«, bat sie.

»Was ist passiert?«, fragte er erschrocken.

»Nichts. Ein verdammtes Nichts. Das ist es ja gerade.«

»Ein Nichts ist ekelhaft«, murmelte er. »CNN hat jetzt auch gemeldet, dass Mody zurückgetreten und verschwunden ist. BBC ist der Meinung, dass er nach Indien geflüchtet ist.«

»Die Theorie kenne ich, hilft alles nichts. Ich denke, dass Mara sich einfach nicht traut, sich bei mir zu melden. Wahrscheinlich ist sie elend isoliert, und ich frage mich dauernd, was sie wohl den Kindern erzählt.«

»Und was, wenn sie selbst schon längst über alle Berge ist?«, wandte er ein.

»Nein, dann hätte sie mich schon aus London oder von sonst wo angerufen.«

»War nur so ein Gedanke«, sagte er beschwichtigend. »Vielleicht haben die beiden ausgemacht, dass Mara mit den Kindern erst dann flüchtet, wenn auch er untergetaucht ist, zeitgleich. Das wäre eine logische Erklärung. Und dann hat irgendetwas nicht geklappt. Oder aber der Geheimdienst hat eine Ausgangssperre über Mara verhängt. Sie kommt nicht aus ihrem Haus raus, die Bullen stehen draußen auf der Straße. Ihr Mann ist abgetaucht, und der Geheimdienst hat Mara und die Kinder als Geiseln genommen.«

»Genau das befürchte ich doch«, sagte sie.

»Wohl zu Recht«, sagte er mit leiser Stimme. »Hast du irgendwelche Dritten, die möglicherweise etwas wissen können?«

»Es gibt eine Hausangestellte, von der ich nur den Vornamen habe. Charlotte. Die wohnt nicht weit von Mara und ihrer Familie. Aber ich weiß nicht, ob die Telefon hat.«

»Und wenn du dich tagsüber aufmachst, diese Frau zu suchen?«

»Unmöglich«, widersprach Svenja scharf. »Wenn Maras Mann verschwunden ist, bedeutet das so sicher wie das Amen in der Kirche, dass nicht nur die Familie überwacht wird, sondern auch die, die etwas mit der Familie zu tun haben.«

»Das sehe ich auch so.«

»Ich gehe jetzt schwimmen«, sagte sie plötzlich mit neuer Energie.

»Das ist eine hervorragende Idee.«

»Ich habe solche Sehnsucht nach dir. Und bin gleichzeitig wütend und traurig.«

»Ja«, sagte er sanft. »Mir geht es ebenso.«

Sie durchquerte den Hotelinnenhof, sprang in das angenehm kühle Wasser des türkisfarbenen Pools, schwamm sich müde. Als sie zu frieren begann, trocknete sie sich ab und ging wieder hinauf in ihr Zimmer, um sich ein wenig auszuruhen.

Kurz darauf klingelte das Telefon neben ihrem Bett, ein Mann fragte höflich: »Mrs. Shannon Ota?«

»Ja.«

»Hier ist die Rezeption. Ich bedaure, Sie stören zu müssen, aber hier ist eine junge Frau, die behauptet, dass Sie auf sie warten.«

»Das ist richtig«, sagte sie spontan. »Schicken Sie sie bitte herauf.«

»Selbstverständlich.«

Die junge Frau, die kurz darauf in der Tür stand, war sicherlich nicht älter als achtzehn Jahre, ein Mädchen noch. Sie wirkte scheu und hielt den Blick gesenkt. Sie trug einen alten, fadenscheinigen dunkelblauen Sarong, und an den Füßen hatte sie hässliche hellblaue Plastikbadelatschen. Sie hielt Svenja einen Brief hin.

»Komm doch herein«, sagte Svenja freundlich.

Das Mädchen nickte, ging stracks auf einen der kleinen Sessel zu und setzte sich.

Svenja schloss die Tür und öffnete das Kuvert. Darin lag ein kleiner Zettel, einfaches kariertes Papier. Die Botschaft war auf Englisch mit einem Kugelschreiber geschrieben: »Liebe Freundin! Du solltest vielleicht kommen.« Keine Unterschrift. Es war mit Sicherheit nicht Maras Schrift, denn die kannte sie.

Svenja wandte sich dem Mädchen zu und sagte: »Ich bedanke mich herzlich.« Sie hoffte, dass es ihre Unsicherheit nicht bemerkte.

Was sollte dieser Konjunktiv, was sollte das Vielleicht? Für den Fall, dass es unmöglich oder zu gefährlich war, Mara zu treffen, hatten sie eine Formulierung ausgemacht, die eindeutig war: »schönes Wetter«. Also etwa: »Ich wünsche dir schönes Wetter« oder: »Du hast ja wenigstens schönes Wetter« oder: »Noch mehr schönes Wetter kann ich dir nicht bieten«.

Sie brauchte Zeit, nur ein paar Minuten Zeit.

Sie fragte in Urdu: »Wie geht es Mara? Wie geht es den Kindern?«

Die junge Frau hob für Sekunden den Kopf und erwiderte mit hoher, kindlicher Stimme: »Nicht so gut.« Sie hatte große dunkle Augen und wirkte furchtbar hilflos.

Vielleicht haben die ISI-Leute sie geschickt. Nein, wahrscheinlich nicht. Die würden niemals so dämlich sein, so eine hilflose Person ins Hotel zu schicken, die hätten etwas anderes gedeichselt. Lieber Himmel, ich brauche Zeit, nur ein paar Minuten.

Sie wollte auf die Minibar zugehen und trat dabei auf den viel zu langen weißen Hotelbademantel. Sie stolperte. Sie musste lachen und sah, wie das Mädchen leicht zu grinsen begann.

Gott sei Dank, ein Mensch!

Svenja öffnete die Minibar und fragte: »Was möchtest du? Wasser, Apfelsaft, Orangensaft, Whiskey, Wein, Bier?«

»Whiskey?«, fragte das Mädchen erstaunt.

Dann lachten sie beide zusammen, und Svenja entschied sich für einen Apfelsaft und eine kleine Flasche Perrier. Sie öffnete beide Fläschchen und stellte sie mit einem Glas vor das Mädchen. Dann goss sie den Saft mit dem Wasser zusammen.

»Ist Mara denn okay?«, fragte sie.

»Ja«, flüsterte das Mädchen. »Aber sie hat große Angst.«

»Wer hat den Brief geschrieben?«

»Jules. Er studiert schon, er ist der Älteste.«

»Und du? Wer bist du?«

Lieber Himmel, was treibe ich hier bloß? Macht man so Smalltalk in Pakistan unter verschärften Bedingungen?

»Ich heiße auch Charlotte, wie meine Mama, aber alle nennen mich Charly.«

»Charly, was meinst du: Kann ich Mara und ihre Familie besuchen?«

»Das ist nicht so gut. Polizei steht vor dem Haus. Tag und Nacht. Mara ist in großer Sorge, und niemand weiß, wo der Chef ist.«

»Und wie kommst du an diesen Brief? Wer hat ihn dir gegeben?«

»Meine Mutter. Die kam daheim vorbei, weil sie sich neue Kleider holen wollte. Meine Mutter hat geweint.«

»Charly! Will Mara, dass ich komme?«

»Mara weiß das nicht, sie weint viel. Sie streitet mit den Kindern. Jules will, dass du kommst.«

Die Sache könnte schiefgehen. Was würden sie dann mit ihr machen? Und mit Mara und den Kindern?

Sie rief Berlin über den Notruf.

»Esser hier an Sowinskis Platz.«

»Svenja hier. Maras Sohn Jules hat mir eine Botschaft geschickt. Mara weiß nicht, ob ich kommen soll, Dissens in der Familie. Das Haus steht unter ständiger Polizeibewachung, die Familie ist drin.«

»Sie plädieren wofür?«

»Ich bin für Hinfahren. Sofort.«

»Warum?«

»Ich bin eine Freundin, ich komme zu Besuch. Wenn der Status quo sich erst einmal stabilisiert hat, können wir gar nichts mehr tun. Wir müssen das jetzt riskieren, sonst bewegt sich nichts.«

»Zwei Minuten Bedenkzeit«, entschied Esser. »Bis gleich.«

Himmel hilf! Ich möchte Mara wenigstens sehen, wenn ich schon nichts tun kann. Sie fühlte plötzlich den gänzlich unvernünftigen Wunsch, Maras Gesicht zu streicheln. Was, zum Teufel, geht in mir vor?

Esser hielt Wort, er meldete sich exakt zwei Minuten später.

»Kontakt mit Sowinski. Er sagt, Sie können los. Aber es gilt, jede Konfrontation zu vermeiden. Und sobald Sie im Haus sind, Bericht an uns.«

»Einverstanden, melde mich ab.« Dann drehte sie sich zu Charly und sagte: »Wir beide fahren jetzt zu Mara. Ist das okay?«

»O ja«, sagte Charly und lächelte strahlend.

Als Krause hörte, dass Dehner wieder im Haus war, ließ er ihn gleich zu sich kommen. »Sie haben diese merkwürdige Plastikkarte fotografiert«, begann Krause. »Dafür bin ich Ihnen sehr dankbar.«

»Ich habe sie geklaut«, bemerkte Dehner trocken und legte das Kärtchen auf den Schreibtisch.

»Sieh einer an, kriminelles Vorgehen im Dienst. Vielleicht sollten Sie das Ding nehmen und damit zu den Wissenschaftlern gehen, damit die es untersuchen. Sowinski hat es Ihnen sicher schon gesagt: Wir haben auch sowas neben einer unbekannten Toten in Mumbai gefunden. Ich denke, dass das keinesfalls ein Zufall ist. Ich gehe vielmehr davon aus, dass ein Mörder diese Dinger benutzt, um seine Visitenkarte zu hinterlassen. Warum er das tut, wissen wir nicht, auf jeden Fall zeigt es an, dass er existiert. Stimmen Sie mir zu?«

»Oder es sind zwei Mörder, die mit der gleichen Visitenkarte arbeiten«, sagte Dehner schnell. »Aber prinzipiell stimme ich Ihnen zu.«

»Da bin ich aber froh«, bemerkte Krause trocken. »Und jetzt passen Sie auf, junger Freund. Mumbai und Köln lassen darauf schließen, dass unser Mann sehr beweglich ist, was wiederum darauf schließen lässt, dass ihn bisher niemand sucht beziehungsweise nach ihm fahndet. Ich nehme an, dass er bereits andere Schweinereien auf diesem Planeten begangen hat. Sie sollten sich mit Goldhändchen zusammentun und nach Ereignissen suchen, die nach unserem Täter aussehen.«

Dehner mochte Goldhändchen nicht. Er hielt ihn für eine grauenhafte Zicke, fand sein Getue und seine schrecklichen Klamotten einfach unerträglich.

»Dazu brauche ich doch Goldhändchen nicht zu bemühen«, sagte er – scheinbar bescheiden – in einem Anfall von Größenwahn.

»Junger Mann! Bevor Sie mir beibringen, wie dieser Laden hier läuft, gehen Sie jetzt zum Meister aller Bildschirme und sagen ihm präzise, was ich Ihnen aufgetragen habe. Sie sind geradezu penetrant störrisch, das muss mal gesagt werden. Und jetzt raus hier.«

Dehner verließ das Zimmer und machte sich auf den Weg zu Goldhändchen. Seit er aus Köln zurück war, hatte er nicht ein einziges Mal versucht, Julian zu erreichen, und hielt das bereits für einen großen Sieg über seine menschlichen Schwächen. Den Auftrag, bei Goldhändchen vorzusprechen, hielt er nach wie vor für vertane Zeit. Na gut, es würde ihm schon noch irgendetwas einfallen, da war er ganz sicher.

Goldhändchen saß vor seinen Schirmen, hob die Hand und bemerkte: »Sekunde, mein Freund, ich muss nur etwas nachprüfen.«

»Ich kann später wiederkommen«, sagte Dehner.

»Nicht nötig, nur eine Sekunde noch. Nehmen Sie einfach Platz.«

Dehner hasste dieses Dämmerlicht, das um die Bildschirme waberte. Er hasste die riesigen Topfpflanzen, die unter ihren Speziallampen ein geradezu unheimliches Wachstum entwickelt hatten, und er hasste diesen Typen, der heute ganz in Weiß gewandet war. In Weiß! Das muss man sich mal vorstellen. Und das beim Geheimdienst. Dehner setzte sich in einen Ledersessel ganz vorn auf die Kante, sprungbereit.

Nach einer Weile drehte Goldhändchen seinen Bürostuhl zu ihm um und fragte: »Womit kann ich dienen?«

»Herr Doktor Krause würde gerne wissen ... also, er will wissen, ob ein bestimmter Täter schon einmal aufgetaucht ist.«

»Welcher Täter? Welche Taten? Welche Art von Täterschaft? Gibt es Namen, gibt es tangierende Namen? Wo genau ist was passiert? Mögliche Parallelen zu anderen Ereignissen? Die Orte der Tat oder der Taten? Politisches Umfeld? Stichwörter, mit denen ich weiterkomme, bitte.«

Dehner sagte leise: »Also, es ist eigentlich ganz einfach.«

»Na, wenn es so einfach ist, dann sagen Sie es mir. Wenn Sie noch nicht klar sind im Hirn, dann gehen Sie nach nebenan. Da sitzen vierundzwanzig Mädchen und Jungen und freuen sich auf Ihre Rätsel.«

»Wir haben zwei Visitenkarten und zwei weit voneinander entfernte Tatorte ...«, begann Dehner zu erklären. Aber er konnte sich in Gegenwart von Goldhändchen einfach nicht konzentrieren. Er brach mitten im Satz ab und bemerkte: »Ich glaube, ich schreibe Ihnen das einfach mal auf.«

»Zwei Zeilen, nicht mehr!«, bestimmte Goldhändchen schroff. Er wandte sich wieder seinen Bildschirmen zu und versank augenblicklich in seinen Rätseln.

Dehner stand draußen auf dem Flur und fluchte laut: »Scheiße!« Er wollte raus aus diesem Haus, raus aus diesem Dienst, er wollte keinen Goldhändchen mehr sehen und auch keinen Krause mehr – und schon gar keinen Be-En-De. Er dachte wütend: Die halten sich hier alle für Intelligenzbestien, und in Wahrheit sind sie nichts anderes als eine jämmerliche Bürokratentruppe. Aber hinter all seiner Wut fühlte er sich verletzt und einsam, und selbst der Gedanke an Julian konnte ihn nicht aus dieser trüben Gefühlsbrühe retten. Und jetzt sollte er diesem weißen Zauberer mit seinen vielen Bildschirmen auch noch eine ganz einfache Geschichte erzählen und auf Wunder hoffen. Das war eindeutig unter seiner Würde. Er würde zu Sowinski gehen und den ganzen Kram hinschmeißen. Auf der Stelle.

Sowinski saß in einer Besprechung und sagte hastig: »Nur ein paar Minuten, Junge, dann bin ich frei.«

Also wartete er auf dem Flur, und die paar Minuten fühlten sich an wie eine halbe Ewigkeit. Endlich tauchte Sowinski hinter einer Gruppe von Leuten auf und sagte: »Nun denn!«

»Ich kündige«, verkündete Dehner, als er Sowinski gegenüber auf dem Stuhl saß.

»Warum denn das?«

»Ich will das alles hier nicht mehr.«

Sowinski kannte das, er hatte diese Reaktion schon bei vielen Neulingen erlebt. Eigentlich hatte er für solch einen Kinderkram gar keine Zeit, aber Dehner war es ihm wert.

»Gut, ich höre, was Sie sagen. Aber erzählen Sie mir bitte erst einmal, wie Sie jetzt eigentlich so leben. Wohnen Sie immer noch in Marzahn in diesem schrecklichen Nuttenbunker?«

»Ja, genau. Da, wo ich mit meiner Mutter gelebt habe, bis

sie starb. Das war unser Zuhause. Aber was tut das denn zur Sache? Ich will hier einfach nur raus!«

»Präzise, bitte. Warum?«

Dehner wurde laut. »Ich kriege nur Scheißaufträge, ich latsche in diesem Bau rum, muss dauernd irgendwem irgendetwas erklären, und ganz simple Vorgänge werden zu Welträtseln hochgejubelt. Und genau das liegt unter meinem Niveau!«

»Köln war unter Ihrem Niveau, richtig?«

»Ja, ganz eindeutig.«

»Sie sind ein Feigling, mein Lieber! Sie kneifen.«

Sie saßen in Svenjas Leihwagen, einem alten dunkelgrünen Nissan, und rollten ohne Eile in Richtung Kotri.

Svenja stand unter enormem Druck.

»Charly, wie sieht das aus in dieser Regierungssiedlung? Ich meine, was sind das für Häuser? Werden sie bewacht? Und wenn ja, wie werden sie bewacht?« Sie war zwar schon einmal dort gewesen, aber das war eine Weile her, und es konnte sein, dass sich seitdem einiges verändert hatte.

Charly war ein aufgeweckes Mädchen und verstand schnell, worauf Svenja hinauswollte. »Wir nennen das immer das Bonzendorf, weil die meisten Familien mit der Regierung zu tun haben. Also, das sind ziemlich viele Häuser, ich glaube, mehr als vierzig. Sie sehen alle gleich aus. Aber ein paar stehen auch leer.«

»Wie ist das mit dem Haus von Mara?«

»Maras Haus ist das vierte gleich hinter dem Wachposten. Das sind immer zwei Mann, und mein Vater sagt, sie haben den besten Job der Welt. Sie kriegen ihr Geld dafür, dass sie einfach nur rumstehen.«

»Sind sie scharf? Fragen sie einem ein Loch in den Bauch?«

»Ach was, die sind ganz okay.«

»Kann Mara denn das Haus verlassen, um einzukaufen?«

»Nein, seit der Polizeiwagen vor dem Haus steht, darf sie das nicht mehr. Also, da sitzen irgendwelche hohen Polizeileute drin. Nur meine Mama darf das. Sie geht jetzt immer einkaufen.«

»Also, da sind jetzt Mara und die fünf Kinder im Haus, richtig?«

»Ja, richtig.«

»Wie sieht es hinter dem Haus aus?«

»Hinter dem Haus ist der große Garten, und dann kommt eine Hecke mit einer Tür, und dahinter sind dann wieder zwei Wachleute. Das ist immer so. Die sind auch ganz gemütlich. Aber da kann man nicht mit dem Auto hin.«

»Keine Polizeiwagen also?«

»Nein, keine.« Sie wurde jetzt offener und somit auch neugieriger. »Was willst du machen?«

»Das weiß ich noch nicht. Hat Mara denn überhaupt eine Ahnung, wo ihr Mann ist?«

»Nein, das weiß sie nicht. Niemand weiß das.«

»Hast du eigentlich Geschwister?«

»Aber ja. Es ist wie bei Mara, wir sind auch fünf.«

»Wie alt?«

»Ich bin die Älteste. Und das einzige Mädchen.«

»Arbeiten deine Brüder denn, gehen sie zur Schule, was treiben sie so?«

»Arbeit gibt es hier nicht viel. Zurzeit ist auch keine Schule. Sie sind zu Hause und spielen Fußball oder so was.«

»Und wenn wir sie abholen und mitnehmen?«

»Wow! Würdest du das tun?«

Ein pakistanisches Kind sagt »Wow«, und ich will genau

dieses Kind ausnutzen, ging es Svenja durch den Kopf. Aber niemand schießt auf Kinder, oder? Jedenfalls selten.

»Komm, wir holen sie ab, okay?«

»Das ist cool«, sagte Charly begeistert. »Die werden sich freuen. Und Mara hat immer Schokolade. Ich zeige dir den Weg.«

Es stellte sich heraus, dass die Brüder lustlos auf einem Bolzplatz mit einem kaputten Gummiball herumkickten und nicht sonderlich begeistert durch den Staub trabten. Die Hälfte dieses Platzes wurde von großen Zelten bedeckt, um die herum ganze Familien auf dem Boden hockten. Ein paar vereinzelte Feuer brannten.

»Was sind das für Leute?«

»Leute aus dem Swat-Tal. Man sagt, da flüchten zwei Millionen Leute vor den Taliban-Kriegern.«

Charlys Brüder kletterten neugierig in Svenjas Nissan auf die Rückbank und starrten sie aus ihren dunklen Augen unverhohlen an, weil sie ganz klar eine Person aus einer anderen Welt war, irgendwie überirdisch. Die vier Jungs waren ausgesprochen hübsche Kinder, die vor lauter Verwunderung den Mund gar nicht mehr zubekamen. Ihre Hosen und Hemden waren uralt und zerschlissen.

»Wir fahren zu Mara!«, verkündete ihre Schwester.

»Ich verspreche euch einen neuen Fußball, und jeder kriegt zwanzig Dollar und kann damit machen, was er will.«

»Das ist doch viel zu viel!«, sagte Charly erschrocken.

»Ist es nicht«, bestimmte Svenja. »Du kannst es ja verwalten.«

»Na gut«, lenkte das Mädchen ein. »Was willst du denn nun eigentlich von Mara?«

»Wir sind sehr gute Freundinnen. Und jetzt zeig mir bitte den Weg.«

Lieber Himmel, was mache ich hier? Und was werde ich

machen, wenn die Bullen durchdrehen? Wie sieht das überhaupt aus, wenn pakistanische Bullen durchdrehen? Erst einmal fülle ich Maras Haus. Und es soll mir dabei bloß keiner in die Quere kommen.

»Da ist die Straße, da müssen wir rein!«, sagte Charly.

»Wie sieht die Straße aus? Ich meine, wir könnten ja auch vorbeifahren. Und dann?«

»Wir können nicht vorbeifahren, die Straße endet dort. Da ist so ein runder Platz, da kannst du drehen.«

Wendehammer, dachte Svenja.

Sie fuhr ganz langsam an den beiden Wachleuten vorbei und lächelte sie freundlich an. Die lächelten nur zurück, sie waren nicht sehr aufmerksam. Dann entdeckte sie den Polizeiwagen. Er stand vor dem vierten Haus, die Schnauze in ihre Richtung.

»Okay, ich fahre durch und wende am Ende der Straße. Dann fahre ich hinter den Polizeiwagen. Sag deinen Brüdern, sie müssen sofort aussteigen und durch den Garten zum Haus von Mara rennen. Nicht rumgucken, nicht langsam gehen, sondern wirklich rennen.«

»Und was machst du?«, fragte Charly.

»Ich darf langsam machen, ich bin schließlich eine alte Frau.«

»Ha, ha«, bemerkte Charly, und es war eindeutig, dass ihr die Sache Spaß machte. Sie flüsterte mit ihren Brüdern.

Svenja fuhr an dem Streifenwagen vorbei und die Straße hinunter bis zum Wendehammer, drehte dort, schoss dann mit viel Gas auf das Heck des anderen Wagens zu und hielt.

Die Kinder stoben hinaus und rannten auf Maras Haus zu, durchquerten den tiefen Vorgarten und stürmten dann die Stufen vor dem Eingang hoch. Das war perfekt, das war viel zu schnell für die beiden im Polizeiwagen.

Der kleinste von Charlys Brüdern, vielleicht acht, neun Jahre alt, schrie dauernd: »Zwanzig Dollar, zwanzig Dollar!«

Svenja sah gelassen, wie die Tür des Polizeiwagens geöffnet wurde und einer der Männer mit fünf, sechs geruhsamen Schritten auf sie zukam. Obrigkeitsschritte.

»Wer sind Sie?«

»Meinen Sie mich?«

»Aber ja.«

Svenja öffnete ihre Tür und stieg aus.

Der Polizist war gezwungen, drei Schritte zurückzutreten. Er war ein kleiner, schmaler, drahtiger Mann mit einem großen Schnurrbart. Wie ein Macho stand er ein wenig breitbeinig da und wippte vor und zurück.

»Können Sie sich ausweisen?«, fragte er scharf.

»Aber natürlich. Warum denn das?« Sie lächelte ihn an.

»Weil diese Familie keinen Besuch haben darf.«

»Wer sagt denn so etwas?«

»Ich sage das. Ihre Papiere, bitte.«

Svenja fummelte in ihrer Handtasche herum, kramte umständlich die Mappe mit den Papieren heraus und reichte sie ihm. »Bitte schön«, sagte sie freundlich.

Er nahm den Pass, öffnete ihn und betrachtete das, was er sah, mit gerunzelter Stirn. »Ihr Name ist Shannon Ota?«

»Ja.« Sie lächelte noch immer. »In der Tat. So heiße ich.«

»Ich kann Sie nicht in das Haus von Ismail Mody lassen. Die Familie ist gefährdet, sie wird von der Regierung bewacht. Die Familie wünscht keinen Kontakt zu Fremden. Deshalb stehen wir hier.« Dann kamen ihm die Kinder in den Sinn, und er musste auch das Thema gewissenhaft erledigen. »Die Kinder, die in das Haus gerannt sind, müssen sofort wieder zu Ihnen zurückkehren. Dann können Sie aus der Anlage fahren.«

Sie hatten derartige Situationen unter der Rubrik »unerwartet auftretende Schwierigkeiten« bis zum Überdruss durchgespielt. Ein Ausbilder hatte zu diesen scheinbaren Ausweglosigkeiten bemerkt: »Seien Sie mutig, seien Sie offensiv, lassen Sie sich etwas einfallen, und überlegen Sie nicht lange.« Ausbilder pflegen solche Weisheiten in Serie von sich zu geben, wobei ihre Schüler stets den Eindruck haben, sie sprächen über etwas, was sie selbst nie erleben würden.

»Diese Kinder«, sagte Svenja bedacht, »sind nicht irgendwelche Kinder, sondern die Kinder von Charlotte, die Mrs. Mara den Haushalt macht. Und ich werde sie jetzt nicht aus dem Haus holen. Da wird ein Geburtstag gefeiert. Und ich finde es idiotisch, mir zu sagen, der Staat wache hier über die Sicherheit dieser Familie. Wir beide wissen doch ganz genau, dass der Hausherr dringend vom Staat gesucht wird, und Sie wachen hier über die Geiseln, die der ISI genommen hat. Also erzählen Sie mir nicht so einen Mist. Ich bin Tausende von Meilen geflogen, um meine Freundin Mara Mody zu sehen. Und Sie, mein Guter, werden mich nicht davon abhalten, in dieses Haus zu gehen. Und jetzt hätte ich gern meinen Pass zurück.«

Es wäre viel einfacher, ihn niederzuschlagen, dachte sie.

Der Polizist rückte ihren Pass nicht mehr heraus, sondern sagte mit gepresster Stimme: »Der bleibt bei mir!« Und weil ein pakistanischer Mann von einer Frau solche Töne einfach nicht akzeptieren konnte, griff er sofort nach ihrem linken Oberarm.

Das war eindeutig ein Fehler.

Sie grätschte zwischen seine Beine, fasste seinen rechten Arm und drehte ihn mit aller Gewalt auf den Rücken. Er schrie mit einem heulenden Ton auf, stolperte ein paar Schritte nach vorn und fiel dann auf den Asphalt. Der Pass lag neben ihm auf dem Boden. Svenja nahm das Dokument schnell an sich und warf einen kurzen Blick in den Streifenwagen. Der andere Polizist saß noch immer auf dem Beifahrersitz, offensichtlich hatte er von dem kleinen Intermezzo hinter seinem Rücken nichts mitbekommen. Oder aber er zog es vor, zumindest diesen Anschein zu erwecken.

»Ich möchte jetzt nicht mehr gestört werden!«, schnauzte Svenja den sich langsam wieder aufrappelnden Polizisten wütend an und ging mit festen Schritten in Maras Garten hinein.

Die Haustür stand offen und gab den Blick frei auf den dahinter liegenden großen Wohnraum und zehn Kinder, die sie fassungslos anstierten. Welch eine Frau musste das sein, die einen leibhaftigen Polizeioffizier einfach auf das Pflaster knallte? Eine Zauberin mit magischen Kräften.

Mara kam von rechts und murmelte: »Mein Gott, du bist verrückt. Der macht uns die Hölle heiß!«

»Das wird er nicht. Er wird niemals zugeben, dass eine Frau ihn verprügelt hat«, sagte Svenja.

»Leise!«, flüsterte Mara. »Ganz leise, bitte.«

»Das war was!«, quietschte Charly triumphierend.

Sie umarmten sich und sahen sich an. Mara war blass, sie hatte dunkle Ringe unter den Augen. Man sah, dass sie litt. Svenja hatte sie als eine große Frau in Erinnerung, der man ansah, woher sie stammte. Die Mähne auf ihrem Kopf musste einstmals wild, löwenähnlich und leuchtend rot gewesen sein. Jetzt aber hingen die Haare glanzlos herab und waren von grauen und weißen Strähnen durchzogen. Ihr ovales Gesicht mit den dunklen Augen, der schmalen Nase und dem anmutig geschwungenen Mund wirkte dennoch sanft und freundlich.

»Wieso leise?«, flüsterte Svenja zurück.

»Sie haben das ganze Haus verwanzt.«

»Dann macht doch Musik!«, rief Svenja. »Wir müssen unbedingt reden.«

»Vielleicht oben«, wisperte Mara. »Im Kleiderschrank.«

Jemand hinter Svenja sagte mit tiefer Stimme: »Ich bin Jules. Willkommen.«

»Gut gemacht, Jules. Also rauf zum Reden. Du solltest am besten auch mitkommen.«

Der Kleiderschrank im ersten Geschoss erwies sich als ein kleiner begehbarer Raum.

»Ist das hier wirklich sicher?«

»Ja«, bestätigte Jules mit einem Nicken, »wir haben alles abgesucht und nichts gefunden.«

Mara legte mehrere große Pullover auf den Boden, und sie setzten sich.

»Hört zu. Ich weiß nicht, was die Polizei jetzt machen wird. Wenn sie geschickt sind, holen sie Charlottes Kinder und mich wieder raus. Aber sie werden sich nicht einig sein. Ich habe gesagt, hier ist ein Geburtstag und wir wollen zusammen feiern. Und es würde mich sehr wundern, wenn der, den ich flachgelegt habe, gerne darüber sprechen würde. Meine Hoffnung ist: Der tut, als ob nichts gewesen wäre, und spielt das Ganze als harmlose Party runter. Ich brauche unbedingt einen Überblick. Was haben sie euch gesagt?«

»Sie sagen, sie beschützen uns. Wir können uns nicht bewegen.« Maras Gesicht war plötzlich nass von Schweiß.

»Und nach hinten raus?«

»Geht nicht«, sagte Jules.

»Habt ihr Nachricht von deinem Mann? Habt ihr eine Ahnung, wo er ist?«

»Er ist hier bei uns im Gartenhaus«, sagte Mara und begann zu weinen. »Das ist es ja, was ich dir eigentlich zuerst sagen wollte. Ich denke, wir können gar nichts machen.«

Sowinski hatte Dehner eine Gardinenpredigt gehalten, schmerzvoll und konzentriert. Dehner hatte mehrere Male versucht, ihn zu unterbrechen, aber er hatte schroff erwidert: »Hören Sie es sich gefälligst an, kneifen Sie nicht schon wieder. Sie sind noch ein Lehrling, das ist richtig, aber Sie müssen hier schließlich nicht die Bude fegen. Ihr IQ dürfte hoch genug liegen, um auf Dauer mitzumachen, aber Leitungsfunktionen sehe ich noch nicht. Sie gehen jetzt zu Goldhändchen und erledigen Ihren Auftrag, kurz und schmerzlos. Dann besorgen Sie sich eine neue Wohnung und denken ein bisschen mehr über sich selbst nach, ehe Sie anderen Hirnlosigkeit vorwerfen. Und Sie schulden mir ab sofort eine erstklassige Flasche schottischen Inhalts. Und jetzt raus hier.«

Dehner war blass. Er begriff, was Sowinski wollte. Also stand er auf und verließ kommentarlos den Raum.

Das war ungefähr der Moment, als ein Notruf von Svenja einging.

»Ich wollte nur sagen, ich bin drin. Hier sind jetzt Mara, ihre fünf Kinder, Charlotte, die Haushälterin, und deren fünf Kinder. Wir sind also dreizehn Personen. Draußen steht ein Streifenwagen, einer der Polizisten wollte mich nicht reinlassen, und er hat mich angefasst. Ist ihm nicht gut bekommen. Aber sie stehen nach wie vor Wache.«

»Weiß Mara, wo ihr Mann ist?«

»Sie weiß es, ich auch.«

»Wo?«

»Hier, im Gartenhaus versteckt.«

»Soll ich das etwa von hier aus auflösen?«

»Das wäre schön.«

»An was denken Sie denn?«

»An ein Flugzeug.«

»Gott steh mir bei. Die Ungeduld der Jugend. Warten Sie in Ruhe ab, ich melde mich.«

Dehner trabte den Korridor entlang auf dem Weg zu Goldhändchen.

Sowinski hatte gebrüllt: »Sie verdammter Narr haben Ihre ganze Jugend an der Seite Ihrer Mutter verbracht, und jetzt fehlt Ihnen dieser Teil und macht Sie sauer und ungerecht. O ja, der Liebling ist überfordert, der Liebling ist sich selbst zu schade ....« Da war was dran, verdammt noch mal, da war wirklich was dran.

Goldhändchen geruhte, ihn zu empfangen, und trällerte munter: »Na, haben Sie den Zweizeiler geschrieben, oder können Sie jetzt vielleicht doch erklären, was Sie wissen müssen?«

Arschloch!, dachte Dehner.

»Es ist ganz simpel. Wir haben bei zwei Mordopfern in Mumbai und Köln eine Art Visitenkarte des Täters gefunden. Es ist ein Plastikkärtchen mit dem Text ›Im Namen Allahs‹ in arabischer Schrift. Wir vermuten, der Täter hat bereits an anderen Orten zugeschlagen. Und wir suchen solche Tatorte und Hinweise darauf.«

»Also im Bereich Terrorismus, also Asien und Europa, also Anti-Gotteskrieger-Tendenz, also islamistische Netze, also mögliche neue Täter? Ist das so richtig, mein Lieber?«

»Das dürfte es sein.«

»Ist jemals im Internet ein Hinweis auf solch eine Plastikkarte aufgetaucht?«

»Das wissen wir nicht. Deswegen bin ich ja hier.«

»Na schön, dann machen wir zwei Hübschen uns mal auf die Suche.« Goldhändchens Finger huschten mit erstaunlicher Geschwindigkeit über die Tastatur, während er gleichzeitig seine Aktionen kommentierte. »Also, da waren bei den Anschlägen in Mumbai sowjetische Server im Spiel. Sie sonderten zwar Blödsinn ab, aber manchmal findet man selbst im größten Blödsinn noch ein goldenes Körnchen.

Ich sehe schon: Hier ist das nicht der Fall. Dann springen wir doch mal kurz auf Al-Dschasira und versuchen es mit dem Lockvögelchen Heldengesang. Nein, auch nichts. Dann vielleicht mit dem Hinweis auf neue islamistische Taten bei den adligen Großvätern in Dubai, wobei ich nicht zu erwähnen vergesse möchte, dass die sehr leicht von der Wahrheit abweichen, wenn die ihnen nicht passt. Jetzt sollten wir die Saudis ansteuern, mein Freund. Und da einen bestimmten Prinzen, der leidenschaftlich für die Gotteskrieger streitet, aber stets so, dass er sagen kann, er habe von nichts gewusst. So, leider wieder nichts. Dann springen wir eben auf einen anderen Kontinent, weil wir so furchtbar neugierig sind. Ich sage Ihnen, man hat es schwer in diesem Gewerbe. Europäischer Täter? He, ich habe Sie etwas gefragt, junger Freund. Kommt ein europäischer Täter infrage?«

»Schon möglich«, sagte Dehner dumpf.

Er weigerte sich anzuerkennen, dass er gezwungen war, bei einem Menschen auszuharren, der nichts Aufregenderes tat, als im Internet zu surfen, und der dazu noch keine Sekunde seine Klappe halten konnte, sondern wie jetzt gerade entzückt schrie: »Liebchen, komm, mach es mir, mach es mir!« Wie hatte Krause ihn noch bezeichnet? Herr der Bildschirme! Das war in Wahrheit ein ganz trauriger Clown, einer, dessen Zirkus längst Konkurs angemeldet hatte. Wie konnte überhaupt irgendjemand dieses weiße Gespenst ernst nehmen?

»Halt! Ich sagte Halt! Ich kriege hier unter dem Stichwort ›möglicher islamistischer Terror‹ etwas mit Fragezeichen angeboten. Etwas aus Bogotá in Kolumbien, Absender die Kripo. Hören Sie mir auch gut zu? Nein? Dann sollten Sie das aber schleunigst ändern. Terrorangriff auf einen Kleinbus mit US-amerikanischen Touristen. Ist aber schon ein paar Wochen her. Die Kollegen schreiben, dass sie eine Plastikkarte von der Größe einer Bankkarte gefunden haben, auf der in arabischer Schrift ›Im Namen Allahs‹ geschrieben stand. Rote Schrift. Anfrage international, ob jemals irgendwo auf der Welt Täter aufgetaucht sind, die derartige Kärtchen verteilen. Sie gehen aber davon aus, dass Mitglieder der Kokainkartelle diesen Kleinbus in die Luft gejagt und einfach vorgespiegelt haben, islamistische Extremisten zu sein. Das ist in der letzten Zeit ja Mode geworden. Tatütata, das könnte doch etwas sein, oder? Da freuen wir uns doch, wir Kärtchensucher.«

»Und wie!«, sagte Dehner muffig. Er hockte jetzt seit einer geschlagenen Stunde hier in diesem ekelhaften Tropenhaus.

»Dann drucke ich Ihnen das mal aus, und Sie gehen damit zu meinen Mädels nach nebenan und fragen, ob die Zusätzliches finden können. Und unser allseits geschätzter Doktor wird ernsthaft nicken und von Herzen Danke sagen.«

»Wie bitte?«, fragte Dehner.

»Ich rede von unserem Chef«, erwiderte Goldhändchen huldvoll. »Für ihn tue ich alles, er ist mein Gott.«

»Sie sind doch irre!«, murmelte Dehner.

»Ja, aber cool!«, strahlte Goldhändchen. »Coolness – das ist das, was Ihnen fehlt, gell?«

»*Was machen wir* also?«, fragte Esser. »Falls wir überhaupt irgendetwas machen können.«

»Also, Svenja sitzt mit zehn Kindern und zwei Frauen im Haus eines der höchsten Geheimdienstbeamten Pakistans, der nach seinem Rücktritt erstens von seinem Geheimdienst und zweitens von der Polizei gesucht wird und sich ausgerechnet in diesem Haus versteckt. Vor dem Haus steht Polizei. Und Svenja hofft auf ein Flugzeug.« Krause lächelte, als sei das eine Situation, die er schon hundertmal erlebt und ebenso oft bewältigt hatte.

»Wir können nichts tun«, sagte Sowinski. »Wir kriegen die Familie nicht aus dem Haus – und erst recht nicht den geheimdienstlichen Ehemann.«

»Ganz so einfach sollten wir die Versammlung nicht abschreiben«, wandte Esser ein. »Svenja hat einen Kindergeburtstag ausgerufen, und zehn Kinder sind immerhin versammelt. Sie hat da etwas ganz Raffiniertes geschaffen, nämlich eine nicht überschaubare Situation. Damit sind die Bullen vor dem Haus und die Wachen doch vollkommen überfordert. Wo genau sitzt der Ehemann nochmal?«

»Im Gartenhaus, ich weiß aber nicht, wie man sich das genau vorzustellen hat«, sagte Sowinski. »Das ist eine Siedlung für hohe Regierungsbeamte, bewacht und abgeschlossen. Die Grundstücke selbst sind nicht voneinander abgetrennt, keine Zäune oder so was, also eine lockere Bebauung. Wahrscheinlich auch, weil man das leichter kontrollieren kann, wenn man es denn kontrollieren will. Hinter Modys Haus liegt eine große Fischzuchtanlage. Alles andere muss ich erfragen, wenn ich das nächste Mal mit Svenja spreche. Aber das hilft alles nichts, weil wir den Zustand nicht ändern können.«

»Vielleicht doch«, sagte Krause mit zusammengekniffenen Augen. »Immerhin feiern die Kids Geburtstag, und wir gewinnen ein wenig Zeit. Wie sieht die Landschaft da eigentlich aus?«

»Wie ein Garten«, sagte der alles wissende Sowinski. »Tropisch bis subtropisch. Heiße Sommer, milde Winter, Tagesdurchschnittstemperatur liegt bei 35 Grad. Übrigens ein traumhaft schönes Land, wenn ich das mal am Rande erwähnen darf. Vom Indusdelta mit Mangroven bis hoch in das Karakorumgebirge mit Gipfeln wie dem K 2. Der Punjab ist unser Spielort. Eine Gegend mit Reisanbau, Baumwolle, Tabak. Der Geheimdienst ISI ist brutal mächtig, landesweit, vor allem politikbestimmend. Und genau der ist für uns nicht überwindbar, sage ich mal. Können wir uns auf diese spionierende Frau Mody überhaupt verlassen? Wie stehen wir wirklich zu dem Ehepaar?«

»Gut«, gab Krause Auskunft. »Ausgesprochen gut sogar. Sie lieferte gute Analysen und Fakten und tat das ausschließlich, um ihrem Mann einen guten Hintergrund für Notzeiten zu schaffen. Ich kann nicht sagen, dass er ihr berauschende Interna lieferte, aber sie lieferte uns Schlüssel zu ihrer Wahlheimat. Zumindest wussten wir über den ISI ziemlich gut Bescheid. Richtig spioniert, im klassischen Sinn, hat sie nie, aber als noch kein Mensch von der politischen Gefährlichkeit Pakistans sprach, da warnte sie uns schon und sagte: Achtung, die Taliban wollen zurück ins Mittelalter! Da konnten wir der Bundeswehr im Norden Afghanistans ziemlich saubere Lagebeschreibungen geben, wenngleich die Bundesregierung behauptete, das Ganze sei eine Friedensmission. Svenja hat diese Verbindung aufgebaut und ihr damals zugesichert, dass wir die Familie ausfliegen, wenn das im Zuge neuer politischer Umstände notwendig werden sollte. Das scheint jetzt der Fall zu sein. Wir können nicht hexen, aber wir können uns dieser Verantwortung auch nicht entziehen. Ich weiß aber nicht, ob wir jetzt tatsächlich ein Flugzeug liefern können. Das erscheint mir nicht machbar.«

»Moment mal. Was könnten wir denn zum Austausch liefern?«, fragte Esser.

Krause begann zu lachen. »Am besten ein U-Boot. Das wünschen sie sich schon lange.«

»Was, um Gottes willen, wollen die denn mit einem U-Boot?«, fragte Sowinski.

»Heimlich an Indien vorbei«, bemerkte Esser grinsend.

Müller war unzufrieden. Die Luftfracht namens Susannah bereitete ihm Kopfzerbrechen. Er hielt es plötzlich für einen Fehler, sie direkt nach Tel Aviv zu fliegen. Tel Aviv würde auffallen, wer auch immer mit dieser Luftfracht beschäftigt war. Esser würde den Finger heben und sagen: Der Teufel ist ein Eichhörnchen! Bleistift hatte beiläufig geäußert: »Ich kann das mit meinem Ministerium erledigen, da treten keinerlei Schwierigkeiten auf.«

Müller dachte: Das ist zu kurz gesprungen, mein Freund. Wir sollten die Leiche nach Berlin schicken, sie noch einmal untersuchen lassen und erst dann den Israelis übergeben. Irgendetwas an der Sache erschien ihm unsicher, zu schnell beurteilt, zu schnell gehandelt. Der entscheidende Punkt war, dass er Bleistift in dieser Sache nicht traute und dafür noch nicht einmal einen genauen Grund angeben konnte.

Er sagte gähnend: »Ich brauche noch einmal Berlin, ich muss etwas klarstellen.«

»Natürlich«, antwortete ihm der Geschäftsträger freundlich. Er war Angestellter der deutschen Botschaft und Müllers Ansprechpartner vor Ort, ein durchtrainierter, hagerer Mann, mittelgroß, um die fünfzig und immer noch in grauem Anzug mit orangefarbener Krawatte.

Müller bekam Sowinski auf der sicheren Leitung und sagte kurz: »Ich schlage vor, die Leiche nicht nach Tel Aviv zu schicken, sondern nach Berlin. Der Grund sind Unsicherheiten bei meiner Quelle. Ich möchte dort erst nachfragen.«

»Aber Sie haben keinen konkreten Grund?«

»Habe ich nicht. Aber Berlin bedeutet ja keine große Verzögerung für Moshe und seine Leute. Und wir können denen nicht einfach so eine Leiche vorbeischicken. Moshe wird Gesprächsbedarf haben, und Krause ist gut mit ihm befreundet. Die sollen das gemeinsam regeln, oder? Vielleicht sind allerdings auch die Kosten zu bedenken. Über Berlin ist es natürlich teurer.«

»Das ist richtig«, stimmte Sowinski zu. »Gut. Erlaubnis erteilt. Sollen wir sie hier noch einmal untersuchen?«

»Das wäre gut. Danke.« Dann wandte er sich an den Geschäftsträger. »Die Leiche soll nach Berlin. Das ist jetzt der Punkt, an dem ich frage, ob Sie wohl einen Whiskey für mich haben.«

»Vielleicht sollten Sie vorher besser etwas essen«, schlug der Geschäftsträger freundlich vor. »Soll ich Ihnen irgendetwas kommen lassen? Die Köchin ist klasse.«

»Ich brauche keine Köchin, ich brauche ein Bad. Wie heißt die Todesursache, die wir bei Susannah angegeben haben?«

»Irgendetwas wie plötzlicher Herzstillstand, natürlich die lateinische Fachbezeichnung. Aber das ist egal, wenn Bleistift den falschen Totenschein gegenzeichnet und stempelt. Selbstverständlich wird man sich auch noch um die Schusswunde kümmern, falls doch noch jemand nachschaut, was aber mit hoher Wahrscheinlichkeit nicht der Fall sein wird. Im Übrigen bin ich auch dafür, die Leiche nach Berlin zu fliegen. Ich bin ein Freund der deutschen Gründlichkeit. Wie wäre es denn jetzt mit einem zwölf Jahre alten Bushmills, um Ihnen ein wenig auf die Beine zu helfen?«

»Das hört sich gut an. Dreifach bitte, ohne Eis, ohne Wasser. Ich frage mich, ob Bleistift heute wohl mit etwas Neuem herausrückt. Der Knabe ist die reinste Wundertüte. Ich habe immer den Eindruck, er weiß viel mehr, als er zuzugeben bereit ist. Wieso fordert er vierzigtausend US-Dollar für eine Leiche, ohne den Preis zu begründen?«

»Und wenn Sie ihn unter Druck setzen?«

»Unter Druck wird er dichtmachen«, wandte Müller ein. »Im Grunde ist er ein Seelchen. Und Seelchen machen immer schnell dicht. Man kann sie viel zu leicht beleidigen. Aber er weiß etwas, von dem er weiß, dass ich es wissen möchte.«

»Gott schütze mich vor Ihrer Branche«, sagte der Geschäftsträger mit einem tiefen Seufzer. »Jetzt trinken Sie erst mal einen Schluck, Doktor Dieckmann, das Zeug tut Wunder.«

»Ich brauche keine Wunder, ich brauche Schlaf. Was kann eine Geheimdienstagentin bewogen haben, aus Hongkong hierherzufliegen?« Er nahm einen genüsslichen Schluck. »Ausgerechnet zu dem Zeitpunkt, als Mumbai überfallen wurde.«

»Vielleicht war genau das der Grund«, murmelte der Geschäftsträger. »Ich packe Sie jetzt in meinen Benz und lasse Sie ins Hotel fahren. Und wenn Sie sich sträuben, gehe ich bei Ihren Vorgesetzten petzen. Falls Sie überhaupt Vorgesetzte haben.«

»Ein paar gibt's da schon. Ich nehme Ihr Angebot dankend an. Und vielen Dank für die Hilfe.«

»Keine Ursache. Wann immer ich helfen kann …«

Dann saß Müller in dem angenehm klimatisierten Auto und ließ sich durch die nächtliche Stadt ins Hotel bringen.

Eine der Frauen am Empfang sagte: »Da war ein Anruf für Sie von einem gewissen Büro Hammer, Büro Mr. Arthur Hammer.«

»Ich melde mich dort, vielen Dank«, sagte Müller. »Und keine Störung, bitte. Ich brauche dringend etwas Schlaf.«

»Ja, natürlich. Wir sorgen dafür.«

Er trug die Erschöpfung wie einen zu schweren Mantel und fühlte sich klebrig von seinem Schweiß. Svenja würde jetzt kichern: »Endlich riecht der Macker nach was!« Hoffentlich war in Kotri alles in Ordnung. Weshalb rief sie außerhalb der Zeit an? Weshalb jetzt?

»Ich bin es«, sagte er. Er hörte gewaltigen Lärm im Hintergrund, Musik und Kindergeschrei.

»Du bekommst hier mal eine Hörprobe von einem Kindergeburtstag. Ich bin im Haus, Maras Familie geht es gut. Warte mal, ich nehme dich mit nach oben in den Kleiderschrank, da sind aller Voraussicht nach keine Wanzen. Wobei die wahrscheinlich nirgends im Haus sind. Du kennst den Verfolgungswahn der Geheimdienstler hier. Aber im Moment gehe ich lieber trotzdem auf Nummer sicher. Danke, dass du anrufst. Ich brauche dringend mal dein logisches Hirn, obwohl du angeblich gar keins hast. Also, wir sind hier drei Erwachsene und zehn Kinder. Und das Verrückteste ist, dass der, nach dem alle suchen, auch hier ist. In einem Gartenhaus. Und jetzt frage ich, wie wir wohl alle aus dem Haus verschwinden können und ...«

»Moment mal, ihr feiert zu dieser späten Stunde noch Kindergeburtstag?«

»Na ja, so gut es geht. Die Kids schlafen abwechselnd ein und finden es toll, dass es hinterher weitergeht.«

»Und die Bullen stehen draußen Wache?«

»Genau. Die stehen draußen.«

»Hast du mit Maras Mann gesprochen?«

»Nein, zu riskant.«

»Wieso denn eigentlich zehn Kinder?«

»Na ja, Mara hat fünf, und Charlotte, die Haushälterin, auch. Kindergeburtstag eben.«

»Was sagt Berlin?«

»Vertröstet auf morgen.«

»Also, wenn ich dich richtig verstehe, könnten diese Charlotte und ihre Kinder das Haus verlassen, ohne dass irgendetwas Gefährliches geschieht?«

»Ja. Sie haben Charlotte sogar durchgelassen, als sie Coke, Kuchen und Eis kaufen ging. Kein Problem. Schwierig wird das mit den restlichen fünf Kindern, mit Mara und ihrem Mann.«

Müller begann leise zu lachen. »Du hast die riesengroße Rattenfalle gesehen und bist gierig reingelaufen. Und jetzt wunderst du dich, dass keiner draußen steht, der dir öffnet. Richtig?« Er fühlte eine Welle von Zärtlichkeit in sich aufsteigen.

»Dein Charme und Zuspruch sind einfach überwältigend. Kannst du mal nachdenken, was dir so einfällt?«

»Das tue ich. Wie geht es denn Mara überhaupt?«

»Schlecht. Ihrem Aussehen nach hat sie irgendetwas mit dem Herzen. Es ist die große, schreckliche Wende in ihrem Leben, und sie hat keine Ahnung, ob es überhaupt weitergeht. All diese Fragen: Was wird aus den Kindern, was wird aus ihrem Mann, was wird aus ihr selbst? Ich erwische sie manchmal in dem Trubel hier, wie sie vollkommen gedankenverloren in irgendeine Ecke stiert und dann zu weinen beginnt. Wie läuft es denn bei dir?«

»Viel Arbeit. Aber jetzt schlafe ich erst mal eine Runde, morgen sehen wir dann weiter. Ich vergesse dich keine Sekunde. Ich melde mich.«

Er hörte noch, wie sie sehr leise »Ich vermisse dich so« murmelte.

Müller stand vor seinem Bett und merkte, dass sein Kreislauf revoltierte. Er fühlte sich wacklig und ließ sich vornüber auf das Bett fallen. Sein letzter Gedanke war: Hoffentlich kriegen wir sie da heile raus. Dann schlief er ein.

Auch in Berlin war es mittlerweile Abend geworden. Krause wollte eben nach Hause gehen, als er noch unerwartet Besuch bekam: Goldhändchen. Dehner hatte die Recherchen zum Kärtchen von Bogotá übernommen, aber dann war Goldhändchen im Internet noch auf einen weiteren Hinweis gestoßen.

»Bitte entschuldigen Sie die späte Störung, Chef.«

Krause winkte ab.

»Wir sind doch jetzt alle zu Kärtchensuchern geworden, und da bin ich gerade auf einen weiteren Fall gestoßen. Einen Fall, der Ihnen aber schlecht ins Konzept passen wird nach allem, was ich verstanden habe«, fügte er bekümmert hinzu.

Als Krause nicht antwortete, fuhr er fort: »Also, ich habe noch einen Mord, einen richtigen. Und das Kärtchen wurde am Tatort gefunden. Das Opfer war ein deutscher Banker. Jemand, der kein einziges Mal in seinem Leben eine politische Meinung geäußert hat und offensichtlich nur einen Sinn im Leben sah: nämlich Unmengen an Geld zu scheffeln. Allein an Boni hat der Kerl etwa vierzig Millionen Dollar kassiert. Da kommt man sich als Beamter ja richtig dumm vor.«

»Wer hat das mit dem Kärtchen publik gemacht? Oder eine Anfrage gestellt?«, erkundigte sich Krause.

»Eine Mordkommission auf Hawaii, also die Bullen. Und die finden den ganzen Fall überaus rätselhaft.«

»Dann erzählen Sie doch mal, was das für eine Geschichte war. Vielleicht kommen wir dann ja weiter.«

»Von mir aus«, sagte Goldhändchen. »Der Mensch heißt Frank Kant und war ein Investmentbanker. Ich habe sicher mehr als sechshundert Zeitungsseiten und Magazinreportagen allein zu diesem Kerl im Internet gefunden. Er wurde als Hai bezeichnet, als gierig, gefühlsarm und seelenlos. Auf jeden Fall wurde er immer reicher, was exakt sein Lebensziel war. Also, dieser Kerl fällt vor rund anderthalb Jahren im Sommer auf Hawaii ein. Merkwürdigerweise ist er allein, hat keine attraktive Praktikantin bei sich, kein Mädchen für alles. Er ist ein Schönwettersegler und kauft sich zuerst einmal ein kleines Boot mit Segel und starkem Motor. Er hat eine Suite in einem guten Hotel und sagt, er wolle ein paar Tage ausspannen. Er schippert mit seinem Kahn immer in Sichtweite vom Hafen herum und wird langsam braun. Und dann muss es passiert sein. Irgendwann kommt ein anderes Boot vorbei, und die Leute finden es merkwürdig, dass niemand an Deck ist, obwohl der Wind kräftiger wird. Sie rufen hinüber, niemand erscheint. Dann gehen sie an Bord und entdecken die Schweinerei. Der Eigner liegt in der Kajüte, den Hals von links nach rechts offen, verblutet. Und neben dem Toten das Kärtchen ›Im Namen Allahs‹. Die Bullen konnten sich keinen Reim darauf machen, also fragten sie über den ganzen Erdball weg bei jedem an, der etwas wissen konnte. Auch bei Interpol und beim BKA. So ist das gelaufen.«

»Haben wir eine Vorstellung, wie reich dieser Mensch war?«, fragte Krause. Er hatte den rechten Zeigefinger parallel zum Nasenrücken gelegt, was immer darauf schließen ließ, dass er eine bestimmte Fährte erahnte.

»Die meisten Schätzungen liegen bei etwa fünfhundert Millionen.«

»Das ist ja unanständig viel.«

»Da bin ich ganz Ihrer Meinung. Also mit solchen Leuten möchte ich kein Essen teilen.«

Krause lächelte: »Das werden die auch gar nicht wollen. Und als er tot war, haben sich alle Medien auf ihn gestürzt, nicht wahr?«

»O ja, und wie. Da sind insgesamt etwa tausend Beiträge aus allen Medien.«

Krause starrte aus dem Fenster und sagte eine Weile nichts. Dann wandte er sich unvermittelt wieder seinem Meisterhacker zu und fragte: »Was wissen wir denn privat von dem Kerl?«

»Wenig«, sagte Goldhändchen, »erschreckend wenig sogar.«

»Was ist denn wenig in Ihrer Branche?«

»Also, er hat natürlich eine Villa in Deutschland, und er hat eine Frau in Deutschland. Aber er ist so gut wie nie hier. Weshalb man sich fragte, was er denn mit dem Haus und der Frau will. Das ist das Wesentliche. Ja, dann gibt es noch eine Homestory von der Frau in dem Haus. Und die Frau kommt mir da schon wie eine Hinterbliebene vor, obwohl er zu dem Zeitpunkt ja noch lebte. Das Haus ist riesengroß, und irgendwie bleibt ein fader Nachgeschmack.«

»Sie mögen die Geschichte nicht?«

»Nein, ich mag sie nicht. Das Geld dieser Leute ist so schrecklich tot.«

»Wir werden die Frau brauchen«, sagte Krause. »Dringend und unbedingt. Rufen Sie sie an, bitte? Sie ist eingeladen, notfalls zahlen wir das Taxi. Gleich morgen, wenn es irgend geht?« Dann schlug er mit der flachen Hand auf seinen Schreibtisch und sagte: »Vielleicht geht da irgendwas.«

Goldhändchen sah ihn skeptisch an: »Wissen Sie, Chef, mir scheint das alles nicht so recht zusammenzupassen. Der Kerl war bestimmt kein Islamist. Und dieser andere Fall, den wir verfolgen, spielt wohl im kolumbianischen Drogenkartell. Da kriegen Sie von Dehner noch mehr dazu.«

Aber Krause nickte nur, den Blick in die Ferne gerichtet. Und er grinste. Achselzuckend zog sich Goldhändchen zurück. Er verstand nicht ganz, wie jemand bei einem ebenso blutrünstigen wie trivialen Mord derart guter Laune sein konnte.

FÜNFTES KAPITEL

Um halb sechs in der Früh schlich sich Svenja aus dem Haus. Es war noch dunkel und völlig still. Vorsichtig tastete sie sich an der Hauswand entlang und gelangte in der Deckung der Büsche bis zum Gartenhaus. Sie klopfte leise dreimal, wie Mara es ihr gesagt hatte. Es dauerte nur wenige Sekunden, bis Ismail Mody ihr die Tür öffnete. Er war ein schlanker Mann, etwa eins achtzig groß, mit schlohweißen Haaren, die ungekämmt wie ein Heiligenschein um seinen Kopf standen. Sein Gesicht war schmal, die Stirn auffallend hoch, was seine Frau ab und an veranlasste, von »meinem angetrauten Eierkopf« zu sprechen. Mody war sechsundfünfzig Jahre alt. Es hieß, er verliere niemals die Fassung, und er legte Wert auf die Feststellung, dass die Welt Geheimdienste brauche, denn sie seien in der Regel um politischen Ausgleich bemüht und wesentlich friedlicher als gemeinhin angenommen. Nach einer kurzen Schrecksekunde sagte er: »Shannon«, und zog Svenja schnell ins Haus. »Mara hat mir erzählt, du würdest kommen.«

»Wie geht es dir?«, fragte Svenja.

»Miserabel! Warum verstecke ich mich gerade hier? Bin ich eigentlich total verrückt? Wieso muss ich hier in einen Abfalleimer scheißen? Das ist würdelos. Und ich bringe meine Familie in große Gefahr. Mara muss dringend zu einem

Arzt. Schau dir nur an, wie sie aussieht, das alles hat sie furchtbar mitgenommen ...«

»Aber sie hat entschieden, dass sie zu keinem Arzt gehen wird, bis die Familie in Sicherheit ist. Und wir kriegen sie in Sicherheit, verdammt noch mal.«

»Wie soll das gehen? Es ist doch einfacher, ich gehe raus, und die Polizisten werden abgezogen ...«

»Mara wird sterben, wenn sie dich verliert.«

»Und ich werde sterben, wenn sie nicht mehr ist.«

»Ismail, du bist – oder warst – der zweithöchste Geheimdienstbeamte in diesem Land, und du redest ausgemachten Blödsinn. Du weißt doch genau, dass wir eine reale Chance haben, hier rauszukommen. Vielleicht helfen uns meine Leute.«

»Was sind denn das für Leute? Wo sind sie? Und wie können sie uns helfen, wenn sie irgendwo in Europa auf ihren feisten Ärschen sitzen und darüber nachdenken, welch tröstende Worte sie für dich haben?«

»Hab Geduld, ich weiß, dass sie etwas ausknobeln.«

»Ausknobeln? Shannon, ich bitte dich, was sollen sie denn ausknobeln? Es ist doch viel einfacher, wenn ich mich nachts nach hinten hinaus verdrücke. Ich laufe in der Dunkelheit so weit ich kann, dann schlage ich mich schon irgendwie durch. Ich brauche doch nur die Mangroven im Indusdelta erreichen. Irgendein Schmugglerboot wird mich nach Süden mitnehmen ...«

»... und irgendein Schmuggler wird dich für gutes Geld verraten, das ist doch klar. Du bist ein gepflegter Mann. Und gepflegte Männer bewegen sich nicht im Delta. Du wirst auffallen wie ein weißer Wal. Offiziell wirst du bis jetzt von deiner Regierung nicht einmal gesucht, das riskieren sie nicht. Aber wenn sie dich erwischen, bist du fällig. Sie werden Angst vor dir haben, vor deinem Wissen, du bist der Stachel in ihrem Fleisch. Und sie haben nur eine Möglichkeit, dich loszuwerden. Sie werden dich töten und verscharren. Aber zuerst werden sie dich verhören.«

»Wer bist du wirklich, dass du so sprichst?«, fragte er plötzlich.

Die Stunde der Wahrheit war gekommen: »Svenja Takamoto, Agentin des Bundesnachrichtendienstes Deutschland. Und du wirst, verdammt noch mal, keine leichtfertige Entscheidung treffen. Ich gebe dich nicht auf – und genauso wenig deine Mara und deine Kinder. Wir schaffen das hier.«

Er starrte sie an, fassungslos für Sekunden, aber dann siegte ebenso schnell seine Professionalität, und er lächelte mit einem Gesicht aus Stein.

»Wer hat das arrangiert? Meine Mara etwa?«

»Deine Mara. Sie hat dich keine Sekunde verraten. Aber sie hat gesagt: Svenja, ich will, dass du da bist, wenn hier die Welt zusammenbricht. Und die, mein Lieber, liegt jetzt in Trümmern.«

Svenja sah, dass er weinte, lautlos. Dann stand er auf und tigerte auf den knarrenden, dünnen Bodenbrettern hin und her, setzte sich wieder und fragte: »Was, glaubst du, wird deinen Leuten einfallen?«

»Ich weiß es noch nicht, ich weiß nur eins: Sie sind richtig gut.«

Als Müller aufwachte, dachte er einen kurzen Moment lang panisch, irgendetwas habe die Welt einstürzen lassen, und er habe es verschlafen.

Er bestellte sich ein solides Frühstück aufs Zimmer und ging unter die Dusche. Dann fragte er nach, ob Anrufe für ihn eingegangen seien. Nein, keine Anrufe. Aber ein Fax.

Und auf dem stehe nur ein Satz: »Unterlagen November/ Mumbai bitte zurückhalten!« In Deutsch und ohne Unterschrift.

Müller hatte eine dunkle Ahnung, dass da einiges auf ihn zukam.

Er rief das Büro des Geschäftsträgers an und sagte, sie sollten aus der Kurierpost ein Paket an den BND in Berlin herausholen. Er werde kommen und es an sich nehmen.

Dann rief er Svenja an.

»Feiert ihr immer noch Kindergeburtstag?«

»Nein. Sie schlafen alle. Charlotte hat gerade in der Stadt zwei Fußbälle gekauft, die kriegen sie zum Frühstück.«

»Irgendetwas verändert?«

»Nein. Die beiden Bullen vor der Tür sind abberufen worden, stattdessen kamen zwei neue.«

»Hast du mit dem Mann sprechen können?«

»Ja. Heute Morgen. Er ist wütend. Er sagt, er hat sein Leben für dieses Land gegeben, und jetzt wird er gejagt.«

»Hat er irgendwelche konkreten Pläne?«

»Nein. Kann er noch gar nicht haben. Es sieht nicht gut aus. Er hofft wohl darauf, dass er liberale Leute in der Regierung findet, die für ihn sprechen. Aber das ist durchaus nicht sicher. Der Mohr hat seine Schuldigkeit getan, der Mohr kann gehen. Die Taliban werden ihn öffentlich steinigen lassen. Wenn sie ihn erwischen. Und sie werden ihn erwischen. Dann hacken sie ihm zuerst die Hände ab.«

»Was sagt Berlin?«

»Wir müssen durchhalten, sie arbeiten an einer Lösung.«

»Und wie geht es dir?«

»Angespannt. Mara hatte einen Schwächeanfall. Ausgerechnet auf der Treppe nach oben. Sie ist umgekippt und war für Minuten weggetreten. Was tust du gerade?«

»Ich frühstücke und treffe nachher Bleistift. Deshalb muss

ich mich ein bisschen beeilen. Aber du weißt, du kannst mich jederzeit anrufen.«

»Das werde ich auch tun. Ich brauche dich nämlich.«

John saß in einem lauten Straßencafé in einem der alten Viertel Karatschis. Er starrte in sein Teeglas und überdachte noch einmal die anstehende Mission. Er war gut vorangekommen mit seinen Planungen, er war zufrieden mit sich. Schon bald würde er im Namen Allahs wieder strafen können. Gerade als sich ein Grinsen auf seine Lippen stehlen wollte, schreckte ihn eine laute Stimme aus seinen Gedanken.

»JohnJohn, du bist es! Ich glaube es nicht, du bist es wirklich!«

Ehe John noch den Kopf hob, dachte er bereits: Scheiße!

Dann stand er auf und drehte sich um.

Da stand PakPak, ein mieser, angeberischer Inder, der einmal in einem Ausbildungslager in den Stammesgebieten aufgetaucht und jedem dort auf den Geist gegangen war. Ein ausgemachter Idiot. Und viel schlimmer noch: wahrscheinlich ein Verräter in CIA-Diensten.

»Hallo, PakPak«, sagte John in völlig neutralem Tonfall. »Das ist ja eine Überraschung. Wie geht es dir denn so?«

»Gut, Mann! Fantastisch. Ich bin gut im Geschäft.« Er schlängelte sich an John vorbei und ließ sich auf den Stuhl an der anderen Seite des Tisches fallen. Von dort starrte er ihn aufdringlich an. Er trug einen weinroten Trainingsanzug, der mit Sicherheit viel Geld gekostet hatte, aber dennoch grauenhaft aussah, hatte einen Viertagebart und sehr harte, glanzlose Augen, die wie Kieselsteine in ihren Höhlen lagen. Komplett leblos.

»Freut mich zu hören. Was ist denn dein Geschäft?«, fragte John.

»Nachrichten, Mann, Nachrichten. Ich verkaufe an alle TV-Stationen, an alle bescheuerten Magazine, an alle Hausfrauenblättchen, sogar an Bollywood, Mann.« Dann grinste er. »Und manchmal rette ich auch die Welt, so wie Nullnullsieben.«

Wie lange war das jetzt her? Sieben Jahre? Acht Jahre? John erinnerte sich noch deutlich an das staubige Tal. Wenn ein Lastwagen durchfuhr, saßen sie die nächste halbe Stunde im Staub und husteten. Sie waren in Zelten untergebracht, und es war höllisch kalt, so kalt, dass sie nachts nicht einschlafen konnten. Und da war PakPak, über den alle gelacht hatten, weil er nicht wusste, wie man eine Waffe entsichert. Nach vier Wochen wurde er heimgeschickt. Danach behauptete der Kommandant, PakPak sei ein Spion der Amerikaner gewesen. Er sei ein Feind, schädlich, käuflich, ein Aasgeier, ein indisches Schwein.

»Wieso denn Nullnullsieben?«, fragte John nach.

»Na ja, da kann ich hier nicht so drüber sprechen. Aber von Zeit zu Zeit fragen gewisse Leute bei mir an, ob ich dies und das herausfinden kann, wenn du verstehst, was ich damit meine.«

»Nein, keine Ahnung, wovon du redest. Was genau findest du denn so raus?«

»Ich mache eben ... nennen wir es mal Adressenrecherche. Und du, JohnJohn? Was treibst du so? Ist ja schon eine Ewigkeit her.«

»Ich bin Vertreter, ich verkaufe Shampoo und Badesachen und so 'n Kram«, sagte John.

»Ich fasse es nicht. So einen Scheiß? Shampoos? Steig doch lieber in meine Branche ein, da kannst du wesentlich mehr Knete machen. Wie fandest du es denn damals im Lager?« PakPak schaute ihn prüfend an, und John war mit einem Mal klar, dass hier vielleicht interessante Informationen auf ihn warteten, wenn er jetzt die richtige Antwort gab.

»Das war doch alles totaler Irrsinn. Sei froh, dass du damals so schnell wieder nach Hause geschickt worden bist. Weißt du was? Ich war zwei Wochen später auch weg. Ist doch total hoffnungslos. Ungefähr so hoffnungslos wie Shampooverkauf.« In Gedanken bat John Allah um Nachsicht, dass er die ehrenhafte Sache derart verleugnen musste. Aber wenn er PakPaks Vertrauen gewinnen wollte, hatte er keine andere Wahl. »Ich will mit diesen Fanatikern jedenfalls nichts mehr zu tun haben.«

PakPak strahlte und lehnte sich entspannt in seinem Stuhl zurück. »Na, dann sind wir uns ja einig. Dann kann ich dir auch was von der Adressenrecherche erzählen. Das ist ganz einfach: Ich kriege raus, wer in die Lager geht, um ausgebildet zu werden. Die kommen alle hier an, verstehst du? Diese Penner haben doch keine Ahnung, was sie erwartet. Und gegen ein paar Dollar kriege ich die Heimatadressen und finde dann raus, wie sie heißen und so. Die Amis zahlen verdammt gut für diese Informationen, richtig gute US-Dollar.«

Und PakPak schwafelte weiter, erzählte voller Stolz von seinem Leben und streute beinahe in jeder Minute einmal ein, dass er all die Ärsche um Osama Bin Laden und die Taliban nur als Leichen an die Amis verkaufen könnte, denn sie hätten nur tot irgendeinen Wert. Lebend seien sie nichts als der letzte Dreck. Und JohnJohn könne sich ruhig einmal ansehen, wie denn das Leben eines echten Nachrichtenmannes in Mumbai so aussah: immer viel Kohle in den Taschen und neue Weiber im Bett.

John starrte ihn an und dachte plötzlich: Allah, ich danke dir!

Als PakPak ihn spontan aufforderte, sich seinen »Edelladen« einmal anzusehen, willigte John sofort ein und ging mit ihm. Zuweilen war es faszinierend, zu erleben, auf welche Weise sich Allah seinem Krieger geneigt zeigte.

PakPak winkte eine Motorrikscha heran, und sie trudelten durch die lauteste Stadt der Welt. PakPak redete ununterbrochen von seinen fantastischen Geschäften »mit den Jungs von der CIA, die einfach alles kaufen, verstehst du, alles!«. Und John tat naiv beeindruckt und begeistert.

Das, was PakPak als Edelladen bezeichnete, war ein Puff mit allem Drum und Dran, Mädchen oben ohne, Mädchen auf dem Zimmer, Mädchen bei einem Drink und natürlich auch Jungs.

»Ich bin der Direktor hier«, sagte PakPak stolz. »Du darfst dir eine aussuchen. Daisy ist besonders heiß. Sie kann nicht lesen und nicht schreiben, dafür aber fantastisch ficken.«

Er ging voran, John folgte ihm und nickte allen freundlich zu: den Mädchen, den Besuchern, den Betrunkenen, den Jungs. PakPak führte ihn im dritten Stock in sein Direktorenzimmer, das im Wesentlich mit Plüsch ausgestattet war und in dem es unbeschreiblich intensiv nach billigem, süßlichem Parfüm roch.

PakPak ließ Sekt kommen, aber John lehnte ab und nahm stattdessen einen Orangensaft. Das Mädchen, das das Tablett hielt, war vollkommen nackt und lächelte furchtsam vor dem großen PakPak.

Als sie verschwunden war, winkte PakPak John vertraulich zu und sagte: »Ich zeig dir einen Raum, den keiner meiner Angestellten kennt und den niemand außer mir betreten kann. Die Amis haben mir das geschenkt.«

Er ging auf einen grünen Vorhang zu und raffte ihn beiseite. Eine Tür führte auf einen dunklen Gang und wenige Schritte weiter zu einer zweiten Tür, die mit drei Vorhängeschlössern gesichert war. PakPak schloss sie etwas umständlich auf und ließ John zuerst eintreten.

In dem Raum stand eine der modernsten Computeranlagen, die John je gesehen hatte.

»Genial, was?« PakPak machte eine ausholende Geste. »Es läuft so: Ich habe ein Thema, eine Nachricht. Und ich will, dass die Amis davon erfahren. Also wähle ich sie an. Hier steht Büro Karatschi, siehst du? Ich wähle es an, und schon habe ich einen leitenden Officer dran. Ich schreibe ihm, was ich habe, und er will es sehen. Und wenn es gut ist, kauft er es. Alles per Mausklick. Na ja, du mit deinem Shampoo hast natürlich keine Ahnung davon, aber ich lebe von diesen Dingen, verstehst du?«

»Das ist ja echt cool. Und du hilfst ihnen, ihre Feinde zu töten?«

»Aber ja. Ich habe meine Leute, die sich bei Bedarf selbst darum kümmern. Und, wie ist es? Schmeißt du dein Shampoo weg und steigst bei mir ein? Du kennst dich doch gut mit Computern aus, hast du zumindest damals behauptet. Ich könnte gut noch jemanden wie dich gebrauchen, und ich zahle gut! Das wär doch was!«

»Das wäre wunderbar«, sagte John. »Aber erst mal: Hast du hier auch einen Lokus?«

»Die zweite Tür im Gang. Das Direktorenklo!«

Im Direktorenklo zog John den linken Schuh aus, um an das Teppichmesser zu kommen. Dabei sprach er leise mit seinem Gott. Noch einmal dankte er für diese Chance und versprach, alles in seiner Macht Stehende zu tun.

Dann ging er zurück zu dem technischen Wunderwerk, vor dem PakPak jetzt saß und auf den Bildschirm starrte. Er stand offenbar gerade in Verbindung mit jemandem. John schlich sich lautlos heran und zog ihm das Messer durch den Hals. Tief und gründlich. PakPak fiel vornüber auf die

Tastatur. Ein gurgelndes Geräusch – dann war er tot. John legte eine Visitenkarte neben seinen Kopf.

Er starrte auf die Computeranlage und wusste, dass die Amis in PakPak gut investiert hatten. Plötzlich tauchte der überwältigende Wunsch in ihm auf, Viren einzuschleusen, die ganze Anlage und alle Anlagen, die sonst noch dranhingen, zu verseuchen. Aber er wusste auch, dass die Amerikaner erstaunlich gute Firewalls eingebaut hatten und dass es Stunden dauern würde, sie zu überwinden.

Schade, dachte er.

Er ging durch den Gang zurück ins Zimmer des Direktors. Dort standen zwei breitschultrige Inder in hellen Sommeranzügen, die ihn misstrauisch beäugten, als er durch die Tür trat. Der Rechte von ihnen fragte in schlechtem Englisch nach PakPak, und John erwiderte lächelnd: »Keine Ahnung!«

Das war die falsche Antwort, denn der Linke ging sofort auf ihn los und drängte ihn gegen den Schreibtisch. Dann sagte er etwas zum anderen, der durch den Vorhang verschwand. John starrte dem Mann, der so dicht vor ihm stand, in die Augen. Das machte ihn nur noch zorniger, und er verstärkte den Druck.

Dann schrie jemand entsetzt auf: Der andere Mann kam wieder hereingerannt und rief etwas. Der Druck des Mannes gegen John verstärkte sich noch, die Schreibtischkante drückte gegen seine Nieren, es begann unerträglich zu schmerzen.

Der schreiende Mann verschwand durch eine andere Tür.

John tastete nach dem Teppichmesser, ließ die Klinge weit herausragen und hob dann den rechten Arm. Das Blut schoss aus seinem Angreifer und traf John mit einem mächtigen Schwall. John gab dem Mann einen kräftigen Stoß.

Während der Inder auf den Teppich fiel, griff er sich an seine linke Halsseite und versuchte, das Blut zu stoppen. Dabei verdrehten sich seine Augen. Die Kräfte verließen ihn, er würde es nicht schaffen.

»Idiot!«, sagte John laut und verächtlich. Er ging auf die Tür zu, die in das Treppenhaus führte, und drückte sie auf.

Hysterische Schreie drangen zu ihm herauf, offensichtlich verließen die Menschen das Haus, oder sie versuchten es zumindest. Die Frauen kreischten in gellenden Tönen, einige Männer brüllten im Befehlston.

John verstand kein Wort, aber er begriff, dass sie vor ihm flüchteten. Und sie alle wussten mit Sicherheit schon, dass ihr sogenannter Direktor tot war.

Das Haus war alt und hatte wohl einmal reichen Leuten gehört, die viel Platz brauchten. In jeder Etage gab es eine umlaufende Balustrade. Die Treppe war sehr breit und aus Holz.

John starrte ruhig zu den Menschen hinunter, die sich am Ausgang drängelten. Dann entdeckte ihn eine junge Frau und begann laut irgendetwas zu schreien, das die anderen noch panischer machte.

Er durfte jetzt auf keinen Fall die Ruhe verlieren. Er brauchte die Gelassenheit, die ihn auszeichnete und die er sich so mühsam erworben hatte.

Der Ausgang da unten kam für ihn nicht in Betracht, er musste einen anderen suchen. Wenn es überhaupt einen zweiten gab. Er roch das Blut an seinem T-Shirt, das feucht und klebrig war. Es fühlte sich ekelhaft an, er musste es dringend loswerden.

John nahm an, dass die Polizei bald einlaufen würde, um das Gebäude zu durchsuchen, ihn festzunehmen und unschädlich zu machen.

Zwei Minuten stand er regungslos an dem Geländer, sah

in die Tiefe und überlegte, wie er aus der Falle entkommen könnte. Er nahm sich sogar Zeit, mit dem Allmächtigen zu sprechen und ihn um Hilfe zu bitten.

PakPak zu töten, war notwendig gewesen. Er war ein Schwein. Er betrieb unaufhörlichen Verrat gegen schmutziges Geld und das Lächeln der Amerikaner, die diesen Verrat liebten, aber PakPak selbst bestimmt verachteten. So voller Lügen und Schmutz war diese Welt.

Nein, er würde keine Furcht empfinden, sondern die Gelassenheit des Kriegers ausspielen. Er würde irgendwo in diesem Haus seine Chance sehen und unsichtbar werden. Schlage niemals zu, wenn dein Schwertstreich gehört wird und die Stille dich verraten kann, so hatte er es gelernt. Und so wollte er es auch halten.

Das hier war nicht das Ende des Kriegers.

Er begann von Zimmer zu Zimmer zu gehen und sich alles genau anzusehen. Er brauchte ein paar Dinge, um sich diesem Haus hier anzupassen, um den Eindruck zu erwecken, Teil davon zu sein. Er sah Mäntel aus billiger Seide und Lederanzüge mit wüsten Nieten. Er sah wilde Ansammlungen von Dildos, Perücken in den grellsten Farben, Fesseln aus breiten Lederriemen auf den Betten, Handschellen, Peitschen. Nichts, was ihm nutzte.

Im zweiten Stock sah die Ausbeute besser aus, offensichtlich wurden hier die Jungs angeboten. Allerdings fand er auch hier jede Menge Frauenkleider. Er kannte die Spiele nicht, die junge hübsche Männer in Frauenkleidern zu spielen hatten, und er würde sie auch niemals kennenlernen. Seine Welt kannte keine Sexualität, seine Welt war kriegerisch und streng. Im dritten Zimmer des zweiten Stocks wurde er endlich fündig. Er zog sein T-Shirt aus und wusch sich in einem kleinen Becken an der Wand. Das Wasser kam sehr kalt aus dem Hahn und erfrischte ihn. Da auch seine

Jeans voller Blut waren, zog er sie aus und stopfte sie mit den anderen Sachen in einen Schrank. Hier gab es Hemden, die wohl über den Hosen getragen wurden. Er nahm eines davon, setzte sich eine schwarze Perücke auf und zog eine sehr weite Pluderhose aus himmelblauem leichtem Stoff an.

Der Allmächtige hatte Humor niemals verboten, der Koran sagte ausdrücklich, Humor in Maßen sei sogar lebenswichtig. John grinste sich im Spiegel über dem kleinen Waschbecken an, und er fand sich beeindruckend idiotisch. Er wollte sich sogar noch ein wenig Rouge auflegen und die Lippen rot anmalen. Er war so gelassen, dass er kicherte.

Er sah sich um, prüfte den kleinen Raum und fand alles in Ordnung. Dann zog er die Tür zum Treppenhaus hin weit auf und stellte sich dahinter. In der rechten Hand hielt er das Teppichmesser. Es schien ihm sehr sicher, dass man ihn hier nicht suchen würde.

Er hatte diese Situationen so oft trainiert, hatte seinen Kreislauf ganz entspannt werden lassen, seinen Atem so weit beruhigt, dass man ihn nicht hörte. Er hatte auch gelernt, stundenlang zu stehen und dabei sein Körpergewicht von Zeit zu Zeit vom einen auf den anderen Fuß zu verlagern, ohne sich im Geringsten zu bewegen, ohne einen hörbaren Atemhauch zu tun.

Es dauerte tatsächlich mehr als eine halbe Stunde.

Dann brach erneut Chaos aus. Männer schrien wie verrückt, Türen knallten, Gewehre wurden entsichert, und jemand brüllte immer wieder mit hoher Stimme: »Police! Police!« Dazu ein wildes Donnern der schweren Stiefel auf den hölzernen Böden des Hauses.

John dachte: Wenn ihr jedes Mal einen derartigen Krach macht, wird eure Ausbeute gleich null sein. Ihr seid einfach keine guten Bullen.

Sie kamen in den zweiten Stock, ihr Geschrei wurde immer lauter und wilder. Sie machten sich gegenseitig Mut. Jemand kam in Johns Zimmer gelaufen, schaute sich kurz um, ohne ihn zu entdecken, stürmte wieder hinaus und brüllte dabei, als sei das Brüllen eine Art Lebensversicherung.

John stand danach noch ganze zwei Stunden regungslos hinter der Tür, bis die Polizei die zwei Toten im dritten Stock gefunden hatte, irgendwelche Liegen oder Blechkisten für die Toten das Treppenhaus hinaufgeschafft und anschließend wieder beladen nach unten gebracht worden waren.

Dann war es endlich ruhig im Haus, ganz ruhig, aber John bewegte sich noch immer nicht.

Plötzlich erneuter Lärm, die Belegschaft nahm wieder Besitz von ihren Arbeitsstätten. Das ging sehr langsam vor sich und wurde von nervösem Gekicher und schrillen Bemerkungen begleitet, die er nicht verstehen konnte.

Gerade als er aufbrechen wollte, kam ein Junge in das Zimmer und schloss die Tür. Er mochte vierzehn oder fünfzehn Jahre alt sein, beinahe noch ein Kind, schmal mit großen, dunklen Augen. Er starrte John an und begann am ganzen Körper zu zittern.

»He«, sagte John sanft und lächelte.

Der Junge zitterte immer heftiger, rührte sich aber nicht von der Stelle. In seinen Augen stand die reine Panik.

»He!«, sagte John noch einmal.

Der Junge versuchte, etwas zu sagen. Ein Tropfen Speichel lief ihm aus dem linken Mundwinkel.

»Sei ganz ruhig, es geschieht dir nichts. Ehrlich«, flüsterte John.

Der Junge wollte sich von ihm abwenden, aber das konnte John nicht dulden. Er ging ganz dicht an ihn heran und zwang ihn zur Stille, indem er seinen Kopf nahm und ihn sich an die Brust presste.

Der Junge begann zu stammeln. Das war gar nicht gut. John wirbelte ihn dicht vor sich herum und drehte seinen Kopf mit einem festen Griff. Wenigstens kein Blut, dachte er.

Dann nahm er seine Tasche und ging hinaus ins Treppenhaus. Er zögerte nicht eine Sekunde, schwankte niemals in der Richtung, sondern ging direkt zum Ausgang. Niemand, wirklich niemand achtete auf ihn.

Er war stolz auf sich, als er auf der Straße stand. Er hatte doch noch so viele Pläne.

Um elf Uhr erhielt Krause Nachricht von Goldhändchen: Beatrice Kant war eingetroffen. »Sie sieht aus wie eine Frau mit viel Kummer«, raunte Goldhändchen.

»Das ist prinzipiell gut«, sagte Krause. »Dann hat sie uns vielleicht etwas zu erzählen.«

Dann öffnete eine seiner Vorzimmerdamen die Tür und sagte: »Frau Kant.«

Die Frau, die sein Büro betrat, war größer als er. Sie mochte Mitte vierzig sein und hatte lange blonde Haare. Ihr eigentlich schönes, aber durch dunkle Augenringe gezeichnetes Gesicht war ungeschminkt.

Krause sagte: »Guten Tag, Frau Kant, mein Name ist Wiedemann. Vielen Dank, dass Sie gekommen sind. Setzen wir uns?« Er wies auf die Sitzecke.

Sie antwortete ihm ein wenig atemlos: »Was ich bei einem Geheimdienst soll, weiß ich wirklich nicht.«

»Das kann ich Ihnen ganz einfach erklären«, versicherte Krause und ließ sich ihr gegenüber nieder. »Ich hoffe, es hat Ihnen nicht allzu große Umstände gemacht, nach Berlin zu kommen?«

»Ich habe ein Lufttaxi genommen«, sagte sie. »Ich fürchte allerdings, ich kann Ihnen keinerlei Geheimnisse verraten. Die Sache war widerlich, und ich möchte sie so schnell wie möglich vergessen.«

»Das wird vorerst wohl nicht möglich sein«, sagte Krause. »Es gibt da höhere Interessen, wenn Sie verstehen, was ich meine.«

Statt nachzufragen, was das für höhere Interessen sein könnten, zog es sie anscheinend vor, zu schweigen.

»Es ist so, dass wir bemüht sind, einen Mann zu finden, der bei seinen Opfern ein Plastikkärtchen zurücklässt, auf dem ›Im Namen Allahs‹ steht. Auch bei Ihrem Mann lag solch ein Kärtchen.«

Krause legte die Kölner Plastikkarte auf den Tisch.

Mit schreckgeweiteten Augen blickte Beatrice Kant darauf. Dann sagte sie: »Ich hatte mit den amerikanischen Ermittlern ein derartiges Durcheinander, dass ich auf neues Chaos keinen Wert lege. Mein Mann ist ermordet worden, basta. Es fand sich kein Verdächtiger. Und niemanden interessiert es, was ich darüber denke.« Das klang unsicher und trotzig.

»Oh, mich interessiert es schon«, widersprach Krause schnell.

Die Frau trug ein graues Kostüm und keinen Schmuck bis auf einen Ring am rechten kleinen Finger, an dem ein Diamant funkelte, groß genug, um den Bau eines mehrstöckigen Hauses damit zu finanzieren. Wahrscheinlich war sie es leid, die trauernde Witwe zu geben und dauernd über einen Toten zu sprechen, der sie mit seiner Geldgier unendlich gelangweilt hatte.

»Wie oft haben Sie Ihren Mann eigentlich gesehen?«
»Äußerst selten!«
»Haben Sie ihn geliebt?«
»Nur ganz am Anfang. Hat nicht lange angehalten.«

»Und Sie haben eine Idee, wer ihn umgebracht haben könnte, nicht wahr?«, fragte Krause. Gleichzeitig hatte er das Gefühl: Gleich steht sie auf und knallt mir eine. Aber sie stand nicht auf.

»Wie kann ich Sie davon überzeugen, mir zu vertrauen?«, sagte er. »Vielleicht ein Kognak?«

»Das wäre schon mal ein Anfang«, antwortete sie, und auf ihrem Gesicht erschien der Anflug eines Lächelns. Dann setzte sie sich aufrecht hin, beinahe wie eine Musterschülerin, die auf eine gute Note hofft. »Wie sind Sie denn an die Karte gekommen?«

»Tauschen wir? Ihre Geschichte gegen meine?«

Sie zögerte kurz und nickte dann. »In Ordnung.«

Krause bestellte im Sekretariat zwei Kognak und wartete, bis die gut gefüllten Gläser zwischen ihnen auf dem Tischchen standen.

»Erzählen Sie einfach, ich werde Sie nicht unterbrechen.« Unter dem kleinen Tisch war ein winziger Knopf angebracht, der ein Mikrofon aktivierte. Als Krause sich zu seinem Kognak vorbeugte, drückte er unauffällig darauf.

»Ich habe eine schlimme Zeit hinter mir. Mein Mann war sehr erfolgreich, er arbeitete viel in den Staaten, aber auch in Europa. Er war einer dieser unruhigen Geister, die ständig unterwegs sein müssen. Und er verdiente unglaublich viel Geld. All die Jahre versprach er mir immer wieder, er würde eines Tages aufhören und dann könnten wir unser Leben genießen. Ich habe ihm nie recht geglaubt, denn der Erfolg machte ihn immer ... nun ja, verrückter, wenn Sie verstehen, was ich meine. Es war im Grunde nur eine Frage der Zeit, dass wir einander fremd wurden. Ihn interessierte ja doch nur das Geschäft. Jahrelang habe ich ihn zum Beispiel nur gesehen, weil ich nach New York flog, um ihn dort für ein paar Stunden zu treffen. Ich war ständig allein. Und ich spürte irgendwann, dass er mich nicht mehr liebte. Wie denn auch? Wahrscheinlich liebte er inzwischen nur noch möglichst viel Geld auf möglichst vielen Konten, von denen niemand wusste. Ich lebte auf unserem Anwesen in der Nähe von Freiburg und war furchtbar einsam.«

Sie begann zu weinen, fummelte nach einem Taschentuch in ihrer lächerlich kleinen Handtasche, fand eines und trompetete dann trotzig und ausgiebig hinein, während sie kaum unterdrückt wie ein Bierkutscher fluchte.

»Eine Zeit lang versuchte mein Mann sogar, mir Besucherinnen zu schicken. Ausgerechnet die einsamen Ehefrauen von Kollegen. Wir betranken uns schrecklich, bezahlten junge Kerle für einen intensiven Fick, und das war es dann. Es ist wahrscheinlich blöde, Ihnen mit meinen Intimitäten zu kommen, aber ich musste erst einmal lernen, mich nicht immerzu zu schämen.«

»Scham ist ein sehr schlechter Ratgeber. Die meisten Menschen wissen das leider nicht«, stellte Krause einfach fest. Dann wartete er geduldig.

»Es war so, dass die verlassenen reichen Ehefrauen natürlich miteinander telefonierten. Und natürlich kam dabei heraus, dass die Männer gelegentlich irgendwo auf der Welt einen Koksabend einlegten und sich junge Frauen kommen ließen. Orgien nennt man das in der Klatschpresse. Es war so erniedrigend ...«

»Eine kleine Frage«, warf Krause dazwischen. »Wie sah denn Ihr Mann diese Möglichkeiten, über die Jahre so schnell und so einfach zu Reichtümern zu kommen?«

»Widerlich war das!« Ihre Stimme wurde plötzlich schrill. »Wenn ich es nicht tue, tun es die anderen, sagte er immer. Und: Die sind doch alle so dämlich, sie schreien geradezu danach, beschissen zu werden. Dummheit ist Bargeld, und ähnliche Sprüche. Er sagte auch: Ich verkaufe der ganzen

Welt die reine Scheiße! Das muss man sich einmal vorstellen. Und er legte gleichzeitig immer größeren Wert auf das Image, ein beinahe göttlich agierender Manager zu sein. Das war ganz schön krank.«

»Hatte er Feinde?«

»Natürlich, er muss sich im Rahmen all seiner Geschäfte Heerscharen von Feinden gemacht haben.« Sie richtete sich wieder kerzengrade auf.

»Es wurde aber gegen niemanden konkret ermittelt, soviel ich weiß?«, tastete sich Krause behutsam vor.

»Die Ermittlungen auf Hawaii ... Wissen Sie, denen war der Fall relativ egal: nur ein ermordeter Deutscher. Ich bekam eine behördliche Nachricht per Fax und einen Anruf aus Hawaii. Mein Mann sei leider einem Verbrechen zum Opfer gefallen, man habe ihn auf seinem Boot gefunden. Ich wusste nicht einmal, dass er überhaupt ein Boot besaß. Ich flog also hin und musste ihn identifizieren. Sie sagten mir, sie hätten nicht den Hauch eines Verdachts: keine Indizien am Tatort, keine Spuren eines Kampfes, nur die Leiche in einem Meer von Blut. Ich sagte, er hätte die Angewohnheit gehabt, immer viel Bargeld mit sich herumzutragen. Zwanzigtausend Dollar ungefähr. Das sei nicht gefunden worden, sagten sie. Also flog ich wieder heim und besuchte unseren Notar, der mir sagte, ich sei die Alleinerbin. Ich fühlte mich frei. Die Liebe zu meinem Mann war schon längst auf der Strecke geblieben. Die weiteren Ermittlungen waren mir gleichgültig.«

Sie hatte begonnen, auf ihrem Stuhl herumzurutschen. Krause sah sie nachdenklich an. »Aber Sie selbst hatten einen Verdacht, stimmt's?«

»Ich sagte Ihnen ja schon, wie einsam ich war. Im Laufe der Jahre mit meinem Mann waren uns alle Freunde abhandengekommen. Um nicht in dem riesigen Haus allein zu sein, organisierte ich mir schließlich einen leibhaftigen Butler. Dann holte ich mir eine Haushälterin ins Haus. Danach inserierte ich nach einem Gärtner und Hausmeister. Es meldete sich ein junger Mann, er war achtundzwanzig, hieß Sebastian. Das heißt, er behauptete zumindest, er sei achtundzwanzig, Papiere habe ich von ihm nie gesehen.«

Krause richtete sich auf. Sie war an einem entscheidenden Punkt angelangt. Ihre Haut war jetzt leichenblass, sie wirkte mit einem Mal wie eine alte Frau. Die Falten in ihrem Gesicht schienen sich vertieft zu haben, und der Mund hing gebogen nach unten wie ein missglückter Pinselstrich.

»Also dann kam Sebastian«, versuchte Krause sie aus ihren Gedanken zu reißen.

»Sebastian, richtig. Ich ließ ihn im Haus schlafen. Er sagte, er hätte Abitur gemacht, anschließend studiert und sei jetzt auf der Suche nach einem Platz in seinem Leben. Ich bezweifelte das alles nicht, er wirkte tatsächlich sehr gebildet. Und weil er gut arbeitete, gab es nichts zu beanstanden. Ich schlief natürlich mit ihm, und anfangs gefiel mir das auch sehr gut. Ich glaube, ich war ein bisschen verliebt.«

»Wie viel haben Sie ihm bezahlt?«

»Zweitausend im Monat, Kost und Logis frei. Ich weiß, das ist sehr großzügig, aber er war eben immer da und immer bereit, etwas zu tun und zu helfen, zu reparieren. Die Situation kam uns beiden zugute, denke ich ...«

»Was hat er denn von sich erzählt? Wo kam er her, wo war er zu Hause?«

Sie presste ihre Lippen fest aufeinander, was ihrem Gesicht plötzlich einen verkniffenen Ausdruck verlieh. »Darüber schwieg er sich komplett aus. Er sagte immer: Ich bin der Mann von Nirgendwo. Und wenn ich argumentierte, er solle mir doch keinen romantischen Blödsinn erzählen, dann lachte er nur. Und er erzählte viel von Afghanistan und Pakistan. Er war wohl dort gewesen. Wie oft und wie lange, hat er nie gesagt. Er sagte nur, er wolle für die Straßenkinder in Kabul etwas tun. Das seien die wirklichen Opfer des dauernden Krieges, für die wolle er ein Hilfswerk aufbauen. Davon sprach er ständig, er war geradezu besessen davon.«

»Hat er einen Dialekt gesprochen?«

»Normalerweise nicht. Nur wenn er erregt war, sprach er, als käme er aus der Stuttgarter Gegend.«

»Ich nehme einmal an, Sie haben ihm Geld für seine Straßenkinder gegeben.«

»Ja, habe ich. Einen Scheck über siebenhunderttausend Euro. Für mich war das nicht viel. Es ging mir darum, ihn zu behalten. Ich wollte ihn nicht verlieren, ich wollte ... ja, ich wollte in sein Leben hinein, denn ich hatte kein eigenes Leben.«

»Und dann war er plötzlich verschwunden?«

»Dann war er verschwunden.«

»Wurde der Scheck eingelöst?«

»Ja. Nur wenige Tage später in einer Kreissparkasse in Konstanz am Bodensee. Er ließ sich das Geld bar auszahlen. War sicher nicht ganz einfach.« Sie hielt den Kopf gesenkt, weinte wieder. »Ehrlich gestanden, habe ich davon geträumt, mit ihm nach Afghanistan zu gehen und für die Straßenkinder da zu sein. Es scheint mein Schicksal zu sein, an Arschlöcher zu geraten.«

Krause lachte leise. »Trial and error«, nickte er. »Sie müssen höllisch aufpassen, Sie sind eine reiche Frau. Ich nehme an, Sie flogen nach Afghanistan?«

»Ich wollte ihn finden, ihn und seine Straßenkinder. Aber dann ...«

»... wurde gleich darauf Ihr Mann getötet. Auf brutale Art und Weise.«

»Genau. Es war ein Schock. Aber dann fühlte ich mich frei und flog nach Kabul. Ich nährte die wilde Hoffnung, dass er dahin verschwunden wäre. Aber es gab dort keinen Sebastian. Ich habe bei allen Hilfszentren geforscht. Niemand dort kennt ihn.«

Krause sah sie nachdenklich an. Er wartete einfach.

»Ich glaube, dass Bastian meinen Mann getötet hat.« Das kam hart und trocken.

»Wieso glauben Sie das?«

»Mein Mann schrieb ihm einen Scheck aus, einen Barscheck auf den Namen Sebastian Rogge. Über eine halbe Million Euro. Bastian hob das Geld wieder in bar ab. Diesmal von einem Konto meines Mannes beim Schweizerischen Bankverein in Zürich. Der Scheck lautete auf diese Bank. Und er trug die Ortsbezeichnung Hawaii.«

»Wie kann er denn von Hawaii erfahren haben?«

»Durch die Homepage meines Mannes, der Tag für Tag seinen Jüngern mitteilte, wo er sich herumtrieb. Oder er hat in einem seiner Büros angerufen.«

Eine Weile herrschte Schweigen.

»Dass Sebastian Ihren Mann getötet haben soll, leuchtet mir nicht ein. Warum sollte er das tun? Und noch etwas: Wenn wirklich irgendeine Logik dahintersteckt, dann müsste Sebastian doch auch Sie getötet haben, oder?«

»Ich habe lange darüber nachgedacht. Vielleicht hat er meinem Mann von sich und mir erzählt. Vielleicht hat er ihn erpresst, vielleicht hat er gedroht, unsere Geschichte in die Klatschpresse zu bringen. Das sexhungrige Weib des gierigen Investmentbankers. Was meinen Sie, wie meinen Mann das fertiggemacht hätte. Er hat schließlich für seine Auftritte gelebt, und wehe, einer stahl ihm die Show. Und sobald er den Scheck hatte, brachte Bastian ihn um, um keinen Zeugen zu haben. Oder vielleicht war mein Mann dumm genug zu meinen, er könne es irgendwie mit ihm aufnehmen, ihm eine Falle stellen. Ich sagte ja schon, er fühlte sich immer ein bisschen arg mächtig. Und das ist schiefgegangen.«

»Wenn man es so sieht«, murmelte Krause, »könnte an der Sache was dran sein.«

Beatrice Kant kramte in ihrer winzigen Handtasche herum und entnahm ihr eine kleine Plastikkarte. Sie legte sie vor Krause auf das Tischchen, neben die andere.

»Im Namen Allahs«, sagte sie trocken. »Die Bullen auf Hawaii haben mir das gegeben, weil sie damit absolut nichts anzufangen wussten. Weshalb auch? Sie fanden sie in der Kombüse des Bootes. Vielleicht wollte Bastian ja damit ablenken. Vielleicht hat er es aber auch bitterernst gemeint? Er sprach manchmal wirklich mit einem etwas befremdlichen heiligen Zorn von der islamischen Sache. Aber dann wiederum hätte er mit dem Geld ja auch seine Kinderheime bauen können. Das hätte der Sache gedient. Und vielleicht war er's ja auch gar nicht. Sie können sich nicht vorstellen, wie lange ich mir das alles hin und her überlegt habe. Ehrlich gestanden, bin ich jetzt doch erleichtert, dass Sie den Fall nochmal genauer untersuchen wollen. Ich quäle mich schon viel zu lange damit. Wo haben Sie denn Ihre Karte her?«

»Von einem in Köln ermordeten Priester.«

»Dann hat Sebastian doch nichts damit zu tun!«, rief sie überrascht.

Krause sah sie nachdenklich an.

Mit unsicherer Stimme fragte sie: »Sie meinen, er könnte in noch viel mehr verwickelt sein?«

»Es ist noch zu früh, um so etwas wirklich festmachen zu können. Wir haben, wie gesagt, im Moment noch einen Haufen loser Fäden. Aber Ihre Aussage hat uns entschieden geholfen. Haben Sie Fotos von ihm?«

»Ja, ich habe ihn ein paarmal fotografiert. Und er hat mir sogar Fotos von sich aus Afghanistan geschenkt, um daran deutlich zu machen, wie wichtig ihm seine Mission für die Straßenkinder in Kabul ist. Ziemlich verwackelt zum Teil, aber man erkennt schon was. Soll ich Ihnen meine Dateien schicken?«

»Unbedingt!«, sagte Krause. Und dann versank er in seine eigenen Welten, von denen sie keine Ahnung hatte und über die er auch niemals sprechen würde.

Müller hatte sich entschieden, schnell und rücksichtslos vorzugehen. Er würde Bleistift eine Chance geben, aber er würde nicht mehr aus Gründen der Achtung und Höflichkeit zurückhaltend und nett sein. Ende mit dem Schmusekurs. Der hatte jetzt genug Geld eingestrichen. Hinter Müllers Entschlossenheit stand nicht nur der Gedanke, Bleistift gründlich auszuschöpfen, sondern auch eine nach außen hin kaum erkennbare Unsicherheit, die ihn selbst und Svenja betraf. Da tauchte die Möglichkeit auf, dass Svenja mit der ganzen Familie Mody evakuiert werden musste. Und er war nur knappe zwölfhundert Kilometer entfernt. Es konnte ebenfalls geschehen, dass er Bleistift sehr schnell und mit all seinem Einfluss brauchte. Also war es auf jeden Fall gut, den Mann ein wenig zurechtzustutzen.

Bleistift hockte im Erdgeschoss an der Bar und trank irgendeinen farbenfrohen Cocktail, der mit einem Wust von Früchten garniert war.

»Hallo, Doktor Dieckmann. Wie geht es Ihnen, Sir?«

»Ausgezeichnet, kann nicht klagen. Was trinken Sie denn da?«

»Das Zeug heißt Sonnenuntergang und ist im Wesentlichen süß und klebrig. Und es hat mindestens vierhundert Kalorien.«

»Dann nehme ich lieber ein Wasser.« Er wartete, bis der Barkeeper ihm das Mineralwasser auf die Bar stellte, und fragte dann: »Was würden Sie sagen, wenn ein Bekannter Ihnen die Möglichkeit bietet, eine Leiche für vierzigtausend Dollar zu kaufen?«

»Ich würde ablehnen«, antwortete Bleistift grinsend. »Keine Leiche ist so viel Geld wert.«

»Und warum haben Sie dann so viel verlangt?«

Bleistift sog an seinem Strohhalm. »Weil ich geahnt habe, dass diese Leiche etwas Besonderes ist. Und damit lag ich ja auch richtig.«

»Wie kann man so etwas ahnen, wenn diese Leiche auf einem öden Platz in Mumbai herumliegt, noch dazu auf einem scharf umkämpften Platz?«

»Ahnungen kann man eben nicht erklären«, sagte Bleistift und wich dabei Müllers Blick aus.

»Aber Sie haben gewusst, wie sie hieß und weshalb sie in diese Stadt gekommen war, oder? Und ich gehe jede Wette ein, dass sie mit Ihnen verabredet war und dass diese Verabredung auch stattfand.«

»Sie haben die Leiche, ich habe Ihnen einen fairen Preis gemacht. Sie haben mich bezahlt, wir brauchen darüber nicht mehr zu reden. Die Sache ist doch jetzt vom Tisch.«

»O nein, das ist sie ganz und gar nicht. Im Gegenteil: Jetzt geht es erst richtig los. Erzählen Sie mir, wie das Ganze wirklich abgelaufen ist.«

»Das möchte ich nicht.« Bleistift sog wieder an seinem Strohhalm.

Diese strikte Absage war ungewöhnlich für einen wie ihn, der nur schlecht Nein sagen konnte, weil ihm die Zuneigung der Menschen um ihn her überaus wichtig war.

»Wie wird Ihr Minister wohl reagieren, wenn ich ihm erzähle, dass Sie gewusst haben, wann diese irren Pakistaner über die Stadt herfallen würden?«

»Das würden Sie nicht tun, Herr Doktor Dieckmann. Und das habe ich auch nicht gewusst. Es gab vorher keinen Hinweis.«

»Aber die tote Susannah wusste es, wetten?« Müller ließ sich die Rechnung geben und zeichnete sie ab. »Kommen Sie, zeigen Sie mir, woher Sie kommen in dieser Stadt. Was hat Susannah Ihnen denn bezahlt?«

»Was soll das jetzt? Wozu wollen Sie den Ort meiner Herkunft besichtigen?«

»Weil Sie sich da rausgearbeitet haben. Das ist doch eine immense Leistung. Nehmen wir ein Taxi?«

Von dieser Sekunde an redete Müller nicht mehr, sagte kein Wort. Es war eine rüde Methode, aber bei Typen wie Bleistift half sie nahezu immer.

Bleistift gab dem Fahrer irgendeine Anweisung und drückte sich dann in eine Ecke. Er machte den Eindruck, als fürchte er sich. Und weil er das Schweigen nicht aushalten konnte, gab er ab und zu eine wortreiche Erläuterung, durch welche Gegend der Stadt sie gerade fuhren, wer und was dort wichtig war, wer das Sagen hatte, wie die Geschichte dieses Stadtteils gelaufen war. Er wusste erstaunlich viel, und seine Beschreibungen waren lebhaft und farbig. Dennoch schien er bedrückt. Und immer wieder betrachtete er Müller zaghaft von der Seite, als habe der sich zu einem Monster entwickelt, dem er nicht entkommen würde.

Die Fahrt dauerte eine geschlagene Stunde, dann standen sie auf einer Straße, die sich am Fuß eines sanften Hügels entlangzog, und auf diesem Hügel begann der Slum.

»Wir müssen da hoch. Ich weiß nicht, ob ich Ihnen das wirklich zumuten kann.«

Müller erwiderte nichts, sondern ging einfach los, zwischen den elenden Behausungen hindurch. So etwas wie einen Weg oder gar eine Straße gab es nicht, er musste sich seinen Pfad suchen. Und hinter sich hörte er das mühsame Schnaufen von Bleistift.

Die ersten Minuten waren schwierig, weil die Menschen sie anstarrten. Es war ersichtlich, dass diese beiden Männer nicht dazugehörten, ein gut gekleideter Einheimischer und ein Tourist, der sich wohl anschauen wollte, wie arme Menschen in Mumbai, Indien, so leben. Und die Kinder waren sofort da und krächzten ihr »One Dollar, Mister«, und eines der Kinder, ein kleines Mädchen, griff nach Müllers Ledergürtel und klammerte sich daran fest, als habe sie ihn erobert.

Bleistift packte die Kleine, riss sie von Müller los und stieß einige rau und hart klingende Worte hervor. Das Mädchen erschrak nicht einmal, suchte mit den Augen Müllers Blick, und er ließ sich darauf ein und lächelte. Dann schenkte er ihr eine Dollarnote und hörte Bleistift erschrocken sagen: »Vorsicht mit so was!«

Müller wusste, dass es wichtig war, die Menschen um ihn herum genau anzuschauen, sie anzulächeln, dabei aber keinen Moment schwach zu wirken.

Nach einer halben Stunde waren sie oben auf dem Hügel angelangt und sahen von dort hinab auf all das Elend, das diese Stadt zu bieten hatte.

»Es war in diesem schmalen Tal da unten«, sagte Bleistift tonlos. »Natürlich gibt es die Hütte nicht mehr, sie hatte zwei Wände aus Brettern und ein Dach aus verrostetem Wellblech. Wir waren achtzehn Leute, und ausreichend zu essen hatten wir nie. Wir Kinder wurden losgeschickt, irgendwo Essen zu klauen oder aber die Müllhalden nach Essbarem abzusuchen. Ich war besonders gut darin, mich an

Obst- und Gemüseständen zu bedienen. Ich suchte mir eine Melone aus, merkte mir den Weg bis dahin, Schritt für Schritt, und den Fluchtweg. Dann rannte ich los. Ich habe bei dreißig Versuchen siebenundzwanzigmal Erfolg gehabt. Ich war richtig gut.« Es klang beinahe, als habe er trotz all des Elends ein wenig Sehnsucht nach den Tagen seiner Kindheit.

Müller stieg geradewegs in das kleine Tal hinunter, strauchelte und landete mit beiden Beinen in einer knietiefen, brackigen Pfütze. Das Wasser stank unbeschreiblich.

»Das ist Scheiße«, erläuterte Bleistift erheitert. »Wirklich nicht die richtige Umgebung für Sie, Doktor Dieckmann. Wir sollten vielleicht eine Kanne Wasser kaufen und Ihre Hosen damit abspülen. Warten Sie kurz.«

Er wandte sich an einen halbwüchsigen Jungen und gab ihm eine knappe Anweisung. Der Junge nickte, verschwand und kehrte in Windeseile mit einer Plastikkanne voll Wasser zurück. Bleistift drückte ihm etwas Geld in die Hand, nahm die Kanne und sagte: »Erst strecken Sie mal das rechte Bein vor. Ja, so ist es gut. Und jetzt das linke.«

Das Wasser wirkte erfrischend, und Bleistift flehte stumm mit ganz großen Augen um eine freundliche Bemerkung.

Müller wandte sich wortlos nach links, und Bleistift warnte hastig: »Dahin auf keinen Fall!«

Müller drehte sich wieder zu ihm herum und sah ihn fragend an.

»Da wird es gefährlich. Da sitzen die Gangs, und wir haben gegen die keine Chance. Und denen ist auch scheißegal, wer Sie sind und wie wichtig Sie sind. Die interessiert nur, ob Sie Geld bei sich haben. Aber wenn sie nachschauen, sind Sie längst tot.«

Müller drehte sich schweigend um und ging den Hügel wieder hinauf, den sie hinabgestiegen waren. Es waren jetzt zwei Stunden vergangen, und Bleistift war sichtbar nervös und vollkommen verunsichert. Er beschrieb auch die Feinheiten der Armut um ihn her nicht mehr.

Schließlich senkte er den Kopf, blieb kurz stehen, und murmelte: »Sie sind ein zäher Hund. Gut, ich erzähle Ihnen die Geschichte, damit Sie endlich Ruhe geben.«

»Sie sind niemals am Abend des Überfalls auf die Stadt in einem Panzerwagen Ihrer Spezialeinsatzkräfte vor das Jüdische Zentrum gefahren. Also kommen Sie mir nicht damit. In so was trauen Sie sich gar nicht rein«, bemerkte Müller seidenweich.

»Das ist richtig«, bestätigte Bleistift und nickte erleichtert. »Ich nehme an, Sie haben nachgefragt.«

Müller ging nicht darauf ein.

Sie standen am Rande der Straße am Fuß des ersten Hügels und wirkten wie zwei Männer, die sich ruhig unterhielten, die nichts drängte. Obwohl Müllers helle Hosen aussahen, als sollte er sie schleunigst wechseln, hielten sie keines der zahlreich an ihnen vorbeibrausenden Taxis an.

»Also, zuerst rief sie an«, begann Bleistift. Dann stockte er und entschied sich, einen größeren Bogen zu schlagen.

»Es ist bei Besuchern dieser Stadt bekannt, dass ich sehr gut Bescheid weiß über alles, was hier so läuft. Ich habe auch ausgezeichnete Verbindungen in die Regierungskreise nach Neu Delhi. Und ich kann Ihnen die wildesten Vögel aus Bollywood zu einer Party zusammentrommeln. Wenn jemand über diese Stadt und die indische Regierung ein Briefing braucht, dann wird er an mich verwiesen ...« Er stockte wieder und fand einen noch besseren Weg für seine Erklärungen.

»Es ist so, dass Besucher dieser Stadt, die sich an mich wenden, ziemlich häufig Leute sind, die von Geheimdiensten anderer Länder kommen. So wie Sie. Man trifft sich, man tauscht sich aus, man hört ihnen zu und versucht herauszubekommen, was sie wollen. Manchmal kann ich helfen, manchmal nicht. Natürlich sind die Namen, unter denen sie reisen, in der Regel falsch. Das akzeptiere ich, das gehört zum Spiel. Sie werden in Wahrheit ja auch nicht Doktor Dieckmann heißen. Susannah war so eine Person. Diese Frau rief bei mir an. Und zwar nicht zum ersten Mal. Ich kannte sie schon von früheren Kontakten. Sie hatte viel mit der Logistik bei der Einrichtung des Jüdischen Zentrums vor einigen Jahren zu tun. Sie untersuchte das Umfeld, wollte wissen, ob sich da religiöse Eiferer tummelten und Ähnliches. Die Frage war berechtigt, denn in der Ecke hausen die Angehörigen aller möglichen Religionen und Sekten. Aber gefährlich war niemand. Also, wir kannten uns. Zwei Tage vor dem Angriff auf die Stadt rief sie mich erneut an. Ich weiß nicht, von wo. Möglicherweise aus Hongkong. Sie sagte, unsere Stadt würde angegriffen, definitiv, und ob ich denn noch alle Tassen im Schrank hätte, nicht auf die Warnungen zu hören. Ich sagte ihr, die Warnungen seien an alle Verantwortlichen gegangen, aber niemand unternehme etwas. Susannah sagte, sie werde in Kürze eintreffen und wolle mich unbedingt sehen. Am Tag des Angriffs rief sie mich gegen Mittag an, und wir machten einen Treffpunkt aus. Gegen vierzehn Uhr in einem Café nicht weit von meinem Büro. Sie machte einen angespannten Eindruck. Man konnte sehen, dass sie unter gewaltigem Druck stand. Sie sagte, sie sei ganz sicher, dass die Stadt angegriffen würde. Noch am selben Tag! Daran erinnere ich mich noch ganz deutlich, weil sie bei diesen Worten richtig schmale Augen bekam. Sie hatte so wunderschöne grüne Augen. Und ein Ziel sei das Jüdische Zentrum, da sei sie ganz sicher. Und wahrscheinlich sei unter den Angreifern ein junger Mann, der sich auf das Jüdische Zentrum konzentriert habe, ein Judenhasser, ein ganz durchgeknallter Typ, ein Außenseiter, ein Europäer. Aber aus welchem Land in Europa, wusste sie nicht. Ich konnte ihr nicht helfen, weil ich von diesem jungen Mann noch nie gehört hatte, und das sagte ich ihr auch. Wir trennten uns nach etwa zwei Stunden. Ich weiß nicht, wo sie untergebracht war. Vielleicht bei Freunden, vielleicht in einem Hotel oder im israelischen Konsulat, keine Ahnung. Als der Angriff lief, saß ich in meiner Wohnung und wollte zu einer Party irgendwelcher wichtigen Werbefritzen. Ich sagte ab und wartete, bis die Kämpfe am Jüdischen Zentrum vorbei waren. Dann ließ ich mich dorthin fahren und fand Susannah. Und ich entdeckte die Aufzeichnungen der Kameras im Haus. Ich sorgte dafür, dass die Leiche sofort geborgen und in der Pathologie auf Eis gelegt wurde. Dann habe ich auf Ihren Anruf gewartet. Ich war mir ganz sicher, dass Sie sich für die Frau interessieren würden, und auch, dass Sie herausfinden würden, wer sie ist. Das ist alles.«

Sie schwiegen einen Augenblick, weil drei große Trucks vorbeidonnerten und einen furchtbaren Lärm machten.

»Wie war ihr Name?«, fragte Müller.

»Susannah. Susannah Georgi im Dienste des Mossad. Wahrscheinlich ihr Arbeitsname.«

»Was zahlte sie Ihnen?«

»Zweitausend US-Dollar.«

»Und wie war der Name des Europäers?«

»Er hatte keinen Namen. Sie nannte ihn nur den Irren.«

»Hat sie ihn beschrieben?«

»Ja, hat sie. Das klang alles eher unspektakulär. Er war auffallend schmal mit sandfarbenem Haar, ungefähr eins siebzig groß. Und bevor Sie fragen: Ja, es könnte zweifellos ihr Mörder von der Kameraaufzeichnung gewesen sein.«

»Wie sah Susannahs Verbindung zu diesem Typen aus? Hat sie ihn jemals vorher getroffen? Sie muss ihn getroffen haben, sonst hätte sie ihn nicht beschreiben können.«

»Sie muss auf seiner Spur gewesen sein – und er offensichtlich auch auf der ihren. Aber Genaueres weiß ich nicht.«

»Sie war eine harte Frau, nicht wahr?«

»Ja, das war sie.« Bleistift schüttelte den Kopf, als könne er all das immer noch nicht begreifen. »Und sicher eine hervorragende Agentin.«

»Sie haben Susannah der CIA angeboten, habe ich Recht?«

»Nein. Wie kommen Sie denn darauf? So etwas würde ich niemals tun.« Jetzt war er von einer Sekunde auf die andere zutiefst beleidigt. Erst machte er zwei Schritte von Müller weg, als wolle er nichts mehr mit ihm zu tun haben, dann drehte er sich ihm wieder zu. »Es war genau so, wie ich gesagt habe. Ich wusste, dass Sie kommen würden, ich wusste es einfach. Also habe ich Susannah für Sie, na ja, aufgehoben. Ich hatte in dieser Sache keinerlei Verbindung zur CIA. Und unter uns gesagt: Die CIA-Leute in dieser Stadt sind aus professioneller Sicht einfach schlecht. Von sechs Agenten spricht kein einziger unsere Sprache.«

»Verdammt!«, rief Müller. »Sie haben also auf mich gewartet. Weshalb lassen Sie mich dann hier so lange rumstochern? Um die Preise in die Höhe zu treiben? Ich weiß nicht, ob ich Ihnen das mit der CIA wirklich glauben kann ...«

»Aber es ist wahr!«, rief Bleistift aufgebracht. »Mit denen will ich nichts zu tun haben. Die werden auch immer härter von ihren Methoden her. Die ziehen ganz neue faule Dinger durch, und sie schicken nach wie vor ihre Scheißflieger um den Globus zu diesen illegalen Gefängnissen. Auch nach Deutschland.«

»Was soll denn das jetzt wieder?« Müller war genervt.

»Sie müssen aufpassen. Ein Kontakt bei Air India sagte mir, sie hätten jetzt eine Methode entwickelt, illegale Gefangene in Deutschland zu vernehmen. Nicht mehr Waterboarding, aber alles mögliche andere. Und noch etwas ist neu:

Sie zahlen diesen Gefangenen nach vierzehn Tagen eine Prämie von zehntausend US-Dollar und fliegen sie wieder nach Hause. Und dann beginnt die eigentliche Sauerei.«

»Inwiefern?«

»Na ja, die Leute sind vierzehn Tage weg, dann tauchen sie plötzlich wieder auf. Es gibt Gerede, man munkelt, sie hätten bei der CIA gesungen. Von zweiunddreißig Leuten sind acht ermordet worden. Zu Hause in Pakistan. Und einen hat es erwischt, der niemals zu einem Kurzbesuch in Deutschland war. Verwechslung.«

Müller dachte müde und resigniert: Wir müssten einen Mann vier Wochen lang allein auf ihn ansetzen.

»Wo in Deutschland?«

»Wollen Sie das jetzt wirklich wissen?«

»Ja.«

»Das kostet aber eine Kleinigkeit.«

»Nicht schon wieder!«, polterte Müller verärgert.

»Ich versuche es einmal mit einem Sonderangebot, ja?« Bleistift zog sein Handy aus der Tasche, suchte eine Weile in einem Verzeichnis, drückte dann die Verbindung und schnatterte mit einer unglaublichen Schnelligkeit los. Dann hörte er zu, fragte schnell weiter, hörte wieder zu, fragte wieder, sagte: »Okay!«, und wandte sich dann Müller zu.

»Also, die CIA konzentriert sich auf junge Männer, die im Grenzgebiet zwischen Pakistan und Afghanistan in irgendwelchen Camps ausgebildet wurden. Die üblichen Verdächtigen. Wie immer. Und von Zeit zu Zeit kommt eine Ladung von denen aus Pakistan zusammen mit den Agenten per Schnellboot übers Meer hierher. Sie landen in Mumbai an, werden dann zum Flughafen gebracht und von da aus mit einem kleinen Jet ausgeflogen, jedes Mal sechs bis acht Kandidaten. Mit einer alten Gulfstream. Bis jetzt sechsmal. Mein Kontakt hat mir auch die internationale Kennung der Maschine gegeben. Wollen Sie die haben? Er sagt, der Zielort in Deutschland sei ein kleines Nest namens Büchel. Da gibt es eine Fliegereinheit der deutschen Bundeswehr, sagt er. Er hat mir den Ortsnamen buchstabiert. Ich habe dem Mann fünfhundert Dollar versprochen. Wirklich preiswert. Also, haben Sie was zu schreiben?«

»Sie sind unglaublich«, sagte Müller kopfschüttelnd.

»Man tut, was man kann«, murmelte Bleistift mit gesenktem Blick. »Sind Sie mir noch böse?«

Krause sagte erschöpft: »Also, ich habe hier jetzt die zwei Plastikkarten. Eine aus Köln, die andere aus Hawaii. Ich habe euch erzählt, was die Frau gesagt hat. Sie ist wieder zu Hause und steht uns bei Bedarf zur Verfügung. Wir haben also einen möglichen Täter oder aber zwei oder gar drei. Denn das dritte Kärtchen kommt aus Mumbai, Müller hat es. Aber die einzige konkrete Spur, die wir im Moment haben, führt ausgerechnet zu einem Deutschen.«

»Das vierte Kärtchen, also möglicherweise Täter Nummer vier, kommt laut Dehners Report aus Bogotá in Kolumbien. Das ist sicher. Er arbeitet noch dran und hat eine wüste Geschichte in Aussicht gestellt. Ich nehme an, er wird gegen Abend fertig sein. Sonst, habe ich ihm schon gesagt, muss er auch die Nacht dranhängen.« Sowinski zuckte plötzlich zusammen.

»Was ist denn?«, fragte Esser beinahe besorgt.

»Magenschmerzen«, murmelte Sowinski. »Aber nicht schlimm. Zu viel ASS.«

»Du sollst nicht lügen«, mahnte Krause sanft. »Hat sich jemand mal Gedanken gemacht, ob es nicht vielleicht doch ein Einzeltäter sein kann?«

»Ja«, nickte Esser. »Ich war so frei. Den Daten nach zu urteilen, die wir bisher haben, kann es auch ein einziger Täter gewesen sein. Ein Täter allerdings, der ständig unterwegs ist. Nach dem, was Frau Kant erzählt hat, hätte Sebastian Rogge genügend Geld im Hintergrund, um so was alleine durchzuziehen. Wir sollten wirklich davon ausgehen, denn ich glaube, du hattest Recht: Unser Mann arbeitet frei und ungebunden. Ich habe darüber nachgedacht, und es ist die schlimmste Vorstellung, von der ich jemals hörte, ein Alptraum. Ein Mann mit krankem Hirn, der sich Fälle aussucht, wo seiner Ansicht nach der heilige Islam geschmäht wird. Und der dann einfach auf Reisen geht.«

Nun meldete sich Sowinski. »Ich würde vorschlagen, wir bitten Goldhändchen dazu.«

Krause war einverstanden. »Ich bitte euch zur Kenntnis zu nehmen, dass ich gegen achtzehn Uhr das Haus verlasse. Ich muss mich mal daheim blicken lassen, Wally beruhigen und die Klamotten wechseln. Ich habe den Eindruck, ich rieche schon.«

»Das geht noch«, erwiderte Esser beruhigend. »Und es wartet ein zweites Problem auf uns: Wahrscheinlich müssen wir Svenja samt ihrer pakistanischen Familie evakuieren. Wie sollen wir das lösen?«

»Der Reihe nach«, sagte Krause mit einer müden Handbewegung. »Erst einmal die Fragen an unseren europäischen Meisterhacker.«

Als Goldhändchen hereinkam und sich setzte, konnten seine Kollegen einmal mehr sein ausgeprägtes Modebewusstsein bewundern: diesmal von Kopf bis Fuß in Flieder.

»Ich grüße die Heeresleitung«, sagte er munter.

»Wie geht jemand vor, der über genügend Geld verfügt und die Sache der Glaubenskrieger im Islam durch Mordtaten vertritt?«, fragte Esser.

»Und er will sich natürlich nicht erwischen lassen«, ergänzte Goldhändchen. Er fuhr sich mit der Zunge erst über die Ober-, dann über die Unterlippe. »Ist er gebildet, hat er einen intellektuellen Hintergrund?«

»Er hat Abitur, hat wahrscheinlich studiert. Sein Name ist Sebastian Rogge, und er kommt vermutlich aus der Region Stuttgart.«

»Wie sehen seine terroristischen Angriffe denn so aus?«

»Er mordet. Mal mit einer Armbrust, mal mit einer scharfen Klinge, vermutlich einem Teppichmesser. Also, er lässt sich was einfallen.« Sowinski hatte die rechte Hand auf dem Bauch liegen, als könne er damit die Schmerzen bannen.

»Wo macht er denn so was Schreckliches?«

»Auf dieser Erde«, erklärte Esser süffisant.

»Der Kärtchenjunge, nicht wahr? Dehner war bei mir.«

»Genau der«, sagte Krause. »Hinterlässt er Spuren? Zum Beispiel im Internet? Können wir in seinem Computer auf ihn zugreifen und nachschauen, was er so treibt?«

»Wenn er einen Computer hat.« Goldhändchen grinste.

»Sie wollen mir doch nicht sagen, dass so ein Typ ohne Computer auskommt«, mischte Sowinski sich ein.

»Sie kennen die Raffinesse solcher Leute nicht!«, tadelte Goldhändchen. »Wir könnten durchaus in seiner Wohnung auf einen Schreibtisch ohne Computer stoßen.«

»Aber er braucht ständig aktuelles Basismaterial. Und das steckt nur im Computer, oder etwa nicht?« Sowinskis Stimme klang aggressiv.

»Aber mein Lieber, ich bitte Sie! Gerade ein solcher Mann wird darauf achten, jedem persönlichen Computer aus dem Weg zu gehen. Mit Computer kann jeder, aber ohne, das ist meisterlich. Und er ist doch hoffentlich meisterlich, oder?« Goldhändchen schaute fragend in die Runde.

»Absolut meisterlich«, bestätigte Krause. »Können Sie uns mal ein Bild malen?«

»Also, ich würde mich, wenn ich so etwas vorhätte, erst einmal von meinem Computer trennen. Ich würde den auf die Müllkippe bringen. Hat er Geld für ein schnelles Auto?«

»Hat er«, sagte Krause.

»Dann würde ich in meiner Region alle Internetcafés abklappern. Stuttgarter Gegend? Locker zwanzig bis dreißig, wenn nicht mehr. Ich würde diese Cafés tagsüber frequentieren, besonders in den Mittagsstunden, wenn der gemeine Deutsche seine Hauptmahlzeit zu sich nimmt. Haben wir ein Foto?«

»Bekommen wir noch rein. Er hatte anscheinend nichts dagegen, fotografiert zu werden, solange er kein Misstrauen spürte.«

Goldhändchen beugte sich abrupt vor. »Er wird vielleicht sogar versuchen, in Deutschland überhaupt nicht an einen Computer zu gehen. Das kann er im europäischen Ausland viel besser und unkontrollierter. Hier wird ja immerhin nachgefragt, wenn ein Cafébesucher systematisch von derselben Einrichtung aus die Seiten der Hassprediger und Taliban und Osama-Bin-Laden-Freunde anklickt. Es ist das Gleiche wie bei den Kinderpornos. Aber im Nahen Osten zum Beispiel oder in den asiatischen und südamerikanischen Regionen interessiert sich kein Mensch für diese Typen. Da sind die Internetcafés den ganzen Tag über rappelvoll, und nachts auch. Man muss vielleicht mal warten, wird in der Masse aber niemals auffallen.«

»Aber er wird doch wohl ein Notebook mit sich rumschleppen, oder?« Sowinski fand Goldhändchens Schilderung unglaubwürdig.

»Wozu denn ein Notebook?«, fragte Goldhändchen empört. »Er braucht doch so einen Schnickschnack nicht. Er surft im Internet, hat dort seine speziellen islamistischen Seiten und seine Kontakte. Er forstet Nachrichten auf Informationen hin durch, ob der Islam geschmäht wird. Dann entscheidet er, wohin er will, wen er als Nächsten töten wird. Er plant die Tat im Netz. Und ein paar Stunden vor der Tat geht er nochmal in irgendein Internetcafé und überprüft, ob sich in der Zwischenzeit etwas verändert hat. Er umgeht dabei sämtliche segensreichen Einrichtungen unserer modernen Kommunikation. Das reicht doch vollkommen. In der Beschränkung liegt die Meisterschaft.«

»Handys!«, platzte Esser heraus. »Was ist mit Handys?«

»Sie wollen ihn orten, nicht wahr?«, fragte Goldhändchen. »Im Allgemeinen ist das eine gute, fast immer funktionierende Idee. Aber bei diesem Mann würde ich darauf nicht wetten. Natürlich wird er ein Handy haben, er muss sich nach dem nächsten Flug erkundigen oder nach einer günstigen Eisenbahnverbindung irgendwohin. Aber er wird so clever sein, das Handy niemals auf seinen wirklichen Namen anzumelden. Am einfachsten ist es, wenn er gleich mehrere neue Dinger kauft, die er erst dann aktiviert, wenn er sie wirklich braucht. Und nach Gebrauch schmeißt er sie sofort weg. Einfach ab in den nächsten Gully. Also, ganz so leicht erwischt ihr den nicht.«

»Da ist noch die Frage nach den Grenzübertritten und den Flughäfen«, sagte Sowinski. »Wie bewegt er sich?«

»Wahrscheinlich denken Sie an gefälschte Papiere.« Goldhändchen hatte die Stimme gesenkt, als lausche jemand an der Tür. »Also, wir schleppen alle Personalausweise mit uns herum oder Kreditkarten. Es wird zunehmend leichter, all diese Dinge zu fälschen. Und nicht etwa nur für berufsmäßige Fälscher, sondern inzwischen auch für jeden, der Zugang zu modernen technischen Druckbetrieben hat. Und die hat inzwischen Hinz und Kunz, weil jeder vorgeben kann, dass er einen Flyer für eine Touristikwerbung braucht oder eine Ausweiskarte für seinen heimischen Fußballverein. Wir haben vor Jahren den Versuch mit gefälschten Personalausweisen gemacht, mit Karten von Krankenversicherungen, mit Kreditkarten einer internationalen Autovermietung, mit offiziellen Presseausweisen. Wir haben die Leute gebeten, diese Karten bei allen möglichen Gelegenheiten zu benutzen. Von zweiunddreißig Kontrollen gingen zweiunddreißig gut, von sechzig Versuchen, ein Auto mit einer gefälschten Karte zu mieten, gingen achtundfünfzig gut. Was ich damit sagen will: Jemand, der die finanziellen und logistischen Möglichkeiten hat, sich ruhig auf derartige Killerreisen zu begeben, kann entweder selbst fälschen, weil er Zugang zu einer solchen Druckerei hat, oder er hat einen Kumpel, der ihm das unter der Hand macht. Schaut euch euren Personalausweis an. Sieht aus wie aus Plastik, ist überzogen mit Plastik und enthält kaum sichtbare Details, die angeblich nicht zu fälschen sind. Alles Quatsch, meine Lieben, man kann die Dinger täuschend echt nachmachen. Und so gründlich sind die Kontrollen bei weitem nicht. Ich nehme an, dieses Schätzchen geht mit einem zwei- oder dreifachen Satz Ausweispapiere auf die Reise und benutzt sie nach Belieben. Später einmal mag das schwieriger werden, weil dann Biodaten gespeichert werden, die man nicht fälschen kann. Aber ich sage jetzt schon: Auch das wird gelingen!« Er reckte sich ein wenig, was er immer tat, wenn er sich konzentrierte. »Bleibt die Sache mit den Flughäfen. Über den ganzen asiatischen Raum will ich erst gar nicht reden, da kann der Herr Sowinski traurige Geschichten erzählen, weil wirksame Kontrollen, außer in den Weltmetropolen, so gut wie gar nicht vorkommen. Bei den Amerikanern braucht unser Sebastian – ein entzückender Name, finde ich – nur strikt darauf zu achten, dass er über kleine Flughäfen ins Land kommt und über ebensolche auch wieder ausfliegt. Die Vernetzung der Flughäfen funktioniert nur zwischen den wirklich großen Städten, und nur die muss er meiden. Noch ein Wort zu unseren gewalttätigen und unzivilisierten Freunden in Washington: Die haben selbstverständlich furchtbare Angst, dass jemand ins Land kommt, den sie da nicht haben wollen. Gleichzeitig ist das Land so groß und die pure Länge der Grenzen so gewaltig, dass sie sich niemals abschirmen können, auch wenn sie genau das ständig erreichen wollen und es wiederholen wie ein Mantra. Aber gut, wir wissen, sie sind da total meschugge. Du kannst in die USA ein- und ausreisen, sooft und solange du willst. Wenn du es gelassen und klug angehst, hält dich kein Mensch auf, weil sich niemand für dich interessiert, weil keiner dich überhaupt entdeckt. Hinzu kommt noch, dass auch die Visastempel relativ leicht zu fälschen sind.«

»Sie machen uns ja richtig Mut«, sagte Esser. »Können Sie rausfinden, ob der irgendwo in Deutschland gemeldet ist?«

»Natürlich! Sonst noch etwas?« Und als sie alle den Kopf schüttelten, trat Goldhändchen ab und lächelte dabei so innig in sich versunken, als lausche er einem kräftigen Beifall.

Einige Stunden später verließ Krause unauffällig das Haus.

Drei Abteilungen hatten um schnelle Termine zur Klärung irgendwelcher Vorgänge gebeten, und er hatte alle drei kurz angebunden auf den morgigen Tag vertröstet.

Er hatte sich den Luxus geleistet, einen Wagen der Fahrbereitschaft anzufordern, was er nur äußerst selten tat, weil er der Auffassung war, er könne genauso gut zu Fuß laufen oder mit dem Bus fahren.

Am liebsten ging er zu Fuß, wenn es regnete. Und bitte ohne Schirm! Er mochte es, wenn der Regen ihm die Kopfhaut wusch, er mochte es sogar sehr, wenn der Regen ihm zwischen Kragen und Hals unter das Hemd lief. Wally sagte dann immer besorgt: »Du wirst dich noch verkühlen, mein Lieber!«, und seine Sekretärinnen schüttelten nur den Kopf, wenn er wieder einmal völlig durchnässt mit einem genussvollen »Ah!« sein Büro betrat. Aber immerhin hielten sie ein großes Badetuch bereit, mit dem er sich abtrocknen konnte. Viermal schon hatten ihm Unbelehrbare aus dem Haus einen eleganten Schirm geschenkt, einen sogar mit einer Krücke aus getriebenem Silber, die er anschließend gern an Regenscheue mit der Bemerkung weitergab, ihm selbst reiche einer, sie brauchten ihn nicht zurückzugeben.

Jetzt also in einem Dienstwagen zu Wally, bei der er sich zu entschuldigen hatte wegen seiner ständigen Abwesenheit und wegen seiner Rücksichtslosigkeit ihr gegenüber.

Er mochte sein Zuhause noch immer, es wirkte auf ihn wie eine kleine Festung, obwohl von Wehrhaftigkeit beileibe nicht gesprochen werden konnte. Es war ein kleines Haus mit einem lang heruntergezogenen Giebeldach, das er mit Schiefer hatte decken lassen. Schiefer, eigentlich für die Ewigkeit, wenngleich man ihn in den letzten Jahren bereits zweimal darauf aufmerksam gemacht hatte, dass er unbedingt den Dachstuhl erneuern müsse: »Denn, wissen Sie, Doktor, Schiefer ist verdammt schwer.« Also würde er das irgendwann angehen müssen, und Wally würde wie üblich alles Nötige regeln. Wally machte so etwas schon ihr ganzes Leben lang mit links. Im Grunde war das Haus Wally, und Wally war das Haus.

Ich bin ihr so dankbar, dass sie lebt, dachte er mit einem wohligen Gefühl und verscheuchte die Gedanken an die Zeiten, als sie so krank und hilflos gewesen war und ihn damit in Angst und Schrecken versetzt hatte.

Im Vorgarten blieb er vor den Stufen zur Haustür stehen und starrte auf die Platten, die dort verlegt waren.

Was würde passieren, wenn Sebastian Rogge sich dazu entschloss, zum Beispiel die Kanzlerin zu attackieren oder gar zu töten? Mit einer Armbrust. Durfte eine solche Überlegung überhaupt laut geäußert werden? Und was für Konsequenzen hatte es, wenn diese Susannah ihm auf der Spur gewesen war – und deshalb von ihm getötet wurde? Wie war sie auf ihn gestoßen? Krause schüttelte den Kopf, ging die Stufen hinauf und schloss die Haustür auf. »Ich bin's!«, sagte er laut.

Von irgendwoher antwortete Wally etwas schrill: »Ich komme gleich. Wir haben Besuch! Dieter ist hier!«

»Aha!«, murmelte er und hängte seinen Mantel an die Garderobe. Dann betrat er das Wohnzimmer.

Da saß auf seinem großen braunen Ledersofa ein Mann. Oder war es noch ein Junge? Auf dem Kopf hatte er einen Helm aus dicken braunen Lederpolstern. Er trug Jeans und einen einfachen blauen Pullover. Er konnte sich nicht aufrecht halten, sein Oberkörper schwankte in alle Richtungen. Das Gesicht wurde vollkommen verzerrt von den dauernden Muskelkontraktionen, die offensichtlich durch seinen ganzen Körper liefen. Und er schwenkte den Kopf hin und her, bewegte ihn dann in engen Kreisen. Er konnte Krause anscheinend nur erkennen, wenn er den Kopf irgendwie für den Bruchteil einer Sekunde in die einzig richtige direkte Position brachte. Seine Arme bewegten sich vollkommen unkontrolliert, und er griff mit beiden Händen an seine Knie, um damit zu erreichen, dass er wenigstens für eine oder zwei Sekunden still saß. Aber der Kopf pendelte weiter. Er lallte irgendetwas sehr laut, das nicht zu verstehen war. Aus seinem Mund lief Speichel.

»Das ist mein Dieter!«, erklärte Wally hinter Krause quirlig. »Und stell dir vor, er hat ein neues Medikament bekommen, das sofort angeschlagen hat. Er kann sich jetzt viel besser bewegen, er kann sogar eine Treppe raufgehen, wenn man ihm ein bisschen hilft. Und nachts kann er leichter liegen. Ich durfte ihn zum ersten Mal mit zu uns nach Hause nehmen, alle Ärzte und Schwestern haben zugestimmt. Er darf sogar bis morgen bleiben, seine Medikamente haben wir mit. Nicht wahr, Dieter, du bist gerne hier bei Tante Wally?«

Der Mann röhrte irgendetwas Unverständliches, und sein Mund verzog sich dabei geradezu erschreckend, stand wie eine schiefe, schmale Linie in seinem Gesicht, während er beide Arme nach vorn schnellen ließ.

»Ja, bestimmt«, murmelte Krause fassungslos.

SECHSTES KAPITEL

Sowinski liebte die jaulenden Gitarren über alle Maßen, er hörte mit Leidenschaft Bluegrass, Western und Ähnliches in der Richtung und scheute sich auch nicht im Geringsten, laut mitzusingen. Für ihn war das typische Männermusik, wohingegen die perlenden Läufe eines Mozartklaviers seiner Meinung nach eher etwas für weibliche Wesen waren. Krause durfte er mit solcher Musik und solchen Ansichten nicht kommen. Aber das geschah auch nie, denn Sowinski pflegte seine Musik nur dann zu hören, wenn er allein in seinem Büro war. Und die Anlage, über die er verfügte, hatte ungefähr die Ausmaße von Kaffeetassen. Er hörte eine alte Johnny-Cash-Nummer und trommelte dazu mit den Fingern auf der Schreibtischplatte.

Sein Sekretariat meldete sich mit der Bitte, ein paar Minuten für Thomas Dehner aufzubringen.

»Soll reinkommen«, sagte Sowinski.

»Ich bin jetzt damit fertig«, sagte Dehner, noch ehe er sich setzte, »und der Chef ist nicht im Haus. Und ich ….«

»Schon in Ordnung.« Sowinski deutete auf den Stuhl gegenüber. »Setzen Sie sich. Was haben wir denn?«

»Rätselhafte Tote«, antwortete Dehner. »Und ich gebe zu, dass es mich inzwischen gepackt hat. Also: Vor rund zwei Monaten fliegen die Familien zweier amerikanischer Millionäre aus New York nach Bogotá. Die Ehefrauen stammen aus Kolumbien, und sie wollen die Großeltern besuchen, für die ihre Ehemänner eigens neue Häuser gebaut haben. Sie fliegen aus New York ein und verbringen die Nacht in einem Hotel. Dann steigen sie morgens in einen gemieteten Kleinbus, um zu den Großeltern zu fahren. Die erreichen sie nicht. Das Auto wird unterwegs auf einer kleinen Nebenstraße in die Luft gejagt. Bei den Toten handelt es sich um fünf Kinder, zwei Ehefrauen, einen Ehemann, zwei Kindermädchen, zwei farbige Ehepaare, insgesamt vierzehn Personen, plus ein alter Mann mit seinem Pferd, der zufällig in der Nähe war. Der Sprengsatz bestand aus herkömmlichem TNT in Stangen. Da fällt es auf, dass ein Ehemann fehlt, ein gewisser Greg Leary. Der ist für zwei Tage in New York zurückgeblieben, um vor dem Sommerurlaub die letzten Schecks zu unterschreiben, noch ein paar Briefe zu diktieren und dann schleunigst hinter den anderen her nach Bogotá zu fliegen. Bis dahin ein völlig normaler Vorgang, alles dokumentiert von der Polizei in Bogotá. Am Ort des Anschlags fanden die Beamten eine kreditkartengroße Botschaft, weiß mit roter arabischer Schrift: ›Im Namen Allahs‹. Die ist übrigens auf dem Weg zu uns, weil die Jungs in Bogotá felsenfest davon überzeugt sind, dass Angehörige der Kokainkartelle die Familien getötet haben. Am Abend des Tages, an dem der Kleinbus in die Luft gejagt wurde, ist Greg Leary im gemeinsamen Haus der beiden Familien auf Long Island und feiert mit zwei Nutten und einer Zuckerdose voll mit erstklassigem Koks eine zünftige Orgie. Nach Aussage der Gerichtsmedizin waren sie total stoned. Dann taucht, Ortszeit irgendwann nach zweiundzwanzig Uhr, ein Mörder auf und tötet diesen Leary und die zwei Nutten. Mit einem Original-Bowie-Messer, einer Waffe für die ganz grobe Arbeit. Schluss, aus, keine weiteren Angaben.« Dehner schwieg und sah Sowinski eindringlich an. Dann lächelte er breit und stolz.

»Sie haben noch was auf Lager, nicht wahr?« Er ist wie ein Kind, dachte Sowinski.

»Allerdings!« Dehner nickte. »Ich stellte mir vor, dass möglicherweise zwei Mörder tätig waren, parallel sozusagen. Einer in Kolumbien, der andere in New York. Wäre ja leicht möglich, falls es einen Grund gab, beide Familien zeitgleich samt Angestellten auszurotten. Aber dann habe ich ein bisschen rumgespielt, und siehe da: Es wäre auch für einen Täter allein möglich. Die Maschine der American Airlines startet mittags in Bogotá und ist gegen Abend in New York. Nur: Am Tatort New York gab es kein Kärtchen mit ›Im Namen Allahs‹, behaupten zumindest die Leute der zuständigen Mordkommission.«

»Aber Sie haben weiterrecherchiert.«

»Natürlich.« Dehner fuhr sich mit der Zunge über die Unterlippe. »Die Sache ist so verrückt, dass ich sie erst nicht glauben wollte. Also: Ich habe mir die Liste der Passagiere des Direktfluges von Bogotá nach New York geben lassen. Da taucht ein gewisser Morton Robson auf, ein Beamter der UNO, spezialisiert auf Kontrollen wissenschaftlicher Entwicklungen weltweit. Dieser Morton Robson kann aber eigentlich gar nicht in der Maschine gesessen haben, denn zu diesem Zeitpunkt galt Morton Robson bereits seit zwei Monaten als vermisst, verstehen Sie? Und dieser Mann hat sich auch nie mehr bei der UNO in New York gemeldet, ist nach wie vor spurlos verschwunden und hinterlässt eine Ehefrau und zwei Töchter.«

»Mein Gott, der Täter hat eine Spur hinterlassen. Der Chef wird entzückt sein.«

»Und ich kann ihm auch sagen, weshalb die beiden Familien ausradiert wurden, denn sechs Monate vorher haben die beiden Jungmillionäre ein unglaublich ekliges Ding durchgezogen.«

»Keine moralischen oder ethischen Urteile, bleiben Sie bitte sachlich«, sagte Sowinski.

Dehner wollte ein bisschen beleidigt sein, schaffte es aber nicht, weil er im Grunde viel zu stolz auf seine Leistung war.

»Ich habe mir Timothy und Greg, unsere beiden Helden, Gott hab sie selig, mal genau angesehen. Zuerst die Homepage ihrer Firma, dann die private und alle die, auf die es einen Link gab. Und dann kam ich notgedrungen auf unseren Täter.« Dehner legte eine kunstvolle Pause ein.

»Die beiden wurden im Job nur ›Clever und Clean‹ genannt, obwohl sie weder besonders clever noch clean waren. Sie waren einfach nur gierig. Sie verscheuerten nämlich mindestens sechs Jahre lang im Auftrag der Investmentbank Lehman Brothers den allerletzten Schrott, den nachweislich besonders viele Banken in Deutschland kauften. Es waren zum Teil die Immobilien der US-Amerikaner, die schon zum dritten und vierten Mal auf dem Markt angeboten wurden, so richtiger Schrott also. Die Jungs wurden sehr schnell reich, und anfangs hat man sie im Gewerbe noch gefeiert. Man schätzt, dass sie jeder etwa achtzig Millionen machten. Die beiden wurden mit der Zeit immer größenwahnsinniger, hurten herum und konsumierten das feinste Koks, das am Markt zu haben war. Irgendwann wurde ihnen vielleicht auch das langweilig, und sie ließen sich ein Freizeitvergnügen einfallen, das nun in meinen Augen wirklich schrecklich ist. Entschuldigung. Sie jagten damals gern in Arkansas und in Colorado und nannten ihr neues Spiel ›Treibjagd auf große Hasen‹. Sie ließen einen Muslim aus einer dortigen muslimischen Gemeinde entführen. Der Mann wurde in eine Schonung gebracht und musste dann versuchen, das andere Ende der Schonung lebend zu erreichen. Und zwar auf den Knien, mit dem Oberkörper platt am Boden. Am Ende der Schonung aber warteten sie schon mit Schrotgewehren auf das arme Schwein. Der Mann hatte nicht die geringste Chance. Das kam selbstverständlich dem Lokalfernsehen zu Gehör und auch der lokalen Presse. Als das Fernsehen einen Bericht über diesen Skandal drehen will, schaltet sich irgendjemand direkt aus Washington ein und erwirkt ein Drehverbot. Unter Androhung einer Millionenklage. Die lokale Presse kann der hohe Herr nicht mehr erreichen, ein linksliberales Blättchen mit einer lächerlich kleinen Auflage schreibt über die Hasenjagd, nennt beide Jäger namentlich und auch den dabei zu Tode gekommenen Muslim, der im Übrigen überhaupt nicht extrem war, sondern im Gegenteil eher betont friedlich lebte. Interessant ist, dass ich die Auskunft bekommen habe, dass die Familie des Opfers mit ungefähr einer halben Million Dollar zum Stillschweigen verpflichtet wurde. Das linksliberale Blättchen gibt es nicht mehr, die Macher wurden politisch zum Schweigen gebracht. Ende. Vermutlich aus dem Grund mussten sie alle sterben. Klingt doch überzeugend, oder?«

»Ja, das tut es«, bestätigte Sowinski mit einem Nicken. »Wenn Krause wieder hier ist, müssen wir die Folgen besprechen. Vielleicht muss jemand nach Arkansas. Und jemand sollte auch mit der Familie Robson sprechen. Könnte sein, dass das auf Sie zukommt.«

»Gerne doch«, erwiderte Dehner erfreut. »Und was machen wir mit New York?«

»Das übernehmen Sie dann eventuell auch. Aber jetzt werden Sie erst einmal ein paar Stunden schlafen. Und denken Sie daran, sich eine neue Wohnung zu suchen. Sie müssen da unbedingt raus.«

Etwa von diesem Moment an erhöhten sie das Tempo.

Krause kehrte gegen drei Uhr nachts an seinen Schreibtisch zurück. Er hatte erst zu schlafen versucht, war dann ruhelos im Haus herumgewandert, hatte unbedingt leise sein müssen – wegen Dieter, der in der Mansarde unter dem Dach schlief. Das wirklich Unvorstellbare an der ganzen Geschichte war, dass seine liebe Wally doch tatsächlich gemeint hatte, er brauche sich überhaupt keine Sorgen zu machen, dass er wegen Dieter auf irgendeine Annehmlichkeit seines Lebens verzichten müsse. Es sei nun einmal so, dass sie, zusammen mit Essers Frau, schon seit Wochen ehrenamtlich in diesem Haus tätig sei, in dem Mehrfachbehinderte aufgenommen und gepflegt würden. Sie hätten sogar einen Kurs gemacht, um die Pflege »gründlich draufzuhaben«, wie sie es nannte. Krause hatte einwenden wollen, dass er unbedingt ein ruhiges Zuhause benötige, eines, in dem der Postbote am Morgen den einzigen Störfaktor darstellte. Aber er sprach es nicht aus, weil Wally mit Dieters Betreuung vollkommen ausgelastet war und sich nicht einmal ein paar Sekunden auf einen Stuhl setzte, um ihm zuzuhören.

Esser kam um vier Uhr morgens ins Büro und bemerkte: »Du brauchst mir nichts zu erzählen. Bei mir ist es eine junge Frau.«

»Gut, dann lassen wir das Thema erst mal. Ich weiß sowieso noch nicht, was ich davon halten soll. Also an die Arbeit: Ich will zunächst einmal versuchen, für Svenja und die pakistanische Familie ein Zeitfenster zu schaffen. Vielleicht zwei bis drei Stunden. Ist das machbar?« Krause nippte vorsichtig an seinem heißen Kaffee.

»Müsste eigentlich möglich sein. Die Frage ist nur, ob wir das ohne den pakistanischen Geheimdienst schaffen.«

»Das geht nicht«, Krause schüttelte den Kopf, »sollten wir auch gar nicht erst versuchen. Ich will die Aussagen des einzigen pakistanischen Überlebenden gegen drei Stunden Zeit tauschen. Ist das realistisch?«

»Könnte klappen. Wie stellst du dir das genau vor?«

»Wenn wir die Zeit haben, sollte Müller in Karatschi einfliegen. Immer vorausgesetzt, wir haben ein Flugzeug. Er übergibt die dreißig Seiten des Verhörs und nimmt dann die Passagiere an Bord. Hast du eine Vorstellung, wie der Flughafen von Karatschi aussieht?«

»Nein, habe ich nicht. Ich nehme mal an, Svenja nimmt ein Auto nach Karatschi-Airport. Und wohin fliegen sie, wenn sie in der Luft sind?«

»Mumbai«, entschied Krause.

»Wie kommt der Mann an Bord? So einfach wird das nicht gehen. Schließlich wird er im Augenblick von allen gesucht.«

»Wir werden improvisieren müssen. Ich nehme an, dass Svenja ihren kühlen Kopf behält, und ich gehe davon aus, dass sie mit Müller zusammen wie üblich gut ist. Kannst du das vorbereiten? Ich würde gern in der kommenden Nacht operieren.«

»Okay. Dann werde ich mal gleich loslegen.« Esser nickte ihm knapp zu und verschwand.

Krause fragte in die Gegensprechanlage, wo die letzte Aufnahme von Müller sei. Es gehe da um mögliche Aktionen der amerikanischen Freunde.

»Das bringe ich Ihnen«, sagte Gillian.

Als sie hereinkam, fragte sie: »Was, um Himmels willen, wollen Sie denn so früh hier?«

»Ich konnte nicht schlafen«, antwortete Krause wahrheitsgemäß. »Was macht Ihr Sohn?«

»Er ist sehr tapfer«, entgegnete sie. »Und er fängt an, das Laufen zu trainieren. Aber wenn es nicht auf Anhieb klappt, schnallt er schon mal die Prothese ab und wirft sie in die Ecke.«

»Das klingt doch ganz gut«, sagte Krause. »Lässt auf einen Kämpfer schließen.«

»O ja, das ist er«, sagte Gillian stolz. »Aber Sie selbst tun ja auch viel.«

Krause verstand nicht, was sie mit dieser Bemerkung meinte, und sah sie fragend an.

»Na ja, ich meine die Sache mit Dieter und so. Ihre Frau hat mir davon erzählt. Wir telefonieren ja manchmal miteinander.«

»Ach so, ja«, brummte er leise. Als Gillian merkte, dass er offensichtlich nicht weiter darüber reden wollte, ging sie ins Sekretariat zurück.

Krause hörte sich das Gespräch zwischen Müller und Bleistift an. Die Passage, in der es um mögliche Verhöre in Büchel ging, spulte er sich dreimal zurück und fühlte mit jedem Mal stärkere Wut in sich aufsteigen – eiskalte Wut.

Da brauchte er die grundsätzliche Zustimmung des Präsidenten, da konnte er allein nichts unternehmen, der Fall war zu kritisch und lag auf einer Ebene, auf der grundsätzlich heimliche Kriege ausgefochten wurden und grundsätzlich irrationale Reaktionen zu erwarten waren. Aber er hatte die Nase gestrichen voll von den heimlichen Aktionen der CIA, über die sich viele in seinem Gewerbe schon gar nicht mehr aufregten, weil sie inzwischen erschreckend normal waren.

»Gillian, haben wir jemanden verfügbar, der als Beobachter geschickt werden kann?«, fragte er über die Gegensprechanlage. »Kein körperlicher Einsatz, nur erhöhte Aufmerksamkeit.«

»Wir hätten da das Ehepaar Petersen. Wo spielt das?«

»Inland. Irgendwo zwischen Mosel und Eifel.«

»Okay. Ich lasse sie kommen. Haben wir irgendeine zeitliche Vorgabe?«

»Ich denke an ein paar Tage.«

»Gut. Wenn sie da sind, sage ich Bescheid.«

Büchel ist kritisch, dachte er. Büchel hat wahrscheinlich

die letzten amerikanischen Atomwaffen auf deutschem Boden. Seine Vorstellung von der Landschaft war unklar. Hochebene, dachte er, Hochebene auf der Nordseite der Mosel in der Eifel. Steil abbrechend zum Fluss hin. Grün, sehr viel Grün, massenhaft Wälder. Touristenland für alle, die die Erde retten wollen und gern Orchideen finden. Er erinnerte sich, dass er zusammen mit seinem Großvater in einem weißen Schiff auf der Mosel gefahren war, weil der für sein Leben gern den herrlichen Moselwein getrunken hatte. Ein Bergmann, der Wein trank, eigentlich unmöglich. Wann war das gewesen? In den Fünfzigern, Anfang der Sechziger? Der Großvater hatte sich zuweilen zu Blumen hinuntergebeugt und erfreut ihren Namen gemurmelt, als habe er nach langer Zeit alte Freunde wiedergetroffen. Und dann der Moment, in dem sie in irgendeiner Gastwirtschaft saßen und der Großvater den ersten Schluck Wein trank. Es hatte immer so ausgesehen, als kaue er den Wein mit ganz spitzem Mund, und er hatte irgendwann bestätigt: »Das tue ich auch!« Sie hatten gemeinsam darüber gelacht.

»Gillian, ich brauche den Präsidenten. Heute. Etwa für fünf Minuten. Geht auch telefonisch.«

»Der ist in Brüssel.«

»Dann eben Brüssel. Und die Leute von der Wirtschaft können Sie mir auch schicken. Geld brauchen wir immer.«

Er entdeckte, dass er den Bericht von Thomas Dehner auf dem Rechner hatte. Er las den Text genau. Anschließend rekapitulierte er alle Fakten, die sie bislang zusammengetragen hatten. Und zum ersten Mal dachte er: Den Kerl könnten wir schnappen!

Dann war die zeitliche Schonfrist herum, und die Geldleute des BND kamen herein wie eine sturmbereite Truppe.

»Ich ergebe mich freiwillig all Ihren Sparzwängen«, erklärte Krause und hob beide Arme.

Sie lachten, begannen aber schon kurz darauf, den Operationsleiter zu beharken, warum seine Abteilung denn so viele Kosten verursache.

Ein paar Türen weiter versuchte Esser Klarheit über eine mögliche Evakuierung zu bekommen. Er hatte jetzt einen Plan des Flughafens von Karatschi vorliegen und konnte sich vorstellen, dass eine Maschine, eine kleine Maschine, durchaus vor dem letzten Hangar im Westen der Anlage positioniert werden konnte. Vorausgesetzt, das war aus Sicherheitsgründen zu arrangieren. »Wenn die Pakistaner dort allerdings eine Sturmtruppe für heiße Fälle verbergen, haut es nicht hin«, sagte er laut. »Nehmen wir an, die Maschine landet, dreht dann und rollt auf der Piste 26 quer, dann die 28 auf halber Länge herunter. Das müsste gehen. Aber wie kommt Svenja mit dem Auto dorthin? Und was machen wir, wenn sie mit zwei Autos in Kotri losfahren müssen? Ich brauche Einzelheiten der internen Sicherheit des Flughafens, das kann man nicht dem Zufall überlassen. Wir müssen in der letzten Phase der Evakuierung blitzschnell sein. Sonst klopft jemand an die Tür, und das Flugzeug bleibt auf dem Boden. Aus die Maus.«

Er rief Goldhändchen und sagte: »Ich möchte wissen, was wir an guten Verbindungen zum ISI in Pakistan haben.«

»Wir haben einen Kontakt mit einem der Vizepräsidenten. Würde das reichen?«

»Zunächst einmal ja. Was wissen Sie von dem Mann?«

»Moment, ich schaue nach. Ich habe hier die Teilnahme an einer internationalen Sicherheitskonferenz in Barcelona im vergangenen Herbst. Der Chef hat ihn getroffen und eine Notiz gemacht, dass der Mann zugänglich ist.«

»Danke, dann überlassen wir das dem Chef.«

Er rief Svenja an.

»Ich brauche bitte mal den Status bei Ihnen.«

»Die Kinder von Charlotte, der Haushälterin, sind schon gestern früh heim. Sie selbst kommt immer wieder her und versorgt uns, die Kinder kommen nicht mehr. Wir sind also jetzt fünf Kinder, plus drei Erwachsene. Korrektur: Der älteste Sohn Jules ist erwachsen und belastbar. Mara macht mir Sorgen, sie ist krank vor Kummer. Und wir kriegen hier langsam alle die Platzangst. Glauben Sie, Sie können heute endlich etwas für uns tun?«

»Ich arbeite dran, meine Liebe. Wie geht es Ihnen denn überhaupt? Mal abgesehen von der Platzangst.«

»Einigermaßen. Ich rufe dauernd meinen Müller an, wenn ich durchhänge. Kommt er denn gut zurecht in Mumbai?«

»Er kommt gut zurecht«, beruhigte Esser sie. »Was genau haben Sie sich denn eigentlich an Hilfe vorgestellt?«

Sie lachte. »Am besten einen Hubschrauber, der hier auf der Straße landet und uns alle irgendwohin ausfliegt, wo ein Luxushotel steht und Sie uns am Empfang erwarten, inklusive Wellness für vierzehn Tage. Können Sie das bitte arrangieren?«

»Wir machen alles möglich, das wissen Sie doch. Wie steht es mit Autos?«

»Wir haben hier noch meinen Leihwagen. Bequem für vier Personen. Dann haben sie einen Toyota Landcruiser in der Garage, fahrbereit. Was meinen Sie? Müssen wir nach Karatschi, oder können wir irgendwo einen kleinen Airport anfahren?«

»Es ist noch zu früh, um das sagen zu können. In welcher Lage befindet sich denn der Hausherr?«

»Ganz schwierig. Er will sich auch nicht länger verstecken. Gleichzeitig ist er wütend auf all die vermeintlich guten Freunde, die er vorher hatte und die jetzt nichts mehr von sich hören lassen. Er ist hier zu Hause, es ist seine Heimat.«

»Ist denn klar, weshalb er von seinem Posten zurückgetreten ist?«

»Ja, und das kann ich auch verstehen. Unter dem Präsidenten gibt es vier Vizepräsidenten, zwei ziemlich konservative und zwei eher fortschrittliche, politisch also einigermaßen ausgewogen und jeder mit eigenen Zuständigkeiten. Dann wurde der fortschrittliche Vize neben Mody durch einen stockkonservativen Mann ersetzt. Dadurch kam Ismail Mody in eine völlig isolierte Position. Drei zu eins. Es hatte gar keinen Sinn mehr, weiterzumachen. Er musste seinen Hut nehmen.«

»Hat er bei seiner Flucht nach Hause denn irgendwelche Helfer gehabt?«

»Negativ, eindeutig. Er wusste, dass jeder Helfer über kurz oder lang reden würde. Also hat er einfach Folgendes gemacht: Er ist in Lahore zum Bahnhof gegangen und hat sich in einen Bummelzug Richtung Südwesten gesetzt. Das Industal runter. Er hatte nur seinen Laptop bei sich, sonst nichts. Sogar seine Pfeifen und seinen Tabak hat er zurückgelassen, was ihn sicher große Überwindung gekostet hat. Aber Pfeifenraucher fallen hier auf wie Elefanten in einem Einkaufszentrum. Er hat sich einen Haufen Zeitungen gekauft, damit es nicht so langweilig wurde. Der Kerl muss Nerven wie Drahtseile haben. Aber es hat offensichtlich funktioniert. Offiziell wurde ja nicht nach ihm gesucht. Und kein Mensch rechnet je damit, dass ein hohes Tier sich in so eine langsame Bahn setzt. Jedenfalls kam er irgendwann hier an, hat bis zur nächsten Nacht gewartet, ist dann von hinten über die Dämme in der Karpfenzuchtanlage gelaufen und hat gewartet, bis die Regierungswächter morgens Schichtwechsel hatten.«

»Sie kennen die Situation also sehr genau. Ist es denn möglich, irgendwie zu Fuß über diese Fischzuchtanlage aus der Siedlung zu verschwinden?«

»Wir haben inzwischen drei Überwachungstandems. Das eine auf der Straße am Eingang zur Siedlung. Das zweite hinter den Häusern auf der Grenze zu der Fischzuchtanlage. Das ist nicht mehr als ein Trampelpfad. Diese beiden Tandems sind altbekannt. Sie beschützen die Siedlung der Regierung, und zwischen ihnen und den Anwohnern besteht ein freundliches Verhältnis. Man kennt sich halt, und es ist einfach zu erreichen, dass die Männer mal ein Auge zudrücken. Das dritte Tandem ist das gefährliche und sitzt in einem Streifenwagen vor dem Haus. Es soll garantieren, dass die Familie Mody bleibt, wo sie ist: im Haus. Aber ich warne davor, mit der Möglichkeit zu kalkulieren, nach hinten heraus zu flüchten. Wir müssten dann zumindest jemanden haben, der jenseits der Karpfenzuchtanlage mit einem Wagen wartet. Die Zuchtanlage ist verdammt groß. Und Mara sagt, das wird sehr schwierig sein, denn auch hier haben sie keine guten Freunde mehr, die etwas für sie riskieren würden. Sie könnte sich sogar vorstellen, dass ein vermeintlicher Freund erst anbietet, ein Auto bereitzustellen, dann aber den Behörden einen Wink gibt und dafür kassiert.«

»Dann stellen Sie doch bitte fest, wo sich die nächstgelegenen kleinen Flughäfen befinden und wo wir einen haben, der runde zweitausend Meter Start- und Landepiste hat. Das muss alles verdammt schnell gehen. Und melden Sie sich dann.«

»Wird gemacht, Herr Kommandant«, sagte Svenja ironisch.

Und tatsächlich meldete sie sich schon nach zwanzig Minuten wieder.

»Also, es hat wenig Sinn, einen anderen Flughafen als Karatschi zu wählen. Mara sagt, die anderen kleinen Flugfelder taugen nichts und liegen mehr als einhundertvierzig Kilometer entfernt im Nordosten. Außerdem würden wir dort auffallen. Bis Karatschi sind es nur runde achtzig Kilometer, und wir können uns besser im Verkehr verstecken. Ihr Mann sagt, am Karatschi-Airport herrscht ständig so viel Trubel, dass wir gar nicht auffallen. Und Sie sollen bitte mal abchecken, ob wir durch das Tor Nummer neun kommen können. Das benutzen die Regierungsleute, wenn sie an- und abreisen.«

»Okay, vielen Dank. Noch eine Frage: Wer weiß denn eigentlich, dass der Hausherr in seinem eigenen Gartenhäuschen hockt?«

»Mara, Jules und ich.«

»In Ordnung, dann bis demnächst.«

Das Ehepaar Petersen marschierte auf, lächelte freundlich und sah Krause an. Sie waren beide Lehrer, sie arbeitete inzwischen fest für den Dienst, er nur auf besondere Anforderung, also immer dann, wenn ein harmlos aussehendes Ehepaar gefragt war.

»Wir haben es da drüben bequemer«, sagte Krause und wies auf die Sitzgruppe.

Sie zogen um, es gab ein wenig Unruhe, weil er Kaffee und Wasser bestellte und Puddingteilchen orderte. Dann sah er sie an und erklärte: »Wir haben einen großen Kummer, der ganz leise beerdigt werden muss. Es sieht so aus, als ob unsere amerikanischen Freunde nach Möglichkeiten suchen, des Terrorismus verdächtige Personen aus dem asiatischen Raum hier in der Bundesrepublik zu verhören, ihnen dann ein gutes Schmerzensgeld zu zahlen und sie zurückzutransportieren. Wir haben in dieser Sache bisher noch keine grundsätzliche Entscheidung getroffen, wollen aber sichergehen, indem wir so viele Einzelheiten wie möglich herausfinden. Es geht um ein kleines Dorf namens Büchel in der Eifel, unmittelbar neben dem Moseltal. Dort liegt ein Kampfgeschwader der Bundeswehr. Unsere Brüder landen mit den jungen Leuten dort, und die Kandidaten werden anschließend irgendwohin transportiert, um verhört zu werden. Warum sie dort landen dürfen, wissen wir nicht, wir vermuten eine Art freundschaftliches Arrangement zwischen den Amerikanern und den deutschen Militärs. Wir kennen diesen Verhörort nicht, wollen ihn aber unbedingt finden. Ich möchte Sie beide dorthin schicken. Das Flugzeug ist eine kleine Gulfstream, Sie bekommen die internationale Kennung der Maschine. Ich habe keine genaue Vorstellung, wie es dort aussieht, nehme aber an, man kann dort wandern und sich im Grünen umsehen. Was halten Sie davon?«

»Hört sich gut an«, erwiderte die Frau lächelnd. Sie sah sehr patent aus, sprach wie eine Hausfrau und hatte es vermutlich faustdick hinter den Ohren. Sie war um die vierzig, wirkte drall und zupackend und hatte hellblaue Augen, deren lebendiges Blitzen ihrem Gesicht einen hellwachen Ausdruck verlieh. Ihr Mann war dünn wie eine Bohnenstange, mit einem schmalen, beinahe ausgemergelten Gesicht. Er erklärte mit heiterem Gemüt: »Wir wollten eigentlich schon immer mal in die Gegend, privat sozusagen, das passt ja genau. Wie lange wird es dauern?«

»Keine Ahnung«, sagte Krause. »Sicher ein paar Tage.«

»Hat es solche Transporte schon gegeben?«, fragte die Frau.

»Wir hörten von mehreren«, antwortete Krause. »Aber wir wissen leider nichts Konkretes. Die Einsatzleitung liegt bei Herrn Sowinski, alle vorhandenen Unterlagen finden Sie auch dort. Dann sollten Sie die Luftüberwachung kontaktieren, damit Sie rechtzeitig Bescheid wissen, wann der Flieger kommt. Vergessen Sie nicht die Spesenseite. Sie sollten, wenn möglich, mit einem Auto dorthin fahren. Ich fürchte, es liegt am Arsch der Welt. Bei jeglichen Unsicherheiten sofort bei mir melden oder bei Herrn Esser, der ebenfalls ein Auge auf Sie hat.« Krause erhob sich, strahlte die beiden an und sagte: »Gott befohlen!«

»Dann wollen wir mal gucken, ob der zu Hause ist«, antwortete Frau Petersen ihm grinsend.

Moshe Bakunian, *Operationschef* des israelischen Mossad, traf gegen elf Uhr an diesem Morgen ein, und er wirkte bekümmert und gestresst. Er fiel in einen der Sessel und sagte seufzend: »Danke dir für Susannah. Kannst du mir die Geschichte erzählen?«

»Es ist nur eine halbe Geschichte, weil wir nicht genau wissen, was sie tatsächlich in Mumbai wollte. Aber unseren Teil kann ich dir berichten.« Auch Krause war ratlos.

Sie saßen zusammen wie zwei seit langer Zeit Vertraute, und das Sekretariat achtete darauf, dass sie nicht gestört wurden. Es hieß: Sie stecken mal wieder die Köpfe zusammen, und genauso sah es auch aus.

»Wir nehmen an, sie wusste, dass das Jüdische Zentrum angegriffen werden sollte. Aber schon an diesem Punkt sind wir unsicher. Auf jeden Fall wäre es einfach gewesen, die Israelis im Zentrum zu warnen und dazu zu bewegen, das Haus zu räumen. Was hat sie euch denn hinterlassen?«

»Drei Rechner voll mit Informationen. Wir werden zwei Monate brauchen, um das alles zu sichten. Sie arbeitete nicht an einem aktuellen Fall, das hätten wir gewusst. Wir haben keine Ahnung, weshalb sie sich in ein Flugzeug setzte und nach Mumbai flog. Sie hat uns keine Nachricht hinterlassen, nicht einmal die kleinste Andeutung. Nada!«

»Kann es sein, dass ihr Mörder sie dorthin gelockt hat?«

»Darüber haben wir nachgedacht, das kann sein. Aber warum hat sie uns nicht informiert?«

»Vielleicht hat sie anfangs den Überfall auf die Stadt für unwahrscheinlich gehalten. Und als sie es dann glaubte, war es bereits zu spät. Willst du sehen, wie es passiert ist?«

»Ja, das will ich.« Moshes Züge verhärteten sich bei diesen Worten.

Krause hatte den Film schon vorbereiten lassen.

Die Möglichkeiten der modernen Elektronik verwirrten ihn, und seine Leute hatten ihm ein System an die Hand gegeben, bei dem er nur durch Knopfdruck Informationen abrufen konnte. Er pflegte zu sagen: Letztlich sind es Menschen, die das alles produzieren, und ich bin ausschließlich an Menschen interessiert. »Du siehst jetzt die Aufnahmen von zwei Überwachungskameras, die außen am Jüdischen Zentrum angebracht waren. Es ist der Tag des Angriffs, abends gegen 21:30 Uhr.«

Moshe Bakunian sah scheinbar ungerührt zu. Dann forderte er: »Noch einmal, bitte!«, und Krause ließ die Aufnahmen erneut ablaufen. Dann ein drittes und ein viertes Mal.

Bakunian kramte ein Papiertaschentuch aus seinem Jackett und fuhr sich damit über das Gesicht.

»Es ist so verdammt schwer, jemanden wie Susannah zu verlieren.«

»Erzähl mir von ihr. Wer war sie?«

»Eine Verrückte, eine von denen, die genau wissen, dass der israelische Staat immer gefährdet ist. Wir konnten ihr nur wenig beibringen, sie war ein Naturtalent. Eigentlich arbeitete sie als Architektin, für uns war sie nur nebenher aktiv. Aber auf allerhöchstem Niveau. An wirklich dringenden Einsätzen habe ich sie immer beteiligt, an gefährlichen auch. Du weißt ja, wie das bei diesen Leuten ist: Sie gehören ein für alle Mal dazu und laufen immer wieder zu ihrer Bestform auf. Ihr Name war Susannah Avidor – Arbeitsname Georgi –, sie war seit drei Jahren in Hongkong und leitete dort die Station. Ihr Überblick über die Region war gut bis sehr gut, keine Frage.«

»Wir reden hier von einem Deutschen, der wahrscheinlich Sebastian Rogge heißt, alle möglichen Einzelheiten sind aber noch unklar. Er hat Geld im Rücken, plant seine eigenen Morde, reist in der Welt herum. Strikt gegen alle vermeintlichen muslimischen Feinde. Von Hawaii bis Kolumbien. Susannah war ihm auf der Spur. Aber er hat sie offensichtlich abgepasst, muss also gewusst haben, wie sie aussieht. Hatte sie Fotos von sich im Internet?«

»Hatte sie. Mehrere. Im Rahmen ihres Berufs als Architektin, an dem war ja nichts gemogelt.«

»Dann geh doch einfach einmal von dem Tag aus, an dem der Angriff auf Mumbai im November des vergangenen Jahres stattfand. Benötigst du einen sicheren Raum, brauchst du eine Standleitung nach Tel Aviv?«

»Ja, das wäre gut. Ich muss ihren Kindern zumindest sagen können, wie es zu ihrem Tod gekommen ist.«

»Sie hatte Kinder?«

»Zwei. Einen Jungen, ein Mädchen. Nette Kinder, richtige *Sabras*.«

»Lebten sie mit ihr in Hongkong?«

»Nein, bei uns in Israel. In einem Kibbuz. Jetzt ist die Mutter tot. Eine richtig miese israelische Geschichte.«

»Hatte sie auch einen Ehemann?«

»Hatte sie. Starb schon vor Jahren tragisch an Krebs. Damit kam sie nicht klar. Ich glaube manchmal, dass sie die ganze Welt deswegen hasste.«

»Ich zeige dir den Raum. Er ist sicher.«

»Das glaube ich dir, mein Freund.«

Sie trafen ihre Entscheidung noch am selben Tag um dreizehn Uhr.

»Es geht nur über Karatschi«, hatte Esser erklärt. »Alle kleineren Flughäfen sind zu weit entfernt. Der Zustand der Straßen ist mir unbekannt, aber da gibt es eine Schnellstraße, die von Lahore direkt nach Karatschi führt, eine Lebensader, sie sollte gut sein. Der Zustand im Haus ist laut Svenja angespannt. Sie sagt, wenn wir im Morgengrauen starten, sind wir spätestens anderthalb Stunden später in Karatschi am Flughafen. Regierungsleute benutzen immer das Tor Nummer neun, um auf den Flughafen zu kommen. Tor neun, so viel habe ich herausfinden können, liegt hinter dem Hangar Nummer sechs. Wir müssten also die Maschine vor diesem Hangar parken und dann warten.«

»Die Frage ist nur, was ist es uns wert?«, erläuterte Krause. »Wenn Maras Mann aussagt, erfahren wir Dinge, an die wir über andere Informanten niemals herankämen. Wir würden von all unseren Bruderdiensten heiß umworben werden und könnten eine lukrative Tauschbörse eröffnen. Also bin ich dafür, es wenigstens zu versuchen.«

»Dann machen wir es doch«, sagte Sowinski und betonte dabei jedes einzelne Wort.

»Benutzen wir eine Maske?«, fragte Krause.

»Keine!«, erklärte Sowinski energisch. »Wir brauchen nur deine Wortgewalt.«

»Okay. Dann, meine Damen und Herren, hier die unnachahmliche Darbietung deutscher Naivität. Kann Goldhändchen bitte einmal kommen? Und danach bitte die Bänder hoch, wenn wir den Partner in der Leitung haben.«

»Aber dann ist da noch Ihre Frau in der Leitung«, meldete das Sekretariat zaghaft.

»Das geht jetzt nicht. Sagen Sie ihr bitte, ich rufe sie später an.«

Esser betrachtete Krause mit einem wölfischen Grinsen. »Sie wird um Milde bitten, wetten? Meine hat es schon getan.«

Als Goldhändchen hereinkam, sah er sie in trauter Runde sitzen. Er hatte sich in ein dunkles Blau geworfen, elegant und fließend, alles Ton in Ton. Fehlten nur noch blaue Haare. »Also, es ist so, Chef, dass Sie ihn in Ihren Notizen Big Bear genannt haben, Salim Nura mit Namen. Wahrscheinlich ist er zwei Meter groß.«

»Das ist er nicht. Er ist bestenfalls einen Meter sechzig groß und schlank wie eine Fichtennadel. Aber er hat eine für Geheimdienstler seltene Gabe: Er kann über sich selbst lachen. Also gut, versuchen wir es. Immerhin haben wir mittlerweile ein Pfund in der Hand, um ihn zu gewinnen.«

Goldhändchen nahm Krauses Platz am Schreibtisch ein, vollführte einen perlenden Lauf auf der Tastatur und nickte dann.

Krause sagte: »Ich suche Mister Big Bear. Hier ist Wiedemann aus Berlin, wir waren zusammen auf einer Tagung in Barcelona.«

Eine Frau lachte unterdrückt und sagte: »Ich versuche es mal.«

»Bist du das, Wiedemann? Leibhaftig aus Berlin? Das ist gut.« Der Mann lachte und hatte eine Stimme, die man niemals mit einem kleinen Mann verbinden würde, tief und fest, wie aus einem Brunnen. »Endlich mal jemand, der meinen Tag aufhellt.«

»Ich habe eine Bitte, Salim, mein Freund. Würdest du die Familie von Ismail Mody ausreisen lassen?«

Eine Weile schwieg der Pakistaner.

»Du bist immer für einen Gag gut. Und dieser Gag ist hervorragend. Warum sollte ich das wohl tun?«

»Weil du ein freundlicher Mensch bist und weil du Ismail Mody magst.«

»Damit er im Ausland ein sensationelles Buch schreibt und uns darin niedermacht?«

»Du lieber Himmel! Davor hast du Angst? Warum sollte er das tun? Er liebt Pakistan, wie wir beide sehr gut wissen. Und er ist integer, das weißt du auch. Außerdem: Der Mann will ja nicht ausreisen, ich kenne ihn gar nicht, habe ihn noch nie gesehen. Es existiert das Gerücht, dass er längst in Delhi ist, aber das glaube ich auch nicht. Sei ehrlich, ihr habt ihn aufgegriffen und haltet einfach den Mund.«

»Wir wissen nicht, wo er steckt, mein Freund, das kannst du mir glauben. Und ich wünsche ihm, dass er Glück hat, wobei auch immer. Weshalb will denn die Familie ausreisen?«

»Du weißt doch, dass seine Frau Irin ist. Sie will heim. Sie weiß, dass es für ihre Familie in Pakistan keine Zukunft mehr gibt. Die Kinder wollen dann sowieso im Ausland studieren. Wenn sie einen Ausreiseantrag stellt, lässt deine Regierung sie am ausgestreckten Arm verhungern, und zwar mindestens ein paar Jahre lang aus irgendwelchen fadenscheinigen Gründen.«

»Ich bin nicht die Regierung«, polterte Salim.

»Eben. Dann erlaube uns doch, die Familie rauszuholen.«

»Wie willst du das denn anstellen? Mit Schützenpanzern?« Er lachte.

»Nein. Mit einem ganz normalen kleinen Flugzeug. Du kannst es selbst überwachen. Morgen früh in Karatschi, sieben Uhr, hinter Tor neun.«

»Wiedemann, du bist ein Sauhund. Warum wäre ich fast auf dich hereingefallen? Es ist deine Stimme, dieses geradezu einlullende Geplätscher deiner Worte. Im Ernst jetzt, warum willst du diese Familie rausholen?«

»Ich kann mir auch etwas Schöneres vorstellen, mein Freund. Die Familie will heim, und die Engländer haben uns um Hilfe gebeten, weil ihr die Engländer im Moment gar nicht liebt. Die Deutschen dagegen, so hat man mir gesagt, bewundert ihr maßlos! So läuft das.«

»Also, Mara und ihre fünf Sprösslinge?«

»Genau die hätte ich gern. Dann noch eine gewisse Shannon Ota, eine Freundin, die gerade zu Besuch ist. Die Mädels haben zusammen in Oxford studiert. Diese Ota kenne ich auch nicht, aber sie ist eine uralte Freundin von Mara, und sie ist sauber. Und unserer Kenntnis nach war sie auch schon ein paarmal dort.«

»Sauber? Wirklich sauber? So etwas gibt es gar nicht unter Maras Freunden. Aber sie ist eine tolle Frau, das gebe ich zu. Und ich denke wehmütig an ein paar Feste in Ismails Garten. Auch vorbei. Und warum morgen in der Frühe?«

»Weil es mir in meinen Kram passt, du pakistanischer Großvater. Nein, weil ich zufällig einen sehr guten Mann in Mumbai habe. Der könnte das für mich durchziehen. Schnell rein, schnell raus, du verstehst schon. Bei der Gelegenheit könnte er dir etwas Schönes mitbringen.«

»Bargeld, bitte!«, sagte der Pakistaner wie aus der Pistole geschossen. »Und wie soll das technisch ablaufen?«

»Ganz einfach. Wir organisieren einen Flieger, der morgen früh ab sechs Uhr am Karatschi-Airport steht. Die Familie kommt aus Kotri, fährt zum Tor neun und geht an Bord. Dann haben wir den Lift-off, und du hast uns nie gesehen. Noch etwas musst du erledigen. Vor dem Haus steht ein Streifenwagen der Polizei. Das Beste wäre, wenn er heute Abend verschwindet.«

»Man merkt deutlich, wie dich die deutsche Demokratie verweichlicht hat. Halt, nein, das ist ja die Staatsform, die wir auch anstreben ...« Er begann schallend zu lachen, und es gab eine ganze Reihe lauter, merkwürdiger Nebengeräusche. Wahrscheinlich räumte er in heller Lebenslust mit seinem Handy den Schreibtisch auf.

Krause stimmte fröhlich in das Gelächter ein und fragte dann unvermittelt: »Wie läuft es denn bei euch im Swat-Tal?«

Salims Stimme wurde schlagartig ernst. »Sieh dir doch die Nachrichten auf euren Kanälen an. Wir teilen mit, dass wir die Taliban besiegt haben, und das war es dann.«

»Ich frage dich, weil ich denke, dass es anders ist.«

»Es ist anders, mein Freund, es ist ganz anders. Wir greifen an und stoßen zu, und wir stoßen ins Leere, die Taliban sind verschwunden. Und anschließend sind sie dort, wohin die Flüchtlingsströme unterwegs sind. Schlechtes Gefühl, weil eure Politiker uns beschuldigen, gemeinsame Sache mit den Taliban zu machen. Für uns hier ist das ein Eiertanz. Weshalb hast du aktuell Leute in Mumbai? Ich denke, Indien ist für euch zu weit weg und zu englisch und vor allem zu heiß und zu groß.«

»Deine Gegend wird eben immer interessanter. Ich musste meinen besten Mann hinschicken, weil wir etwas kaufen konnten, für das du deinen rechten Arm geben würdest. Dreißig Seiten eines Verhörs des jungen Pakistaners, der als Einziger das Massaker von Mumbai überlebte. Genaues über seine Ausbildung und Schulung, eindeutige Hinweise auf darin verstrickte Politiker bei euch, seltsame Querverbindungen zu muslimischen Glaubenskriegern, ganz üble Verbindungen zur Osama-Bin-Laden-Clique und in die Grenzregionen zu Afghanistan. Und das alles mit Klarnamen. Glaub mir, mein Freund, ich habe es selbst gelesen, und ich weiß, wovon ich spreche.«

Es herrschte ein sehr langes Schweigen.

Dann fragte Salim leise: »Kann ich einen Blick hineinwerfen? Eine Kostprobe vorab per Fax?«

»Kannst du nicht, mein Freund. Aber ich garantiere, dass es die einzige Kopie des Originals ist. Unterschrieben von einem Generalstaatsanwalt. Wenn du morgen früh in Karatschi am Flughafen bist, wird dir mein Mann das Protokoll übergeben. Gratis.«

»Ich könnte jemanden schicken.«

»Nein, Salim, nein.« Krauses Ton wurde unvermittelt scharf. »So kann der Deal nicht laufen. Es ist eine Zweihunderttausend-Dollar-Beute. Es ist ein Vermögen. Ich bestehe darauf, dass du persönlich kommst, sonst niemand. Und du solltest auch nicht mit einer Gorillatruppe auftauchen, das verschreckt die Kinder.«

»Wer erledigt die technischen Absprachen?«

»Mein Spezialist, dein Spezialist. Termin ist morgen früh um sieben Uhr in Karatschi, Tor neun.«

»Keine Tricks?«

»Warum sollte ich denn so dumm sein, mein Lieber?«

»Ja, warum solltest du? Okay, gehen wir es an. Schöne Grüße ins Abendland.«

Goldhändchen kappte die Verbindung.

Esser sagte leise und hoffnungsvoll: »Vielleicht geht da was.«

Sowinski fragte erregt: »Und was machen wir jetzt mit Ismail?«

»Salim könnte zu seinem Chef gehen«, murmelte Krause, in Gedanken versunken. »Er wird es aber bleiben lassen. Er weiß, dass die dreißig Seiten seine Position für Jahre unangreifbar machen. Sie sind für ihn wie pures Gold. Plötzlich weiß er als Einziger im pakistanischen Geheimdienst, was die Inder über den Überfall wissen. Und vor allem: was sie nicht wissen. Er kennt plötzlich Namen aus dem Protokoll, die sonst niemand kennt. Das mit Ismail müssen wir riskieren, der liegt jetzt in Salims Hand. Aber als ich ihn in Barcelona kennenlernte, hat er mir einen sehr menschlichen Eindruck gemacht. Er hat sogar ein humanistisches Gymnasium besucht. Salim wird voraussichtlich nicht schießen. Dennoch sollten wir ein Gebet sprechen, weil wir nicht genau wissen, was Pakistan aus einem Mann macht.«

Jules bereitete Svenja Sorgen. Der Junge wirkte in sich versunken, schien zuweilen ganz weit weg zu sein in einem Leben, das nicht hier spielte, sondern vielleicht auf einer tröstlichen, sonnigen Insel ohne böse Träume. Dann tauchte er unvermittelt wieder auf, war wieder angekommen in seinem verwirrenden Pakistan. Er litt wegen seiner Mutter, er litt wegen seines Vaters, und einmal hatte er sie stockend gefragt: »Was ist, wenn die Polizisten einfach reinkommen und uns alle erschießen, Shannon? Sie könnten das tun, und niemand würde nach uns fragen. Sie räumen einfach unsere Körper weg, und es hat uns nie gegeben.«

Sie hatte geantwortet, dass das Leben so simpel niemals spiele und dass es gute Chancen gebe, auf ewig aus Kotri herauszukommen und sich irgendwo in der Welt niederzulassen, wo das Leben etwas mehr Zukunft bot, farbiger, unbeschwerter, lustiger, ja, lustiger war. In Irland, zum Beispiel, oder in England, London würde ihm doch sicher gefallen. Aber ihre Worte hatten selbst in ihren eigenen Ohren sehr hohl geklungen.

Maras Tochter Elizabeth, vierzehn Jahre alt und spindeldürr, konnte sie überhaupt nicht erreichen. Die Pubertät setzte dem Mädchen zu, ihr Gesicht war voller Pickel, und sie fand das ganze Leben und jeden Einzelnen in diesem

Haus einfach nur scheiße. Schon mehrfach hatte sie wütend erklärt: »Ich halte das hier nicht ewig durch, ich halte eure Gesichter nicht mehr aus, ich packe ein paar Klamotten zusammen und gehe. Und wenn die Bullen vor dem Haus mich festhalten wollen, spucke ich sie an. So einfach ist das.« Sie hielt sich abseits, trödelte herum, aß niemals, wenn die anderen aßen, und beleidigte ihre Mutter und den abwesenden Vater, der für den Scheißgeheimdienst arbeite und sich einen Dreck um die Familie kümmere.

Svenja hatte eine beinahe panische Angst vor dem Augenblick, in dem Elizabeth herausfinden würde, dass dieser Vater sich im Gartenhaus aufhielt. Und irgendwann würde genau das geschehen, unausweichlich.

Sie hatten heimlich Regeln besprochen, weil Regeln unvermeidlich waren. Vor dem Gartenhaus, das ungefähr zehn Meter im Quadrat maß, hatten sie Liegen in den Rasen gestellt, auf denen jeweils einer von ihnen zu wachen hatte: Mara, Jules oder Svenja. Sie lagen dort im Schatten und lasen, oder sie trugen ihr Essen und die Kaffeetasse dorthin.

Aber die Schwierigkeiten begannen schon damit, dass Elizabeth sofort auffiel, dass sie wie Wächter wirkten, und sie unbedingt in das Gartenhaus wollte, weil sie dort angeblich eine alte Puppe aus ihrer Kindheit versteckt hatte, die sie auf der Stelle brauchte, um diese Scheißfamilie vergessen zu können.

»Wo ist dieser Scheißschlüssel zum Gartenhaus?«, hatte sie geschrien.

Svenja hatte zum ersten Mal die Nerven verloren und zu brüllen begonnen. Elizabeth war zusammengezuckt und erschrocken. Aber die Ruhe hatte nur wenige Minuten angehalten.

Auch Ismail Mody war in seiner ungewollten Gefangenschaft zunehmend unberechenbar geworden. Morgens gegen drei oder vier Uhr, wenn der warme Nachtwind das Tal auf seinem Weg zum Meer hinunter strich und alle anderen noch schliefen, huschte Svenja zu ihm ins Haus. Aber sie spürte, dass sie ihn nicht mehr lange zurückhalten konnte.

Und dann Mara mit ihrem angegriffenen Herzen und ihren immer häufiger auftretenden Schwächeanfällen. Svenja selbst hasste nichts mehr, als zu warten. Und im Moment, schien es, blieb ihr nichts anderes übrig, als zu warten, bis einer der Beteiligten aus dem Ruder lief.

Als der erlösende Anruf aus Berlin kam, war es früher Abend, 18:20 Uhr Ortszeit.

»Hören Sie mir einfach zu und sagen Sie nichts«, begann Sowinski.

Moshe Bakunian tauchte nach vier Stunden völlig erschöpft wieder aus der Einsamkeit des kleinen Arbeitszimmers auf. Er vermutete ebenso wie Krause, dass Susannah ihren Mörder bereits vor den Novemberangriffen gekannt hatte.

»Es ist, als würdest du dein eigenes Kind verlieren«, murmelte er, als er vor Krauses Schreibtisch saß. »Und es kann nur so sein, dass sie ihren Mörder auf Hawaii traf. Aber warum sie uns nichts darüber sagte, werden wir wohl nicht mehr herausfinden können.«

»Erklär mir das mit Hawaii«, bat Krause.

»Sie war im Oktober auf der Insel, beruflich. Dort traf sie wiederholt amerikanische Investmentbanker, die sich auf den Bau großer Einkaufszentren spezialisierten. Ihr Aufenthalt dauerte etwa drei Wochen.«

»Und der Mann, den wir suchen, ermordete auf Hawaii

einen Banker«, sagte Krause. »Das weißt du ja schon. Gibt es denn in der Hawaii-Phase einen konkreten Hinweis?«

»Keinen. Aber sie bekam auch in dieser Periode Besuche auf ihrer Internetseite. Da tauchen Leute auf, die sich unter wilden Fantasienamen melden. Der Sohn des Tigers, Kämpfer für Allah, Pest auf unsere Feinde, und so weiter und so fort. Aber nicht der geringste Hinweis, dass sie sich trafen. Ich nehme sie mit heim, und vielleicht wird eines Tages ja doch noch klar, was wirklich geschah. Oder eben nicht.«

»Wir müssen mit diesen Unsicherheiten leben«, sagte Krause verständnisvoll. »Sollen wir dir einen Flug buchen?«

»Ja, das wäre gut, mein Freund. Wir müssen heim. Und bleibt an dem Deutschen dran.«

SIEBTES KAPITEL

Das letzte Mal rief Svenja gegen neunzehn Uhr Ortszeit an.

»Sie haben Wort gehalten, die Polizisten vor dem Haus sind eben weggefahren. Ist bei dir alles klar?«

»Ja, alles klar«, antwortete Müller. »Ich habe eine Maschine, wir sind ab drei Uhr in der Nacht auf dem Flug. Hast du es ihnen gesagt?«

»Ja. Nicht den Kleinen, aber Mara, Ismail und Jules. Sie müssen es wissen, weil sie natürlich wichtige Papiere mitnehmen wollen. Berlins Anweisungen sind sehr strikt. Pro Person ein Gepäckstück, nicht mehr.«

»Was machst du mit deinen Sachen im Hotel?«

»Die lasse ich hier, sie sollen sie bunkern oder versteigern oder was weiß ich. Nicht weiter wichtig. Kannst du mich anrufen, wenn ihr in der Luft seid?«

»Klar doch. Ein Auto oder zwei?«

»Zwei. Es sind immerhin fünf Kinder und drei Erwachsene. Dazu noch ein Haufen Rucksäcke. Hast du das Geld parat?«

»Ja. Sogar verpackt mit einem Siegel der Bundesrepublik. Gibt es noch irgendwas, was ich wissen sollte?«

»Nein. Außer dass ich dich mit Haut und Haar auffressen werde, sobald ich dich für mich allein habe.«

»Das wird noch eine Weile dauern. Aber den Plan finde ich schon mal gut. Wir werden uns eine ganze Woche verbarrikadieren. Kein Laut nach draußen, wir tauchen einfach ab.«

Thomas Dehner hatte viele Ziele auf dem Zettel.

Goldhändchens Abteilung hatte einen gewissen Sebastian Rogge in Waiblingen bei Stuttgart festgestellt, Bavariastraße. Im weltweiten Netz hingegen hatte er keine Spuren hinterlassen, keine Homepage, nichts. In Waiblingen gab es sonst niemanden mit dem Familiennamen.

In Stuttgart war der Name häufiger, aber Anrufe bei den betreffenden Personen hatten keinen Schritt weitergeführt. Dann hatte ein BND-Mitarbeiter, der auf Einwohnermeldeämter spezialisiert war, etwas Entscheidendes herausgefunden: Vor sieben Jahren hatte Sebastian Rogge noch einen anderen Namen getragen. Er war der Sohn des Allgemeinmediziners Moustafa Chaleb, gebürtig aus dem Iran, und hatte dann den Familiennamen der Mutter angenommen. Unter dem Namen Chaleb hatte er allerdings noch geheiratet. Verzeichnet war auch ein Kind aus dieser Ehe, ein Sohn namens Andreas. Der Name der Mutter war Christina Chaleb, sie war neunundzwanzig Jahre alt, lebte in Stuttgart, von Beruf medizinisch-technische Assistentin. Die Ehe war vor vier Jahren geschieden worden. Erstaunlicherweise in Abwesenheit des jungen Ehemannes. Eine Begründung war nirgends zu finden.

Sowinski hatte geraten: »Gehen Sie langsam und vorsichtig vor, denn möglicherweise wittern sie Unheil, wenn Sie seinen Namen erwähnen. Aber zuerst die Wohnung.«

»Warum sollten sie denn Unheil wittern?«

»Na, überlegen Sie doch mal. Da turnt jemand um den

Erdball und bringt mit unheimlicher Kälte Menschen um. Halten Sie es für möglich, dass dieser Täter in seiner Kindheit, Jugend und später als Erwachsener ohne deutlich erkennbare Probleme gelebt hat? Er muss immer ein Problemfall gewesen sein, wahrscheinlich sogar ein Riesenproblemfall.«

Jetzt stand Dehner in der Bavariastraße vor dem Haus Nummer siebzehn und hatte keinerlei Vorstellung, was ihn dort erwartete. Er hatte festgestellt, dass zwei Parteien in dem Einfamilienhaus aus den Siebzigern wohnten: unten die Wallers, oben der Rogge. Er hatte in den kleinen Geschäften in der Nachbarschaft herausgefunden, dass die Wallers um diese Jahreszeit immer in ihrem Kleingarten in der Laubenkolonie herumwerkelten, aber gegen Abend nach Hause kamen. »Gegen sieben Uhr, pünktlich wie die Maurer«, hatte die Verkäuferin in einem kleinen Selbstbedienungsladen versichert.

Es war sieben Uhr.

Fünf Minuten später kam ein silberner Mercedes der E-Klasse herangerollt und fuhr direkt vor die Garage. Das Garagentor schwang auf, sie fuhren hinein, das Tor schloss sich wieder.

Dehner stieg aus und ging über die Straße. Er klingelte. Ein kleiner Lautsprecher plärrte: »Ja bitte?«

»Mein Name ist Klar, ich komme von der Bundesregierung und möchte Sie dringend sprechen.«

»Von wem kommen Sie?«

»Bundesregierung in Berlin.«

»Worum geht es?«

»Um Ihren Hausgenossen Sebastian Rogge.«

»Kommet Sie«, sagte der Mann.

Sie waren beide um die siebzig und wirkten bescheiden und äußerst rüstig.

Sie hatten ihm zwar geöffnet, beäugten ihn jetzt aber

überaus misstrauisch. Noch stand Dehner einen knappen Meter von der Haustür entfernt im Halbdunkel eines winzigen Flurs, und vor ihm ragte der Rentner Waller wie ein unbezwingbarer Berg in die Höhe. Und hinter ihm stand seine Ehefrau Elli, jederzeit bereit, ihren Mann zu verteidigen.

»Haben Sie einen Ausweis?«, fragte der Mann.

»Natürlich«, sagte Dehner und reichte ihm das Papier.

»Doktor Manfred Klar. Berater der Regierung. Über was beraten Sie denn so?«

»Es geht um Sicherheitsfragen«, sagte Dehner vage, »national und international. Hier ist noch meine Visitenkarte.«

»Und was wollen Sie vom Rogge?«

»Erst mal nur wissen, wo er ist«, sagte Dehner und bemühte sich um ein Lächeln.

»Das wüssten wir auch gern«, entgegnete der Hausherr. »Na, kommet Sie.«

Das Ehepaar ging vor ihm her durch ein kleines Esszimmer, dann durch einen großen Wohnraum und von da aus in einen Wintergarten mit Tisch und vier Stühlen. Sie boten ihm einen Platz an, setzten sich ihm gegenüber und starrten ihn erwartungsvoll an.

»Kann ich Sie um absolute Vertraulichkeit bitten?«, eröffnete Dehner.

»Ja, natürlich. Wieso suchen Sie den denn überhaupt?«, fragte Manfred Waller.

»Ich habe dich ja gleich gewarnt!«, raunzte seine Frau. »Wollen Sie ein Bier? Wir trinken um diese Zeit immer eins.«

»Das wäre wirklich nett.«

»Und auch ein Leberwurstbrot?«

»Das auch«, sagte Dehner und nickte in Elli Wallers Richtung.

Dann sah er den Hausherrn an und bemerkte: »Da haben wir wohl einen Problemfall, oder?«

»Das kann man so sagen«, bestätigte der. »Aber wieso kümmert sich die Bundesregierung um den Burschen?«

»Weil die Möglichkeit besteht, dass er nicht ganz legal lebt.«

»Elli hat immer gesagt, da stimmt was nicht.«

»Ist er oben? Kann ich die Wohnung einmal sehen?«

»Sagen Sie mir erst, warum Sie nach ihm suchen.« Die Frau kam mit einem Tablett zurück, das mit Bier, Brot und Leberwurst, einem Stück Butter auf einem Keramikteller und Besteck beladen war. Sie stellte alles auf dem Tisch ab und fragte: »Also, sind Sie so etwas wie Polizei?«

»Viel schlimmer«, sagte ihr Mann düster. »Hast du doch gehört: von der Regierung. Also sagen Sie jetzt endlich, was Sie von dem wollen?«

»Es kann sein, dass er in Fälle von internationaler Wirtschaftskriminalität verwickelt ist. Wir müssen ihn dringend vernehmen.«

»Da siehst du's!«, rief Elli Waller empört. »Und du hast gesagt, er macht einen soliden Eindruck!«

»Aber so etwas sieht man doch keinem an«, mischte sich Dehner schlichtend ein. »Er ist wohl nicht da, oder?«

»Nein, ist er nicht«, trompetete Waller. »Das ist es ja. Er ist quasi überhaupt nie da. Alle Jubeljahre mal ein paar Tage, das war's dann schon wieder.«

»Sie haben doch einen Mietvertrag mit ihm gemacht, oder?«

»Aber sicher.«

Elli Waller schmierte mit geradezu atemberaubender Geschwindigkeit Leberwurstbrote, während ihr Mann Manfred sich erhob, irgendwohin verschwand, um dann mit einem Ordner mit Kontoauszügen wieder aufzutauchen.

»Also, wir haben vor vier Jahren die Wohnung da oben inseriert. Sie war möbliert, weil unsere Tochter da einmal gewohnt hat. Er meldete sich als Erster auf die Anzeige und sagte nach nur zehn Minuten Besichtigung: Okay, die nehme ich. Wir machten einen Mietvertrag. Und seitdem kommt jeden Monat pünktlich zum Ersten die Miete, Monat für Monat, Jahr um Jahr. Aber ihn selbst gibt es so gut wie gar nicht.«

»Ist er das?«, fragte Dehner und legte den beiden ein Foto von Sebastian Rogge auf den Tisch. Beatrice Kant hatte wie versprochen einige Bilder geliefert.

»Das ist er«, bestätigten beide nickend und mit wichtigen Mienen.

»Und was machen Sie jetzt mit dem?«, fragte die Frau.

»Erst einmal müssen wir ihn haben«, sagte Dehner. »Von welcher Bank kommt denn die Miete?«

»Von der Sparkasse. Da sind wir selbst Kunden.«

»Haben Sie denn mal gefragt, woher das Geld kommt?«

»Das dürfen die ja nicht verraten!«, sagte Elli Waller schnell, ein wenig zu schnell vielleicht.

»Kommen Sie, man kennt sich hier doch. Also, wer schickt das Geld an Ihre Sparkasse?«

»Der Mehles von der Kasse sagt, es kommt immer aus dem Ausland, immer für ein Jahr im Voraus.«

»Hat er denn irgendwas gesagt, was er mit der Wohnung will?«

»Dazu hat er nichts gesagt. Er hat sich den Mietvertrag ja noch nicht mal ordentlich durchgelesen. Ich weiß noch: Er guckt mich an und sagt: Schon in Ordnung! Und dann unterschreibt er.« Für Elli Waller war das nach wie vor ein unfassbarer Vorgang.

»Kann ich die Wohnung jetzt bitte einmal sehen?«

»Aber sicher!« Die hölzerne Treppe nach oben ächzte, als sie im Gänsemarsch zur Besichtigung schritten.

Die Wohnung verströmte eine umfassende Trostlosigkeit. Es roch muffig.

»Ich hab lang nicht mehr gelüftet«, sagte die Frau entschuldigend. »Und immer habe ich unten gelauscht, ob hier oben nicht jemand geht oder vielleicht Radio hört oder einen Fernseher anmacht. Das war so unheimlich, kann ich Ihnen sagen, dass ich zu meinem Mann gesagt habe: Ich fürchte mich richtig.«

»Also, Herr Doktor Klar«, sagte Waller. »Sie müssen doch zugeben, dass die Wohnung möbliert nicht das Schlechteste ist. Für fünfhundertachtzig plus Nebenkosten ist das doch geschenkt.«

»Hat Rogge erwähnt, dass er Familie hat?«

»Kein Wort davon«, sagte Elli Waller.

»Hat er denn gesagt, wo er vorher gewohnt hat, woher er kommt?«

»Das ist ja eben das Komische!«, stellte Manfred Waller fest. »Er muss die Wohnung angemeldet haben. Wir kriegten nämlich eine Benachrichtigung des Einwohnermeldeamtes, dass er hier gemeldet ist. Aber da war keine Wohnungsaufgabe an einem anderen Ort verzeichnet. Einfach gar nichts! Ich bin dann zum Einwohnermeldeamt und habe gefragt, woher denn dieser Rogge kommt. Und sie sagten, er habe vorher wohl in Tettnang gewohnt, das hätte alles seine Richtigkeit. Dann sind wir irgendwann nach Tettnang gefahren, Elli und ich. Schließlich wollten wir wissen, woran wir sind. Und was finden wir? Ein Haus wie dieses hier, eine Wohnung unter dem Dach wie diese hier und einen Mieter, der in drei Jahren insgesamt ungefähr drei Wochen lang da war. Da waren wir verdammt nahe dran, zur Polizei zu gehen. Aber was sollten wir den Polizisten denn erklären? Es ist ja kein Verbrechen, Wohnungen zu mieten. Das kann man doch machen, so viel wie man will. Aber komisch war das schon. Schließlich haben wir gedacht: Was soll's, er zahlt, wir kriegen das Geld, der kann uns mal den Buckel runterrutschen.«

Dehner ließ die Atmosphäre der Wohnung auf sich wirken. Er sah ein uraltes Doppelbett aus Eiche mit wohl ebenso alten dreiteiligen Matratzen und Nachtschränkchen, die bestimmt schon uralt gewesen waren, als die Tochter der Wallers noch hier gelebt hatte. Wahrscheinlich hatten irgendwann einmal ihre Eltern in dem Bett geschlafen, die es ihrerseits von den Eltern geerbt hatten. Im sogenannten Wohnzimmer ein uralter nierenförmiger Couchtisch vor einem alten dunkelgrünen Sofa. Daneben eine hässliche hölzerne Stehlampe mit einem riesigen Schirm aus gewachstem Papier. Und es gab ein uraltes Telefon, eingepackt in eine Stoffhülle mit goldenen Bordüren.

Dehner dachte: Das würde ich keine halbe Stunde aushalten, da würde ich schreiend davonlaufen.

»Haben Sie die Adresse in Tettnang?«

»Ja, die habe ich noch irgendwo. Aber die Leute da werden Ihnen die gleiche Geschichte erzählen wie wir«, sagte Elli Waller.

Ihr Mann sah Dehner mit schmalen Augen an. »Ist das ein Verbrecher?«

»Die Möglichkeit besteht durchaus.«

»Kann es denn sein, dass er plötzlich wieder hier auftaucht?«, fragte die Frau mit plötzlich ganz grauem Gesicht.

»Das glaube ich, ehrlich gesagt, nicht«, beruhigte sie Dehner. »Aber falls es doch passiert, unternehmen Sie bitte nichts. Greifen Sie einfach zum Telefon und rufen Sie meine Nummer in Berlin an. Aber Angst müssen Sie nicht haben.«

Er dachte: Wenn ich mein Nähkästchen aufmache und von TNT, Armbrust und Teppichmessern plaudere, werdet ihr den Boden unter den Füßen verlieren und Gefangene im eigenen Haus sein. Dann ist Schluss mit dem Schrebergarten!

»Sie haben ja meine Karte. Sie sollten mich unbedingt anrufen, wenn irgendetwas ist. Ich bitte Sie nur, mit niemandem, wirklich niemandem darüber zu sprechen, dass ich hier war und dass es um Ihren Mieter Sebastian Rogge ging. Wir können keine neugierigen Menschen gebrauchen, dazu geht es bei dieser Sache einfach um viel zu viel.« Dehner nickte ihnen mit aller Gelassenheit zu, die er aufbringen konnte. Er musste sich beeilen, er hatte einen Termin in Stuttgart.

Die beiden alten Leute waren sehr blass, ihre Augen huschten unstet umher, und sie kneteten ihre Hände in einer hilflosen Geste.

Die letzte Nacht in Kotri war angebrochen.

Mara hatte den Kleinen einen Hirsebrei mit Früchten und Vanillesoße gemacht, weil sie den besonders gern aßen und weil die Erwachsenen alles daransetzten, die Kinder ruhig und zufrieden zu halten.

Die Rucksäcke waren gepackt und im elterlichen Schlafzimmer gestapelt, langsam machte sich eine tiefe Traurigkeit breit, und Jules murmelte etwas leichtsinnig: »Es ist nicht zu fassen. Ich habe immer gedacht, ich würde hier niemals leben wollen. Ich dachte immer an große Städte wie London oder Singapur oder New York. Und jetzt will ich eigentlich gar nicht mehr hier weg.«

»Wieso denn weg?«, hakte Elizabeth hellwach nach. »Wie denn weg?«

»Jules redet von seinem Studium«, bemerkte Svenja beruhigend.

»Der hat es gut, der kommt wenigstens hier raus«, sagte Elizabeth angriffslustig.

»Nun hör doch endlich mal mit deinen kindischen Sprüchen auf«, bemerkte Jules giftig. »Du nervst.«

»Ach ja?«

»Ach ja!«

»Kinder!«, mahnte Mara mild.

Sie hatten ausgemacht, das Haus um vier Uhr in der Früh zu verlassen. Gewöhnlich brauchte man etwa eineinhalb Stunden, um Karatschi-Airport zu erreichen. Svenja hatte auf einem großzügigen Sicherheitspuffer bestanden, damit sie auf jeden Fall pünktlich vor Tor neun waren.

Sie hatte lange überlegt, ob sie Mara und Jules von dem Verhörprotokoll des Terroristen berichten sollte, hatte sich dann aber dagegen entschieden, weil sie dachte, es sei wichtiger, keinen Anlass für frühzeitige Diskussionen zu liefern. Sie sollten schließlich auch nicht wissen, dass über Ismail gar nicht verhandelt worden war.

Ismail Mody selbst wusste auch nichts von diesen wichtigen Details des Deals. Er hatte die schlimmste Rolle in dem gefährlichen Spiel, und er war noch immer am Zweifeln, ob eine Flucht überhaupt das Richtige war. Svenja hatte plötzlich Angst, Ismail könnte am Flughafen aus dem Auto steigen und kategorisch erklären: Ich bleibe hier! Sie wusste, dass dieser Gedanke durchaus nicht abwegig war. Auch Mara hatte melancholisch geäußert: »Das ist doch sein Land, hier ist er geboren.«

Svenja hatte ihr daraufhin wütend geantwortet: »Wenn er hier im Land bleibt, wenn ihr hier im Land bleibt, wird er auf irgendeinen unbedeutenden Platz in der Armee versetzt, und seine Familie landet irgendwo in einer wilden Anhäufung von sozial Schwachen in Lahore oder Karatschi. Er ist ein stolzer Mann, und er kann nicht zusehen, wie seine

Familie alles verliert. Hör also bitte damit auf, lass uns nicht streiten, sehen wir lieber zu, dass wir erst einmal heil hier rauskommen.«

Sie hatten nebeneinander auf dem Doppelbett gelegen, wie sie es schon seit Tagen und Nächten taten, und miteinander geflüstert, weil sie sich immer noch nicht sicher sein konnten, ob nicht doch irgendwo eine Wanze versteckt war. Es war ungeheuer schwierig gewesen, zu flüstern, wenn es um lebenswichtige Themen ging.

Es war halb neun, als sie ihr letztes Abendessen in Pakistan zu sich nahmen und Mara einen Teller mit Brot und Käse zurechtmachte, um ihn Ismail zu bringen. Irgendjemand – Jules oder Svenja oder Mara – würde dann den Teller nehmen und murmeln: »Das esse ich im Garten«, und würde dann durch die blühenden Büsche hinter dem Haus treten und die weite Fläche mit den Obstbäumen vor dem Gartenhaus queren, den Teller neben eine der Liegen in das Gras stellen und warten, bis Ismail sein Verlies vorsichtig von innen aufschloss, um ihm dann sein Abendbrot zu reichen.

Natürlich hatten sie überlegt, ob es nicht einfacher sei, Ismail am letzten Abend in Pakistan einfach auftauchen zu lassen. Aber sie hatten es einstimmig abgelehnt, denn es war nicht gut, die Kinder in weitere unnötige Aufregung zu versetzen, insbesondere Elizabeth nicht.

Mara räumte das Geschirr vom großen Esstisch und begann in der Küche mit den Aufräumarbeiten, und sie konnte nicht verhindern, dass ihr die Tränen dabei die Wangen hinabliefen. Von all diesen Dingen um sie her musste sie nun Abschied nehmen.

Elizabeth teilte mit, sie wolle etwas fernsehen, und Svenja fiel es zu, den Teller für Ismail in den Garten zu tragen und zu den Liegen vor dem Gartenhaus zu schaffen.

Svenja schlenderte durch den Garten, pflückte eine Frucht

von einem Orangenbaum und biss kräftig hinein. Die Schale kümmerte sie nicht, das hatte sie in Israel gelernt. Sie ging die fünfzig Meter bis zur großen Hecke am Ende des Gartens vor den Fischteichen und sah sich auf dem Fußpfad nach links und rechts um. Keiner der Wächter war zu sehen, wahrscheinlich aßen sie gerade etwas oder legten eine Zigarettenpause ein. Das Land war geradezu erschreckend still, der Mond spiegelte sich in den silbrigen Wasserflächen der Teiche, und irgendwo weit entfernt lief eine Pumpe und spendete den Fischen Sauerstoff.

Svenja hatte noch etwa zehn Minuten Zeit, bis sie sich verabredungsgemäß in Berlin melden sollte. Sie hatten vereinbart, dass sie zu jeder vollen Stunde anzurufen hatte, um eventuell auftauchende Fragen zu klären. Sie sehnte sich nach einer Zigarette und wusste sofort, dass das ein schlechtes Zeichen war. In dem Moment hörte sie hinter sich ein Geräusch, das sie nicht identifizieren konnte. Ein Tier? Hier waren keine Tiere. Ein Mensch? Möglich. Aber wer? Svenja hielt die Luft an und horchte.

Es war eindeutig rechts hinter ihr, und wenn es ein Mensch war, dann mit Sicherheit ein Feind. Sie spannte alle Muskeln in ihrem Körper an.

Dann warf sie sich herum und sprang die wenigen Schritte in Richtung ihres Verfolgers. Sie warf ihn zu Boden und griff im Dunkeln eben nach dem Hals, als der Gegner entsetzt kreischte. Ein extrem hohes Kreischen.

Es war Elizabeth. Das Mädchen starrte sie aus großen Augen an, blanke Angst lag in ihrem Blick.

Svenja dankte Gott, dass sie keine Waffe dabeigehabt hatte. In diesem Moment knarrte die Tür des Gartenhauses ein wenig, und Ismail fragte in die Dunkelheit: »Ist da jemand?«

Elizabeth begann erneut zu schreien. Es klang unnatürlich schrill und hoch. Sie rannte zum Wohnhaus zurück und schrie dabei weiter, als sei der Leibhaftige hinter ihr her.

Svenja stand auf und sagte zornig zu Ismail: »Mach deine Bude dicht, deine Tochter ist zurzeit völlig durchgeknallt. Wir haben Glück, dass sie überhaupt noch lebt.«

Dann rannte sie ebenfalls ins Haus zurück. Sie fand Elizabeth am Esstisch. Mara hielt sie umschlungen und versuchte, etwas zu sagen, aber das Kind schrie dauernd weiter und wehrte sich verzweifelt, als werde es bedroht.

Jules erschien auf der Treppe, und die drei Kleinen kamen hinter ihm angelaufen und sprangen die Stufen hinunter.

Als sie alle unten waren, ließ Mara Elizabeth los und fragte scharf: »Was soll das hier?«

»Setzt euch, setzt euch«, begann Elizabeth geheimnisvoll und bewegte die Arme, als wolle sie fliegen. »Dieses Haus birgt ein Geheimnis, dieses Haus ist verflucht!«

»Sie spinnt«, sagte Jules verächtlich.

»Papa ist im Gartenhaus!«, verkündete Elizabeth. Dann begann sie schrill und unnatürlich laut zu lachen, beugte sich vor und hielt sich den Bauch.

Thomas Dehner stand vor dem Haus in der Pilgrimstraße in Stuttgart und fragte sich, auf welche Überraschungen er hier wohl stoßen würde. Es war ein Zwölfparteienhaus am Rande der Innenstadt, gut in Schuss, solide, schwäbisch eben.

Als er die Frau am Abend zuvor angerufen hatte, war sie zugänglich, wenngleich auch spürbar verunsichert gewesen: »Sie wollen mit mir über meinen geschiedenen Mann sprechen? Na gut, kommen Sie heute Abend gegen neun oder halb zehn. Dann ist der Junge im Bett, und ich habe Zeit. Warum denn eigentlich die Bundesregierung? Also, ich sehe da den Zusammenhang nicht. Behörde vielleicht ja, Jugendbehörde wegen des Jungen, Sozialbehörde auch, weil er nie gezahlt hat. Aber gleich die Regierung?«

»Na ja, wir würden gern Klarheit bekommen über die vergangenen Jahre. Wir sind in einigen Punkten noch recht unsicher«, hatte Dehner vage geantwortet. »Und vergessen Sie nicht: Es geht nicht um eine Anklage, sondern nur um eine Untersuchung.«

Gehen wir es an!, dachte er jetzt und klingelte.

Er hatte sich die Geschichte, die er angeblich vonseiten der Regierung beizusteuern hatte, genau überlegt und mit Sowinski abgesprochen. Vermutlich würde es glattgehen, so wie bei den Wallers in Waiblingen.

Eine kleine, schmale, dunkelhaarige Frau mit einem sehr weichen Gesicht und vollen Lippen öffnete die Tür. Ihr Haar trug sie kurz geschnitten, vermutlich, weil es so praktischer war. Ihre Augen standen extrem weit auseinander, der Nasenrücken war schmal, beinahe edel. Sie war eine wirklich hübsche Frau, und sie wirkte so, als lache sie gern.

»Kommen Sie bitte herein«, sagte sie.

Das Wohnzimmer war klein und behaglich eingerichtet. Wenige Möbelstücke, aber die sehr alt. Um 1880, schätzte Dehner. Und wurde ein wenig neidisch, als er auf eine Truhe mit schweren Eisenbeschlägen starrte, die seiner Ansicht nach mindestens zweihundert Jahre alt sein musste.

»Das ist ja ein tolles Stück!«, sagte er begeistert.

»Von meinen Eltern. Die hatten einen Unfall, bei dem sie beide starben. Da bekam ich die Sachen und habe meine eigenen Möbel entsorgt. Tee oder Kaffee oder lieber Wasser?«

»Tee wäre schön.« Dehner setzte sich, ihrer einladenden

Geste folgend, in einen sehr alten Ledersessel. »Danke, dass Sie sich die Zeit nehmen.«

»Gerne doch. Ich setze nur mal eben Wasser auf. Tee aus dem Automaten ist barbarisch.« Sie verschwand in die angrenzende Küche und sprach von dort aus weiter mit ihm. »Wie sind Sie denn überhaupt auf mich gekommen?«

»Ein Kollege von mir fand heraus, dass Sebastian Rogge noch unter seinem früheren Namen heiratete. Warum hat er den Namen eigentlich geändert?«

Sie kam zurück und setzte sich ihm gegenüber. »So ganz genau wissen wir das auch nicht. Er sagte, er wolle niemals mehr in Deutschland für einen Ausländer gehalten werden. Der Name Chaleb sei für ihn unmöglich. Er sagte auch, dass er seinen Vater nicht mag und dass er deshalb den Namen seiner Mutter wählte. Aber das wussten wir schon. Natürlich hat es seinen Vater tief gekränkt.«

Dehner fragte sich, wen genau sie wohl mit »wir« meinte, stellte diese Frage aber vorerst zurück. »Wenn Sie heute mit ihm sprechen wollten, wie könnten Sie ihn denn erreichen?«

»Überhaupt nicht. Ich weiß nicht, wo er jetzt wohnt. Manchmal ruft er an. Er fragt dann, wie es seinem Sohn geht und ob ich den Jungen denn auch gut erziehe und versorge. Frage ich ihn nach seiner Adresse, nach der Telefon- oder Handynummer, dann sagt er, er habe keine, in keinem Netz, und wozu ich die denn auch brauche.«

»Gibt es sonst jemanden, der wissen könnte, wo er sich aufhält?«

»Ach, wissen Sie, selbst Moustafa Chaleb, sein Vater, sagt mittlerweile: Sebastian ist nur noch ein Gerücht, den gibt es gar nicht mehr. Vielleicht hat er irgendwo Freunde, bei denen er wohnt, obwohl ich mir das, ehrlich gesagt, nicht vorstellen kann.«

»Wissen Sie zufällig, ob er jemals in Afghanistan war, in Pakistan oder in Indien? Oder in den USA und Kolumbien? Wir haben den Verdacht, dass er in einige illegale internationale Geschäfte verwickelt ist.«

»Pakistan weiß ich sicher«, sagte sie. »Indien auch. Er hat beide Länder erwähnt. Oh, das Wasser kocht.« Sie lief in die Küche, und Dehner hörte, wie sie Wasser in eine Kanne schüttete. Dann kam sie zurück und setzte sich.

»Wie hat er denn über diese Länder gesprochen? War er dort, um Geschäfte zu tätigen?«

»Das wohl weniger, jedenfalls habe ich davon nichts mitbekommen. Er sagte nur immer, in diesen Ländern seien die Muslime im ständigen Kampf gegen die dekadenten christlichen Barbaren. Die Muslime würden siegen, mit Strömen von Blut. Wenn ich dann dagegenhielt, er wäre selbst so ein christlicher Barbar, wurde er wütend. Und meistens verließ er dann die Wohnung und knallte die Tür hinter sich zu. Aber sagen Sie: Sie haben Geschäfte von ihm angedeutet, wegen derer Sie ihn suchen. Um was für eine Art Geschäfte geht es denn überhaupt?«

»Handel mit Drogen im internationalen Umfang«, erklärte Dehner ganz ruhig.

Sie brauchte eine Weile, um diese Information zu verdauen.

»Er hatte nie was mit Drogen zu tun. Das hätte ich doch gemerkt, da bin ich sehr vorsichtig. Was sollen denn das für Drogen sein?«

»Heroin oder die Vorstoffe, also Rohopium und Morphine.« Er sah, wie sie skeptisch die Stirn runzelte, blieb aber unbeirrt bei seiner Story. »Hatte er Ihrer Kenntnis nach jemals Freunde mit Hang zu Drogen?«

»Nein, das glaube ich nicht. Weil ich nicht glaube, dass er überhaupt noch Freunde hat. Er hat alle Freunde vergrault.

Auch die, die ich mit in die Ehe brachte. Seit er das letzte Mal in der Klinik war, ist er mit niemandem mehr klargekommen.«

»Er war in einer Klinik?«

»Ja, mehrmals sogar. Soweit wir wissen, also ich meine, sein Vater und ich, war das letzte Mal vor acht, neun Jahren. Da wurde er in der Psychiatrie in Weißenau bei Ravensburg behandelt. Angeblich wegen Depressionen. Wir haben dann erfahren, dass er auf die Frage nach seinen Eltern und Verwandten geantwortet hat: Ich habe keine Eltern mehr und auch keine Verwandten. Und eine feste Adresse hätte er auch nicht.«

»Wollen Sie mir damit jetzt andeuten, dass Ihr Exmann geisteskrank ist?«

»Ja, natürlich. Darum geht es doch die ganze Zeit, oder?« Sie starrte ihn verwundert aus kugelrunden Augen an, als habe er nichts von dem Problem mit Namen Sebastian verstanden.

»Ist er also für geisteskrank erklärt worden?«

»Ja, schon kurz nach dem Abitur. Er sei schizophren, hieß es damals. Aber dann muss sich sein Zustand irgendwie gebessert haben. Er ging nach Freiburg, um zu studieren, zog das ganz konsequent durch. Seine Lehrer lobten ihn, sein Vater atmete auf ...«

»Was ist sein Vater eigentlich für ein Mensch?«

»Moustafa Chaleb ist der gütigste Mann, den ich kenne. Aber vielleicht wollen Sie selbst mit ihm sprechen? Ich kann ihn anrufen.«

Dehner war überrascht, bemühte sich aber, es sich nicht anmerken zu lassen.

»Wenn das möglich ist?«

»Das ist möglich«, antwortete sie einfach. »Morgen ist die Praxis geschlossen, unser freier Tag. Ich arbeite ja auch dort, wissen Sie? Er wohnt unter uns, seit seine Frau gestorben ist. Ich habe ihm gesagt, dass Sie kommen, und er wird bestimmt noch wach sein.« Sie ging zu einem Telefon und sagte: »Der Herr ist jetzt hier, Moustafa. Und er würde sich freuen, dich zu sehen.«

Dann wandte sie sich wieder an Dehner. »Die Praxis ist das Einzige, was ihm geblieben ist. Du lieber Gott, jetzt habe ich den Tee vergessen. Nicht schlimm, ich mache neuen.« Sie ging wieder hinaus.

Der Mann hatte offensichtlich einen Schlüssel für die Wohnung seiner ehemaligen Schwiegertochter. Er kam herein, ging direkt auf Dehner zu und streckte ihm die Hand entgegen. »Mein Name ist Chaleb«, sagte er und setzte sich.

Er war der Typ Mann, der auf den ersten Blick wie ein Engländer wirkte: groß, schmal, durchtrainiert, mit eisengrauem Haar und einem sorgfältig geschnittenen Schnauzbart. Er mochte sechzig Jahre alt sein. Und zu allem Überfluss holte er eine Pfeife aus der Tasche und zündete sie an, wobei er einen Pfeifenstopfer und eine Tabaktasche aus Leder sorgfältig vor sich auf den Tisch legte, als nehme er selbstverständlich an, dass das hier eine Nachtsitzung werden würde.

»Ich hörte, Sie wollen etwas über Sebastian Rogge wissen«, sagte er lächelnd, als spräche er nicht über den eigenen Sohn.

»Das ist richtig«, antwortete Dehner. »Ich bin aus Berlin, und wir interessieren uns für Ihren Sohn, weil er unangenehm im internationalen Drogenhandel aufgetreten ist.«

Seine Schwiegertochter kam herein und trug eine Glaskanne mit Tee vor sich her, setzte sie auf dem Tisch ab und begann dann, die Tassen zu füllen.

»Stell dir vor, ausgerechnet Drogenhandel«, sagte sie.

»Also, das hat gerade noch gefehlt.« Dann setzte sie sich neben den Arzt und legte eine Hand auf sein Knie.

Sie sind ein Paar!, erkannte Dehner schlagartig. Das ist der große Schatten des Sebastian Rogge.

»Ich arbeite als Sicherheitsberater der Regierung«, stellte Dehner sich erneut vor. »Manfred Klar ist mein Name. Ja, in der Tat, es geht wohl um umfangreichen Drogenhandel. Können Sie sich das überhaupt vorstellen?« Er reichte dem Arzt eine Visitenkarte.

Der Mann starrte darauf und legte die Karte dann sorgfältig neben seinen Tabaksbeutel.

»Ich muss gestehen, dass ich so etwas nicht erwartet habe«, sagte er leise. »Drogenhandel? Eigentlich unmöglich. Sind Sie sicher?«

»Warum unmöglich, Doktor?«

»Weil er überhaupt kein Gefühl für Geld hat, niemals hatte. Ich bin Arzt, zu mir kommen täglich Menschen, von denen ich sicher annehme, dass sie abhängig sind. Zum Beispiel von Alkohol, von Tabletten, vom Glücksspiel, von Drogen ganz allgemein, aber auch von Geld. Sie mögen nicht darüber sprechen, und sie wollen es nicht preisgeben, aber ich weiß es. Und so ein Mensch ist Sebastian Rogge nicht. Geld mag ihn zeitweise interessieren, weil er es braucht, aber er wird dabei niemals entscheiden zwischen Dein und Mein. Das heißt, er wird sich Geld unter den Nagel reißen, wenn er es irgendwo bekommen kann. Durch Lüge vielleicht und von mir aus auch durch Betrug. Aber Drogenhandel? In einer knallharten Drogenwelt? Unmöglich. Da würde er doch keinen Tag überleben. Oder meinen Sie irgendeine Tätigkeit beim Schmuggel? Nein, auch das ist ausgeschlossen. Rogge kann nicht mit anderen Leuten zusammenarbeiten, er ist niemals Teil eines Teams, er fühlt sich sehr elitär als Einzelkämpfer, er kann kein Mitglied einer Gruppe sein. Das ist auch seine Krankheit, er ist bindungsunfähig, er kann keine tiefe Liebe empfinden.«

Er warf einen entschuldigenden Blick auf seine Schwiegertochter. »Wenn Sie so wollen, ist er zutiefst asozial.«

»Er hat überhaupt keine sozialen Bindungen?«, hakte Dehner nach.

»Höchstens eine theoretische: die Sache der Muslime! Die hat er für sich entdeckt, damit kompensiert er seine sonstige Bindungslosigkeit.«

»Das haben Sie vorhin auch schon erwähnt«, sagte Dehner mit einem Seitenblick zu Christina Chaleb. »Aber was kann denn die geradezu verrückte Konzentration auf die Sache der Muslime ausgelöst haben? Woher kommt die?«

»Da kann er den einsamen Ritter spielen, den niemand versteht, aber auch niemand verstehen soll«, erläuterte Moustafa. »Er hat Arabisch gelernt, weil das eine Möglichkeit war, in eine Welt einzutauchen, auf einen Weg zu gehen, auf dem niemand ihm folgen konnte. Er hat Englischkurse belegt, er spricht Französisch, er hat sich auf diese Weise bemüht, überall auf der Welt zurechtzukommen. Er hat mir aber auch gedroht, mich zu töten, weil ich keine enge Bindung an Mohammed leben wollte. Und als Christina sich weigerte, ihren gemeinsamen Sohn Andreas streng muslimisch zu erziehen, tobte er, er werde uns beide töten. Es wurde immer schlimmer mit ihm. Ich habe in dieser furchtbaren Zeit voller Unsicherheiten sogar ernsthaft erwogen, mir eine Waffe zuzulegen. Wenn Sie also gekommen wären, um uns zu sagen, Sebastian hat wahrscheinlich getötet, dann hätte ich das sofort für möglich gehalten.«

Er weiß es, er weiß es einfach, dachte Dehner beinahe panisch. Er fragte sich für den Bruchteil einer Sekunde, ob er diesem Vater das antun könne. Dann entschied er sich sehr schnell.

»Ihr Sohn Sebastian hat höchstwahrscheinlich mehrere Menschen ermordet«, sagte er in die Stille hinein.

Einige Sekunden lang stand die Welt still. Mara war noch immer neben der vierzehnjährigen Elizabeth, Jules stand mit den Kleinen im Halbdunkel und starrte entgeistert auf seine Schwester. Svenja blieb sitzen, als sei nichts geschehen.

»Ja, und? Dein Vater ist hier. Und?«, sagte Svenja ganz ruhig.

Elizabeth funkelte sie an, fragte schrill: »Was soll ich denn dazu sagen? Was läuft denn hier überhaupt?«

Mara murmelte: »Das kann ich dir erklären.«

»Oh, ich will deine verdammte Erklärung nicht, die brauche ich nicht, will ich gar nicht hören. Ihr habt mich beschissen, das will ich hören.«

»Gott sei Dank!«, stellte Jules fest.

»Wie bitte? Ich bin deine Schwester!«, schrie sie.

»Gib ihr eine halbe Valium«, sagte Svenja sachlich. »Wir reden, wenn es wirkt.«

»Ich will nicht, dass etwas wirkt«, schrie Elizabeth. »Ich will wissen, weshalb mein Scheißvater im Gartenhaus ist. Und weshalb ich das nicht wusste. Und was ist, wenn die Polizei dahinterkommt?«

»Wie bist du denn dahintergekommen?«, fragte Mara, das Gesicht grau vor Erschöpfung.

»Na, ganz einfach: Im Fernsehen war mal wieder nichts, und ich gehe in den Garten und sehe Shannon da so rumschleichen. Dann greift sie mich plötzlich an, und in dem Moment kommt auch schon ...«

»Dein Scheißvater!«, sagte Jules wild. »Na und? Was hast du getan? Nichts! Bist einfach hierhergerannt und hast rumgebrüllt.«

»Jules«, sagte Mara beschwichtigend.

»Ist Papa wirklich im Gartenhaus?«, fragte der sechsjährige Kevin.

»Ja«, antwortete Svenja. »Morgen früh kommt er und spielt mit euch.«

»Kinder werden immer betrogen« sagte Elizabeth dramatisch. »Wie lange ist er denn schon da, Mama?«

»Von Anfang an«, antwortete Mara, und ihr Körper schien sich bei ihren Worten zu versteifen. »Seit sie im Radio gesagt haben, dass er zurückgetreten ist, seit sie ihn suchen.«

»Jules durfte das also wissen. Und ich nicht?«

»So ist es«, nickte Svenja. »Nur die Erwachsenen wussten davon.«

»Aber ich bin auch kein Kind mehr!«, sagte Elizabeth klagend, als könne sie den Betrug nicht fassen.

»Gib ihr eine halbe Valium, Mara«, wiederholte Svenja. »Ich meine das vollkommen ernst.« Sie wandte sich um. »Und du, Jules, bringst die Kleinen wieder ins Bett. Und keine Schreierei mehr, sonst versohle ich dir den nackten Arsch, Elizabeth!«

Elizabeth gab vorübergehend auf, drehte sich um und stürmte laut schluchzend die Treppe hinauf.

»Ich glaube, ich hole jetzt Ismail«, sagte Mara.

»Das würde ich auf keinen Fall tun«, entgegnete Svenja scharf. »Die Kinder müssen schlafen, und Elizabeth darf über Nacht nicht auf neue wilde Ideen kommen. Stell dir vor, wir stehen vor Tor neun am Flugplatz, und sie flippt plötzlich aus. Das hier wird ein Irrenhaus, wenn dein Mann jetzt von einer Sekunde auf die andere wieder auftaucht. Es wird schon schwierig genug, wenn er morgen früh plötzlich in eines der Autos steigt. Bring Elizabeth jetzt bitte die Tablette.«

»Ja, natürlich, du hast ja Recht.«

Mara ging langsam wie eine alte Frau die Treppe hinauf und hielt sich dabei krampfhaft am Geländer fest.

»Scheiße!«, fluchte Svenja laut.

Jules kam wieder herunter und sagte: »Die Kleinen sind im Bett. Und was macht meine tobende Schwester?«

»Ist in ihrem Zimmer. Ich gehe gleich zu ihr. Sie muss sich jetzt zusammenreißen, bis wir im Flieger sitzen. Ansonsten haben wir nur eine Wahl, wenn sie wieder ausflippt.«

»Welche?«

»Du musst ihr einfach kräftig eine runterhauen. Anders ist so etwas nicht beizukommen. Und du musst schnell sein damit.«

»Ist das bei allen Mädchen so?«

»Ja, eigentlich schon. Aber nicht so krass.«

Jules ging wieder hinauf, und nach einer Minute hörte sie ihn erschrocken rufen: »Mama! Mama! Was ist denn?«

Dann rannte sie hoch.

Mara lag auf dem Rücken quer über dem Ehebett und schnappte mühsam nach Luft. Es war ein unheimliches Geräusch.

»Ich brauche sofort heißes Wasser!«, sagte Svenja. »Ein Glas voll. Mara! Wo hast du die Valium hingelegt?«

»Im Regal da, zweites Brett.«

Jules kam mit dem Wasser. »Was ist denn mit ihr?«

»Das regt deine Mutter einfach alles zu sehr auf. Reich mir mal die Pillen von dem Regal.«

Er gab sie ihr.

»Wieso heißes Wasser?«, fragte Jules.

»Weil das Mittel dann schneller wirkt«, erwiderte Svenja.

»Alte Krankenschwesterweisheit. Bleib bitte bei deiner Mutter, Jules, bis es ihr wieder bessergeht. Ich gehe zu Elizabeth.«

Elizabeth hatte sich in ihr Bett geflüchtet, die Decken über sich aufgetürmt und bewegte sich nicht.

»Nimm diese Tablette, bitte.«

»Nein, ich will das nicht.«

»Aber du musst dich beruhigen. Wir können uns nicht erlauben, dass du plötzlich ausflippst und Verwirrung stiftest. Wir verlassen heute Nacht das Land.«

Sie hatte sich entschlossen, dem Mädchen die ganze Wahrheit über ihre Flucht zu sagen und sich darauf zu verlassen, dass Elizabeth sie verstand. Als sie den Fluchtplan erklärt hatte, bewegte sich der Deckenberg. Elizabeths Kopf erschien, ihr schmales Gesicht wirkte beinahe rührend. Sie nahm die Tablette und trank etwas von dem Wasser.

»Wieso aus Pakistan raus? Ich verstehe das nicht.«

»Ich werde es dir erklären. Ich denke, du bist jetzt wirklich erwachsen genug, um die Wahrheit aushalten zu können. Das ist sicher schwierig, aber du wirst es schaffen.«

»Aber ich will doch gar nicht aus Pakistan weg.«

»Das wird aber nicht zu vermeiden sein. Und jetzt hör mir erst einmal zu und bleib ganz ruhig. Ich verlasse mich nämlich auch darauf, dass du in den nächsten Stunden für deine Eltern und deine Geschwister da bist und sie unterstützt. Sie brauchen jetzt deine Hilfe. Dein Vater ist zutiefst verunsichert, und deine Mutter ist krank.«

Elizabeth richtete sich gerade auf und lehnte sich mit dem Rücken gegen die Wand.

Svenja gab sich große Mühe, aufrichtig zu sein. Das Kind hatte die Wahrheit verdient. Es galt, ihr zu erklären, wer sie selbst war. Und sie schaffte es einigermaßen, bezeichnete sich als gute Freundin der Mutter, aber auch als jemand, der geschickt worden sei, um die Familie in Sicherheit zu bringen. Und nichts anderes auf dieser Welt sei jetzt wichtig.

Dann begann Elizabeth zu gähnen, streckte sich, legte sich hin. Sie hatte Svenja nicht ein einziges Mal unterbrochen.

»Schlaf ein paar Stunden, wir wecken dich. Und dann musst du mutig sein.«

Als Svenja in das Schlafzimmer kam, schlief Mara unruhig und knirschte mit den Zähnen. Jules war gegangen.

Es war zwanzig Minuten vor Mitternacht, und es wurde Zeit, dass sie sich in Berlin meldete, Sowinski würde schon warten.

Sie ging in den begehbaren Kleiderschrank.

»Die vierzehnjährige Tochter von Mara macht hier Schwierigkeiten. Hochpubertär. Ansonsten ist alles klar. Mara ist gesundheitlich schwer angeschlagen, Ismail hochgradig unsicher.«

»Was ist mit Gefahren von außen?«

»Keine sichtbar.«

»Rufen Sie mich an, wenn Sie alle im Flieger sind.«

»Was ist mit meinem Müller? Alles klar?«

»Alles klar. Er wirbelt ordentlich für Sie rum. Er hat das Flugzeug und hat jetzt nur vor einem Angst, nämlich davor, dass der indische Geheimdienst Wind von der Sache bekommt.«

»Besteht denn eine solche Gefahr?«

»Sie kennen sich doch bestens aus. So etwas kann immer passieren. Werden Sie wenigstens zwei, drei Stunden schlafen können?«

»Dösen zumindest. Und sprechen Sie ein Vaterunser für die Truppe hier.«

»Das mache ich aus tiefstem Herzen, Mädchen. Ende.«

Was, um Gottes willen, ist denn so Besonderes an dieser Operation hier?, ging es Svenja durch den Kopf. Es ist die Ausschleusung einer Familie. Sie ist durchdacht, sie ist klar, Unsicherheitsfaktoren inbegriffen, Wege vorgezeichnet, alles abgesichert.

Das schon, sagte der Skeptiker in ihr, aber du hast keine Ahnung, wie viele Knüppel man dir noch in den Weg werfen kann. Und dann wurde ihr klar, was sie wirklich störte. Das Unternehmen lief bei aller Hysterie in der Familie einfach viel zu glatt.

Sie legte sich neben Mara auf das Ehebett und konzentrierte sich auf ihre Atmung. Als die flach und gleichmäßig dahinströmte, konzentrierte sie sich auf Müller, auf sein Gesicht und auf sein Lachen. Sie wurde sofort ruhiger und spürte einen warmen, weichen Ball im Bauch. Es fühlte sich an wie ein Baby.

Moustafa Chaleb nickte vor sich hin, sah dann Thomas Dehner intensiv an und fragte: »Haben Sie den Drogenhandel vorgeschoben, um mit uns ins Gespräch zu kommen?«

»Ja«, gab Dehner ohne das geringste Anzeichen von Reue zu. »Wir mussten eine Möglichkeit suchen, das Gespräch zu eröffnen. Tatsächlich ist, nach allem, was wir herausgefunden haben, Sebastian Rogge auf Hawaii, in Kolumbien, in New York und in der Nähe von Karatschi unterwegs gewesen. Und er lässt jedes Mal Tote zurück. Wir wussten einfach nicht, dass Sie sich, rein mental betrachtet, schon so weit von Sebastian verabschiedet haben.« Er war sich im Klaren, dass das schnodderig klang, und er fühlte sich nicht gut dabei.

»Von wem kommen Sie also wirklich?«, fragte der Arzt.

»Von der Aufklärung, Bundeskanzleramt. Wir sind auf die Spur gestoßen, weil immer etwas zurückbleibt, wenn er einen Tatort verlässt. Es ist ein kleines Kärtchen, wie eine Kreditkarte, auf der in roten Buchstaben in arabischer Schrift ›Im Namen Allahs‹ steht. Er will wohl auf diese Weise sicherstellen, dass wir immer genau wissen, wer der Täter war.« Dann machte er eine weit ausholende Handbewegung. »Er verfügt wahrscheinlich über eine Unmenge an gefälschten Papieren. Es tut mir leid, Ihnen das sagen zu müssen, aber wir wollen und müssen mit allen Menschen reden, die ihn kannten und kennen. Wir müssen versuchen, ihn irgendwie zu stoppen, ihn irgendwo zu erwischen. Deswegen bitte ich Sie herzlich, mir alles zu sagen, was Sie wissen. Der Mann ist für jeden, den er trifft, lebensgefährlich.«

Die beiden saßen reglos da, ganz still, schienen erschreckt und versunken in alte Alpträume, hielten sich nicht mehr an den Händen, wirkten schockiert.

»Es klingt schrecklich, und es ist schrecklich«, sagte Dehner leise.

Nach einer geradezu unheimlich langen Stille sagte der Arzt tonlos: »Er sucht den Tod.«

»Wie bitte?«, fragte Dehner verblüfft.

»Er sucht den Tod«, wiederholte Moustafa Chaleb unnatürlich ruhig. »Er weiß es vielleicht nicht, aber es ist so.«

»Der Keller!«, murmelte Christina Chaleb ganz versunken. »Der Keller!«

»Ja«, nickte der Mann neben ihr. Dann griff er nach ihrer Hand.

»Also, ich denke, das müssen wir erklären«, sagte er kaum hörbar. »Ich habe meine Praxis hier ganz in der Nähe im Erdgeschoss eines Mehrfamilienhauses. Dazu gehören drei große Kellerräume. Einen davon habe ich vor vielen Jahren Sebastian zur Verfügung gestellt. Er lebte damals schon nicht mehr bei uns, und er wohnte auch nicht bei Christina und seinem Sohn, wir kannten nicht einmal seine Adresse. Jedes Mal, wenn er bei uns auftauchte, gab es Streit, immer nur Streit und Herumbrüllerei. Und einmal, es war mitten im Sommer, ein furchtbar heißer Tag, kam er zu mir in die Praxis. Er hatte natürlich immer noch den Hausschlüssel, damit er in den Keller konnte, und dort auch eine Art Feldbett stehen, auf dem er manchmal schlief. Meine Frau lebte damals noch und hatte immer den Verdacht, dass Sebastian heimlich kam, in den Keller ging, ohne dass irgendjemand aus der Praxis oder von der Familie es wusste. Aber diesmal kam er in die Praxis zu mir. Er setzte sich auf den Stuhl für die Patienten, sagte kein Wort und begann dann lautlos zu weinen. Ich habe das den Moment seiner Wahrheit genannt. Das klingt ein wenig theatralisch, aber ich glaube, es war wirklich so. Zuweilen wird er wissen, was er wirklich ist, und er wird wissen, dass er gar keine Chance hat, das zu überleben, wie gütig die Menschen um ihn herum auch immer sein mögen. Er saß da eine gute halbe Stunde lang und weinte nur. Dann stand er auf und ging einfach hinaus. Wir haben kein Wort miteinander geredet. Aber wir haben darüber natürlich in der Familie gegrübelt. Er hatte ein schweres Vorhängeschloss vor den Kellerraum gehängt, aber ich habe darauf bestanden, dass er mir den zweiten Schlüssel dazu gibt. Wir gingen also in diesen Keller hinein und fanden dort eine komplette Fälscherwerkstatt. Mit Tinkturen, leeren Stempeln, einem Kopiergerät, Zeichenfedern in großen Mengen, Papiersorten, denen man ansah, dass sie normalerweise für wichtige behördliche Zwecke benutzt wurden. Er hatte sogar ein Laminierungsgerät angeschafft, das er zum Beispiel bei der Herstellung von Personalausweisen einsetzen konnte. Und die ganzen Stempelfarben dazu, alles, was man sich nur vorstellen kann. Und weil er schon vorher bei mir Rezepte von dem Block für Privatpatienten gestohlen hatte, fand ich auch einen Stempel mit meiner Unterschrift. Er brauchte bloß noch die jeweiligen Medikamente einzusetzen. Wir haben es offen gestanden nicht fertiggebracht, den Keller auszuräumen und abzuschließen oder gar die Polizei zu informieren. Damals hatten wir wohl immer noch die Hoffnung, dass er eines Tages zurückkommen und ... wie soll ich sagen ... unser Sohn sein würde. Aber jetzt ... na ja, jetzt ist er fünfunddreißig, und wir können wohl ein für alle Mal von diesem Traum Abschied nehmen.«

»Hat er da auch einen Computer?«, fragte Dehner begierig.

»Nein, er hatte nie einen«, sagte Christina und griff dabei wieder nach der Hand des Arztes. »Er sagte immer: Wenn ich einen Computer habe und mit dem andere Computer besuchen kann, dann kann mich auch jemand in meinem Computer besuchen, ohne dass ich das will. Deshalb machten ihm Computer auch irgendwie Angst – obwohl er meisterhaft mit ihnen umgehen konnte. In einer Zeit, in der er noch nicht so verrückt war, hat er das manchmal auf Geräten von Freunden vorgemacht. Er wirkte dann wie eine Art Zauberer und lachte lauthals, als wir staunten. Wir nehmen an, dass er zumeist in Internetcafés ging, wenn er hier in Stuttgart war. Eines aber ist ganz sicher: Er besaß einen dicken Block, in dem er alle für ihn wichtigen und interessanten Internetadressen aufgeschrieben hatte. Es waren schon damals Tausende, ich habe diesen Block einmal in einer Nacht, als er schlief, durchgeblättert. Wollen Sie den Keller sehen? Wir könnten schnell zusammen hingehen, oder hast du etwas dagegen, Moustafa?«

»Selbstverständlich nicht«, antwortete der Arzt.

Sie verließen gemeinsam die Wohnung, gingen ein paar Hundert Meter schweigend nebeneinanderher und bogen dann um die Ecke zur Praxis. Der Arzt schloss den Kellerraum auf, schaltete das Licht ein, sah sich um und sagte melancholisch: »Er war schon wieder hier.«

»Wann war er hier?«, fragte Dehner aufgeregt und starrte verwundert auf die perfekt eingerichtete Werkstatt eines Fälschers. »Ich meine, wann waren Sie denn das letzte Mal hier unten?«

»Vor sechs Wochen«, antwortete der Vater.

»Moustafa, Liebling«, murmelte Christina ein wenig vorwurfsvoll.

»Ich denke so oft an ihn«, sagte der Arzt und begann lautlos zu weinen.

Nach einer Weile schnäuzte er in ein Taschentuch und schüttelte ohne ein weiteres Wort heftig den Kopf, als könne er sich selbst nicht verstehen. Dann drehte er sich mit einem wieder ruhigen Gesicht zu Dehner um.

»Im Grunde hat er mein ganzes Leben bestimmt. Er war sogar wichtiger als meine Frau, wichtiger als mein Beruf, als die Praxis hier, als alles, was ich aufgebaut habe.«

»Er war Ihr einziges Kind. Kein Wunder. Was hat sich hier verändert in den letzten sechs Wochen?«, fragte Dehner.

»Die Decken da auf dem Feldbett, er hat sie gefaltet und ordentlich hingelegt. Und wenn mich nicht alles täuscht, lag vorher in der kleinen Handpresse anderes Papier. Und er hat sicher mit dem Laminierungsapparat gearbeitet, wahrscheinlich neue Papiere eingeschweißt. Dann liegen da zwei alte, vergammelte Bananen, da rechts neben den farbigen Tinten. Das war immer eine Marotte von ihm. Er legte keinen sonderlichen Wert auf geordnete Mahlzeiten, aß stattdessen eine Banane und sagte immer: Das reicht mir.« Die Gesten des Mannes wurden fahrig, er war wütend: »Mein Gott, das muss ein Ende haben. Ich will nicht mehr heimlich in diesen verdammten Keller gehen, um nachzusehen, ob Sebastian hier war oder nicht. Ich will, dass das endlich aufhört.«

»Kann ich das hier fotografieren?«, fragte Dehner.

»Ja«, sagte Christina, »das können Sie. Und dann möchten wir gern erfahren, wie das … Also, wir würden gern hören, was Sebastian … was er … welche Menschen er tötete und warum.«

»Gehen wir in die Praxis«, schlug der Arzt vor.

Er schloss den Keller wieder zu, nachdem Dehner ungefähr zwanzig Fotos geschossen hatte. Dann stiegen sie ins Erdgeschoss hinauf und gingen in die Praxis.

Das Arztzimmer war ein großer, gemütlich wirkender Raum. Es gab einen mit Akten und Unterlagen überladenen Schreibtisch, eine große Sitzecke aus schwarzem Leder und an den Wänden die typischen medizinischen Tafeln.

»Wir hatten eine große Wohnung im ersten Stock. Als meine Frau starb, zog ich aus, ich wollte diese ganzen Erinnerungen nicht mehr ständig um mich haben. Deshalb nahm ich mir eine Wohnung in dem Haus, in dem schon Christina mit dem Kleinen wohnte.«

»Können Sie ungefähr sagen, wann Ihr Sohn abdriftete, wann sich seine Störungen zum ersten Mal zeigten?«

»Das war früh, da hatte er das Abitur noch nicht. Er war ohnehin ein Einzelgänger, und manchmal habe ich schon verzweifelt gedacht: Wann schleppt er denn endlich mal ein Mädchen in sein Zimmer? Das geschah aber erst viele Jahre später, als er Christina kennenlernte. Da schöpften meine Frau und ich Hoffnung, wir dachten: Jetzt wird alles gut. Aber es wurde nicht gut. Christina war schwanger, und mein Sohn, also Sebastian, benahm sich, als ginge ihn das alles nichts an, als sei das eine Welt, für die er nicht zuständig war …«

»Man muss auch wissen«, unterbrach ihn Christina, »dass Sebastian für seinen Sohn niemals auch nur einen einzigen Cent zahlte, und natürlich erst recht nicht für mich. Es war eine schwierige Zeit für mich und den Kleinen, und ich hätte sie niemals überstanden, wenn Moustafa nicht für Sebastian eingesprungen wäre, so, als sei er der Vater. Sebastian selbst war niemals erreichbar, wir wussten ja nicht einmal, wo er wohnte. Und dann entdeckten wir durch einen Zufall, dass er sich immer als Student ausgab und möblierte Einzelzimmer mit Badbenutzung mietete. Er besaß nicht ein einziges Möbelstück ...«

»Ich weiß von zwei Wohnungen, die er gemietet hat«, sagte Dehner. »Er muss auch über einiges Geld verfügt haben. Zumindest in den letzten Jahren. Wissen Sie etwas darüber?«

»Ein Studienkollege von mir rief mich eines Tages ganz aufgeregt an und sagte: Moustafa, ich habe Sebastian gesehen! Er saß in einem Porsche-Cabrio! Ich erinnere mich, dass ich sagte: Du spinnst ja! Aber der Kollege ließ sich nicht davon abbringen.« Der Arzt holte eine Pfeife aus seinem Jackett, legte wieder die Tabaktasche und den Stopfer vor sich auf den Tisch. »Ich will Sie nicht bedrängen, aber wir müssen jetzt endlich wissen, was Sebastian getan hat.«

Dehner wünschte sich plötzlich Krause an seiner Seite. Er hatte Angst. Stockend legte er die Fakten der recherchierten Fälle auf den Tisch und dachte dabei: Ihr müsst irgendwie damit fertigwerden, ich kann euch keine Hilfe geben, nicht einmal den Hauch einer Hilfe.

»Neunzehn Tote?«, fragte der Arzt fassungslos. »Neunzehn?«

»Moustafa!«, sagte Christina mit sanfter Stimme. »Liebling, bitte!«

»Mein Gott!«, murmelte der Arzt. »Und wie stößt er auf solche Menschen? Ich meine, wie kommt er auf ihre Namen?«

248

»Wir gehen davon aus, dass er über das Internet auf sie aufmerksam wird. Wir nehmen an, dass er überall auf der Welt die Geschichten solcher Menschen liest und dann beschließt, sie zu töten. Er hinterlässt am Tatort ein Kärtchen, damit wir wissen: Er war es! Haben Sie denn eine Internetadresse?« Sie müssen begreifen, dachte Dehner, dass ich nur mit Fakten etwas anfangen kann.

»Ja, wir haben sowohl eine Adresse für die Arztpraxis als auch eine private.« Die Stimme des Arztes war fast nur noch ein Flüstern. »Und wir haben natürlich immer erwartet, dass er zu uns auf Besuch kommt, fragt, wie es geht, was los ist, was der Junge so macht. Aber er hat sich niemals zu erkennen gegeben, obwohl wir sicher sind, dass er sich informiert hat. Er wusste nämlich immer erstaunlich gut Bescheid über alles, was hier los war. Das kann er nur über das Internet erfahren haben.« Er zündete wieder die Pfeife an und sog ein paarmal daran, dann wandte er sich an seine Gefährtin, seine Augen waren groß und dunkel, sein Blick schien weit entfernt, als sei er in einem anderen Land.

»Mein Gott, Chris, neunzehn Tote. Hörst du das? Neunzehn Tote?«

»Ja, ich habe es gehört. Es ist furchtbar.«

Eine Weile war es still.

Dehner fragte: »Was glauben Sie? Weshalb diese möblierten Zimmer, die möblierten Wohnungen?«

»Es ist nur ein Gefühl«, antwortete Christina. »Ich könnte mir vorstellen, dass er sich damit eine Art Ersatzzuhause schaffen wollte. Ein Mensch muss irgendwo zu Hause sein, und es war vielleicht seine Art, das zu erreichen. Einfach irgendwo in dieser Gegend hier etwas zu haben, was er als seine Wohnung bezeichnen konnte. Es kann aber ebenso gut sein, dass er genau weiß, dass er gesucht wird. Vielleicht wollte er sich in den Zimmern oder Wohnungen auch verstecken können, wenn man nach ihm suchte. Wenn Sie sagen, dass er durch die ganze Welt zieht und tötet, dann ist es vielleicht wichtig für ihn, behaupten zu können, dass auch er ein Zuhause hat. Ich weiß es nicht, ich weiß es einfach nicht. Und wir besitzen ja auch nichts mehr von ihm, was er einmal zurückgelassen hat. Einen Teil der Sachen habe ich wütend in den Container gefeuert, den anderen dann später entsorgt. Nur Moustafa hat als letztes Erinnerungsstück die Schülerzeitung aufbewahrt, die die Klasse zum Abitur gemacht hat. Und schon da konnte man erkennen, dass sie mit Sebastian nichts anfangen konnten, er war der absolute Außenseiter, und wahrscheinlich machte er ihnen Angst, weil er so ganz anders war.«

»Wir wissen, dass er nach einem bestimmten Zeitpunkt über sehr viel Geld verfügte, über mehr als eine Million Euro. Er ist wahrscheinlich durch Betrug an das Geld gekommen. Haben Sie jemals erlebt, auf welche Weise er an sein Geld kam?«

»Meistens durch idiotische Lügen«, erklärte der Arzt. Dehner konnte sehen, wie er litt: Tiefe, dunkle Linien hatten sich in sein Gesicht gegraben. »Meistens sagte er, er habe gerade kein Geld bei sich. Ich gab ihm, was ich in der Tasche hatte. Manchmal musste ich sogar meine Angestellten fragen, ob sie mir mit einem Hunderter aushelfen konnten. Es war lächerlich, auch erniedrigend. Er reduzierte mich auf den gut verdienenden Arzt, und zu allem Überfluss sagte er jedes Mal dasselbe: Ich gebe dir das Geld zurück, wenn ich wieder vorbeikomme.«

»Auf mich wirken Ihre Berichte so, als könne es sich bei Ihrem Sohn auch um eine besondere Form von Autismus handeln. Gab es eine offizielle Diagnose?«

»Es gab Diagnosen zuhauf. Erst kamen sie mit Schizophrenie, dann mit Psychosen, die in Wellen verliefen, dann war eine Zeit lang Borderline angesagt, danach war er ein Soziopath. Irgendwann habe ich aufgegeben. Als Arzt begreift man sehr schnell, wenn Diagnosen nicht sauber sind. Autismus kam übrigens auch vor. Wahrscheinlich war es dann am Ende von allem ein bisschen.«

»Wie kam es denn zu seiner Konzentration auf den Islam?«

»Wahrscheinlich durch mich.« Der Arzt steckte seine Pfeife an und sog ein paarmal daran. »Er erlebte, dass ich zwar aus einer islamischen Familie stammte, selbst aber keine streng religiöse Bindung hatte. Das warf er mir immer wieder vor. Er war dann richtig wild und wütend und sagte, ich hätte den Glauben meiner Väter verraten. Wenn ich ihm sagte, dass meine Familie niemals streng religiös gewesen ist, wollte er das nicht wissen. Im Grunde war das ein lächerlicher Zustand, aber ich denke, er schöpfte aus meinem angeblichen Versagen die Kraft, streng religiös zu sein. Wer konnte denn ahnen, dass er dabei über Leichen gehen würde?«

Moustafa Chaleb stand auf und ging zum Fenster. Er stand jetzt mit dem Rücken zu ihnen, und dass er weinte, verriet nur das Beben seiner Schultern.

ACHTES KAPITEL

Um 2:50 Uhr brach die Hölle los.

Irgendetwas knallte sehr laut. Es klang im ersten Moment wie ein Schuss, war dafür aber eigentlich zu tief im Ton. Konnte auch eine Tür sein. Danach schrie ein Mann, anschließend ein zweiter. Dann war es gespenstisch ruhig.

Svenja ließ sich seitlich aus dem Bett fallen, verzichtete auf Schuhe, sprang in Hast die Treppe hinunter und strauchelte unterwegs, weil das Licht nicht eingeschaltet war. Sie entsicherte ihre Waffe im Laufen, hörte hinter sich Mara etwas rufen, verstand sie aber nicht.

Dann war plötzlich Jules irgendwo hinter ihr und fragte verstört: »Was ist denn?«

Svenja lief weiter, stieß mit der Hüfte gegen einen Stuhl am großen Esstisch, der polternd umfiel. Sie erreichte die Terrassentür und entriegelte sie. Dann rannte sie durch die Büsche auf die große Rasenfläche unter den Bäumen.

Die Tür des Gartenhauses stand offen, drinnen schimmerte ein ganz schwaches Licht. Sie kniete unmittelbar vor der Türöffnung nieder und versuchte, sich abzusichern. Sie führte die Waffe schussbereit in schnellen weiten Kreisen vor ihrem Körper hin und her, dann stand sie auf und tat zwei Schritte vorwärts. Sie war jetzt über der Schwelle, kniete sich wieder hin, hielt die Waffe vor sich und wurde sofort unsicher, weil das furchtbare Durcheinander im Gartenhaus im Halbdunkel der Nacht verwirrend wirkte.

Es gab Gerätschaften in allen Größen – Spaten und Schaufeln, Rechen und Körbe –, es gab einen Motormäher, der aussah wie ein kleiner Traktor, und alle möglichen Grillgeräte.

Sie hatten beschlossen, das alles nicht herauszuschaffen, und Ismail gesagt, er dürfe wegen der Kinder nicht auffallen und müsse mit dem vorhandenen Platz auskommen.

Ismail schlief normalerweise, von Svenja aus gesehen, an der rechten Wand. Dort flackerte jetzt eine kleine Petroleumfunzel und warf ein unruhiges Licht in den Raum.

Sie hörte eine Stimme hinter sich und reagierte sofort, indem sie hochsprang, sich im Sprung drehte, dann nach vorn fallen ließ und die Waffe in Richtung Tür brachte. Als sie erkannte, dass es Jules war, reagierte sie heftig und wütend.

»Verdammt noch mal, bist du denn wahnsinnig? Du warst schon tot!«

Der junge Mann zuckte zusammen und starrte sie an, als habe er sie noch nie zuvor gesehen. Die Waffe in ihren Händen schien ihm unfassbar, und er stotterte irgendetwas Unverständliches.

»Verdammte Scheiße!«, fluchte sie erneut und konzentrierte sich wieder auf den verwirrenden Raum vor sich. Nach einigen Sekunden stand sie auf und ging zu Ismails provisorischem Lager.

Er lag auf dem Rücken, die Arme seitlich an den Körper gelegt, als wolle er unbedingt aufgeräumt und ordentlich wirken. Er schien unnatürlich locker, als würde er entspannt schlafen. Aber er schlief nicht, er atmete kaum. Er war bewusstlos, und als Svenja ihn vorsichtig an der rechten Schulter berührte, wurde ihre Hand nass.

Jules sagte leise: »Oh, Scheiße!«

»Ich brauche jede Menge Licht. Hol Kerzen oder so was. Aber viele! Und eine Schere! Und Verbandszeug!«

»Und wenn wir ihn raustragen?«, fragte der Junge aufgeregt.

»Das ist riskant, wir wissen nicht, wie seine Wunden aussehen.«

Die Petroleumleuchte hing an einem Haken in der Wand über seinem Kopf. Sie nahm sie ab und führte sie ganz vorsichtig über seine linke Schulter, seinen Kopf, die rechte Schulter. Sein Sweatshirt war auf der rechten Seite zerschnitten, löchrig, etwa vom Schlüsselbein bis unter den Ellenbogen. Sie konnte eine lange, breit klaffende Wunde sehen, aber sie konnte nicht erkennen, wie tief sie war. Das Blut pulste heftig heraus, Ismails Gesicht war aschfahl.

»Bleib ganz ruhig«, sagte sie, »Ganz ruhig. Das haben wir gleich.«

»Warum hast du eine Waffe?«, fragte der Junge.

»Ich trage immer eine Waffe«, antwortete sie unwillig. »Und du bist jetzt bitte still!«

Sei doch nicht so unwirsch, rügte sie sich selbst. Woher soll er denn all das wissen, was du weißt? Woher soll er denn wissen, dass Ismails Angreifer noch immer in der Nähe sein kann?

Sie tastete Ismails Kopf ab, fand aber keine Verletzung. Dann schob sie das Shirt ganz nach oben, um seinen Oberkörper anzusehen. Auch nichts. Sie nahm einen unangenehmen Geruch wahr.

»Trag bitte mal diesen Scheißeimer hier raus«, sagte sie.

Ihr wurde plötzlich bewusst, dass sie keine Schuhe trug, nur ein T-Shirt und Boxershorts am Leib hatte, die sie bei Müller in Berlin geklaut hatte, wegen der Farbe – violett.

Der Junge stellte den Eimer vor das Häuschen.

Mit zittriger Stimme sagte er: »Hier ist auch eine Schere.«

»Komm herum auf die andere Seite. Ich brauche dich ganz nah bei mir, klar? Wir schneiden das alles von ihm ab, damit wir sehen können, was los ist.«

Dann stand plötzlich Mara in der Tür und schlug die Hände vor das Gesicht.

Jules sah, dass sie schreien wollte, und sagte scharf: »Wir brauchen Kerzen, wir brauchen Licht. Und Verbandszeug. Und wir brauchen Lappen für all das Blut.«

»Ist er ...?«

»Nein, ist er nicht.« Svenjas Stimme klang gepresst. Sie brachte ihr Gesicht möglichst nah an die Wunde, damit sie etwas erkennen konnte.

»Mara, ich brauche mehr Licht und jede Menge Verbandszeug. Und ich brauche aus dem Schlafzimmer mein grünes Handy. Bitte schnell! So, Jules, jetzt geh mal mit der Schere an dieses Shirt und schneide es auf. Vom Handgelenk bis hoch auf die Schulter. Das muss alles weg. Aber vorsichtig, die Wunde ist riesig.«

»Wer macht so was bloß?«, fragte Jules leise.

»Ich weiß es nicht, spielt im Moment auch keine Rolle. Ja, so ist es richtig. Zieh den Stoff immer ein bisschen stramm, ehe du schneidest, so geht's am besten.«

»Das Blut riecht so«, murmelte er.

»Du machst das gut, du machst das richtig gut. Sieh mal, der Knabe bewegt sich.«

»Der Knabe bewegt sich«, echote Jules und lachte nervös auf. »Du sagst Sachen!«

»Komm, mach weiter, du bist richtig gut darin. Jetzt schneide den Ärmel mal ab. Und am besten schneidest du dann das Shirt längs über seinen Bauch bis zum Hals durch. Ja, so. Ich brauche mehr Licht, verdammt noch mal.«

Svenja hörte Elizabeths Stimme in ihrem Rücken: »Hier

sind Kerzen. Und diese Küchentücher könnt ihr haben für all das Blut, sagt Mama. Und Mama steht in der Küche und kotzt.« Dann kniete sie nieder und sah die Wunde und stöhnte: »Wow!«

»Da sind zwei Kisten«, sagte Svenja. »Stell die Kerzen alle darauf und zünde sie an. Kannst du das? Natürlich kannst du das. Das Einfachste ist, Jules, du schneidest das Shirt von unten nach oben auf, dann klappen wir es herunter. Elizabeth, oben im Schlafzimmer liegen drei Handys von mir. Ich brauche das grüne, und zwar schnell.«

»Stirbt er?«, fragte Elizabeth mit einer ganz hohen Stimme.

»Hör auf zu fragen und stell jetzt die Kerzen auf. Lass ein paar Tropfen Wachs fallen und kleb sie daran fest. Nun komm, Mädchen, und dann das Handy.«

»Ich hab die Streichhölzer vergessen!« Sie sauste wieder los.

»Jetzt noch oben an der Schulter, Jules«, sagte Svenja. »Pass auf, da bist du über der Wunde. So, so ist es sehr gut. Und jetzt nehmen wir das alles von ihm runter. Mein Gott, ich fürchte, wir sind viel zu langsam.«

»Sieh mal, er bewegt sich wieder«, sagte Jules hoffnungsvoll. »Ob er Schmerzen hat?«

»Na, was glaubst du denn? Und jetzt nimmst du mal ein paar von den Küchentüchern, und wir legen sie unter das Schulterblatt und den Arm. Und wenn sie sich mit Blut vollsaugen, ist das gut, weil die Wunde dann sauberer bleibt und nicht verdreckt.«

»Aber die sind doch nicht steril!«, sagte er mit leichter Empörung in der Stimme.

Svenja sah ihn an und begann breit zu grinsen. Mit dem Handrücken wischte sie sich den Schweiß von der Stirn.

»Wir beide diskutieren jetzt alle auftretenden hygienischen Fragen. Und dann klären wir in einer Konferenz ab, was wir in welcher Reihenfolge tun.«

»Entschuldige bitte«, sagte Jules kleinlaut.

Während Elizabeth die Kerzen aufstellte und anzündete, wich langsam die Dämmerung aus dem Raum.

»Das grüne Handy habe ich auch. Weshalb hast du eigentlich drei?«

Bevor Svenja antworten konnte, war auch Mara wieder da und kniete sich hin. Sie hatte einen Erste-Hilfe-Kasten mitgebracht und klappte ihn auf. Sie wirkte merkwürdig kühl, als sie fragte: »Wer kann das gemacht haben?«

»Das kann ich im Moment auch nicht sagen«, murmelte Svenja.

»Glaubst du, ich kann die Stoffreste hier aus der Wunde ziehen?«, fragte Jules.

»Aber ja, trau dich nur. Wir müssen alles tun, um die Wunde genau sehen zu können. Schau mal, hier oben am Schlüsselbein. Da ist es in der Tiefe weiß, das ist der Knochen. Nimm mal die Küchentücher und deck die Wunde ab. Locker. Ich will erst fragen, wie es weitergeht. Hat jemand eine Vorstellung, wie lange wir schon hier bei ihm sind?«

»Über zehn Minuten«, sagte Jules.

»Und jetzt geht ihr mal raus und lasst mich in Ruhe arbeiten. Alle drei! Ich hole euch dann wieder herein. Und passt auf, wenn ihr durch den Garten geht, wir wissen nicht, was da ist.« Sie kam sich ein wenig theatralisch vor.

»Ich bleibe hier«, sagte Mara, noch immer auffallend unbeteiligt. »Ich habe das Ding hier zwar noch nie benutzt, aber wenn es nötig ist, werde ich es tun.« Sie legte die schwere Waffe neben sich, und Svenja bemerkte, wie Jules seine Mutter fassungslos anstarrte.

Zusammen mit seiner Schwester verließ er dann das Gartenhaus.

Svenja nahm ihr Handy, drückte den Code und sagte: »Ich brauche sofort einen praktischen Arzt. Ich habe hier jemanden mit einer tiefen, schweren Wunde und ziemlich hohem Blutverlust.«

»Mann oder Frau?«, fragte Esser.

»Mann.«

»Ich stelle Sie durch.«

»Ja, bitte?«, fragte eine freundliche Männerstimme.

»Notfall. Ich habe einen Mann, der überfallen wurde. Vor etwa vierzehn Minuten. Er sollte umgebracht werden. Ich fand ihn bewusstlos mit einer Wunde, die vom mittleren Schlüsselbein rechts bis hinunter zum Ellenbogen läuft. Ich schätze mal, sie ist mehr als dreißig Zentimeter lang. Es ist eine tiefe Wunde, und ich kann an mindestens drei Stellen bis auf die Knochen sehen.«

»Wie sehen die Schnittränder aus?«

»Vollkommen glatt, nicht ausgefranst, wenn Sie das meinen. Und sehr, sehr tief.«

»Läuft das Blut noch heraus?«

»Aber ja, und ziemlich viel. Also, er muss jede Menge Blut verloren haben.«

»Ist er bei Bewusstsein?«

»Nein.«

»Das Blut in der Wunde: Pulst es heraus, also mit jedem Herzschlag, oder fließt es eher?«

»Es fließt, würde ich sagen.«

»Bewegt er sich manchmal?«

»Ja, das tut er.«

»Und Sie haben keinen Arzt und kein Krankenhaus in der Nähe?«

»Negativ.«

»Sie müssen jetzt zuerst versuchen, die Wunde zu schließen. Klafft sie stark auseinander?«

»Ja, ziemlich.«

»Wie breit ist die Wunde an der breitesten Stelle?«

»Also, ich denke, ungefähr vier bis fünf Zentimeter.«

»Könnte es zum Beispiel ein Teppichmesser gewesen sein?«

»Ja, das könnte passen. Oder eines dieser furchtbaren Fleischermesser.«

»Haben Sie Tape?«

»Mara, hast du Tape im Haus?«

»Ja, aber nur fürs Büro.«

»Nein, haben wir nicht.«

»Okay. Dann nehmen Sie eine starke Stopfnadel, fädeln Zwirn ein. Es muss ein langer, doppelter Faden sein. Einer von Ihnen muss die Wundränder gegeneinanderpressen, der andere muss nähen. Machen Sie jeweils nach zwei Stichen Schluss, greifen Sie den Faden, machen Sie einen doppelten festen Knoten, und schneiden Sie den Faden ab. Und weiter so ungefähr alle drei bis vier Zentimeter. Dann kommen Sie mit rund zehn bis zwölf Stichen aus.«

»Muss ich die Wunde vorher saubermachen? Das Opfer liegt hier in einer Holzhütte auf dem Boden, da ist überall jede Menge Staub.«

»Staub kann sogar gut sein. Aber auf jeden Fall die Wunde saubermachen. Da reicht klares Wasser. Oder, wenn die Umgebung arg schmutzig ist, nehmen Sie Schnaps. Es sollte einer mit über 45 Prozent Alkohol sein. Nehmen Sie einen Pinsel und pinseln Sie die Wunde mit dem Alkohol aus. Wenn Sie keinen Pinsel haben, nehmen Sie ein Tuch, das reicht auch. Und passen Sie auf, wenn der Patient zu sich kommt. Er darf ja nicht aufstehen. Er würde wahrscheinlich sofort umfallen. Und er muss ab sofort viel trinken!«

»Was mache ich denn mit dem Mann, wenn er in ein Auto steigen muss?«

»Sie meinen, wie Sie ihn zur Besinnung bringen können? Sie sagten doch, er bewegt sich manchmal. Das ist ein gutes Zeichen. Wenn Sie die Wunde geschlossen und verbunden haben, dann geben Sie ihm leichte Schläge auf die Wangen, nette kleine Backpfeifen also. Können Sie das?« Und weil ihm bewusst wurde, wie absurd diese Frage war, lachte er leise.

»Das kann ich. Danke für Ihre Hilfe!«, sagte Svenja und beendete das Gespräch.

»Ich habe es gehört, ich hole Nadel und Faden und Schnaps.« Mara stand auf, stand ein wenig vornübergebeugt, sah Svenja an und flüsterte: »Weißt du, was ich eben gedacht habe? Nicht einmal der Tod könnte mich von ihm trennen.«

»Über den Tod reden wir hier aber nicht, Mara. Wir schließen jetzt die Wunde und fahren zum Flieger. Schick mir bitte Elizabeth rein.«

Das Mädchen kam sofort und fragte beflissen: »Was jetzt?«

»Ich muss die Wunde zunähen, und du wirst mir dabei helfen. Du drückst die Wundränder zusammen, und ich nähe. Schaffst du das?«

»Ich weiß nicht.«

»Ich bin mir sicher, dass du das schaffst. Wir warten aber erst auf deine Mutter.«

Svenja stand auf und bewegte sich leicht in den vom langen Hocken steif gewordenen Hüften. Sie fragte sich, wer Ismail wohl überfallen hatte. Es waren bestimmt mehrere Täter gewesen, denn Ismail war durchtrainiert, er kannte miese Tricks und konnte einen Angreifer mühelos erschlagen, wenn er die Möglichkeit hatte.

Dann sah sie das Wasser zu ihren Füßen. Es war eine Pfütze, eine richtige Lache. Aber Wasser gab es hier nicht. Sie dachte an die Karpfenteiche. Vermutlich waren die Täter durch die Fischzuchtanlage gekommen. Das wäre logisch.

Mara kam mit einer Stopfnadel und einer Rolle schwarzem Zwirn zurück. Sie hatte eine Flasche unter den Arm geklemmt. »Sein Lieblingswhiskey«, sagte sie. »Einen Pinsel habe ich auf die Schnelle nicht gefunden.«

»Elizabeth hilft mir«, erklärte Svenja. »Pass auf, Mädchen, wir machen es so. Wir fangen oben über dem Schlüsselbein an. Du drückst die Wundränder gegeneinander, so weit das geht. Dann steche ich ein, ziehe den Faden nach drüben, dort noch ein Stich, dann mache ich einen festen Knoten. Und du schneidest den Faden mit der Schere ab. Okay? Können wir?«

»Ja, gut.« Elizabeth nickte tapfer. Ihre Augen waren weit aufgerissen, sie würde dieses Ereignis ihr Leben lang nicht mehr vergessen. Und sie sagte schon wieder: »Wow!«

»Und wenn du nicht mehr kannst, macht deine Mutter weiter«, sagte Svenja bestimmt.

Sie begannen mit der Arbeit, ganz ruhig und konzentriert. Nach etwa zwanzig Minuten kamen sie an das Ende des Schnittes am Ellenbogen, und Ismails Bewegungen wurden heftiger. Dann – ganz unvermittelt – kam er zu sich.

»Halt den Arm fest!«, wies Svenja Elizabeth schroff an. Und an Ismail gewandt: »Na, wie geht es Euer Durchlaucht?«

»Schmerzen«, antwortete er dumpf.

»Mara, was haben wir an Schmerzmitteln?«

»Ich habe hier Ibuprofen 600 und 800. Geht das?«

»Nimm zwei von den Achthundertern und lös sie in Wasser auf. Du musst jetzt geduldig sein, Ismail. Konntest du erkennen, wer es war? Kanntest du ihn?«

»Nein, es ging alles viel zu schnell.« Er hob ganz leicht den Kopf und fragte mit Blick auf seine Tochter: »Oh, was machst du denn da?«

262

»Wir nähen dich zu«, erklärte Elizabeth stolz.

»Ach ja?« Er versuchte zu lachen, aber es wurde nur ein Husten daraus, der ihn heftig schüttelte. Dann wurde er wieder ohnmächtig.

»Das ist sowieso besser. Noch zwei Stiche, komm, schnell. Haben wir irgendeine Salbe?«

»Ich habe schon nachgesehen, aber wir haben nur dieses einfache Zeug von Nivea.«

»Dann nehmen wir eben das«, entschied Svenja. »Wir brauchen noch Küchentücher, sind noch welche da?«

»Ja, drei oder vier Stück. Reicht das?«

»Das reicht. Klasse, Elizabeth, ich bin wirklich stolz auf dich. Jetzt die Creme drauf, ziemlich dick, danach eine Dusche, und dann geht es ab in die Freiheit.«

»Du bist ein erschreckendes Weib«, murmelte Mara bewundernd. Dann lachte sie plötzlich erleichtert.

»So, jetzt kann er wieder zu sich kommen. Wir sehen alle aus wie die Ferkel, überall Blut. Elizabeth, jetzt raus mit dir und ab unter die Dusche. Und schick mir sofort Jules her, er muss seinem Vater beim Gehen helfen. Nicht erschrecken, ich versuche jetzt mal das mit den Backpfeifen.«

Sie musste sich nicht sonderlich bemühen, Ismail war bereits nach zwei ziemlich sanften Streichen wach, konnte sich aber noch nicht bewegen und klagte über pochende Schmerzen im rechten Arm.

»Langsam, mein Freund. Jetzt erzähl mir erst mal, was passiert ist. War es einer oder mehrere?«, fragte Svenja.

»Einer.«

»Und wie ist er reingekommen?«

»Er hat geklopft, ich habe einfach aufgemacht, so dumm lief das. Er hatte ein großes Teppichmesser, aber er rechnete wohl nicht damit, dass ich ihn angreifen würde.«

»Hast du ihn verletzt?«

»Nein, das glaube ich nicht. Oh, ist mir schwindelig, verdammt.«

»Ganz ruhig«, sagte Mara. »Und trink erst mal dieses Schmerzmittel.« Sie rutschte an ihren Mann heran und legte die Hand unter seinen Kopf, um ihn anzuheben. »So ist es gut. Der Mann war nass, nicht wahr?«

»Ja, stimmt.« Das klang erstaunt.

»Er ist durch die Teiche gekommen. Kannst du dir vorstellen, wer es gewesen sein könnte?«

»Nein, ich habe keine Ahnung.«

»Hat er irgendetwas gesagt, irgendein Wort?«

»Nein, nichts. Ich schloss auf, öffnete die Tür nur ganz leicht, da drängte er mich schon rein. Ich griff sofort an. An mehr erinnere ich mich nicht.« Ismail war vollkommen erschöpft, immer wieder rollten seine Augen unkontrolliert in ihren Höhlen.

Als Jules ins Gartenhaus kam, sagte er erfreut: »Du siehst ja gar nicht mehr wie tot aus.«

»Aber Jules!«, sagte Mara tadelnd.

»War doch so«, murmelte der Junge.

»Bleib bei deinem Vater und stütz ihn, wenn er aufstehen will«, wies Svenja ihn an. »Und ich gehe mal an die frische Luft, hier werde ich wohl nicht mehr gebraucht.«

Svenja verließ das Gartenhaus, setzte sich draußen einfach ins Gras und atmete tief durch. Sie dachte darüber nach, was Ismail gesagt hatte. Dann stand sie auf, ging zum Ende des Gartens und trat auf den kleinen Pfad. Keiner der Wächter war zu sehen. Sie entschied sich für den Weg nach rechts.

Das Häuschen der Wächter war auf dieser Seite des Pfades eine einfache dreiwandige Holzhütte mit einer Bank und einem schmalen Tisch. Es stand leer.

Svenja ging mit eiligen Schritten zurück, denn viel Zeit

blieb ihnen nicht mehr. Sie war an sechs Grundstücken vorbei, als sie die beiden Männer fand. Sie lagen dicht beieinander auf dem Bauch, und sie waren tot. Jemand hatte ihnen mit einem scharfen Messer die Kehlen durchgeschnitten. Svenja kehrte um und lief schnell zurück zu Maras Haus.

Noch ehe sie das Haus betrat, meldete sich Berlin.

Es war wieder Esser.

»Was ist los bei euch?«

»Ismail wurde überfallen. Schwere Wunde von einem Teppichmesser oder etwas Ähnlichem. Er sagt, es war nur ein Mann. Dann habe ich zwei Tote gefunden, zwei Wachmänner mit durchgeschnittenen Kehlen. Es handelt sich um die Wächter der Regierung, die zum Schutz der Bewohner der Siedlung eingesetzt werden.«

»Wie ist Modys Zustand? Ist er transportfähig?«

»Ich denke schon, er ist ein zäher Knochen. Kann ich denn erfahren, wohin wir geflogen werden?«

»Selbstverständlich. Wir fliegen euch nach Mumbai aus. Da drohen die wenigsten Schwierigkeiten. Dort wird die Familie im Gästehaus des deutschen Geschäftsträgers untergebracht. Ich denke, dann muss der Mann wohl auch in ein Krankenhaus und dort versorgt werden. Anschließend werden wir beraten, wie es weitergeht. Sie müssen aber wissen, was wir eigentlich wollen. Hören Sie mir zu? Sind Sie noch dran?«

»Ja, natürlich höre ich zu.«

»Ich habe manchmal so ein Geräusch auf der Leitung, wie ein Zahnbohrer. Also, ursprünglich dachten wir, wir fliegen die Familie nach Berlin. Ob das jetzt noch dabei bleibt, kann ich zurzeit nicht sagen, aber ich gehe eigentlich davon aus. Hier ist es bereits nach Mitternacht, ich will die anderen schlafen lassen. Also, Flug nach Berlin, dann gründlich ausruhen und irgendwann ohne jeden Druck die Entscheidung der Familie, wohin sie denn will. Gleichzeitig das Angebot an den Mann, uns gegen eine gesunde Zahlung Auskunft über Pakistan zu geben. Angesichts der Tatsache, dass wir ihn unter Wahnsinnskosten nach Indien ausfliegen, ist das nur recht und billig. Ist er eigentlich ein freundlicher Mensch?«

»Das ist er. Absolut. Und er weiß genau, was er wert ist. Ich würde Ihnen dringend raten, auf keinen Fall Druck auszuüben. Das würde mich nämlich auch stinksauer machen.«

»Sie kennen doch Ihren verrückten Chef, oder?«

»In der Tat. Was sage ich der Familie?«

»Nichts von den beiden toten Wachleuten, kein Wort. Es kommt jetzt nur noch darauf an, dass wir sie heil ausfliegen können, alles andere kann warten. Die Nervenzusammenbrüche danach sind mir relativ wurscht. Wie ist Ihre Verfassung?«

»Gut, würde ich sagen.«

»Sie lügen heute aber nicht besonders gut. Ich wiederhole also meine Frage.«

»Na ja, es waren verdammt lange Tage. Ich bin kaputt, Esser, total kaputt.«

»Okay, dann auf zum Endspurt. Ende.«

Sie schlich sich ins Haus, und als Ersten sah sie Ismail am Esstisch sitzen und in einem Stapel Papieren wühlen.

Er sah sie an und lächelte matt. »Na, Mädchen? Du hast verdammt gut gearbeitet. Ich danke dir von Herzen.« Mit den blau karierten Küchentüchern um den Arm sah er ein wenig absurd aus, zumal irgendjemand mit Humor auf die Idee gekommen war, die Tücher mit roten Schleifchen festzubinden.

»Vergeude deine Kräfte nicht«, sagte Svenja. »Halte keine langen Reden, mach dich lieber fertig, wir hauen gleich ab.«

Ehe sie reagieren konnte, war er aufgestanden und gleich darauf zusammengesackt. Wahrscheinlich hatte sein Kreislauf versagt.

»Jules!«, brüllte Svenja. »Mara!«

Jules kam zuerst, ihm auf den Fersen Elizabeth, dann Mara.

»Lasst ihn auf dem Boden liegen, bis er wieder zu sich kommt. Mara, mache ein Glas heißes Wasser mit einer guten Prise Salz fertig. Gut umrühren. Das soll er trinken. Schmeckt nicht besonders, hilft aber. Füllt zwei große Plastikflaschen voll Wasser, die nehmen wir für ihn mit. Dann Kekse, wenn welche im Hause sind. Ich mache mich schnell fertig, und dann brechen wir nach Karatschi auf. Ich nehme Elizabeth und Ismail in meinem Nissan mit. Jules, du fährst den Toyota und bleibst hinter mir. Niemals überholen, keine riskanten Manöver. In zehn Minuten.«

Svenja stand fünf Minuten unter der Dusche und fühlte sich danach trotzdem kein bisschen sauberer als vorher. Sie zog Jeans und Sportschuhe an, dazu ein einfaches Sweatshirt, das sie sich von Mara geliehen hatte. An Gepäck hatte sie nur ihre große Handtasche. Als sie im Auto saß und den Motor startete, entdeckte sie schwarze Ränder unter ihren Fingernägeln. Altes Blut. Und sie war fest davon überzeugt, dass sie nach all den Tagen und Nächten in diesem Haus roch wie jemand, der schon sehr lange kein klares Wasser mehr gesehen hat.

John war zutiefst verunsichert, er fragte sich, was er verkehrt gemacht hatte. Es war ihm noch nie passiert, und es war so überraschend gekommen, dass er immer noch nicht begreifen konnte, was da eigentlich gelaufen war. Er versuchte, sich zu erinnern, Meter um Meter, Schritt für Schritt, seit er aus dem Teich gestiegen war, in dem er eine Ewigkeit gestanden und gewartet hatte.

Er hatte die Bewegungen der Wächter beobachtet, wie sie von links nach rechts an all den Grundstücken der Siedlung entlanggingen. Dann trafen sie sich in der Mitte, sprachen kurz miteinander, trennten sich und gingen wieder weiter. Es war sehr schnell klar, wie und wo er sie angreifen musste. Er musste den Moment abwarten, wenn sie sich trafen und dann wieder kehrtmachten. Zuerst den Flinkeren, dann den, der so tranig wirkte und grundsätzlich leise lachte, wenn er auf den Kollegen traf.

Es funktionierte vollkommen glatt, er trat zwischen sie, ging von hinten an den Ersten heran und schnitt ihm die Kehle durch. Kein Laut. Dann die Wende, die sechs Schritte zum Tranigen, der sich nicht einmal umschaute, als sein Kollege fiel. Auch er ein leichtes Opfer, ein schneller Tod.

Dann das vierte Grundstück, der schmale Einlass zu dem großen Garten. Links das Gartenhaus, ein dunkles Geviert.

Sammy hatte gesagt: Er ist da drin! Er kann nirgendwo anders sein. Sammy hatte auch gesagt, er ist wahrscheinlich nicht in Höchstform, weil er lange nicht trainiert hat. Er verlässt sich auf seine Schusswaffe, nicht darauf, dass er fighten muss. So sind sie doch alle, die Geheimdienstfuzzis. Wenn er sich gar nicht rührt, kannst du das Schloss aushebeln, ganz easy. Aber wahrscheinlich reicht es, wenn du klopfst. Er wird denken, es ist jemand von der Familie, und wird aufmachen.

Genau das war auch passiert.

Aber dann lief alles aus dem Ruder.

Die Tür schwang langsam auf, John machte einen Schritt nach vorn, bekam aber im gleichen Moment einen schweren Schlag gegen den Kopf und taumelte ein wenig nach links. Er wollte den Mann in die Dunkelheit des Raumes zurückstoßen, aber er bekam ihn nicht einmal zu fassen.

Stattdessen schrie der Kerl. Aber es war kein Entsetzen, das ihn schreien ließ, es war die vollkommene Konzentration, die sich in diesem markerschütternden Schrei ausdrückte.

Ein weiterer schwerer Schlag krachte gegen Johns linke Gesichtshälfte. Das Teppichmesser in seiner rechten Hand traf auf etwas, aber er wusste nicht, was es war, er konnte nichts sehen. Er schrie ebenfalls.

War das wirklich so, hatte er geschrien?

Dann lag er plötzlich auf den Knien und wusste instinktiv, dass er flüchten musste. Der Mann war auf diese Weise nicht zu töten. Nicht bei diesem Treffen, nicht in dieser Nacht.

John rappelte sich auf und lief die wenigen Schritte zur Hecke, die das Grundstück abschloss. Er nahm die blaue große Tasche auf, die er hier abgestellt hatte. Er musste jetzt schnell sein, weil er nicht wusste, ob der Teufel in dem Gartenhaus gefährliche Verbindungen aktivieren oder Hilfe holen konnte.

Er lief auf einem Damm zwischen den Teichen entlang und spürte starke Schmerzen im ganzen Gesicht. Zuweilen flimmerten schwarze Punkte und Striche vor seinen Augen, er konnte nicht mehr klar sehen.

Das alles war bedauerlich, denn Ismail Mody zu töten, hatte schon lange ganz oben auf seiner Liste gestanden. Seit nahezu zwei Jahren verfolgte er diesen Plan, seit er zum ersten Mal auf den Vize des pakistanischen Geheimdiensts gestoßen war. Für seine persönlichen Daten hatte Mody im Internet einen Server genutzt, der in Holland stationiert war. Dort war John eingedrungen.

Ein Pfeifenraucher der alten englischen Schule, ein eingebildeter Fatzke, ein widerlicher Liberaler war das. Tatsächlich hatte er es fertiggebracht, zu behaupten, dass die Taliban Pakistan zerstörten, dass sie Feinde im eigenen Land seien. Dass Pakistan mit den Taliban aufzuräumen hätte, schnell und gnadenlos.

Und Indien? Indien sei ein guter Nachbar! Mit Indien zusammen könne Pakistan die ganze Region befrieden. Die Taliban hingegen seien der Rückfall ins Mittelalter, die Scharia das Ende der Region. Und dann die Warnung an den Geheimdienst Indiens: Vorsicht, da kommen junge Terroristen und greifen eure Luxushotels an. Wartet auf sie und tötet sie. Ungeheuerlich, einfach unvorstellbar. Da hätte in Mumbai alles schiefgehen können. Der Mann musste sterben.

Ebenso wie Susannah. Auch sie hatte versucht, das Jüdische Zentrum in Mumbai zu warnen. Aber er hatte sie abgefangen. Auch so eine westlich dekadente, verkommene Hure, die zu töten seine Pflicht war. Willkommene Pflicht im Dienste Allahs, im heiligen Krieg. Er hatte als Meisterschüler die Wacht gehalten über die Anschläge in Mumbai.

Er wechselte die Richtung, bog auf einen Damm ab, der nach links aus der Fischzuchtanlage herauszuführen schien. Auf einem schmalen Weg erreichte er schließlich ein Siedlungsgebiet mit mehrstöckigen Wohnhäusern. Sehr viele Wäscheleinen, viel trocknende Wäsche. Auf keinen Fall durfte er jetzt in die Mangroven des Indusdeltas abtauchen, um auf ein günstiges Schmugglerboot zu hoffen. Das war viel zu gefährlich, weil dort viele Agenten des ISI sein würden, Kollegen des Mannes, den er zu töten versucht hatte. Und vielleicht waren ihm ja doch noch einige wohlgesinnt.

Er setzte sich eine Weile an den Wegrand, um seinen Atem zur Ruhe kommen zu lassen, und tastete sein Gesicht ab. Der Kerl hatte unglaublich hart zugeschlagen.

Er musste diesen Mody im Auge behalten, es würden sich andere Möglichkeiten ergeben, mit ihm abzurechnen. Dieser Verräter wird bestimmt von den Schweinen im Westen begeistert begrüßt werden, ging es ihm durch den Kopf. Und dann geben sie ihm und seiner Familie ein schönes Haus zum Wohnen. Aber ich werde herausfinden, wo dieses Haus ist. Und dann werde ich sie alle töten: den Mann, die Frau, die Kinder.

Jetzt war es aber erst einmal wichtig, abzutauchen und das Land zügig zu verlassen. Das musste ruhig geschehen, auf keinen Fall in Hast und Eile. Allah, da war er ganz sicher, betrachtete seinen Kampf mit Wohlwollen, er würde ihm helfen.

Also war es wichtig, sich ein anderes Aussehen zu geben, die vom Schlamm der Teiche getränkten Kleider loszuwerden, normale Kleidung anzuziehen und sich dann für einen Weg aus dem Land zu entscheiden, der einigermaßen sicher war.

Er streifte im Sitzen das nasse Hemd ab und zog die Boxershorts aus. Die einfache Cargohose und das beigefarbene T-Shirt, die er von einer der Wäscheleinen mitgenommen hatte, passten perfekt.

Er schaute sich um, ob irgendwo ein Mensch zu sehen war, aber noch entdeckte er niemanden, es war einfach zu früh. Die Sonne kletterte in einem rötlichen Schimmer im Osten in den Tag, und es war die Zeit des ersten Gebets.

Er musste Allah unbedingt sagen, dass er das Scheitern akzeptierte, dass Versagen auf dem Weg des Kriegers die große Möglichkeit war, in Demut auf neue Gedanken zu kommen und andere Ziele ins Auge zu fassen.

Die Entfernung von ihm bis zum Gartenhaus betrug etwa zwei Kilometer. Seine Schuhe waren total verdreckt, aber er konnte den Schlamm in einem der Teiche hinter sich abwaschen.

Plötzlich dachte er daran, ob es nicht am einfachsten

wäre, Pakistan auf demselben Weg wieder zu verlassen, den er gekommen war. Mit einer dieser kleinen Linienmaschinen, die zwischen dem Industal und Mumbai hin- und herflogen. Er würde sich also nach Norden bewegen und irgendwo in einem guten Hotel haltmachen, den Flug buchen und dann von der Bildfläche verschwinden. Er konnte sogar getrost dieselben Papiere benutzen, Geologen waren schließlich dauernd unterwegs, und die Kontrollen waren nicht allzu gründlich.

Svenja fuhr mit dem Nissan voraus.

Sie hatten sich mit nur fünfzehn Minuten Verspätung auf die kurze Reise nach Karatschi gemacht. Ismail Mody nahm die Rückbank, weil er nicht lange aufrecht sitzen konnte und immer wieder für Minuten einschlief oder aber vor Schmerzen mit den Zähnen knirschte. Er behauptete zwar, ihm tue nichts weh, aber Svenja glaubte ihm kein Wort. Rechts neben ihr saß Elizabeth und berichtete ihrem Vater in glühenden Farben, wie die Wunde an seinem Arm ausgesehen habe, »wie wenn Mama Steaks macht«. Sie hatte an Selbstvertrauen gewonnen und wiederholte zum x-ten Mal: »Und dann haben wir dich genäht! Shannon hat durchgestochen, und ich habe die Ränder gegeneinandergedrückt. Das war ganz schön schwer, musst du wissen.«

»Glaubst du, sie werden mich verfluchen?«, fragte er.

»Nein, das glaube ich nicht«, antwortete Svenja. »Die Zahl derer, die an dich glauben, wird meiner Erfahrung nach eher noch wachsen. Außerdem werden sie wissen, dass du gar keine andere Wahl hattest.«

Dann jagte der Schmerz ihn erneut hoch, so dass er zusammenzuckte und für eine lange Weile die Augen schloss.

»Nimm noch zwei Schmerztabletten«, sagte sie. »Oder Elizabeth, das könntest du doch eben erledigen. Nimm den Becher da und löse deinem Papa zwei von diesen Tabletten auf.«

»Ich bin schon richtig benebelt von dem Zeug«, stöhnte Ismail.

»Da musst du jetzt durch.«

Elizabeth fragte unvermittelt: »Wie ist Berlin denn so?«

Niemand antwortete ihr.

Sie fuhren gemächlich dahin, und Jules im Wagen hinter ihr hielt sich genau an die Vorgabe: keinen zwischen uns lassen, gleichmäßig mit etwa fünfundsiebzig Kilometer die Stunde, bis wir da sind.

Was würde Salim Nura tun, wenn er Ismail Mody sah? Im Grunde gab es nur zwei Möglichkeiten: Er würde Ismail entweder töten oder ihn gehen lassen. Krause hatte gesagt: Das müssen wir riskieren, wir haben keine andere Wahl. Und Ismail hinter ihr hatte keine Ahnung, was auf ihn zukam. Müller hatte nur vage angedeutet: Eigentlich mögen sich die beiden. Aber niemand würde für dieses »eigentlich« die Hand ins Feuer legen. Im schlimmsten Fall würde Salim mit einem Haufen Leuten und Kalaschnikows auftauchen. Und wenn es schlecht lief, würde ein einziger Feuerstoß genügen. Sie sah die Schlagzeile schon vor sich: »Gangster wollten Flugzeug kapern«. Eine Zeile für neun Tote.

Es war nicht gut, so etwas zu denken.

»Dieser blöde Lkw drängt mich ab«, sagte Jules.

Sie hatten eine stehende Verbindung zwischen ihren Handys.

»Einmal Gas geben! Und dann sofort bremsen.«

Kurz darauf sagte Jules begeistert: »Das funktioniert tatsächlich.«

Sie sahen die ersten Hinweisschilder auf Karatschi-Airport.

Es war sogar darüber diskutiert worden, ob man sicherheitshalber auf das Protokoll des ersten Verhörs noch zehn- oder zwanzigtausend Dollar draufpacken sollte. Müller war strikt dagegen gewesen, Sowinski dafür, Svenja ebenfalls dagegen. Esser hatte das Ganze mit den Worten kommentiert: »Man muss jedem Menschen die Gelegenheit geben, auch mal etwas kostenlos zu tun.« Krauses Argument hatte letztlich den Ausschlag gegeben. »Der Mann ist einer von der alten Schule. Er wird das Zeug hassen, wenn er es sieht. Er könnte niemals damit leben, gekauft worden zu sein.«

Auf ihrem Diensthandy kam ein Ruf von Müller.

»Wie geht es euch? Wo seid ihr?«

»Hey, gut, deine Stimme zu hören. Ich schätze mal, wir sind noch etwa zehn Kilometer entfernt. Alle an Bord. Und du bist in der Luft, oder?«

»Falsch«, sagte er, »vollkommen falsch. Wir stehen schon vor Hangar sechs. Glatter Flug, glatte Landung, alles gut. Der Tower sagt, sie wissen Bescheid, dass wir nur eine ausgesuchte Gruppe aufnehmen und dann wieder starten. Also keine Nervosität. Wir können übrigens erst dann in den Hangar rein, wenn jemand kommt und uns die Tür öffnet.«

»Hat man uns irgendwelche technischen Anweisungen gegeben?«

»Ja. Du nimmst die Rollbahn um den Flughafen herum. Dann siehst du ein Schild nach rechts, auf dem CARGO steht, dahinter zweigt nach links eine schmale Straße ab. Da ist kein Schild. Du fährst diese Straße entlang, bis du am letzten Hangar bist. Der liegt rechts von dir. Dann kommt ein Tor. Auf keinen Fall hupen! Und keiner soll aussteigen. Das ist ganz wichtig! Dann rollt das Tor automatisch auf, danach

274

auch das zum Hangar, und du fährst zügig rein. Auch im Hangar steigt niemand aus den Autos, vor allem nicht die Kinder. Der Mann, der das alles arrangiert, will keine Unruhe. Er will in Ruhe prüfen, ob alles okay ist. Anschließend geht er aus dem Hangar raus. Und erst wenn er draußen ist, dürfen wir uns bewegen. Ist das klar?«

»Alles klar. Bis gleich.« Und in das andere Handy sagte sie: »Jules! Tu jetzt genau das, was ich tue. Lass niemanden aussteigen, achte vor allem auf die Kinder. Egal, was passiert. Der Mann, der uns hilft, ist ein sehr nervöser Mann, und wir wollen nicht, dass er noch nervöser wird.«

»Wer ist er denn?«, fragte Ismail hinter ihr.

»Ich weiß es nicht. Ich habe wirklich keine Ahnung.«

Sie bog jetzt in den großen Bogen ein, der um den Flughafen führte, und sie waren sehr schnell an dem Schild, auf dem CARGO stand. Dann die erste schmale Straße nach links. Danach rechts die Hangars, schließlich Hangar sechs. Die Sechs war eine riesige in Weiß gemalte Ziffer auf dem Gebäude. Sie stoppten an dem großen Zaun, der rechts neben ihnen verlief.

»So weit wären wir«, sagte sie trocken. »Hast du eine Zigarette?«

Ismail zündete ihr eine an und reichte sie nach vorn.

»Hat er gesagt, wie lange das dauern kann?«

»Nein.«

Vor der Frontscheibe taumelte ein Zitronenfalter in der Luft.

»Kevin muss mal«, sagte Jules nach einer Weile durchs Handy. »Er kann ja nicht zum Fenster rauspinkeln. So viel Druck hat er nicht.«

»Mist«, sagte Svenja. »Aber es hilft nichts. Steig mit ihm aus.«

Der Zitronenfalter war immer noch da.

Dann ruckelte das Tor neben ihnen und rollte langsam auf.

»Verdammt! Schnell da hinten, Jules! Es geht los. Und wenn wir drin sind, bleiben alle im Wagen.«

Das riesige Tor des Hangars bewegte sich ebenfalls.

»Also denn!«, sagte Svenja erleichtert, als sie sah, dass im hinteren Auto auch wieder alle bereit waren. Sie fuhr ganz langsam erst durch das Tor, dann in die dämmrige Kühle der riesigen Halle. Rechts und links standen kleine Flugzeuge, manche einmotorig, andere etwas größer für kleine Gruppen. Es war ein buntes Bild, das auf Svenja beinahe wie ein erträumtes Spielzeugland für Kinder wirkte.

Ismail sagte scharf: »Das ist Salim! Hat der das gemanagt?«

»Weiß ich nicht. Bleib bitte ganz ruhig. Ich kenne den Mann nicht, ich will auch gar nicht wissen, wer er ist.«

Salim Nura stand links von ihnen. Eine kleine, sehr souveräne Figur. Er trug Jeans zu einer dunkelbraunen Lederjacke, dazu grobe Wanderschuhe. Die Lederjacke stand offen und gab den Blick frei auf eine schwere Waffe in einem Holster am Gürtel. Er wirkte ganz ruhig, als habe er alles unter Kontrolle. Sein Blick wirkte geschärft und gleichzeitig seltsam neutral. Er sah die Leute in den Autos, hob dann ein Handy und sprach hinein.

Gleich darauf wurde an der gegenüberliegenden Seite der Halle eine kleine Tür geöffnet. Müller kam mit einem kleinen Päckchen in der Hand herein.

Er ging direkt auf Salim Nura zu und überreichte ihm das Päckchen. Dann wartete er.

»Nicht aussteigen!«, sagte Svenja. »Auf keinen Fall aussteigen!«

Nura hatte neben sich einen kleinen Werkstattwagen stehen, auf dem aber kein Werkzeug war. Er legte das Päckchen auf diesen Wagen, holte dann ein Messer aus der Tasche und begann es aufzuschneiden.

»Er wird schießen«, sagte Ismail heftig. »Er ist ein Sauhund, er war schon immer ein Sauhund.«

»Du bist jetzt mal ganz ruhig!«, sagte Svenja wütend. »Mach bloß keinen Blödsinn. Ich möchte gerne am Stück nach Hause kommen!« Sie hatte ihre schwere Glock entsichert im Schoß.

Salim Nura hatte das Päckchen geöffnet und nahm einige Blätter Papier heraus. Er wirkte immer noch vollkommen gelassen und begann in Ruhe zu lesen. Dann legte er die Blätter zurück, holte andere Blätter aus dem Packen Papier und las wieder. Nach einiger Zeit nickte er Müller zu und sagte leise irgendetwas.

Müller hob den Kopf und sah zu den Wagen. »Aussteigen!«, sagte er laut.

»Er wird schießen«, flüsterte Ismail.

»Wir steigen jetzt aus«, bestimmte Svenja.

Elizabeth war als Erste aus dem Wagen, dann folgte Svenja. Sie sah, wie Mara mit Jules und den Kleinen ausstieg und alle unschlüssig stehen blieben.

»Jetzt komm schon, Ismail!«, sagte Svenja laut und schroff.

Mody stieg aus, er bewegte sich langsam.

»Es ist gut, Bruder«, sagte Salim Nura deutlich. Er lächelte ganz schmal, und er griff nicht nach der Waffe.

»Hallo, Mara!«, sagte er dann freundlich. »Gute Reise!« Auf irgendein Stichwort hin, das er in sein Handy gesprochen hatte, begann das große Tor des Hangars hinter ihnen zuzufahren.

Salim ging mit seinem Päckchen gemächlich darauf zu und war dann verschwunden.

Natürlich fingen alle gleichzeitig an, aufgeregt durcheinanderzureden, und deshalb achtete auch niemand auf Ismail, der plötzlich auf dem Boden saß und tränenüberströmt seine Fassung wiederzuerlangen versuchte.

NEUNTES KAPITEL

»Es ist aber doch auch mein Zuhause«, wagte Krause einzuwenden. Er saß in seinem eigenen Wohnzimmer in seinem englischen Ledersessel, und seine Frau saß ihm gegenüber auf der ebenso englischen Ledercouch und knetete nervös ihre Hände im Schoß. Es war noch früher Morgen, ein Tag nach der spektakulären Befreiungsaktion von Karatschi.

»Sieh es doch mal so«, fing sie an und wusste dann nicht weiter.

»Also, dieser Dieter«, murmelte Krause. »Wenn ich das richtig verstanden habe, hast du es übernommen, dich um den jungen Mann zu kümmern. Und zum Teil findet das hier in diesem Hause statt. Und als Argument führst du an, ich sei sowieso kaum da. Ist das dein Standpunkt, habe ich das richtig ausgedrückt?«

»Ja, das hast du!«, sagte sie leicht verächtlich.

»Ich komme also nach Hause und finde hier einen jungen Mann, der nicht sprechen kann, der wahrscheinlich debil ist, der unter Schüttellähmungen leidet, der mit seinen neunzehn Jahren auf dem Entwicklungsstand eines Kleinkinds ist und der ohne umfassende Hilfe gar nicht leben kann. Du hast mir vor deiner Entscheidung gar nichts darüber erzählt.«

»Nein, das habe ich nicht. Das konnte ich auch gar nicht,

denn du warst überhaupt nicht für mich da, du warst kaum mehr als ein gelegentlicher Übernachtungsgast.«

»Wie soll das in Zukunft denn weitergehen?«

»Ich kümmere mich weiter um Dieter, das möchte ich unter gar keinen Umständen aufgeben. Auch hier bei uns zu Hause. Das sehe ich als meine Pflicht an. Und Essers Frau sieht das genauso. Wenn du von mir verlangst, dass ich Dieter aufgebe, dann muss ich mich eben von dir trennen, wenigstens vorübergehend.«

»Wie bitte?«

»Ja. ich nehme mir dann irgendwo eine kleine Wohnung. Dieter hat sonst niemanden, verstehst du? Er kommt aus einer völlig kaputten Familie, er hatte im Grunde noch nie jemanden, keine Bezugsperson, einfach niemanden. Keine Zuwendung, keine Liebe. Ja, da waren zwar die Pflegerinnen und Pfleger und die Ärzte, aber so etwas wie Familie hatte er einfach nicht. Und ich merke, wie ihn das verändert. Er ist sanfter geworden, und er lacht viel mehr.«

»Und dein Auto steht auch nur noch in der Garage rum!«, warf Krause ein.

»Das ist richtig. Aber gegen Dieter ist das Auto eigentlich nichts. Klar, ich kann ihn manchmal herumfahren, das macht ihm Spaß, aber eigentlich kannst du dem Händler das Auto zurückgeben, wir beide fahren ja doch nie damit.« Sie hob den Kopf und fuhr angriffslustig fort: »Wenn der Händler das Auto zurücknimmt, kann ich das Geld wenigstens für Dieter verwenden. Er braucht ja neue Kleidung und so.«

»Dieter wird also ständig hier bei uns leben?«

Sie funkelte ihn in heller Empörung an, als habe er absolut nicht begriffen, worum es eigentlich ging.

»Krause, du bist manchmal schrecklich doof. Wenn es dem Dieter gutgeht, dann kann er für ein paar Stunden hier sein, und vielleicht sogar mal über Nacht. Niemand weiß, wie lange der Junge noch lebt. Er wird uns eines Tages verlassen müssen. Und dann habe ich ein Kind gehabt, für das zu leben sich wenigstens lohnte. Verstehst du das denn nicht?«

»Doch, das verstehe ich.«

»Na, dann ist es ja gut«, erwiderte sie schnippisch. »Ich nehme an, du willst etwas zu essen, oder?«

»Das wäre nicht schlecht. Aber mir reicht ein Brot. Eins mit Käse, wenn wir das im Hause haben.«

»Käse habe ich immer!«, sagte sie scharf.

Dann mussten sie beide erst grinsen und brachen kurz darauf in schallendes Gelächter aus.

»Du bist schon wirklich eine Nummer«, sagte Krause und schlug sich auf die Oberschenkel.

Als Wally ihm kurz darauf das Käsebrot brachte, aß er sehr langsam, kaute genüsslich jeden Bissen, und der Schock des vorangegangenen Streits verklang. Dann musste er schon wieder aufbrechen.

»Bestellst du mir ein Taxi?«, bat er. »Ich muss los, wir haben viele Operationen laufen.«

»Ihr immer mit euren ollen Operationen«, sagte Wally.

Als das Taxi hupte und er hinausging, drehte er sich noch einmal um. »Ich liebe dich.«

Im Büro angekommen, kündigte ihm das Sekretariat an, das Ehepaar Ilka und Bert Petersen wolle mit ihm sprechen, und er sagte gut gelaunt: »Her damit. Lassen Sie bitte die Bänder laufen.«

»Wie sieht es in der Eifel aus?«, fragte er, als die Verbindung stand.

»Im Wesentlichen grün«, antwortete Ilka Petersen. »Wir wollten schon früh eine erste Rückmeldung geben, Chef, weil das, was hier passiert, weit über den üblichen Rahmen von Recherchen hinausgeht.«

»Na, dann schießen Sie mal los«, sagte Krause.

»Ich mache zunächst darauf aufmerksam, dass alles, was wir bislang wissen, von Leuten stammt, die hier wohnen. Und die wollen alle nicht damit herausrücken, von wem sie das gehört haben. Es ist wie bei allen Gerüchten, manches wird stimmen, manches nicht. Es ist also so, dass die amerikanischen Freunde tatsächlich junge Männer aus dem Grenzgebiet Afghanistan/Pakistan hier einfliegen und verhören. Sie kommen anscheinend mit einer alten Gulfstream. Das dauert in der Regel mal acht, mal zehn Tage. Die Kandidaten kriegen am Ende tatsächlich jeder zehntausend US-Dollar. Und zwar in bar. Dafür aber haben sie Schlafentzug von Anfang bis Ende, dann werden sie mit Geräuschen gemartert, müssen lange Phasen stehen, und wenn das nicht reicht, setzt es Prügel. Begründet wird das Ganze so, dass die jungen Männer sehr viel mehr wissen, als ihnen eigentlich bewusst ist. Und um das aus den Tiefen der Gehirne zu holen, muss der Mensch gefoltert werden. Dazu setzen dann die Amis diese Methoden ein. Und jeder der jungen Männer unterschreibt ein entsprechendes Dokument und erklärt sich einverstanden. Man kann das hier fast das deutsche Guantánamo nennen. Die Leute in der Gegend hier reden ziemlich offen darüber, ein paar schämen sich natürlich. Wie viel davon wahr ist, weiß niemand genau.

Es gab hier einen alten Standort des US-Militärs, der irgendwann vor vielen Jahren aufgegeben wurde. Da stehen noch zwei alte Gebäude, in denen diese Verhöre wohl stattfinden. Bis dahin ist das alles schrecklich normal. Aber jetzt wird es eben komisch.«

»Her mit der Komik«, sagte Krause trocken.

»Es gibt hier Gerüchte, dass ein junger Mann flüchten wollte. Andere sprechen von zwei Flüchtigen. Egal ob einer oder zwei: Die sollen erschossen worden sein. Einfach so. Sagen die Gerüchte.«

»Würden Sie selbst das ernst nehmen?«

»Ja, unbedingt.«

»Wie kann man das recherchieren?«

»Es gibt einen Bauern hier, der die Amerikaner und die jungen Männer versorgt, wenn sie hier sind. Das geht von Brötchen am Morgen bis hin zu Bier und Schnaps. Also, der macht nichts anderes, als den Amis die ganze Logistik zu liefern. Der darf ungefragt in den kleinen Komplex rein und wieder raus. Ist ein ziemlich versoffener Junggeselle, einer, der auch schon mal am Abend an der Mosel ein paar willige Mädchen einlädt und zu einem geselligen Abend hierherbringt. ›Moselpuppen‹ sagen die hier dazu. Und dann geht es hoch her, heißt es.« Sie schwieg, weil sie dachte, das Problem müsse jetzt auf der Hand liegen.

»Sie werden doch um Gottes willen nicht mit einem Traktor da reinfahren wollen, oder?«, fragte Krause irritiert.

»Das doch nicht, Chef, das würde die nur aufscheuchen und überhaupt nichts bringen. Wir bitten um die Erlaubnis, mit dem Bauern bei einem fröhlichen Zusammensein zu plaudern.«

»Selbstverständlich, plaudern Sie«, sagte Krause, wusste aber, dass das noch nicht alles sein konnte. »Und?«

»Wir würden gern nach den Leichen suchen oder wenigstens nach einer Leiche, wenn es recht ist. Das müsste natürlich in einem ruhigen familiären Umfeld geschehen, also ohne jedes Tamtam.«

»Was sagt Herr Sowinski zu dem Vorhaben?«

Ilka Petersen lachte. »Er sagte nur, er hätte schon genug

Leichen am Hals. Sie wissen ja, wie er so ist. Er sagt, wir sollen Sie fragen.«

»Genehmigt«, sagte Krause nach kurzem Nachdenken.

Es war unbedingt notwendig, dass er sofort den Präsidenten verständigte. Die Operation roch bereits stark brenzlig, noch ehe sie richtig begonnen hatte – ruhiges familiäres Umfeld hin oder her. Und er spürte eine heillose Wut in sich aufsteigen.

Er drückte auf die Sprechtaste zum Sekretariat: »Ich brauche den Präsidenten. Allein. Fünf Minuten. Egal, wo er ist.«

Dann rief er Sowinski und fragte: »Sind die Petersens eigentlich so gut, wie sie immer tun?«

»Besser!«, sagte Sowinski mit Inbrunst.

Das Sekretariat meldete sich: »Hier ist der Präsident für Sie.«

»Guten Morgen, Krause hier. Ich habe die betrübliche Mitteilung erhalten, dass unsere amerikanischen Freunde wieder einmal wildern. Diesmal ganz besonders schlimm. Sie fliegen junge Männer aus dem Grenzgebiet Afghanistan/Pakistan zu uns ein und verhören sie hier sehr scharf. Zahlen ihnen dann zehntausend US-Dollar in bar und bringen sie wieder heim.«

»Ich sitze gerade mit einer Delegation des indischen Geheimdiensts zusammen. Die berichten genau dasselbe. Was tun wir?«

»Ich schlage vor, die Sache sehr genau zu recherchieren. Schon allein deshalb, weil es so aussieht, als habe es mindestens einen Toten gegeben. Ich verschone Sie mit den Einzelheiten, aber ich brauche Ihr generelles Okay. Und ich verhehle nicht, dass ich stinksauer bin deswegen. Ich habe die Nase gestrichen voll von diesen Cowboytypen.«

»Sie haben meine Einwilligung, aber ich muss darum bitten, mich persönlich zu fragen, wenn die Sache heikel wird.

Und wie ich Ihren Laden kenne, wird sie mit Sicherheit heikel werden. Sind Sie damit einverstanden, dass ich mir nach Abschluss vorbehalte, was wir damit machen?«

»Natürlich«, sagte Krause. »Ich berichte. Danke.«

Dann rief er Esser.

»Kannst du mal eine halbe Stunde kommen? Ich brauche dein Hirn.«

»Schon unterwegs.«

Als Esser ihm kurz darauf mit einer Tasse dampfendem Kaffee gegenübersaß, erklärte ihm Krause kurz den Sachverhalt. Er schloss mit klaren Worten: »Ich möchte, dass das zum letzten Mal passiert ist, ein für alle Mal. Und wenn du einverstanden bist und die Lage so siehst, wie ich sie sehe, möchte ich mit dir ein Szenario entwickeln, damit das nicht noch einmal geschieht.«

»Wo genau findet das statt?«

»Eine kleine Liegenschaft. Sie war Teil einer alten US-Einheit in der Eifel und ist wieder aktiviert worden. Es sind nur zwei Häuser, hörte ich.«

»Kann man die abfackeln?«

Krause war irritiert. »Was meinst du damit?«

»Das ist doch einfach. Ich fragte, ob man die Liegenschaft anzünden kann.«

»Warum sollte man das tun?«

»Weil die Amis dann auf andere Liegenschaften ausweichen müssen, wenn ich das richtig verstehe.«

»Dann weichen sie eben auf andere Liegenschaften aus. Was soll das?«

»Und die kann man dann auch abfackeln. Oder nicht?«

»Du meinst ... Wie finde ich das denn? Du bist ein echter Sauhund.«

»Du schmeichelst mir. Aber das allein, verehrter Herr Krause, reicht natürlich nicht aus. Man müsste ihnen in die

Brandruine einen Bericht legen. Mit allen Details, die man herausfinden konnte, mit allen Schikanen eben, sozusagen ein Schwarzbuch. Ich möchte den Antrag stellen, das schreiben zu dürfen. Und das Original schicken wir denen ins Hauptquartier, mit Kopie ans Weiße Haus.«

»Und was, glaubst du, passiert dann?«

»Sie werden Mühe mit der Koordination haben, so viel Mühe, dass sie erst einmal nichts tun. Und den Rest wie üblich nur halb.«

»Aber wir lieben sie doch, oder?«

»Natürlich lieben wir sie. In Grenzen.«

»Du bist ein Schatz. Ich frage mich, ob die Petersens gute Brandstifter sind.«

»Oh, da kann ich dir helfen. Ich habe mal meine Bude im Garten abgefackelt. Mit vielen Zuschauern und allem Drum und Dran. Sogar mit Feuerwehr. War ein richtiger Erfolg.« Dann beugte er sich weit zu Krause vor: »Du weißt doch, dass offizieller Protest überhaupt nicht bis Washington durchkommt. Du findest keinen Bundestagsabgeordneten in Berlin, der in Washington mal richtig auf den Tisch haut. Also machen wir es selbst.«

»Und wenn die Petersens tatsächlich eine Leiche finden?«

»Die packen wir zum Schwarzbuch.«

»Du bist wirklich ein schräger Vogel!«

»Das sagt meine Frau gelegentlich auch.«

Ilka Petersen war vom Typ her die Hausfrau, die leidenschaftlich über Fragen einer guten Küche diskutierte. Sie hatte einmal intern geäußert, ein bisschen Spionage tue jedem gut und lockere den Alltag in angenehmer Weise auf.

Ilka und Bert Petersen hatten eine Ferienwohnung bezogen, ihre Wirtin war die im Dorf hoch angesehene Witwe Anke Jaax, eine rundliche Bäuerin mit apfelroten Bäckchen, die mit ihrer fülligen Figur und ihrem fröhlichen Lachen eine angenehme Behaglichkeit verbreitete.

Es hatte gleich damit begonnen, dass die beiden Damen in eine heftige Diskussion um die einzig richtigen Reibekuchen gerieten, und zwar noch ehe die Koffer der Petersens ausgepackt waren. »Kümmel!«, schrie Anke Jaax auf, »um Gottes willen doch kein Kümmel!« Ilka Petersen behauptete hingegen mit erhobenem Zeigefinger: »Ohne Kümmel ist der deutsche Reibekuchen gar nichts!«

Mit Entzücken stellte Bert Petersen fest, dass die Wohnung einen funktionierenden Kamin hatte, in dem er duftende Holzscheite verbrennen konnte. Und ein kleiner Vorrat davon war bereits neben der Feuerstelle aufgeschichtet. Deutsche Buche. Man stelle sich das vor: Spionieren vor brennendem Kamin!

Noch am Ankunftsabend lud die Wirtin sie mit dem Versprechen zum Essen ein, es gebe »Döppekooche« – was immer das sein mochte. Es stellte sich heraus, dass es eine Art von Reibekuchen war, die äußerst raffiniert schien, überaus schmackhaft, einfach wunderbar, zubereitet mit hausgemachtem Speck.

»Und so viel Natur habt ihr hier!« Ilka strahlte. Die Wirtin hatte sie gleich bei ihrer Ankunft darauf hingewiesen, dass man sich hier duzte, und sie hatte kein Problem damit. »Sag mal, wer macht denn hier im Dorf die Musik?«

Anke war verunsichert. »Wieso Musik? Ach so, die Musik! Ja, da ist unser Ortsbürgermeister, der Michel. Guter Typ, säuft nicht schlecht, aber korrupt ist er nicht. Und dann noch ein paar Typen, die alles wissen und alles kennen. Aber eigentlich bestimmen bei uns die Frauen.«

»Ach, du liebe Güte«, sagte Bert und hob abwehrend beide Hände.

»Und wer ist der größte Bauer?«, fragte Ilka weiter.

»Der ist ein komisches Huhn«, sagte Anke. »Ein Schlitzohr erster Güte. Und staubt dauernd ab, EU-Gelder und so. Und bei den Amis. Aber der Teufel scheißt ja überall immer auf den größten Haufen.«

»Wieso eigentlich Huhn?«, fragte Bert gespielt naiv. »Hat er denn keine Eier?«

Dann lachten sie miteinander, weil die Vorstellung so komisch war, und es stellte sich heraus, dass dieser größte Bauer im Dorf Heiner Brenner hieß, einen ziemlichen Weiberverschleiß hatte und »dauernd mit den Amis rummacht, wenn die mal hier sind«.

»Ach, sind hier Amis?« Bert machte eine unschuldige Miene.

»Ja, manchmal, ein paar«, gab Anke Auskunft. »Aber sonst kaum noch.« Was auch immer das bedeuten mochte.

Na klar, es war schon schade, dass es den Tante-Emma-Laden nicht mehr gab, und auch nur noch eine Kneipe. Aber das Leben auf dem Lande sei eben wundervoll, und einer, der es nicht kennt, hat keine Ahnung, was ihm da entgeht. »Also, mein Verblichener«, sagte Anke, »hat immer vorausgesagt, dass das Leben auf dem Land mal ganz große Mode wird, weil die Leute in den Städten ja alle einen Knick im Hirn haben und vor lauter Hektik das richtige Leben gar nicht mehr sehen!«

Ilka lachte entzückt und musste dem Verblichenen unbedingt Recht geben. Sie erkundigte sich, weshalb denn der Verblichene verblichen war. Anke erzählte, er sei Viehhändler gewesen und habe ein richtig gutes Geschäft gehabt. Aber leider, das Herz.

Am nächsten Morgen war dann ein Riesentraktor vor das Haus gerauscht, und ein unbeschreiblich dreckiger Mann von hünenhafter Statur war aus der beängstigend großen Maschine geklettert und zu ihnen an den Gartentisch gekommen.

»Ich bin der Heiner«, stellte er sich vor. »Und du sollst nach den Amis in dieser Gegend gefragt haben.«

»Habe ich«, antwortete Bert. »Ich interessiere mich nämlich fürs Militär, immer schon. Und ihr habt ja hier auch ein deutsches Kampfgeschwader. Setz dich doch einen Moment zu uns.«

»Das mit dem Kampfgeschwader ist richtig, aber nee, setzen kann ich mich nicht, sonst habt ihr die Stühle hier voller Scheiße. Ich pumpe gerade meine Gülle weg. Aber heute Abend machen wir einen Kleinen drauf. Und ihr könnt die Anke mitbringen.« Er hatte ein sehr rotes, rundes Gesicht, das auf einen hohen Blutdruck schließen ließ.

»Das machen wir doch!«, versprach Bert.

Und sie sahen ihm nach, wie er bedächtig in seinen grünen Gummistiefeln davonmarschierte.

»Guck mal, seine Reifen sind größer als er selbst«, sagte Ilka ganz versunken. »Wie alt schätzt du ihn?«

»Anke sagt, er ist sechsundfünfzig, und dann wollen wir das mal glauben.«

»Ich glaube, jetzt wird es ernst.«

Nach dem Frühstück machten sie erst einmal eine kleine Tour und spazierten in aller Seelenruhe bei strahlendem Sonnenschein auf einer stark befahrenen Bundesstraße herum, weil über dieser, zum Greifen nahe und unter mordsmäßigem Gekreische, Düsenjäger der Bundeswehr aus dem Himmel fielen und zur Landung ansetzten. Sie nahmen sich die Zeit und trödelten langsam zum Haupteingang des Fliegerhorsts. Dort fragten sie die Uniformierten in dem Wachhäuschen, ob es denn möglich sei, die Einrichtung mal zu besichtigen.

»Sie müssen wissen, wir kommen aus Berlin, und das Militärische hat es mir seit Kindertagen angetan«, spulte Bert seine Geschichte wieder ab.

»Das ist wohl nicht möglich«, sagte ein sehr junger Soldat mit einer runden Stahlbrille im ernsten Gesicht. »Aber manchmal machen sie hier einen Tag der offenen Tür. Dann können Sie kommen und kriegen auch einen Schlag aus der Gulaschkanone.«

»Da freue ich mich drauf«, sagte Ilka strahlend.

Sie machten kehrt und wählten einen schmalen Weg durch die Wiesen, der unmittelbar neben dem hohen Drahtzaun am Flugplatz entlanglief. Die Wiesen standen hoch, leuchteten wie ein hüfthoher Blumenteppich in allen Farben, und Ilka pflückte sich einen Strauß. »Für um ihn auf den Couchtisch zu stellen«, sagte sie grinsend in einer präzisen sprachlichen Nachahmung ihrer Wirtin.

Sie verlangsamten ihre Schritte, und als sie die Liegenschaft erreichten, ließen sie sich am Wegesrand ins Gras sinken.

Das Grundstück war dreieckig und lag vor einem hohen Erdwall, der es im Rücken abschirmte. Der Wall war ungefähr hundert Meter lang und höher als der massive Zaun, der mit gut vier aufeinandergestapelten Lagen NATO-Stacheldraht gesichert worden war. Die beiden Häuser waren bis auf die geweißelten Fensterstürze blau gestrichen. Jedes Haus war mindestens fünfundzwanzig Meter lang und etwa zwölf Meter breit. Im Bereich des ersten Stocks lagen sieben stark vergitterte Fenster nebeneinander, und sie schlossen daraus, dass es sich um sieben Zellen oder kleine Räume handelte. Zusammen waren es also vierzehn Zellen. Die Einfahrt lag im vorderen rechten Schenkel des Dreiecks – ein

290

sehr hohes, massiv geschweißtes Stahltor, das auf Rollen gelagert war und auf dessen Innenseite drei Lagen NATO-Draht übereinander befestigt worden waren. Ilka schätzte die Höhe auf knapp drei Meter fünfzig.

»Da kommt doch kein Mensch raus. Wie soll denn einer über diesen Zaun kommen? Der müsste ja fliegen können. Da brauchen wir nach keiner Leiche zu suchen.«

Bert wandte ein: »Du musst den Tagesbetrieb einkalkulieren und die Tatsache, dass Heiner Brenner morgens Brötchen bringt und so weiter. Und er bringt sie direkt vors Haus. Also steht das Tor tagsüber garantiert immer mal wieder offen und wird nur nachts ganz geschlossen. Ich nehme an, dass die Zellen in den Häusern stark gesichert sind, obwohl da sowieso keiner rauskommt.«

»Aber es soll Leute gegeben haben, die das versucht haben. Deshalb sind wir hier.«

Bert fotografierte mit einem Handy, das gar keine Telefonfunktion hatte. »Wie weit ist es bis zur Straße?« Ilka war, wenn es ums Schätzen ging, wesentlich besser als er.

»Ich denke, gute dreihundert Meter. Ideal. Sie können jeden, der ankommt, lange beobachten und einschätzen. Blöd sind die nicht.«

»Also, wenn tatsächlich jemand versucht hat, da rauszukommen, dann war es tagsüber, als das Tor gerade einmal offen stand. Und er muss innen im Haus schon andere Hindernisse überwunden haben. Und wenn er flüchtete, verzichtete er gleichzeitig auf bare zehntausend Dollar. Welcher Pakistaner ist denn so blöd?«

»Ziemlich viele«, sagte Ilka in die Sommerstille. »Du darfst nicht vergessen, dass wir hier große Pakistanergemeinden haben, und auch Afghanen sind nicht gerade selten. Und sie träumen doch alle von einer freien Gesellschaft in einem freien Land, wird jedenfalls immer behauptet.«

Aus der letzten Bemerkung war eindeutig Ironie herauszuhören.

»Gucken wir uns mal den Zaun in aller Ruhe an. Man wird ja als Tourist wohl noch neugierig sein dürfen.«

Sie standen auf und näherten sich in aller Gemütsruhe der merkwürdigen Anlage. Nach kurzer Betrachtung sagte Bert: »Raffiniert gemacht! Wirklich raffiniert!«

»Was genau meinst du?«

»Na ja, guck mal auf die unterste Drahtrolle. Sie ist halb in den Boden versenkt, damit niemand den Draht anheben kann, verstehst du.«

Ilka sagte mit gerunzelter Stirn: »Und was passiert, wenn jemand in heller Verzweiflung gegen die Drahtrollen anrennt und mit einem ersten Sprung versucht, so hoch wie möglich auf den Zaun zu kommen, um es eventuell zu schaffen?«

»Dann fällt er als Tartar wieder zu Boden!«, brummte Bert. »Die Scheißkrieger wissen schon, was die deutsche Drahtindustrie liefern kann.«

»Das ist barbarisch«, sagte Ilka empört.

»Deshalb sind wir hier.«

Sie gingen zu ihrem Auto zurück und fuhren zu ihrer Pension.

»Hast du aber einen schönen Blumenstrauß!«, rief Anke begeistert, als Ilka aus dem Auto stieg. »Und Teufelskralle hast du auch gepflückt.«

»Ja, ich mag dieses tiefe Lila so sehr!«

»Ist aber eine streng geschützte Blume. Na ja, mit der Zeit lernst du das schon noch.« Dann ging Anke die Planung des Abends konstruktiv an. »Also, ich esse zwei Scheiben Brot mit dick Griebenschmalz als Unterlage. Und ich nehme schon mal prophylaktisch zwei Aspirin von wegen des Schädelbrummens morgen. Macht ihr mit?«

Sie fanden den Vorschlag gut und machten mit. Danach wartete Ilka einen passenden Moment ab, um Krause im BND noch einmal genau zu informieren.

John war mittlerweile auf dem Mumbai-Airport gelandet und fragte sich, wie er weiterkommen sollte. Er konnte einen Überlandbus nach Südindien nehmen, nach Bangalore oder Madras. Oder mit der Eisenbahn fahren und von da aus mit einem kleinen Flieger nach Sri Lanka. Vielleicht würde er auch ein paar Tage in Mumbai bleiben, in einem kleinen Boardinghouse, wie die privaten Pensionen hier noch immer genannt wurden. Diese Stadt war einfach irre, und er hatte noch nie an irgendeinem Platz auf der Welt so viele Internetcafés gefunden wie hier.

Er fühlte sich vollkommen verschwitzt, weil in der kleinen Maschine, die ihn nach Mumbai gebracht hatte, die Aircondition ausgefallen war. Er hatte neben einer dicken Frau gesessen, die unglaubliche Dünste um sich verbreitet hatte. Es war eine Zumutung gewesen, und zuweilen hatte er panikartig gedacht, er müsse sich übergeben. Auf einen anderen Platz konnte er nicht wechseln, weil die Maschine komplett ausgebucht war.

In Kotri hatte er zum ersten Mal ein Ziel verfehlt. Es war schwer, damit umzugehen. Es tat sehr weh, fühlte sich beinahe an wie eine offene Wunde. Es machte auch keinen Sinn, Sammy dafür verantwortlich zu machen. Sammy, das wusste er sicher, saß in Lahore und hatte in der Regel erstklassiges Material im Netz. Schon seit Jahren. Er wusste vor allem über das Grenzgebiet Pakistan/Afghanistan Bescheid, und zuweilen hatte sich John über die Fülle seines Wissens gewundert. Vor allem war bei Sammy klar gewesen, dass Ismail

Mody nur, und wirklich NUR in seinem eigenen Gartenhaus sitzen konnte, wenngleich andere Leute, die ebenfalls über gute Verbindungen verfügten, behaupteten, er könne überall sein: von Neu-Delhi bis Washington.

Aber Sammy hatte einen gewaltigen Schnitzer gemacht, hatte ihm eine Information gegeben, auf deren Richtigkeit John gebaut hatte. Es war die Behauptung, Ismail Mody sei aus der Übung, untrainiert, ein bisschen zu fett. Nie wieder durfte einer von Allahs Kriegern auf Sammy bauen. Dafür musste er sorgen. Er würde im Internet ein Stoppschild auf allen Wegen aufstellen, die zu Sammy führten.

Er fragte sich, was Allah zu seiner Pfuscharbeit sagen könnte, und es war vorstellbar, dass er zu einer Phase der Ruhe raten würde, damit ihm eine solche Blamage nicht noch einmal widerfuhr. Kotri hätte leicht das Ende des Kriegers John bedeuten können.

Er hockte auf einer Bank im Ankunftsbereich, die mit einem grünen Kunststoffmaterial bespannt war. Das fühlte sich nicht gut an, und er selbst fühlte sich auch nicht gut. Er musste dringend unter die Dusche, musste endlich diese dicke Frau von sich abspülen.

Dann fiel ihm ein, dass er ja auch einen Inlandsflug nach Süden buchen konnte, weil es immer gut war, eine große Distanz zwischen sich und das letzte Schlachtfeld zu bringen, wenngleich er nicht glaubte, dass irgendjemand an diesem betriebsamen Platz ihn kannte.

In einer kleinen Bar in der Nähe trank er einen doppelten Espresso und dachte darüber nach, wo er sich erholen und zur Ruhe kommen konnte. Wie wäre es denn mit einer ausgedehnten Pause an einem Sri-Lanka-Strand? Nicht so gut, entschied er schnell.

Zur Ruhe kam er da, wo er aufgewachsen war. Und die, die vor einer Ewigkeit einmal mit ihm gelebt hatten, waren ungefährlich für ihn, wussten nichts von seiner Wichtigkeit für die islamische Sache, waren Statisten am Rande. Ja, Statisten am Rande. Es war beschlossene Sache, sich niemals mehr von der klebrigen Liebe des Mannes einfangen zu lassen, der sich immer noch sein Vater nannte. Und erst recht nicht von dieser Nutte, die jetzt mit dem Vater lebte und die ein Kind von ihm ausgetragen hatte, auch vor einer Ewigkeit.

Sie waren leicht zu durchschauen, und jedes Mal, wenn er in ihren Computern spazieren ging, konnte er einen Blick in ihr Leben werfen, und das Resultat war immer das gleiche: Wie konnten diese Menschen nur ein so ereignisloses, mittelmäßiges Leben führen, so eine schreckliche Aneinanderreihung von sinnlosen Tagen und Nächten, ohne irgendeinen Gott? Gelegentlich hatte er daran gedacht, seinen Vater zu töten. Vielleicht auch die Dirne, die mit ihm lebte. Aber dann hatte er entschieden, dass sie wegen ihrer Bedeutungslosigkeit den Tod aus seiner Hand gar nicht wert waren.

Schließlich bezahlte er den Kaffee, verließ die Bar und spazierte herum, bis er eine ruhige Bank fand. John ließ sich in tiefe Meditation fallen und begab sich auf den blumenumkränzten Weg zu seinem Schöpfer. Er betete zum Allmächtigen und bat demütig darum, dem Pfad des Kriegers weiter folgen zu dürfen. Und er versprach, dass er niemals wieder so leichtsinnig sein würde, sich auf Auskünfte zu verlassen, ohne sie bei Dritten noch einmal auf ihre Richtigkeit zu überprüfen. Als er aus seiner tiefen Ruhe in die reale Welt zurückkehrte, wusste er, was Allah von ihm verlangte.

Dehner war am Tag zuvor nach Berlin zurückgekommen und hatte den Nachmittag damit verbracht, seinen Bericht über Waiblingen und Stuttgart zu schreiben. Er versagte sich, dem Wunsch nachzugeben, bei Julian anzurufen. Er hatte auch, was ihn selbst erstaunte, seit Tagen nicht mehr richtig an ihn gedacht und auch keinerlei Kopfschmerzen bereitende Fantasien gepflegt.

Nun kam Sowinski für eine abschließende Konferenz über das Erlebte.

»Haben Sie eigentlich den Eindruck, dass Sebastian Rogge noch immer irgendwie in Stuttgart zu Hause ist?«

»Ja, das würde ich so sehen. Objektiv betrachtet, hat er keinerlei Anbindung mehr. Weder an seinen Vater noch an seine Exfrau oder an seinen Sohn. Aber sowohl Christina als auch Moustafa Chaleb vermuten, dass er wohl immer noch im Internet nachguckt, was bei den beiden so läuft. Sie können diese Anbindung nicht beweisen, glauben aber fest daran. Und sie sind außerdem ganz sicher, dass er sich zuweilen in Stuttgart aufhält. Höchstwahrscheinlich, um sich in seiner Fälscherwerkstatt im Keller neue Papiere zu beschaffen. Und er hat ja noch seine Wohnungen im Stuttgarter Raum.«

»Aber die nutzt er doch so gut wie nie?«

»Er kann ja außerdem noch in Hotels gehen. Da hat er zudem kostenlosen Zugang zum Internet. Und seit er genügend Geld zur Verfügung hat, ist das keine Schwierigkeit mehr.«

»Wie kommen wir mit seinem Geld weiter? Er hat zweimal einen Scheck auf seinen Namen bekommen und zweimal das Geld abgehoben. Was hat er damit gemacht? Er kann ja nicht mit mehr als einer Million in bar auf dem Planeten herumreisen.«

»Er wird konventionell vorgegangen sein. Hat wahrscheinlich mit dem Bargeld bei einer Bank vorgesprochen, um es dort einzuzahlen. In Deutschland wäre das riskant gewesen, in Liechtenstein aber möglich, in Belgien auch. Dabei hat er einen falschen Ausweis benutzt, und er taucht dort nur auf, wenn er frisches Geld braucht. Wenn er clever ist, hat er sein Geld auf mehrere Banken verteilt, und wenn er sehr clever ist, auf verschiedene Namen. Und wir können wohl davon ausgehen, dass er verdammt clever ist.«

»Wir haben Fotos von ihm. Es wäre zwar ein wahnsinniger Aufwand, aber wir könnten die Banken befragen.«

»Das ist wohl richtig, aber wir würden dabei riskieren, dass er aufmerksam wird. Und dann taucht er ab. Im ungünstigsten Fall für immer.«

»Das glaube ich nie und nimmer«, wendete Sowinski energisch ein. »Der taucht niemals ab, der macht weiter, bis ihn jemand stoppt. Der ist Allahs Krieger, ein Gesandter des Allmächtigen.«

Sowinski schaltete sich zu Essers Platz.

»Ich habe mit Thomas Dehner gesprochen, der den Hintergrund von Rogge in Stuttgart und Waiblingen abgeklopft hat. Wir sollten entscheiden, was wir mit der Sache der amerikanischen Millionäre machen, die in Kolumbien und New York getötet wurden. In diesem Zusammenhang ist der spurlos verschwundene Morton Robson zu erwähnen, der Beamte der UNO, dessen Pass der Täter für den Flug von Bogotá nach New York benutzte. Ich frage, ob wir in diesen Fällen noch Bedarf an Fakten haben?«

»Bei Robson würde ich das bejahen. Er wird ihn getötet haben, aber die Leiche wurde nie gefunden. Bei dem Millionär Greg Leary auf Long Island bin ich unsicher.«

»Hast du den Bericht der zuständigen Mordkommission gelesen?«

»Habe ich. Kein Wort, kein Hinweis auf ›Im Namen Allahs‹. Und das kommt mir komisch vor. Auf der anderen Seite wissen wir, dass der Kerl mit zwei Nutten eine Orgie gefeiert hat. Die Mordkommission spricht von einer Zuckerdose voll Kokain, sie schätzt den Wert auf neuntausend Dollar. Es kann sein, dass sie zwar eine Plastikkarte gefunden, der aber keinerlei Bedeutung zugemessen haben. Du weißt, wie so etwas im Hause eines reichen Mannes beurteilt wird. Es ist dann die übliche Spinnerei, die nichts zu sagen hat, weil stinkreiche Leute sich so etwas eben an der Börse grinsend zuschieben.«

»Ja, das ist mir klar. Wenn wir den Fall unseren Brüdern in Amerika um die Ohren hauen wollen, sollten wir das aufklären. Und wir können einen Besuch der Mordkommission in New York mit der Spurensuche im Fall Robson gut verbinden. Robson war zu Hause in Bethlehem, Pennsylvania, das liegt westlich von New York. Mit einem Auto locker machbar. Wir sind im Moment allerdings etwas eng, keine freien Leute mehr. Wollen wir einfach den Dehner nochmal losschicken? Sonst kommt der nur wieder ins Grübeln.«

»Gute Idee«, sagte Esser.

Gegen neun Uhr abends verließen die Petersens mit Anke das Haus und gingen die wenigen Hundert Meter zum Hof von Heiner Brenner.

»Da wollte ich dich noch warnen«, wandte sich Anke vertraulich an Ilka. »Also, immer wenn er betrunken ist, will er tanzen. Aber er tanzt nur Schieber, weil er nämlich gar nicht tanzen kann. Und dann nimmt er dich so hart ran, dass du glaubst, dir bleibt die Luft weg.«

»Ich tanze grundsätzlich nicht«, sagte Ilka.

»Er kann ja mich auffordern«, schlug Bert vor.

Der Hof von Heiner Brenner war eine sehr große Anlage mit vier Gebäuden, die in einem Karree um einen großen Innenhof angeordnet waren.

»Heiner betreibt Milchwirtschaft«, erklärte Anke. »Dreihundert Tiere. Dann beliefert er noch viele Metzgereien mit Schweinen, die hier auf dem Hof geschlachtet werden.«

»Wie viele Bauern gibt es denn noch im Dorf?«, fragte Bert.

»Nur noch ihn. Alle anderen haben dichtgemacht. Lohnt ja erst ab einer bestimmten Größe.«

Anke führte die beiden in eines der Gebäude. In einem riesigen Wohnzimmer hockten Heiner Brenner und seine Bewunderer auf schweren Ledersesseln, tranken Bier aus Flaschen und unterhielten sich auf Platt, was Fremde nur sehr eingeschränkt verstehen konnten. Aus einer Musikanlage rieselte deutsches Schlagerwerk, zehntausend Geigen für deine wunderbaren Augen. Es waren sicherlich zwanzig bis dreißig Gäste da, die überall im Haus verteilt herumsaßen und -standen, sich miteinander unterhielten, über schräge Witze lachten oder im Chor die Schlager mitsangen.

»Und ihr seid also aus der Hauptstadt«, stellte Heiner fest und strahlte.

»So ist das«, bestätigte Bert. »Und wir wollten schon immer mal in die Eifel. Heute haben wir diese komische Militäranlage gesehen, was ist das denn?«

»Das ist ein militärisches Geheimnis«, sagte Heiner abwehrend. »Kein Mensch weiß da was Genaues.«

»Aber du belieferst die doch!«, sagte ein junger Mann, der seine Gefährtin so eng umschlungen hielt, dass es wie ein Griff beim griechischen Ringkampf wirkte.

»Ich helfe eben ein bisschen«, murmelte Heiner. »Einer muss sie ja versorgen, wenn sie aus Fernost kommen.«

»Aus Fernost?«, fragte Ilka mit großen Augen. »Ach so.«

»Sie sind zehn bis vierzehn Tage hier, dann fliegen sie wieder zurück.«

»Dann machen die hier wohl Urlaub?«, fragte Bert naiv und wirkte sehr verwirrt, als er nur Gelächter erntete.

»Nee, Urlaub kann man das wohl nicht nennen«, sagte ein älterer Mann. »Die arbeiten hier vorübergehend.«

»Die verhören da Kriegsgefangene, habe ich gehört.« Bert riskierte etwas, aber er spielte den leicht naiven Grundschullehrer perfekt.

»Die wollen unter sich sein«, erklärte Heiner.

»Kommen die aus Kabul?«, fragte Bert.

»Nein, nicht doch. Aus Mumbai«, antwortete Heiner. »Schorsch, du kannst mal den Birnengeist aus der Küche holen. Und schneid ein bisschen Schinken und Wurst auf. Das frische Brot auch. Und Gürkchen, viel Gürkchen.«

»Und du lebst ganz allein in diesem großen Haus?«, fragte Ilka.

»Ja, warum nicht?« Heiner lachte und setzte hinzu: »Manchmal habe ich ein paar Gäste. Abends Sauna und Sekt und so.«

Die ganze Runde stimmte in sein Gelächter ein. Sie waren mächtig stolz auf ihren Heiner. Vorsichtig stellten Bert und Ilka immer wieder Fragen zu den Vorgängen in der militärischen Basis und bekamen zumeist die Informationen, die sie als Gerüchte schon mehrfach gehört hatten. Manchmal offen und fast prahlerisch formuliert, manchmal ein wenig betreten.

Es wurden unglaubliche Mengen getrunken, und die Musik wurde mit steigendem Alkoholpegel immer wieder lauter gestellt. Für Bert, der am liebsten nur Mozart und Beethoven hörte, war das reine Folter. Und seine Frau litt auch, weil sie den Blues aus New Orleans und Chicago liebte, und gelegentlich Brahms' Klavierstücke.

Die Besucher waren überhaupt nicht zu überblicken, zuweilen verschwanden ganze Gruppen und andere tauchten aus der Nacht auf, weil sie gehört hatten, Heiner gebe einen aus. Es gab die Figuren, die still auf einem Sitzmöbel hockten und vor sich hin tranken, bis sie an Ort und Stelle einschliefen. Es gab aber auch junge Pärchen, die eng umschlungen in der Küche ihren letzten Tango zelebrierten, um dann aufgeheizt in ein Auto zu steigen und heimische Betten anzusteuern. Natürlich fehlten auch die politisch Interessierten nicht, die in ihren Fantasien die Landesregierung in weniger als zwanzig Minuten zur Aufgabe prügelten, um dann ein ganz neues Kabinett vorzuschlagen – und natürlich Heiner darin einen besonders einflussreichen Posten zuzuschanzen.

Eines der ersten Opfer des Abends war Anke. Ilka entdeckte sie zusammengesunken in einem Fernsehsessel, wie sie stumpf vor sich hin stierend einen Schluckauf zu bekämpfen versuchte. Dann erklärte sie ein wenig lallend, es sei nun genug, sie würde sich verabschieden. »Griebenschmalz und Aspirin«, sagte Ilka spottend und begleitete sie zur Haustür.

Auf seiner langen Rückreise nach Deutschland betete John mindestens fünfmal am Tag zu seinem Gott. Er wurde langsam ruhiger und gelassener, er fühlte wieder die Kraft in sich aufsteigen, die er brauchte, um ein guter Krieger zu sein.

Da war etwas, das ihn reizte. Etwas, das er im Auftrag Allahs zu tun hatte. Die Aufgabe war groß. Aber er würde sie bewältigen und damit Kotri ungeschehen machen.

Seit Monaten schon kursierten im Internet Gerüchte, dass amerikanische CIA-Agenten kleine Gruppen junger Männer aus Pakistan und Afghanistan über die Arabische

See nach Mumbai brachten. Und von dort aus nach Deutschland, um sie gegen Bezahlung zu verhören. Das war eine ungeheure Schmähung, eine Beleidigung aller Strenggläubigen, das war die typisch seelenlose Vorgehensweise der verfluchten Amerikaner. Dauernd versuchten sie, ihren Kreuzzug gegen die Ritter Allahs anzuheizen. Und die jungen Männer? Sie kamen aus ärmlichen Verhältnissen, verfügten über keinerlei finanzielle Mittel, ihre Familien hungerten und hatten im Winter nicht einmal Decken, um sich zu wärmen. Es war typisch für die CIA-Schweine, dass sie diese Not zu ihrem eigenen Vorteil ausnutzten. Die jungen Afghanen und Pakistaner waren Märtyrer. Da musste er ein Zeichen setzen, damit die Welt wusste, dass es Krieger gab, die dieses hinterhältige Vorgehen rächten.

Ich schärfe mein Schwert, dachte er.

Gegen drei Uhr morgens war auf Heiner Brenners Hof nur noch eine Gruppe besonders trinkfester Männer übrig geblieben, die schweigsam ein letztes Bier tranken, ehe sie dann das wirklich allerletzte angingen. Zu diesem Zeitpunkt war Heiner längst im Bett, wobei man nicht wusste, ob er dieses Bett mit jemandem teilte. Aber nachgucken durfte man nicht, denn Heiner hatte schon vor vielen Jahren eine eiserne Regel festgeschrieben, die jeder beachtete: Das erste Geschoss und der Keller waren absolute Tabuzonen, sogar die Angestellten hatten da nichts zu suchen. Und aus den beiden ukrainischen Putzfrauen war nicht die kleinste Information herauszuholen.

Es gab Gerede. Heiner, so hieß es, habe im Obergeschoss ein richtiges privates Kino, in dem er richtige Schweinereien angucken konnte. Von einem riesigen Bett aus. Und im Keller, auch das kam aus der Gerüchteküche, gab es eine weite Saunalandschaft mit Wasserbetten und Wasserfall. Man höre und staune. Und noch etwas war im Keller, wie gemunkelt wurde: ein Sadomaso-Raum mit Ketten aus reinem Silber, wie der Küster Uwe hoch und heilig versichert hatte, nicht ohne zu erwähnen, dass die Dorfkirche nicht mal einen massiv silbernen Kelch vorzuweisen habe. So unterschiedlich seien die weltlichen Reichtümer verteilt. Aber: Heiner habe zum neuen Geläut eine ganze Menge beigesteuert.

Um 3:20 Uhr waren Ilka und Bert allein. Und irgendein betrunkener Dörfler hatte ihnen eingetrichtert, das sei gar kein Problem: Sie sollten nur bitte vorm Verlassen des Hauses alle Lichter ausknipsen und die Tür hinter sich zumachen. Das mit dem Licht sei wichtig, weil Heiner nämlich eines ums Verrecken nicht leiden könne: Verschwendung.

»Fangen wir oben an?«, fragte Ilka.

»Das können wir machen.« Bert nickte. »Ich habe Sodbrennen.«

»Schinken und Wurst waren aber klasse!«

Oben war beim besten Willen nichts Ungewöhnliches festzustellen. Heiner lag angezogen quer in einem riesigen Bett und zersägte dicke Baumstämme. Von einem privaten Pornokino keine Spur. Stattdessen gab es ein erstaunlich großes Büro, in dessen hohen Regalen eine Unmenge Aktenordner standen.

»Einzelheiten brauchen wir eigentlich nicht mehr«, flüsterte Ilka. »Das können wir auch noch machen, wenn der nächste gesellige Abend läuft.«

»Und wenn es hier Unterlagen über die Amerikaner gibt?«, wandte Bert ein.

Ilka sah sich suchend um. »Vielleicht versuchst du es mal mit der Akte da am Schreibtisch. Steht USA drauf. Ich gehe inzwischen mal in den Keller.«

»Sei aber vorsichtig«, sagte Bert.

»Danke für den Hinweis«, entgegnete sie grinsend.

Bert nahm sich die erste USA-Akte und begann darin zu blättern. Es gab eine Unmenge Rechnungen über Lebensmittel, Drogerieartikel, Wäsche, Reinigung, Küchengeräte. Es gab auch Rechnungen über persönlichen »Aufwand in Betriebsphasen«, die nummeriert waren. Für jeweils zehn Tage bekam Heiner eine Aufwandsentschädigung von zehntausend US-Dollar. Bert notierte alles akribisch und machte zusätzlich Fotos der wichtigen Seiten.

Kurz darauf erschien Ilka in der Tür. Sie war sehr blass und sagte leise: »Das solltest du dir ansehen. Unbedingt.«

Sie führte ihn hinab in den weitläufigen Keller, von dem mehrere Türen abgingen.

»Es gibt vier Kältekammern«, sagte sie. »Für Rinder- und Schweinehälften und Schinken und was weiß ich. Jedenfalls kein Sadomaso-Zeug. Und dann hier dieser Raum mit den großen Gefriertruhen. Es sind zwölf. Da sind abgepackte Beutel aus frischer Schlachtung drin. Ich nehme an, er verkauft das Zeug für teures Geld. Und dann habe ich in der vorletzten Truhe etwas gefunden, das hier eigentlich nicht hingehört.« Mit erheblichem Kraftaufwand klappte sie den Deckel hoch.

Der Tote saß in der Truhe und war mit silbrig glitzerndem Raureif überzogen. Es war eindeutig ein junger Mann.

»Bestimmt nicht älter als achtzehn«, sagte Ilka. »Und guck mal, dieses Gesicht. Vollkommen verzerrt. Ein Afghane, würde ich sagen. Oder Pakistaner. Könnte doch hinkommen.«

»Wir müssen ihn unbedingt fotografieren.«

»Habe ich schon.«

»Nicht so«, sagte Bert. »Hat er Schusswunden?«

»Jede Menge. Im Rücken. Wir sollten jetzt aber abhauen, hier geht sicher bald der Betrieb los.«

»Wir müssen ihn erst rausholen und fotografieren.« Berts feste Stimme machte deutlich, dass er andere Meinungen nicht gelten lassen würde. Er war ein Mensch mit eisernen Nerven und fand es äußerst unklug, sich unnötigen Stress zu machen.

»Komm, wir heben ihn raus, fotografieren ihn und packen ihn dann wieder rein.«

»Mein Gott!«, sagte Ilka tonlos. »Was tun diese Leute hier?«

Es war schwierig und überaus schweißtreibend, den Toten herauszuheben, weil er in der Truhe festgefroren war. Aber sie schafften es. Sie setzten ihn auf den Boden des Kellers, und Bert legte sich lang vor ihn auf den Bauch, um besser fotografieren zu können, während seine Frau die Schusswunden und ihre Platzierung im Körper zählte und notierte. Dann wechselten sie die Position, und Bert fotografierte den Rücken des Mannes und die einzelnen Einschüsse.

»Warum verbreitest du überhaupt so eine Hektik?«, fragte Bert, als sie den Toten in die Truhe zurücksenkten.

»Na ja, das ist ein Bauernhof. Sie haben dreihundert Tiere zu melken, wenn ich das richtig verstanden habe, und dazu noch fast zweihundert Schweine zu füttern. Ich schätze mal, die Angestellten fangen morgens um vier an, damit sie überhaupt durchkommen. Das ist verdammt schwere Arbeit.«

»Er kriegt pro Arbeitsphase eine Aufwandsentschädigung von zehntausend Dollar«, berichtete Bert. »Das ist wohl sein Taschengeld, schätze ich.«

»Das mit den Amis macht der doch nur, weil es ihm richtig Spaß bringt. Aber jetzt raus hier.«

Wie ihnen aufgetragen, löschten sie alle Lichter. Dann marschierten sie in aller Ruhe aus dem Haus und trafen im Innenhof zwei junge Frauen, die vollkommen übermüdet wirkten und kein sonderliches Interesse an ihrer Umgebung zeigten.

»Morgähn«, nuschelte Ilka in ihrer Rolle als betrunkener Partygast.

Die beiden Frauen starrten sie nur vollkommen verständnislos an.

»Ich frage mich, wie die das wohl absichern?«, murmelte Bert, während sie erschöpft nach Hause trotteten. »Es ist doch so, dass der Heiner ziemlich locker damit umgeht. Ja, sagt er seelenruhig, die Amis verhören da welche. Ich frage mich also, wer ihnen dabei hilft, das so lange unter der Decke zu halten.«

»Was ist, wenn der Militärische Abschirmdienst sie unter seine Fittiche nimmt?«, fragte Ilka.

»Das reicht nicht«, sagte Bert. »Das reicht bei weitem nicht. Der MAD wird helfen, aber wer sorgt dafür, dass die Gerüchte nicht gar zu wild wuchern? Die Bullen hier? Und dann möchte ich gerne mal wissen, weshalb dieser Junge einfach so abgeknallt wurde. Hast du eine Vorstellung?«

»Das ist doch nicht schwer zu begreifen. Er ist zum Verhör geholt worden. Dann ist er ihnen auf dem Flur irgendwie entwischt und einfach durch das offene Tor aus der Anlage gerannt. Und irgendeiner hat mit der Maschinenpistole Maß genommen und ihm sechzehn Kugeln in den Rücken gejagt.«

»Ich habe immer noch Sodbrennen«, sagte Bert.

ZEHNTES KAPITEL

Esser trommelte sie am Morgen mit den Worten zusammen: »Wir müssen eine sehr schnelle Entscheidung treffen.«

Sie trafen sich in Sowinskis Zimmer.

»Ich brauche Klarheit. Das Ehepaar Petersen hat sich bei mir aus der Eifel gemeldet. Ihr kennt ja die Vorgänge so weit. Das Gravierende ist nun: Die beiden haben in einer Gefriertruhe einen ungefähr achtzehn Jahre alten Mann – wahrscheinlich aus Afghanistan oder aus Pakistan – entdeckt. Er wurde von sechzehn Kugeln in den Rücken getroffen. Das Gerücht, dass einer oder gar zwei der Verhörkandidaten getötet wurden, ist damit bestätigt. Was machen wir jetzt damit?«

»Das ist sehr kritisch«, sagte Krause und fuhr sich mit der Hand über das Kinn. »Er wurde erschossen, also ermordet. Wenn wir Mordopfer im Inland finden, sind wir gehalten, die zuständigen Behörden, also die jeweilige Staatsanwaltschaft, sofort zu informieren. Das ist eine polizeiliche Angelegenheit. Was sagen die Petersens?«

»Sie raten, den Mund zu halten. Zumindest bis sie herausgefunden haben, wie diese Verhöre im Einzelnen gedeichselt werden. Da gibt es jede Menge Fragen. Wieso kann ein privates Flugzeug auf einem Fliegerhorst der Bundeswehr landen? Wie das genau abläuft, wissen wir nicht. Und ich mag mir nicht vorstellen, was getönt wird, wenn klar ist: Der

Bundesnachrichtendienst wusste das nicht nur, er hat nicht nur eine Leiche gefunden, sondern darüber sogar geschwiegen und die Leiche in der Kühltruhe gelassen. Das ist ein gefundenes Fressen für alle Medien.«

»Sehr kritisch«, bestätigte Krause nickend. »Aber wenn wir jetzt die Kripo einschalten und damit den Staatsanwalt, geht die ganze Sache den Bach runter. Und wenn die Gegenseite schnell ist, werden sie uns eine Kühltruhe ganz ohne Leiche anbieten.«

»Aber wir haben Fotos der Leiche. Die Petersens haben sie geschickt.«

»Die zählen doch nicht«, stellte Sowinski resolut fest. »Wenn irgendjemand hingeht und die Leiche irgendwo verbuddelt, können wir die Existenz der Leiche nicht mehr nachweisen, kriegen aber eine riesige Tracht Prügel. Wir haben ja keinen Beweis, dass der Mensch je existierte: Wir haben weder den Namen noch das Herkunftsland des Mannes. Und wir können nicht beweisen, dass er jemals in die Bundesrepublik eingeflogen wurde. Also, wir haben Fotos eines etwa Achtzehnjährigen in einer Gefriertruhe, können und wollen aber nicht nachweisen, in welcher Gefriertruhe, an welchem Ort, zu welcher Zeit. Und wir müssen es ja auch nicht nachweisen. Die Schwierigkeiten, die auf uns zukommen könnten, liegen darin, dass die Medien fragen könnten: Was hat denn ausgerechnet der BND für Interessen an Leichen in Kühltruhen?«

»Was schlägst du also vor?«, fragte Esser.

»Den Mund halten und weiterrecherchieren. Und dann würde ich an die meisterlichen Hackerkenntnisse unseres Stars erinnern wollen. Er soll sich bitte mal in den Computer des Landwirtes Heiner Brenner verirren sowie in den zentralen Rechner des Luftgeschwaders in der Eifel. Zusätzlich in den privaten PC des Geschwaderchefs. Dann sollten wir genügend haben, um ihnen im Falle des Falles Feuer unter dem Hintern zu machen!«

»Dein Wort in unseres Präsidenten Ohr!« Esser seufzte.

»Ich muss ihn trotzdem informieren«, sagte Krause bekümmert. »Man stelle sich vor, so etwas steht in der Zeitung.« Dann fasste er wieder Mut und fuhr fort: »Die Petersens sollen unbedingt herausfinden, wann der junge Mann erschossen wurde. Wir brauchen ein Datum, eine Uhrzeit, wenn möglich die Beschreibung des Vorgangs. Es muss einen Zeugen geben, wenn die Gerüchte so wild wuchern. So etwas ziehen die Leute sich doch nicht aus der Nase.«

»Okay«, sagte Esser. »Ich spreche mit ihnen.«

»Was ist mit der Mumbai-Gruppe? Haben sich alle ein wenig erholt?«, fragte Krause.

»Jawohl«, sagte Sowinski. »Zurzeit sind zwei Tage Ruhe angesagt, weil Ismail Mody ärztlich behandelt werden muss. Ein Chirurg hat Svenja begeistert gefeiert. Er sagte, eine solch gute Naht von einem Laien habe er noch nie gesehen. Müller und Svenja haben um zwei Tage Auszeit gebeten.«

»Etwa Geschlechtsverkehr im Dienst?«, fragte Esser mit gespielter Entrüstung.

»So etwas soll schon vorgekommen sein«, bemerkte Krause. Dann lächelte er. »Sie waren schon verdammt gut. Womit wir leider wieder beim anderen Thema wären: Wie steht es mit der Liste der Taten? Kann ein einzelner Täter wirklich all die Morde ›Im Namen Allahs‹ begangen haben?«

»Meine Aufgabe«, sagte Esser. »Ja, das war problemlos möglich. Ich frage mich nur, wo und wann und wie wir diesen Täter feststellen sollen.«

Krause sah ihn an. »Ich habe darüber nachgedacht. Bitte schickt mir Goldhändchen. Eventuell gibt es einen Weg.«

Goldhändchen referierte wenig später die Ergebnisse seiner Recherchen. »Wir konnten nach wie vor keinerlei Spuren zu Sebastian Rogge im Internet finden. Aber wir können uns vorstellen, wie er das Netz nutzt. Also, es ist so, dass er in er Internetgemeinde der Auserwählten sicherlich mitreden kann. Das heißt: Er marschiert in ein Internetcafé, setzt sich an ein Gerät und weiß schon, wen er anpeilen muss, um an all die Details zu kommen, die er benötigt, wenn er den Tod eines oder mehrerer Menschen beschlossen hat ...«

»Heißt das, dass er Hackerqualitäten besitzt?«, fragte Krause.

»Ja, ganz eindeutig.«

»Wie weit gehen diese Qualitäten?«

»Ich möchte das an einem Beispiel darstellen. Ein englischer Hacker hat einmal das Kommando über ein britisches Atom-U-Boot übernommen. Das heißt, er hätte es mitsamt der Besatzung für ewig in die Tiefe schicken können.«

»Moment. Gegen den Willen des Kapitäns?«

»Der hatte keinen Zugriff mehr, er hätte nicht mehr eingreifen können, weil der Hacker sämtliche Zugangswege blockierte. Das U-Boot war auf einer Einsatzfahrt im Atlantik, es war ziemlich tief getaucht und gehorchte nur noch dem Hacker.«

»Und wie ist es wieder ans Tageslicht gekommen?«

»Irgendwann hat der Hacker angeblich ein großes HA HA! auf den Bildschirm geschickt und sich dann wieder ausgeblendet.«

»Na gut, ich verstehe. Wir wissen, dass unser Täter in Pakistan, auf Hawaii, in New York, in Bogotá und mit Sicherheit auch noch an anderen Orten zugeschlagen hat. Wenn er seine Kenntnisse aus dem Internet bezieht, und eine andere Möglichkeit gibt es wohl nicht, wie kommt er an die Ziele? Die werden ja nicht genannt.«

»Die Ziele sind Menschen, Chef, es sind immer Menschen. Und diese Menschen haben etwas getan: Sie haben der Sache des Islam massiv geschadet, in seinen kranken Augen zumindest. Der Täter wird also mit eigenen Programmen in ein Internetcafé gehen, die Programme einschieben und dann warten, was geantwortet wird. Das heißt, er filzt das weltweite Netz, gibt bestimmte Suchwörter ein. Terror, oder Terrorismus, Geldgier, Tod den Israelis, Krieg allen Ungläubigen, Taliban, Gotteskrieger, Kabul, Mumbai, London, Barcelona, New York, Iran, Atomprogramm und endlos so weiter und so fort. Er filtert also heraus, was ihn interessieren könnte. Dann trifft er seine Wahl.«

»Findet er im Internet Hilfe bei seiner Suche?«

»Wahrscheinlich findet er Gleichgesinnte, die inbrünstig alle Feinde des Islam hassen, aber natürlich nie so weit gehen würden, diese Feinde auch zu töten. Ja, das ist vorstellbar.«

»Er scheint ja nun leider zu clever zu sein, um selbst verfolgbare Spuren zu hinterlassen. Wenn nun aber wir eine deutliche Spur hinterlassen würden? Könnte man einen solchen Mann dazu bringen, bestimmte Menschen töten zu wollen, wenn man einen Köder auslegt? Ich will sagen: Kann man ihn so weit treiben, dass er an einem bestimmten Ort auftaucht, um zu töten?«

»Eine sehr einleuchtende Idee. Ja, das kann man, denke ich. Aber er ist verdammt raffiniert.«

»Wir auch«, sagte Krause trocken.

In dem Moment klingelte das Telefon. Sowinski hatte dringende Nachrichten.

»*Ich muss unbedingt* los und ein paar neue Klamotten kaufen«, sagte Svenja.

»Schade eigentlich. So wie du jetzt bist, mag ich dich nämlich am liebsten«, erwiderte Müller grinsend.

Sie saß in der Badewanne und nippte an einem Glas Sekt.

»Vielleicht neue Hosen und ein paar Shirts. Dann noch ein Paar Sneakers und etwas Unterwäsche. Das reicht schon. Ich habe das wirklich gehasst: Tage und Nächte in immer denselben Klamotten. Nachts durchwaschen und dann bis zum nächsten Morgen trocknen lassen. Grässlich.«

Es klopfte. Es war der Zimmerservice, der ihnen eine üppige Mahlzeit servierte. Sie hatten das Zimmer seit achtundvierzig Stunden nicht mehr verlassen. Während das Essen aufgetragen wurde, stellte sich Müller in die Tür zum Badezimmer.

»Vielleicht kann ich ja Mara überreden, mit mir shoppen zu gehen. Andererseits möchte ich hier eigentlich gar nicht weg. Ich habe nämlich ein Problem mit dir. Das taucht immer dann auf, wenn ich nicht mit dir zusammen sein kann. Und – wenn ich das noch hinzufügen darf – das Problem wird immer schärfer.«

»Dieses Problem kenne ich sehr gut«, sagte er leise. »Ich glaube, das nennt man Liebe.«

Die Bedienung wünschte einen guten Appetit und zog sich diskret zurück.

»Was machen wir denn damit?«, fragte sie.

»Du bist eigentlich in meiner Lebensplanung gar nicht vorgesehen«, sagte Müller. »Jetzt trockne dich ab und komm essen. Sonst wird es kalt. Und das wäre verdammt schade, es ist nämlich ein hervorragendes Lammcurry.«

»Kannst du mich bitte abrubbeln?«

»Ich wüsste nicht, was ich lieber täte.«

Svenja richtete sich auf und ließ das Wasser ablaufen.

»Es ist so, dass ich eine sehr lockere Planung hatte. Liebe, Fragezeichen, ja, manchmal, aber eigentlich nicht verbindlich, eher einfach Sex. Liebe immer nur so, dass man zusammenkommen kann, dann aber auch froh ist, wenn man allein zurückbleibt, weil man rein zufällig nach Pakistan fliegen muss. Du kannst einem Außenstehenden sowieso nicht beibringen, wie dieser Beruf läuft, und ganz abgesehen davon, kannst du mit ihm kein Wort über den Job reden ...«

»Dreh dich mal um.«

»Also denke ich, es wird immer schwieriger für mich, zu Hause zu sitzen und nicht genau zu wissen, wie es dir gerade geht. Das klingt alles sehr bescheuert.«

»Dreh dich noch einmal zu mir.«

»War ich denn wirklich nicht in deiner Lebensplanung vorgesehen?«

»Das warst du auf keinen Fall«, wiederholte er etwas ruppig. »Aber vielleicht sollten wir es einfach so annehmen, wie es ist. Es ist doch auch ein Geschenk, oder? Jetzt halt mal still, wie soll ich dich denn abtrocknen, wenn du dauernd so rumhampelst?«

»Als ich mit der scheußlich pubertären Elizabeth herumdoktern musste, damit sie nicht ausflippt, dachte ich, wie wohl ein Kind von dir sich verhalten würde. Ich meine, ein Kind von uns. Und so etwas Irrationales darf ich doch eigentlich gar nicht denken, oder? Das ist in unserem Job doch fast schon lebensgefährlich.«

»Jetzt steig da raus und komm essen und hör auf, dich bei mir darüber zu beklagen, dass es mich gibt.«

»Ich weiß nicht, aber ich denke, dass das Lammcurry bestimmt auch lauwarm noch schmeckt. Oder was meinst du?«

»Ja«, sagte er. »Da stimme ich zu.«

»Mein Gott!«, murmelte sie und drängte sich an ihn. »Ich werde langsam verrückt.«

In diesem Augenblick meldeten sich ihre zwei Diensthandys, und sie ließen voneinander ab und meldeten sich.

Sowinski sagte zu Müller: »Sorry für die Unterbrechung. Es gibt leider heiße Neuigkeiten. Ihr fliegt heute Abend noch aus, es geht nach Singapur.«

»Wieso denn Singapur?«, fragte Müller irritiert. »Was soll das denn?«

»Der indische RAW hat Wind bekommen von Ihrem Ausflug nach Karatschi. Sie verlangen Aufklärung und beschweren sich über eure Aktivitäten in Mumbai. Sie haben auch irgendwie herausbekommen, dass wir Susannah nicht ganz legal ausgeflogen haben. Das Übliche eben. Und an die Singapur-Maschine denken sie wohl nicht. Informieren Sie bitte auch die Mody-Familie. Sie werden gegen sechzehn Uhr in die Erste-Klasse-Lounge am Mumbai-Airport gebracht. Sie verschwinden dann heimlich, still und leise. Ich wünsche einen angenehmen Flug.«

»Das ist todsicher die Strafe dafür, dass ich an ein Baby mit dir gedacht habe«, sagte Svenja. »Und das Lammcurry kann mich jetzt mal kreuzweise.«

»*Ich habe Rückmeldung* von den Petersens«, berichtete Esser wenig später Krause und Sowinski. »Sie sind skeptisch, ob sie bezüglich des getöteten jungen Mannes noch mehr werden liefern können. So redselig die Leute dort sind, bei diesem Thema beißen sie auf Granit. Außerdem fallen sie mit dieser Art Fragen auch schnell unangenehm auf. Sollen sie also noch weiterrecherchieren, oder wollen wir sie abziehen?«

»Warum denn das?«, fragte Krause. »Sie hatten bisher ein unerwartet gutes Ergebnis. Wir wissen ungefähr, was da in der Eifel abläuft, wir haben einen Toten gefunden und fotografiert. Lasst sie in Ruhe zu Ende arbeiten.«

Auch Sowinski war dagegen. »Ich möchte unbedingt wissen, wie die Bundeswehr das deichselt. Da kommt eine Düsenmaschine mit privater Kennung mal eben vorbei. Dann steigen etwa acht Verhörkandidaten mit ihren Bewachern aus und marschieren in die amerikanische Liegenschaft zum fröhlichen Verhör. Ich will wissen, wie die das machen. Und außerdem hätte ich gern den Zeitpunkt, an dem die Maschine wieder einfliegt.«

»Geliebter im Herrn«, sagte Esser geschwollen, »was soll das denn bringen?«

»Na, hör mal! Du hattest doch schließlich die Idee mit dem Schwarzbuch und der Post zur CIA und nach Washington ...«

»Er hat ja Recht«, lenkte Krause ein. »Wenn wir einen Präzedenzfall beschreiben wollen, können wir uns mit dem, was wir haben, nicht zufriedengeben. Da brauchen wir eben mehr. Das gebe ich jetzt zu bedenken.«

»Man sieht doch, dass dir das Wasser schon im Mund zusammenläuft. Du geiferst nach vielen Einzelheiten.« Sowinski grinste.

»Du bist ekelhaft«, verkündete Esser. »Ich bin ein cooler Beamtentyp, den nichts aus der Ruhe bringt. Fakten bringen mir Erfüllung, nichts kann mich aufregen ...«

»Du lügst«, sagte Krause laut. »Du willst Verwirrung stiften, du willst den lieben amerikanischen Brüdern eine Überraschung bereiten, dass denen die Ohren dröhnen.«

»Einmal im Jahr will ich schlemmen«, bestätigte Esser. »Also, worum sollen die Petersens sich noch kümmern? Was ist ein Ziel, das sich lohnt?«

»Die Landung des Fliegers und wie sie das drehen.« Sowinski wirkte sehr zufrieden. »Und wir müssen entscheiden, welcher Behörde wir das geben, wenn die Petersens fertig sind.«

»Da haben wir keine Wahl«, entschied Krause. »Es geht mindestens um Totschlag, also müssen wir den nächsten Staatsanwalt anlaufen. Und allein das wird schon hohe Wellen schlagen. Ich erwarte einen öffentlich diskutierten Skandal, und kein Mensch darf erfahren, dass wir vor Ort waren.«

»Es ist wie immer: viel Feind, viel Ehr, aber kein Eichenlaub.« Esser lächelte maliziös.

»Dann sage ich den beiden mal Bescheid.« Sowinski stand auf und ging zurück in sein Büro.

»Ich brauche die Petersens«, bat Sowinski das Sekretariat.

Als Ilka Petersen sich meldete, sagte er: »Wir möchten, dass Sie noch eine Weile in der Eifel bleiben. Wir wollen wissen, wie die Bundeswehr das dreht, also die Landung des Fliegers, der mit den jungen Männern ankommt. Haben Sie eine Ahnung, wie das abläuft?«

»Ehrlich gestanden, nein. Aber wir haben Hinweise auf eine solide deutsche Saufrunde, die fast jeden Abend in einen Gasthof einfällt und da von ihren Heldentaten berichtet. Außerdem soll es einen Mann geben, der den Flieger fotografiert hat.«

»Sind Sie beide denn inzwischen schon durch penetrante Neugier aufgefallen?«

»Hält sich alles im Rahmen, solange wir nicht nach Leichen buddeln. Wir sind Touristen aus Berlin, wir lieben das grüne Land, wir wandern gern und sind offen für alle Aspekte des Dorflebens. Nette Leute hier. Reden gern.«

»Wenn Sie weitergekommen sind, melden Sie sich bitte.«

»Natürlich. Wie immer.«

Ilka und Bert Petersen suchten nach einem alten Mann namens Joseph »Juppes« Kries.

Nach streng vertraulicher Mitteilung ihrer Wirtin Anke Jaax war Juppes ein alter Bauer, der die Zeit totschlagen musste, weil er seine Landwirtschaft schon vor Jahren aufgegeben hatte. Jetzt zog er rund um das Dorf, um die Landschaft zu fotografieren, alte Scheunen zu durchstöbern, altes bäuerliches Gerät vor die Linse zu bringen, wilde Blumen aufzunehmen – und vor allem Wolken.

»Die Wolken über der Eifel sind unheimlich schön!«, hatte Anke Jaax ihnen versichert. »Der Bürgermeister will sogar eine Ausstellung von Juppes' Fotos machen, so gut sind die. Ja, ja, der alte Juppes und die Wolken.«

Sie waren also auf den Feldwegen rings um das Dorf unterwegs und hielten Ausschau nach dem fotografierenden Juppes. Es war ein schöner Tag, die Sonne schien, und ein paar weiße Wolken segelten über den Himmel.

Juppes sahen sie zunächst nicht, dafür aber den allgegenwärtigen Heiner Brenner, der auf einer gewaltigen Zugmaschine an ihnen vorbeiwollte. Er saß so hoch über ihnen, als hocke er auf einem Hausdach.

»Muss in den Wald!«, brüllte er ihnen freundlich grinsend zu.

»Wie schön!«, schrie Ilka zurück. »Wir suchen den Juppes.«

»Juppes? Den Fotografenheini? Der ist da hinten.« Er deutete mit der Hand Richtung Westen, dann gab er eindrucksvoll Gas und verschwand in einer Staubwolke.

Nach gut zwanzig Minuten entdeckten sie den Fotografen, der am Rande eines Wiesenweges bäuchlings im Gras lag und seine Kamera vor sich hielt. Er war ein kleiner, schmaler Mann mit Glatze und freundlichen, wässrig blauen Augen. Er trug einen weiten Blaumann und dazu passend eine blaue Mütze mit einem kleinen Schirm.

»Was fotografieren Sie denn da?«, wollte Ilka wissen.

»Moment. Moment, bitte«, sagte Juppes.

Er hatte eine Pflanze vor der Linse, die in Berts Augen weder besonders schön noch außergewöhnlich aussah.

Juppes bewegte seine Kamera ein wenig hin und her, drückte dann auf den Auslöser und prüfte im Display, was er fotografiert hatte.

»Schönes Exemplar«, sagte er schließlich stolz. Er schien wieder in die Welt zurückzukehren und fragte neugierig: »Was wollt ihr denn hier?«

Sein Gesicht war wie eine Landschaft, braun gebrannt, von tiefen Furchen durchzogen und mit einem Strahlenkranz kleiner Fältchen um die Augen. Wahrscheinlich lachte er gern. Und er hatte sich sicherlich seit drei, vier Tagen nicht rasiert.

»Nur ein bisschen durch die Gegend spazieren«, gab Ilka Auskunft. »Wir machen hier ein paar Tage Urlaub.«

»Sieh einer an«, murmelte Juppes. »Gib mir mal die Hand, Mädchen, und zieh mich hoch.«

Ilka nahm seine Hand, stemmte ihre Fersen in den Boden und zog den alten Mann hoch.

»Du bist ja leicht wie eine Feder«, sagte sie. »Und was für eine Blume hast du da fotografiert?«

»Ein Weißes oder Bleiches Waldvöglein. Auf Lateinisch heißt das Cephalanthera damasoninum. Meist am Rande von Buchenwäldern zu finden. Der Standort hier ist selten. Es ist ein Knabenkrautgewächs, man nennt es auch eine Orchidee.« Er grinste, es machte ihm offensichtlich Spaß, Touristen zu verwirren und ein wenig mit seinem Wissen anzugeben.

Und prompt, als habe Juppes es bestellt, bemerkte Bert: »Ein Bauer, der Orchideen fotografiert? Findet man auch nicht alle Tage.«

»Das ist wohl wahr«, sagte Juppes grinsend, »aber ich bin so einer. Ich habe schon nach dem Krieg damit angefangen. Damals hatte ich eine Box. Kennt ihr noch die Box? So ein einfacher schwarzer Kasten. Ja, das waren noch Zeiten. Und dann habe ich zu Hause die Filme entwickelt und Abzüge gemacht. Ich habe noch Blumen und Pflanzen fotografiert, die es heute gar nicht mehr gibt.«

»Und jetzt haben Sie was Digitales«, sagte Bert, der sich nicht schlüssig war, ob er wie Ilka den Alten so einfach duzen konnte.

»Die Jaax sagt, du fotografierst so gut, dass sie im Dorf eine Ausstellung machen wollen«, bemerkte Ilka.

»Ja, ja.« Juppes nickte. »Das ist wohl so. Aber heute kann ja jeder fotografieren.«

»Haben Sie denn auch Düsenjäger fotografiert?«, fragte Bert.

»Du immer mit deinen Düsenjägern«, sagte Ilka angriffslustig.

»Ja«, sagte Juppes, »das habe ich auch. Wollt ihr vielleicht mal ein paar Bilder sehen?«

»Das wäre schön.« Ilka war begeistert.

So zogen sie durch die Felder und Wiesen zum Haus von Juppes, und er erzählte ihnen unterwegs vom Dorfleben, das vor vielen, vielen Jahren so ganz anders gewesen sei als heute. Er lebte schon lange allein, hatte seine Frau vor acht Jahren begraben. Und die Kinder, ach ja, die Kinder waren längst weg, die Tochter in Köln, der Sohn in Frankfurt. Hatten berufsmäßig viel zu tun und wenig Zeit, zum alten Vater zu kommen. Ja, Weihnachten kamen sie manchmal, aber meistens war er über die Feiertage in Köln oder in Frankfurt. Und er war viel mit den Enkeln unterwegs, weil die Eltern ja keine Zeit hatten.

»Wie alt bist du denn eigentlich?«, fragte Ilka.

»Vierundachtzig. Aber gesund wie ein Bulle. Soll ich uns mal einen Kaffee aufsetzen?«

Sie saßen am Tisch in seiner Küche.

Ja, ein Kaffee wäre schön, antworteten die Petersens. Wo er denn seine ganzen Bilder hätte?

»Na ja, die meisten sind digitalisiert«, gab er zur Antwort. »Aber ein paar Fotos habe ich hängen. Nebenan im Wohnzimmer.«

Das Wohnzimmer war kein Wohnzimmer im eigentlichen Sinn, die Einrichtung war auf einen alten Teppich mit einer uralten Sitzgarnitur reduziert. Ausschlaggebend waren die Wände – er hatte sie von oben bis unten mit Fotografien zugepflastert. Es mussten Hunderte sein.

»Das sind die Bilder, die ich so gemacht habe«, sagte er bescheiden.

Es waren auch Düsenjets der Bundeswehr dabei, und Bert stürzte sich darauf und sagte mehrmals: »Wunderbar! Einfach wunderbar!« Eine private weiße Gulfstream gab es in seiner Sammlung nicht.

Ilka fragte: »Landen hier denn auch manchmal Flugzeuge von Privaten, also ganz normale Flugzeuge, meine ich?«

»So ein weißes kommt immer wieder, sagen die Leute«, antwortete der Fotograf freundlich. »Hab ich aber leider noch nie gesehen. Der Scheer hat gestern gesagt, dass das Flugzeug irgendwann die nächsten Tage kommen soll. Vielleicht lege ich mich dann doch mal auf die Lauer. Wenn schöne Wolken ziehen.«

Das sehr plötzlich abflauende Interesse versuchte Bert mit der Bemerkung zu kaschieren: »Ich glaube, wir müssen uns mal wieder bei Anke sehen lassen. Es gibt bald Essen.«

Sie verabschiedeten sich, und Juppes brachte sie vor die Tür.

»Dann erholt euch mal schön«, sagte er.

»Werden wir tun. Komm uns doch auch mal in Berlin besuchen«, sagte Ilka herzlich.

»Das wird meine Rente wohl nicht hergeben«, sagte er und lächelte verlegen.

Es klang nicht wie eine Klage. Und als er so in seiner Haustür stand und ihnen zum Abschied zuwinkte, wirkte er sehr zufrieden.

»*Wir müssen ihn* unbedingt kriegen, ihn beiseiteschaffen, ihn vom Spielfeld nehmen. Die Frage ist nur, worauf er anspringen könnte.« Krause wirkte bekümmert, beinahe ein wenig melancholisch.

»Nach allem, was wir besprochen haben, könnte auch der Überfall in Kotri auf sein Konto gehen. Wir haben zwar kein Kärtchen, aber das Attentat ist ja auch fehlgeschlagen. Wenn dem so wäre, müsste der Täter erstmal wieder in Ruhe heimkehren«, sagte Sowinski.

»Moment, Einspruch, Euer Ehren. Selbst wenn dem so sein sollte mit Pakistan: Wir wissen ja gar nicht, wohin er heimkehren kann.« Esser wedelte mit den Händen.

»Es ist anzunehmen, dass er sich gern im Stuttgarter Raum aufhält. Das scheint der einzig verlässliche Ort für ihn zu sein.«

»Ich glaube nicht, dass wir ihn nur über bestimmte Orte oder Plätze kriegen. Es muss eine Logik für ihn haben. Wohlgemerkt, nur für ihn. Es muss ihn elektrisieren und ihm gleichzeitig so ungefährlich erscheinen, dass er prompt auftaucht, um sich umzuschauen.« Krause hatte sich ein Eis am Stiel besorgen lassen, das er jetzt genüsslich schleckte. Dann sah er auf und fragte: »Was ist, wenn wir seinen Vater oder seine Exfrau zu möglichen Opfern machen?«

»Was meinst du jetzt genau?«, fragte Esser.

»Können wir ein Szenario entwickeln, in dem sein Vater oder die Exfrau Christina irgendeine Schweinerei aushecken, die ihm schaden könnte?«, fragte Krause und hantierte dabei mit einem Taschentuch, um das Eis von seinem Kinn zu wischen. »Ich frage: Was könnte dem Vater oder der Exfrau einfallen, das unseren Freund Sebastian Rogge richtig auf die Palme bringt?«

»Sie könnten sich öffentlich mit unseren islamischen Mitbürgern solidarisieren und dazu auffordern, sie bei der Integration in unserem Land zu unterstützen. Das würde ihn wahrscheinlich wahnsinnig wütend machen.« Sowinski setzte mit schmalen Lippen hinzu: »Nein, vergesst das, das ist nicht gut genug, wir brauchen was Besseres.«

Krause starrte aus dem Fenster und bemerkte nicht, dass sein Eis am Stiel Tropfen für Tropfen auf seine Hose kleckerte. »Könnten wir ihm nicht anbieten, einen bekannten Politiker, zum Beispiel aus Israel, irgendwo in Deutschland zu sehen, und ihm damit die vermeintliche Möglichkeit geben, den zu töten? Kommt demnächst so ein Besucher?«

»Moment, Moment.« Esser sah Krause eindringlich an. »Heißt das, du willst ihn auf offener Szene ins Messer laufen lassen? Heißt das, du willst ihn töten?«

»Ja, natürlich, wenn es nicht anders geht.« Krause nickte energisch.

Eine Weile herrschte Schweigen.

»Da verlassen wir aber unseren mühsam erkämpften gemeinsamen Konsens«, sagte Esser. »Töten im Kampf, ja. Töten in einer Verteidigungssituation oder auf der Flucht, ja, notfalls. Aber Töten in einem Hinterhalt?«

»Ich weiß, auf welch gefährlichem Terrain ich mich da bewege. Aber denkt bitte trotzdem mal darüber nach. Dieser Mann beschließt aus irgendwelchen obskuren Gründen den

Tod von Menschen, auch von Kindern. Er jagt sie in die Luft, schneidet ihnen die Kehlen durch, tötet sie mit einer Armbrust. Er muss über brillante Fähigkeiten bei der Arbeit mit dem Internet verfügen, denn feststellbar ist er im Netz nicht. Er benutzt wahrscheinlich die Handys, die er hat, nur ein- oder zweimal und wirft sie dann weg. Er besitzt jede Menge falsche Papiere, das heißt, er wechselt seine Identität nach Belieben. Er vermeidet Plätze, auf denen er von Kameras gefilmt wird. Er vermeidet daher auch garantiert U-Bahnen in der Bundesrepublik. Und an Flughäfen, wo man ausgeklügelte neue Systeme zur individuellen Erkennung und Festschreibung jedes einzelnen Menschen ausprobiert, wird man ihn bestimmt nicht finden. Ganz einfach weil er davon weiß. Das heißt doch, dass wir ihn auf den normalen Wegen niemals finden werden. Wir müssen ihn mit Tricks an einen Ort holen, den wir vorher festlegen.«

»Das stimmt so nicht«, sagte Sowinski etwas giftig. »Wir kennen seinen Namen, wir haben Fotos von ihm, wir haben eine Personenbeschreibung, wir können sagen, wo er bereits in Erscheinung getreten ist. Warum leiten wir nicht eine Großfahndung ein? Wir können uns auf andere Behörden wie Polizei, Internationale Fahndung, Interpol, Verfassungsschutz und alle Geheimdienste aufschalten – und zwar von heute auf morgen. Und dadurch werden wir ihn irgendwann irgendwo aufgreifen. Oder?«

»Das ist richtig und gleichzeitig sehr falsch«, widersprach Esser. »Wenn wir eine große Fahndung einleiten, verlieren wir sofort die Kontrolle. Wir selbst können nicht fahnden. Das heißt, das Ergebnis kommt uns nicht mehr zugute, wir können nicht nacharbeiten, können mit keinerlei Ergebnissen rechnen, hängen total in der Luft, und gleichzeitig bekommen wir keine Einzelheiten seines Wirkens auf den Tisch. Irgendjemand in irgendeinem Land der Erde stellt ihn. Vielleicht hat er Glück und wird dabei nicht getötet. Schon in dem Fall ist es unmöglich für uns, irgendeine Teilhabe anzumelden. Da er psychisch krank ist und garantiert irgendwelchen Seelenklempnern vorgestellt wird, verschwindet er im Orkus und ist nicht mehr zu erreichen. Und ausgerechnet das können wir nicht wollen. Die Frage für uns kann nur lauten: Wo bringt er den Nächsten um? Und genau diese Falle will der Chef ihm stellen, sofern uns denn eine gute Falle einfällt.«

»Wenn die Frage lautet: Wo bringt er den Nächsten um?, sehe ich schwarz«, polterte Sowinski. »Wir können seine Spuren im Internet nicht finden, wir wissen nicht, wo seine nächsten Opfer leben. Das muss man sich einmal vorstellen: An einem Tag mordet er in Bogotá und New York, am nächsten in einer Kölner Kirche. Wie können wir das nachvollziehen? Überhaupt nicht, sage ich. Ich gehe jede Wette ein, dass seine Tatorte einer gewissen Beliebigkeit unterliegen, er würfelt sie gewissermaßen aus, je nachdem, was er im Netz findet.«

»Du hast Recht«, stimmte Krause zu. »Wir sollten aber trotzdem darüber nachdenken, ob es eine Falle gibt, in die er tappen könnte.«

»Und du bleibst dabei, ihn notfalls zu töten?«, fragte Esser. »Weißt du, das ist verdammt wichtig für mich, weil ich darüber nachdenken muss.«

»Ja, das kann ich gut verstehen. Sagen wir mal so: Ich würde seinen Tod fest einkalkulieren.«

ELFTES KAPITEL

Ilka und Bert Petersen machten sich bereit, in das Lokal Zum Alten Förster zu gehen, das ungefähr drei Kilometer entfernt vom Flugplatz der Bundeswehr lag. Es war ein sehr altes, heruntergekommen wirkendes Haus, und offensichtlich wollten seine Besitzer demnächst zusammen mit ihm sterben. Etwas Warmes zu essen konnten die Gäste seit zwanzig Jahren nicht mehr bestellen, ab und an gab es immerhin einen kalten Imbiss. Aber nur, wenn es dem Wirt gelang, sich gegen seine Frau durchzusetzen und eine beschränkte Hoheit in der Küche zu erkämpfen. Der Wirt war zweiundsiebzig, seine Frau fünfundsiebzig, und als Team waren sie äußerst muffig. Am Abend änderte sich das, weil die Wirtsfrau spätestens um acht erschöpft ins Bett fiel und der Wirt allein auf die Soldaten wartete, die todsicher kommen würden. Dann war er in seinem Element.

»Wir nehmen das Auto«, hatte Bert bestimmt. »Ich will hier keine Nachtmärsche veranstalten.«

Als sie beim Alten Förster ankamen, war außer ihnen noch kein Gast in dem Lokal. Sie bestellten Bier und fragten, ob es etwas zu essen gäbe.

Schorsch, der Wirt, erwiderte auf die Frage: »Kalte Frikadellen wären noch da. Oder Soleier, wenn Sie so was mögen.«

»Soleier!«, Ilka war begeistert. »Die habe ich seit Jahren nicht mehr gegessen.«

»Für jeden zwei bitte«, entschied Bert. »Und für mich noch eine Frikadelle und ein bisschen Brot dazu.«

Der Wirt nickte wortlos und verschwand.

»Hier ist der legendäre Arsch der Welt«, stellte Ilka fest.

Sie hatten sich spontan einen Zweiertisch ausgesucht, von dem aus sie das ganze Lokal überblicken konnten.

Kurz nach acht trafen die ersten Soldaten ein, und als Ilka das letzte halbe Solei mit Öl und Essig und einer Prise Salz in den Mund schob, gab es in der Kneipe kaum noch einen freien Platz, und der Wirt wirkte geradezu glücklich und hatte alle Hände voll zu tun.

Es war auf Anhieb klar, wo die wichtigsten Leute saßen: Genau vor der Theke stand ein großer kreisrunder Tisch mit acht Stühlen. Die Männer und die beiden Frauen daran waren ein wenig älter als alle anderen Soldaten im Lokal. Es war der einzige Tisch, der gut ausgeleuchtet war, weil das Licht der Bierreklame darauf fiel. Die einfachen Soldaten mussten unter Sparlampen hocken, die wahrscheinlich nicht mehr als fünfzehn Watt hatten. Es war schummerig wie in einer Bar vor fünfzig Jahren.

An dem großen Tisch war es zunächst sehr ruhig, die Männer und Frauen redeten kaum miteinander und wirkten erschöpft wie Leistungssportler, die einen schweren Kampf hinter sich haben. Das lockerte sich, als in schneller Folge die ersten drei Bier gekippt waren, und es lockerte sich sehr heftig, als einer von ihnen sagte: »Ich schmeiße eine Runde Schnaps.«

»Eine Runde Wacholder«, bestätigte der Wirt beflissen.

Ilka flüsterte, ohne dabei die Lippen zu bewegen: »Der Dritte von links ist gefährlich.«

Der Dritte von links war ein Soldat mit einer spiegelnden Glatze, der vor sich hin stierte, kein Wort sagte und ungeheuer schnell trank. Er war ein Muskelpaket und wirkte wie jemand, der sich ausschließlich auf seinen Körper konzentrierte. Von seinen hellen grauen Augen schien eine ständige Drohung auszugehen.

»Entschuldigen Sie die Störung, meine Damen und Herren, aber mich interessiert brennend, wie Sie denn so zu Afghanistan stehen«, sagte Bert, der immer schon der Meinung war, man könne jede Unterhaltung beliebig steuern, wenn man es nur geschickt anfing.

»Wie bitte? Ich höre immer Afghanistan«, sagte eine der Frauen verächtlich. Sie war künstlich aufgehellt und trug ihr Blond in wüster Unordnung. »Wir sind doch hier nicht in Afghanistan, wir sind hier in der letzten Pampa.«

»Oh, ich bitte um Verzeihung«, sagte Bert ein wenig theatralisch. »Ich wusste nicht, dass Sie nicht gerne darüber reden.«

»Damit haben wir keine Schwierigkeiten, das betrifft uns ja nicht«, sagte ein Mann, der ungefähr vierzig Jahre alt sein mochte. »Die Politiker sagen, wir verteidigen unsere Freiheit am Hindukusch, aber das ist totale Scheiße, das stimmt doch überhaupt nicht. Und deswegen werden Leute von uns erschossen, weil es nicht stimmt.«

»Das sehe ich auch so«, sagte Bert bekümmert. Und dann, zutiefst bescheiden: »Ich muss mich entschuldigen, wir sind nur Touristen aus Berlin, und mich fasziniert die Fliegerei mit diesen Düsenjets einfach.«

»Wir sind nicht in der Gesellschaft angekommen«, sagte plötzlich ein Blonder mit schulterlangem Haar.

»Es heißt zwar immer, wir sind eine wichtige Gruppe innerhalb der Gesellschaft, aber wir sehen nicht, wo genau wir denn wichtig sind. Die Leute sagen doch: Was machen die denn in Afghanistan, weshalb sind die da eigentlich? Und was bringt uns das? Und es kostet irrsinnig viel Geld, und eigentlich brauchen wir Afghanistan nicht.« Es war wieder die blonde Frau, die so verächtlich reagiert hatte. »Seien wir doch mal ehrlich. Bundeswehr ist ein Ding, von dem die meisten keine Ahnung haben und auch keine Ahnung haben wollen. Und plötzlich stellen die hier ganz erschrocken fest, dass man in Afghanistan auch erschossen werden kann.«

»Ja, ich verstehe, was Sie meinen.« Bert setzte eine verständnisvolle Miene auf.

»Die Politiker äußern sich halbgar, und der Verteidigungsminister lehnt es ab, im Krieg zu sein. Er sagt, wir sind im Kampf. Was soll das denn?«

Ilka sagte fröhlich in die Runde: »Vielleicht ist der Verteidigungsminister einfach ein Arsch?«

Das war forsch – den meisten wohl etwas zu forsch –, und der Dritte ballte die Fäuste und war drauf und dran, aufzustehen.

»Halt dich zurück, Kalli. Lohnt doch nicht«, sagte jemand beruhigend.

»Kalli hat einen Bruder in Afghanistan, müssen Sie wissen«, erklärte ihnen die blondierte Frau.

»Ach so!«, murmelte Ilka betroffen. »Entschuldigung.«

»Das können Sie ja nicht wissen«, sagte jemand aus der Runde freundlich.

»Nein, das können wir nicht«, sagte Bert mit gedämpfter Stimme. »Tut uns leid. Wir sind eben Laien.«

Dann hellte sich seine Miene plötzlich auf, und er fragte: »Kommt es eigentlich vor, dass bei Ihnen hier auch mal wichtige Leute landen? Ich meine, irgendwelche Minister oder solche Leute?«

»Aber sicher doch, wenn es machbar ist. Morgen kommt wieder so einer. Kam auch schon mal vor, dass ein amerikanischer General landete, weil er was in der Gegend hier zu tun hatte. Und wir hatten auch einen amerikanischen Präsidenten, der hier landen sollte. Aber dann haben sie es irgendwie anders gedeichselt.« Der Sprecher war ein dunkelhaariger Typ, der äußerst gemütlich wirkte und immer leicht zu lächeln schien.

»Also morgen kommt hoher Besuch?«, hakte Ilka nach.

»Na ja, nicht gerade hoher Besuch, aber wichtig, sage ich mal. Kommt von weither und landet nur kurz, um dann weiterzuziehen. So was gibt es schon mal.«

»Sicher im Rahmen der NATO?«, fragte Ilka, um dann wortreich zu erklären: »Also, ich bin Grundschullehrerin in Berlin, und ich sage immer: Unsere Kinder wissen viel zu wenig vom militärischen Komplex der NATO.«

»Na ja, das hat nicht immer was mit der NATO zu tun«, antwortete der Gemütliche zögernd, sagte aber nicht, womit es denn zu tun hatte.

Normalerweise war hier die Recherche zu Ende, normalerweise wussten Ilka und Bert, dass am nächsten Tag der Flieger kommen würde, normalerweise hätten sie sich jetzt verabschieden können, und grundsätzlich hätte jeder ihrer Vorgesetzten gesagt: Halt! Alles klar, kein Wort mehr!

Aber leider geschah das nicht. Ilka und Bert Petersen hatten die unglaubliche Erfahrung gemacht, dass es tatsächlich möglich war, eine Leiche zu finden, von der ursprünglich nichts als ein vages, von niemandem bestätigtes Gerücht im Umlauf war.

Sie wollten jetzt nicht aufhören, wenngleich das wesentlich klüger gewesen wäre. Sie wollten die Bestätigung, dass morgen Agenten der CIA zusammen mit einigen Verhörkandidaten aus Mumbai einfliegen würden, um ihre Arbeit aufzunehmen. Ilka und Bert Petersen waren bisher äußerst erfolgreich, und es leuchtete ihnen überhaupt nicht ein, gerade jetzt bescheiden von der Bühne zu gehen und im Hintergrund zu verschwinden.

Also fragte Bert: »Ist das nicht eine wahnsinnige Logistik, die hinter so einem Kampfgeschwader steckt? Also, ich stelle mir das gigantisch vor.«

»Es ist gigantisch«, bestätigte der Gemütliche. »Aber erklären kann ich Ihnen das nicht. Da sind meine Vorgesetzten streng dagegen.«

Zwei lachten, die anderen blieben stumm.

»Schon klar, Sie sind ja auch alle Geheimnisträger«, erklärte Bert jovial, »das verstehe ich schon.«

Gegen zweiundzwanzig Uhr bezahlten die meisten und verschwanden in der Nacht. Sie mussten rechtzeitig am Tor sein und sich zurückmelden. Fatalerweise waren die Petersens die Letzten, die zahlten, gleich nach Kalli, dem Dritten von links, der bis zu diesem Zeitpunkt kein Wort gesagt, sondern nur getrunken hatte. Als er aufstand, schwankte er für Sekunden und ging dann vor den Petersens her zum Ausgang.

»Das war mal ein schöner Abend«, sagte Bert zu seiner Frau.

»Ja, aber jetzt muss ich auch in die Falle.«

Sie gingen die vier Stufen hinunter, Kalli war zwei Schritte vor ihnen.

Bert sagte: »Also, das mit Afghanistan verstehe ich nicht. Da wird doch öffentlich gelogen, oder?«

Kalli drehte sich blitzartig zu ihnen um, die Arme eng am Körper. Dann riss er unvermittelt einen Arm hoch, um Bert zu schlagen. Ilka war direkt hinter Bert, und sie erwartete etwas sehr Logisches, das abgesprochen war.

Bert glitt zur Seite nach links, Ilka stand jetzt vor Kalli und griff dessen beide Arme mit aller Kraft. Dann machte sie eine komplizierte Bewegung mit dem ganzen Körper, wobei sie ein Knie ganz hochzog. Kalli schnaufte verblüfft und jaulte dann auf, ehe er zu Boden ging. Er war ohnmächtig.

»Was jetzt?«, fragte Bert sachlich.

»Wir können es nicht vertuschen, wir spielen es durch. Er braucht einen Arzt. Und denk dran: Du bist an allem schuld.«

»Ja, schon gebongt. Sie werden mich lieben.«

Sie taten genau das, was verantwortungsbewusste Bürger in einem solchen Fall eben tun. Sie riefen das Deutsche Rote Kreuz und einen Notarzt. Und sie riefen den Standort an und sagten, Kalli, dessen Nachnamen sie leider nicht wüssten, der mit dem Bruder in Afghanistan, sei unglücklich gestürzt.

Dann setzten sie sich auf die Stufen vor dem Lokal und warteten geduldig, während der Verletzte erst regungslos liegen blieb, sich dann aber aufraffte und versuchte, auf die Beine zu kommen. Was ihm aber nicht gelang.

Er stöhnte und stammelte: »Verdammt, verdammt!«

»Sie müssen jetzt etwas Geduld haben«, erklärte Bert. »Rettungswagen und Notarzt sind schon unterwegs.«

»Wieso denn das?«, fragte Kalli erbost.

»Na, weil Sie unglücklich gestürzt sind«, erklärte Ilka freundlich. »Sie machen aber auch Sachen!«

»Ich bin gestürzt?«, fragte er verdattert.

»Ja, ganz schlimm.« Ilka nickte. »Das passiert schon mal, wenn man zu viel trinkt.«

»Und was ist mit meinem Arm?«

»Mit welchem Arm denn?«, fragte Bert betont ahnungslos.

»Mein linker Arm«, sagte Kalli verkniffen. »Ich meine, da stimmt doch was nicht. Der tut irre weh, ich kann ihn nicht berühren, dann bricht mir der Schweiß aus.«

»Ja, ja, der Alkohol!« Bert seufzte. »Ich war in meiner Jugend auch so ein Wilder. Später wird man dann vernünftiger.«

Die Wirtsleute standen plötzlich in der Tür. Und da sie offensichtlich beide nicht über einen Bademantel verfügten, boten sie in ihren ausgeleierten Schlafanzügen einen äußerst skurrilen Anblick.

»Was ist denn los?«, fragte die Wirtin missmutig.

»Er ist gestürzt«, antwortete Ilka. »Irgendwie.«

»Fünf Bier und acht Schnäpse«, bilanzierte der Wirt.

»Ja, aber …«, stotterte Kalli.

»Sei still, Kalli!«, zischte die Wirtin ihn an.

Dann kam zuerst der Wagen mit dem Notarzt, danach der Rettungswagen, eine Minute später ein Pkw mit zwei Zivilisten und nach diesem ein zweiter, in dem zwei Uniformierte saßen, von denen einer mit der Bemerkung ausstieg: »Ich bin hier zuständig, ich bin der Arzt von der Bundeswehr.«

»Aber du hast kein Krankenhaus!«, sagte einer der DRK-Leute scharf.

Sie einigten sich verhältnismäßig schnell auf einen Trümmerbruch des linken Unterarms, wobei sofort die Frage auftauchte, wer von den beiden Ärzten dem Patienten denn eine schmerzstillende Spritze setzen durfte.

»Die Zivilen sind vom MAD«, sagte Bert.

»Na und?« Ilka blieb gelassen.

Der Rettungswagen mit Kalli an Bord fuhr unter Blaulicht los, die beiden MAD-Leute näherten sich freundlich dem Ehepaar Petersen und erklärten, dass der Vorfall leider protokolliert werden müsse und ob denn die Möglichkeit bestünde, sie morgen oder übermorgen aufzusuchen, um die notwendigen Fragen zu beantworten.

»Das ist doch selbstverständlich«, sagte Bert zuvorkommend. »Es war schon beängstigend, wie der Junge plötzlich umkippte.«

Dann strich auch die Bundeswehr die Segel, und Ilka äußerte erheitert: »Wenn wir so weitermachen, haben wir sie in zwei Tagen völlig im Sack.«

Bert bemerkte etwas abwesend: »Ich habe schon wieder Sodbrennen.«

»Wie kann man denn auch Soleier zusammen mit kalten Frikadellen essen?«, fragte seine Frau streng.

Thomas Dehner war am Vorabend in New York gelandet. Müde von einer relativ schlaflosen Nacht rührte er nun am frühen Morgen in seinem Kaffee. Er saß in einem kleinen Bistro hinter dem Hauptquartier des New York Police Department. Gleich würde er den zuständigen Mann der Mordkommission treffen, der nach dem Mord an Greg Leary vor Ort gewesen war und den Tatort noch klar in Erinnerung hatte. Danach würde er sich in seinen Leihwagen setzen, um nach Bethlehem in Pennsylvania zu fahren und Martha Robson zu treffen, deren Ehemann nun schon seit Monaten so spurlos verschwunden war, als habe es ihn nie gegeben.

»Wenn Sie das alles erledigt haben, setzen Sie sich in die nächste Maschine und kommen wieder heim«, hatte Sowinski bestimmt. »Sie sind bei Sullivan und Martha Robson angemeldet. Und jetzt los.«

»Bist du der Manfred Klar aus Deutschland?«, dröhnte plötzlich eine Stimme vor ihm. Sullivan war ein Riese, fast zwei Meter groß, und er war ihm auf Anhieb sympathisch. Er hatte einen Tick. Alle paar Sekunden verzog sich seine Nase und wirkte dabei wie ein sehr schräger Strich in seinem Gesicht.

»Der bin ich. Wirklich nett, dass du gekommen bist.«

Eine gute Stunde lang nahm sich Sullivan Zeit für Dehner, sie besprachen ausführlich den Mord an Greg Leary. Danach war Dehner jedoch nicht wesentlich schlauer als zuvor. Aber immerhin hatte er das Kärtchen ›Im Namen Allahs‹ zu sehen bekommen und fotografieren dürfen. Als Dehner nachfragte, weshalb denn diese Visitenkarte in keinem Bericht erwähnt worden sei, wand Sullivan sich ein wenig, bevor er erklärte: »Das war eine heikle Sache, und wir haben uns lange die Köpfe darüber zerbrochen. Letztlich haben wir uns entschieden, mit so einem Islamisten-Hinweis nicht noch mehr Öl ins Feuer zu gießen. Du kennst ja diese Gerüchte mit der Hasenjagd, wie sie es damals nannten.«

Dehner lief diese ganze Geschichte ziemlich gegen den Strich und erinnerte ihn an die Argumente der Kölner Polizei, aber dafür konnte man Sullivan ja nicht verantwortlich machen. Nachdem die beiden sich händeschüttelnd und schulterklopfend voneinander verabschiedet hatten, setzte er sich in seinen Leihwagen und brauste nach Bethlehem – soweit man in den USA eben brausen konnte. Der Autoverleiher hatte ihm einen Achtzylinder anvertraut, der einen unglaublichen Verbrauch an Benzin hatte, was eigentlich Dehners Zorn hätte reizen sollen. Andererseits machte das Fahren einer solchen Maschine tatsächlich richtig Spaß. Da war es schwierig, sich mit Gewissensbissen zu quälen.

Das Haus der Robsons war aus Bruchsteinen gebaut, sehr groß und sehr luftig mit weiten Fensterflächen.

Martha Robson war eine schlanke, sehr attraktive Frau etwa Anfang oder Mitte vierzig mit dunklem Haar und einem ausdrucksvollen, ein wenig streng wirkenden Gesicht. Sie hieß ihn freundlich willkommen, vermittelte aber sofort den Eindruck, dass sie auf eine Memorial-Veranstaltung zu Ehren ihres verschwundenen Mannes Morton keinerlei Wert legte.

»Kommen Sie doch herein«, forderte sie Dehner auf. Und

als sie seine interessierten Blicke wahrnahm, erklärte sie: »Das hier war einmal das Haus eines Farmers. Mein Mann kaufte es vor fünfzehn Jahren, und wir haben seitdem immer daran herumgebaut. Ich denke, wir setzen uns am besten auf die Terrasse raus. Es gibt Kaffee und Tee und, wenn Sie mögen, auch einen echten Hamburger. So wie er ihn mochte.« Sie schwieg einen Augenblick, und ihr Gesicht bekam einen melancholischen Zug. »Wissen Sie, ich hatte meinen Mann eine lange Zeit, wir haben zwei wundervolle Töchter, und ich spüre einfach, dass er tot ist. Ich glaube nicht, dass er irgendwo in der Südsee mit einem aufregenden jungen Mädchen lebt. Er war nicht der Typ dazu, er war sehr aufrecht und wahrhaftig, und aus irgendeinem Grund hat Gott es zugelassen, dass er verschwand.«

»Warum sind Sie eigentlich so sicher, dass er tot ist, Martha?«, fragte Dehner.

»Weil es eine andere Erklärung nicht gibt«, erwiderte sie einfach. »Ich kann es natürlich nicht beweisen, das ist reine Intuition, ein Bauchgefühl.«

Nachdem sie Dehner einen Platz auf der Terrasse angeboten hatte, verschwand sie in der Küche und kam kurz darauf mit zwei Kannen wieder. »Tee? Kaffee?«

»Tee, bitte. Ihre beiden Töchter sind schon flügge, nicht wahr?«

»O ja, die ältere hat sogar schon ein Baby, die jüngere studiert.«

»Und das Verschwinden Ihres Mannes spielte sich hier ab? In dieser Region?«

»Ja. Aber können Sie mir jetzt bitte erst einmal die Zusammenhänge erklären? Ich meine, warum Sie hierhergekommen sind? Und warum aus Europa?«

»Wir suchen diesen Mann«, sagte Dehner und reichte ihr ein Foto von Sebastian Rogge.

Sie blickte lange darauf und wiegte dann unsicher den Kopf. »Kommt mir irgendwie bekannt vor. Ja doch, ich bin mir sogar ziemlich sicher. Meinen Sie, dass er etwas mit dem Verschwinden meines Mannes zu tun hat?«

»Davon gehen wir aus. Erinnern Sie sich denn noch, woher Sie den Mann kennen?«

Sie trank einen Schluck Tee, fuhr sich dann schnell mit der Hand über die Augen. »Also, mein Mann war immer der Meinung, dass die meisten Menschen zu wenig über die UNO wissen. Und weil er für die Organisation arbeitete, machte er hier im Kirchenzentrum Werbung für seinen Beruf. Er hielt Vorträge, diskutierte mit den Leuten, und die wollten immer mehr wissen, weil sie tatsächlich keine Ahnung von der UNO hatten. Es machte meinem Mann Spaß und den Leuten auch. Ich bin auch immer hingegangen, wenn ich konnte. Gegen Ende des vorigen Jahres hielt er wieder einen Vortrag. Mein Mann hatte die Aufgabe, für die UNO überall dort aufzutauchen, wo Menschen mit Hilfe der Organisation an irgendwelchen Projekten arbeiten. Morton steuerte die Hilfsgelder, untersuchte die beteiligten Firmen. Wenn Sie so wollen, war er ein Kontrolleur. Und genau diese Funktion erklärte er den Leuten hier. Unter den Zuhörern saß irgendwann einmal auch dieser Mann, dessen Bild Sie mir gezeigt haben. Er ist mir aufgefallen, weil er bei der Diskussion richtig gut mitmachte. Er war offensichtlich stark interessiert und stellte kluge Fragen. Allerdings neigte er auch ziemlich zur Polemik, wenn ich mich recht erinnere.

Am Tag nach der Diskussion verschwand mein Mann spurlos. Morgens haben wir noch miteinander gefrühstückt, aber dann wollte ich meine ältere Tochter besuchen und verließ gegen neun das Haus. Mein Mann wollte einen Spaziergang machen, wie er es beinahe an jedem Tag tat, wenn er hier war. Als ich mittags zurückkehrte, war er fort. Ich dachte, er wird wohl gleich wiederkommen. Aber er kam nicht wieder, er blieb verschwunden.«

»Was geschah dann?«

»Weil mein Mann hier sehr beliebt war, haben alle Gemeindemitglieder bei der Suche nach ihm geholfen. Ganz privat und wirklich rührend. Aber nichts. Nach zwei Tagen ging ich dann zu unserer Polizeiwache und sprach mit einem Lieutenant darüber. Und er riet mir, noch ein paar Tage zu warten und dann eine Vermissten- und Suchmeldung aufzugeben. Das habe ich getan. Seitdem ist ein halbes Jahr vergangen, und absolut nichts ist passiert. Wollen Sie mir nicht sagen, weshalb Sie diesen Mann suchen?«

»Wir haben einen bestimmten Verdacht«, sagte Dehner vage. »Aber können Sie mir zunächst bitte noch die Frage beantworten, ob Ihr Mann bei seinen Spaziergängen seine Papiere bei sich trug?«

»Ja.« Sie nickte. »Er hatte seine Brieftasche immer dabei. Allerdings nie mit besonders viel Geld, wenn Sie das meinen.«

»Und sein Auto? Stand das noch hier?«

»Ja, genau.«

»Wir nehmen an, dass dieser Mann hier nur auf die Papiere Ihres Mannes aus war. Etwas anderes interessierte ihn nicht, er wollte lediglich den UNO-Ausweis. Den hat er auf einem Flug von Bogotá nach New York benutzt. Der Mann ist ein Massenmörder, Frau Robson.«

Martha Robsons Gesicht wurde kalkweiß, und sie knetete ihre Hände.

»Es tut mir sehr leid«, sagte Dehner.

»Ich habe alles Mögliche gedacht, aber doch nicht so etwas«, sagte sie tonlos. »Und wie sind Sie darauf gekommen?«

»Das ist eine sehr lange Geschichte. Ich weiß nicht, ob Sie die hören wollen.«

»Doch, das will ich!«, antwortete sie bestimmt. Während er knapp erzählte, wiegte sie ihren Oberkörper vor und zurück, als empfinde sie starke Schmerzen. Dann begannen die Tränen zu fließen.

Dehner rutschte unbehaglich auf seinem Stuhl herum, dann reichte er ihr ein Taschentuch.

Es dauerte mehrere Minuten, bis Martha Robson sich wieder einigermaßen beruhigt hatte. Mit heiserer Stimme sagte sie: »Es ist verdammt gut, dass Sie gekommen sind, so weiß ich wenigstens, was wahrscheinlich mit Morton geschehen ist. Immer noch besser als all die tausend Fragen ohne Antwort.«

»Darf ich Sie noch einmal bitten, mir genau zu beschreiben, wie der Morgen verlief, an dem Ihr Mann verschwand?« Dehner fand es beinahe unerträglich, die Frau weiter zu behelligen, aber er wusste auch, dass er nicht ohne Antworten nach Berlin zurückkehren konnte.

»Ja, natürlich. Ich fuhr um neun Uhr los zu meiner Tochter. Morton saß noch beim Frühstück. Ich nehme an, er ist wie üblich gegen halb zehn zu seinem Spaziergang aufgebrochen.«

»Nahm er immer denselben Weg?«

»Ja, immer. Ich bin oft mit ihm gegangen, stets die gleiche Tour. Wir sprachen dabei über unsere Pläne, über irgendwelche Ereignisse oder irgendwelchen Kummer. Wie das so ist im Leben.«

»Wie lang ist der Weg?«

»Es ist ein Rundweg. Wenn man langsam geht, braucht man ungefähr eine halbe Stunde.«

»Könnten wir die Tour wohl zusammen gehen?«, fragte Dehner.

»Ja, natürlich. Ich gehe diesen Weg immer noch, drei- oder viermal die Woche. Ich fühle mich ihm dann ganz nah.« Ihr Gesicht hellte sich plötzlich auf, und sie lächelte. »Und anschließend gibt es zur Belohnung meinen Hamburger.«

»Das ist ein Wort.«

Also gingen sie gemächlich los. Sie wanderten in ein Tal hinein, folgten einem Bach, gingen vorbei an alten, leerstehenden Gebäuden, und Dehner begriff, dass diese Gegend früher einmal ganz anders ausgesehen haben musste.

»Hier war Bauernland«, sagte Martha, als könnte sie seine Gedanken lesen. »Und hier Schweineland. Die Farmer verkauften direkt nach New York auf den Großmarkt, und sie machten gute Geschäfte damit. Dann wurde New York immer größer, und die Leute aus der Stadt kamen her und bauten hier ihre Häuser. Wir wurden so etwas wie ein Satellit, eine Schlafstadt. Und da rechts vor uns liegt unser Alptraum. Es sind zweihundertsechzig neu gebaute Häuser, verkauft an Leute, die nicht einmal das Geld hatten, eine eigene Hundehütte zu finanzieren. Das gehört zu den Hinterlassenschaften von Lehman Brothers. Und von heute auf morgen war alles kaputt, waren alle Beteiligten pleite. Wenn Sie wollen, können Sie jedes Haus da kaufen, billiger sind Sie noch nie an ein Haus gekommen. Aber niemand will das haben, es ist eine Totgeburt. Mein Mann hat immer gesagt, da haben sie den amerikanischen Traum zu Grabe getragen, und ich kann ihm nur zustimmen. Morton meinte immer: Die Banker müsste man ein Leben lang in den Steinbruch arbeiten schicken. Wir kannten den Bauunternehmer gut, er musste natürlich auch dichtmachen und arbeitet heute als Nachtwächter in einem Einkaufszentrum.«

Die Siedlung wirkte wie Spielzeugland, eine endlose Reihe freundlich wirkender Häuser hinter weiß gestrichenen

Zäunen, die aus finanziellen Gründen so dicht nebeneinander gebaut worden waren, dass man wahrscheinlich morgens feststellen konnte, was der Nachbar zum Frühstück aß.

»Das ist ja wie ein Friedhof«, sagte Dehner.

»Ja, so kommt es einem vor.«

»Also, diesen Weg ist er wohl gegangen?«

»Ja, da vorne geht es links, und dann sehen Sie schon wieder mein Haus.«

»Was bedeutet dieser lange Erdwall dort drüben? Der ist ja riesig.«

»Tja, das war eine Kuriosität. Die Käufer dieser Häuser gründeten einen Verein, und der verlangte diesen Erdwall. Die glaubten, sie würden durch die Eisenbahnlinie gestört, die da hinten verläuft. Im Grunde war das lächerlich, aber der Bauunternehmer sagte: In Gottes Namen! Ihr sollt euren Lärmschutzwall kriegen.«

»War der Wall denn schon errichtet, als Ihr Mann verschwand?«

»Warten Sie. Nein, da waren sie gerade am Werkeln. Ich weiß noch, das war eine sehr betriebsame Zeit auf der Baustelle, überall Betonmischer und Lastwagen. Und am Abend wurde dann immer der Schutt mit den Baggern zum Lärmschutzwall zusammengefahren. Inzwischen schaut das ja alles ganz nett aus mit der Begrünung«, fügte Martha hinzu.

Dehner starrte lange nachdenklich auf den Wall. Dann blickte er schmerzvoll auf Martha. Er würde noch heute Nacht zurück nach Berlin fliegen können. Denn er war sich sicher: Robsons Leiche würde man niemals finden.

Ilka und Bert Petersen waren schon um sechs Uhr am Morgen aufgestanden. Es war der Tag, an dem das Flugzeug kommen würde, der Tag, der genau geplant sein wollte.

Sie hatten eine Kleinigkeit gefrühstückt und sich dann auf den Weg gemacht. Mit dem Wagen fuhren sie bis an das Ende der Landebahn, das zwischen Feldern und Wiesen lag und von drei Waldstreifen und einem sehr hohen massiven Zaun sorgsam geschützt wurde.

Sie stießen auf ein Tor, das fest verschlossen war, und Bert vermutete: »Wenn sie Leute einfliegen, die es hier gar nicht geben darf, dann werden sie die genau an diesem Punkt aus dem Flieger steigen lassen.«

Goldhändchen hatte ihnen am Telefon erklärt: »Wir haben die letzte Reise der Maschine abgeklärt. Sie kommen von Süden und peilen offiziell den Flughafen Hahn im Hunsrück an. Dann erbitten sie die Landeerlaubnis, geben vor, es sei etwas faul am Flieger. Nichts Schlimmes, aber etwas, das repariert werden muss. Und dann gehen sie in der Eifel runter. Die Leute steigen aus, der Flieger bleibt eine Weile am Boden, setzt sich dann in Bewegung und landet später auf dem Hahn. Da bleibt er nur kurz, tankt auf und fliegt dann wieder ab. Wir nehmen an, dass alles an diesem Flug getürkt ist. Postieren Sie sich also so, dass Sie die Leute beim Aussteigen fotografieren können. Alle.«

Sie wussten, dass der Ausstieg für Passagiere und Piloten bei der Gulfstream auf der rechten Seite lag. Ging man davon aus, dass auch die Leute im Tower möglichst wenig von Besatzung und Passagieren mitbekommen sollten, dann würde die Maschine beim Ausrollen dem Tower ihre linke Seite zeigen, nicht die rechte. Also war klar, dass das Flugzeug einen Halbkreis nach backbord ziehen würde.

Zunächst kümmerten sie sich darum, ihr Auto irgendwo so unterzubringen, dass man es nicht sah. Sie entschieden sich für den linken Waldstreifen und stellten es unter niedrige, üppig gewachsene Kiefern. Dann brachten sie sich selbst in Position.

Ab 9:45 Uhr warteten sie und hatten eine ständige Verbindung mit ihren Handys. Sie lagen ungefähr einhundert Meter von einander entfernt zwischen dichten Büschen versteckt.

Um 11:45 Uhr kamen zwei Jeeps an, die Soldaten stiegen aus und öffneten das Tor. Dann erschien ein Mercedes- Sprinter und fuhr ungefähr fünfzig Meter in die Anlage hinein.

Die Maschine landete um 12:15 Uhr.

Sie fotografierten mit extremen Teleobjektiven, deren Gewicht beachtlich war. Es waren acht junge Männer und drei Begleiter, die um die vierzig Jahre alt sein mochten. Alle waren ungefesselt und bewegten sich träge und offenkundig furchtlos. Sie stiegen gemächlich in den Kleinbus, der sofort startete und aus der Anlage hinausfuhr.

Die Soldaten schlossen das große Tor, die Maschine startete erneut, drehte und rollte auf der Landebahn zurück in Richtung Tower. Die ganze Aktion wirkte minutiös geplant und wurde schnell und konzentriert durchgezogen. Bert und Ilka hatten alles genau fotografiert. Nun gingen sie in aller Ruhe zurück zum Auto und fuhren in ihr Quartier. Die Fotos waren zwanzig Minuten später in Sowinskis Computer.

John hockte zwischen Ginsterbüschen und betrachtete dieselbe Szene sehr ruhig und aufmerksam. Er richtete sein Augenmerk vor allem auf die Bewacher. Sie waren zu dritt. Einer von ihnen war sehr groß, hatte schwarze Haare und trug eine Sonnenbrille. Der zweite war ein gedrungener

Mann mit feuerroten Haaren, die in der Sonne leuchteten. Der dritte war ein hagerer Typ mit kurzen blonden Haaren, der den Kopf die ganze Zeit über ein wenig gesenkt hielt. Auch sie bewegten sich zunächst träge, und der Rothaarige machte ein paar Kniebeugen und streckte die Arme zur Seite. Typisch für einen Bodybuilder.

Als sich der Bus in Bewegung gesetzt hatte, wusste John genau, auf welchen Wegen er fahren würde und wie die Häuser aussahen, in denen die Männer befragt werden würden. Sicherheitshalber wartete er noch zwanzig Minuten, ehe er sich rührte, die Deckung der Ginsterbüsche verließ und sich auf den Weg machte. Er ging gemächlich einfach an dem hohen Zaun entlang, der den Flugplatz von den Feldern und Wiesen trennte.

Er blickte sich aufmerksam um und entdeckte nichts, was ihn unsicher machte. In einiger Entfernung trabte ein älteres Paar dahin, mit Sicherheit Touristen, die die bergige Landschaft liebten und alle paar Meter haltmachten, um irgendeine Blume zu fotografieren. Er erreichte die beiden Häuser nach zwanzig Minuten und hielt sich im Schatten von einigen Weiden verborgen. Das große Tor stand sperrangelweit offen.

Plötzlich näherte sich eine große Zugmaschine auf einem der Feldwege und fuhr durch das offene Tor. Sie hielt direkt vor den Häusern. Ein großer Mann sprang herunter und ging auf die drei CIA-Leute zu. Die Begrüßung war herzlich, sie lachten miteinander. Dann luden sie irgendwelche Dinge von einem kleinen Anhänger hinter der Zugmaschine, und der große Mann stieg wieder auf seinen Fahrersitz, startete und fuhr aus der Anlage heraus. Das Tor blieb offen.

Wo waren jetzt die jungen Männer?

John dachte, sie müssten im Inneren der Häuser sein, wahrscheinlich in Einzelzellen, in denen sie auch schliefen.

Sie mussten schon deshalb in Einzelzellen sein, damit sie nicht untereinander irgendwelche unwahren Geschichten absprachen.

Was jetzt?

Er lag auf dem Bauch im Schatten junger, üppiger Weiden und verzog das Gesicht, als er erneut an Kotri denken musste und Scham sein Herz erfüllte.

Er hatte zwei Autos abgestellt. Eines an einem kleinen Gehölz in westlicher Richtung. Ein zweites in einem Waldstreifen östlich des Flughafens. Das entsprach punktgenau dem Verlauf der Landebahn.

Es war ein mühsames Unterfangen gewesen und hatte sehr viel Energie gekostet. Er hatte bei zwei Autovermietungen in kleinen Städten jeweils die Kaution hinterlegt und die Wagen für vier Tage gemietet. Dann hatte er den ersten Wagen abgestellt, hatte nach stundenlanger Wanderung ein Taxi gerufen und war zu dem zweiten Autoverleih gefahren, um den anderen Wagen abzuholen und ihn zum vorgesehenen Ort zu bringen. In jedem Auto hatte er die typischen Urlaubsprospekte und Karten der Umgebung verteilt, um den Anschein zu erwecken, dass das Auto einem Touristen gehörte. Das war in dieser Gegend ganz normal.

Er stellte sich vor, was die jungen Männer jetzt tun würden. Lagen sie auf ihren Betten, um zu schlafen? Eher nein. Er dachte, vielleicht wird man sie zusammenrufen, um sie über die Abläufe während der nächsten Tage zu informieren. Dann können sie duschen, die Kleidung wechseln.

Was taten die Bewacher jetzt? Wahrscheinlich saßen sie zusammen und tranken ein Dosenbier. Auf jeden Fall ließen sie es gemütlich angehen. Würde dieser Mann auf der schweren Zugmaschine wiederkommen? Möglich, aber sicher nicht so bald.

Ich greife an, dachte er wild entschlossen. Ich muss es

jetzt tun. Ich muss den Männern zeigen, dass es auch andere Kräfte auf der Welt gibt. Ich muss ihnen die Gewissheit geben, dass die Sache Allahs keine verlorene Sache ist.

Dann versenkte er sich in ein Gebet.

Als er aufstand, war er ganz ruhig und kalt.

Er überquerte einen Feldweg und ging durch einen Wiesenstreifen auf das offene Tor zu. Er bewegte sich ohne jedes Zögern und betrat das Haus, in dem die Bewacher verschwunden waren. Er roch sofort den Kaffee.

Links war eine offen stehende schmale Küche mit einer Unmenge von Hängeschränken und Spülbecken aus Edelstahl. Der Flur war relativ kurz. Rechts gab es drei Türen, links zwei. Am Ende des Flurs war ebenfalls eine Tür.

Er blieb einfach stehen und horchte in das Haus hinein. Dann ging die Tür am Ende des Flurs plötzlich auf, und der bullige Rothaarige kam heraus. Er starrte John an – verwundert, aber nicht im Geringsten misstrauisch.

»Wer bist du denn?«, fragte er und ging auf John zu.

»Ich bin ein Bote«, antwortete John freundlich. Er hatte beide Teppichmesser in den Händen, und er wartete, bis der Rothaarige sich bis auf etwa einen Meter Entfernung genähert hatte.

Dann kam der beidhändige Angriff links und rechts des Kopfes. Der Rothaarige hatte keine Chance, er starb vollkommen lautlos. Wahrscheinlich war er schon tot, als er auf den Betonboden aufschlug. In seinen Augen stand reine Fassungslosigkeit.

Ich bin wieder da, dachte John beglückt.

Über ihm gab es Geräusche. Bestimmt waren das die jungen Männer in ihren Zellen. Wahrscheinlich packten sie ihre Reisetaschen aus und machten die Betten. Irgendetwas in der Art.

John bewegte sich nicht. Waren die beiden anderen auch

in dem Raum, aus dem der Rothaarige gekommen war? Dann hörte er ein schwaches Geräusch rechts von sich. Es musste die zweite Tür auf dieser Seite sein.

Er drückte die Klinke herunter und trat ein, schloss die Tür hinter sich.

Dort war der blonde Hagere. Er stand über ein Bett gebeugt und packte irgendetwas aus einer Tasche aus, ohne sich umzudrehen. Er sagte ungeduldig und offensichtlich schlecht gelaunt: »Ich komme ja gleich!«

»Das ist nicht mehr nötig«, sagte John. Dann fuhren die beiden Messer rechts und links des Kopfes nach vorn und zogen beim Zurückziehen tiefe Schnitte in den Hals. Der Blonde sackte in sich zusammen und fiel auf Johns Schuhe.

»He«, sagte John, »nicht so hastig.« Er sah in die erstaunlich dunklen Augen des Blonden, als sie brachen, und auch dieser Tod war ein großes Geschenk für ihn.

Wo war der Dritte, der mit der Sonnenbrille?

John hielt inne, wie Morsezeichen meldeten sich die ersten leisen Zweifel. War es unbedingt notwendig, den Dritten auch noch zu töten? War es nicht vielleicht besser, ihn laufen zu lassen, um durch ihn die Nachricht verbreiten zu lassen, dass da jemand unterwegs war, der gnadenlos strafte?

Seine Entscheidung war in Sekunden getroffen. Er legte eine Visitenkarte neben den Kopf des Blonden, eine zweite neben den des Rothaarigen und marschierte in aller Ruhe aus der Anlage. Er entschied sich für das im Osten stehende Fahrzeug. In der Ferne meinte er wieder die Touristen zu sehen, die mit ihren Kameras auf Beutezug waren. Er fühlte sich sehr gut.

Ilka und Bert Petersen, beide mit ihren Kameras vor dem Bauch, trotteten unter der heißen Sonne dahin und mussten sich gar nicht besonders bemühen, die naturbegeisterten Touristen zu geben. Sie waren tatsächlich begeistert. Und um das in aller Deutlichkeit zu demonstrieren, erlaubten sie sich hin und wieder eine Einlage, auf die sie besonders stolz waren: Sie fotografierten Blumen. Sie legten sich bäuchlings vor gelbe, rote oder blaue Naturschönheiten, rückten ihnen auf den schlanken Leib, bannten sie in Bilder für die Ewigkeit. Ganz wie der Juppes.

»Man müsste jetzt nur noch wissen, wie das Gemüse heißt«, bemerkte Bert, der eine unstillbare Gier auf Genauigkeit pflegte und mit Sicherheit zu Hause in Berlin die Namen der Blumen recherchieren würde. Schon lag er wieder im Gras neben dem Weg und fotografierte ein kleines blaues Blümchen, von dem Ilka behauptete: »Die kenne ich, heißt Männertreu. Entsprechend mickrig.«

So trabten sie dahin, als hätten sie alle Zeit der Welt. Schließlich kamen die beiden Häuser der Amerikaner in Sicht, das Tor stand offen.

Schon zückte Ilka wieder ihr 400er-Rohr, ein extrem langes Teleobjektiv.

»Die jungen Männer sahen aus wie Afghanen. Ich nehme an, sie befragen sie jetzt«, sagte Bert. »Also, weiter geht's mit der Spionage.«

Er stellte sich hinter seine Frau, legte das Objektiv auf ihre Schulter und schoss mehrere Fotos. Sie hatten die Erfahrung gemacht, dass eventuelle Beobachter sich dieses Bild nicht eindeutig erklären konnten und nicht merkten, dass sie fotografiert wurden. Sie sahen nur zwei hintereinanderstehende Menschen, kein Objektiv.

Die Entfernung zum großen Zaun und zum Tor betrug jetzt etwa zweihundert Meter. Ein Mann kam aus einem der

Häuser. Er sah sich aufmerksam um, kam auf das Tor zu und wandte sich dann nach links. Seine Bewegungen waren gelassen, aber zielstrebig.

»Ich habe ihn«, sagte Bert zufrieden. »Wollen wir warten, was sich hier noch tut?«

»Ja, das sollten wir machen, wir haben ja Zeit. Solange wir nicht auffallen ...«

Aber dann hatten sie plötzlich keine Sekunde mehr Zeit.

Ein Mann schrie, und es klang, als käme es aus einem der Häuser. Das Schreien hörte nicht auf, es steigerte sich sogar noch, wurde hoch und schrill, als litte jemand unbeschreiblich großen Schmerz.

Ilka begann zu rennen, und weil die Fotoapparate sie behinderten, blieb sie für Sekunden stehen und nahm sie von ihrem Hals. Einen legte sie ins Gras, den anderen hielt sie mit der Hand fest.

Und noch immer hörte das Schreien nicht auf.

Dann kam aus dem linken Haus ein Mann gestürzt. Er war groß und sehr kompakt, mit dunklem Haar, er trug eine Sonnenbrille. Ilka erkannte ihn: Der war vorher mit aus dem Flugzeug gestiegen. Er war es, der schrie. Es klang mittlerweile wie das Heulen eines Wolfes.

Der Mann hatte eine Maschinenpistole in der Hand, er nahm die Waffe plötzlich hoch und feuerte eine Serie von Schüssen gänzlich sinnlos in die Luft.

»He, leg die Waffe hin!«, schrie Ilka auf Englisch und rannte weiter.

Der Mann stand ein paar Sekunden vollkommen reglos, dann sank er nach vorn auf die Knie und senkte den Kopf.

»Ganz ruhig«, sagte Ilka etwas leiser. Sie berührte vorsichtig die Schulter des Mannes und sagte: »Ruhig, Junge, was ist denn passiert?«

»Sie sind tot!«, sagte der Amerikaner völlig fassungslos.

»Wer ist tot?«, fragte Ilka und ruderte mit ihrem Arm in der Luft, um ihren Ehemann herbeizuwinken.

»Meine Jungs«, sagte der Mann undeutlich. Dann weinte er.

»Wo?«, fragte Ilka. Und als er nicht reagierte, sagte sie: »Polizei? Soll ich die Polizei holen?«

»Polizei, ja!«

Bert war inzwischen bei ihr und starrte auf den CIA-Agenten.

»In dem Haus sind Tote«, sagte Ilka. »Ich hole die Bullen, und du gehst rein und siehst dir an, was da los ist. Irgendwo müssen ja all die Männer sein. Und sei um Gottes willen vorsichtig.«

Sie rief die Polizei, und sie rief in Berlin an, um Sowinski zu sagen, dass die Szene in der Eifel verdammt durchgeknallt war und es Tote gab.

»Bleibt dran«, sagte Sowinski knapp. »Und bleibt auf jeden Fall bei euren Legenden.«

Nach unendlich langen fünf Minuten kam Bert aus dem Haus. Er wirkte seltsam starr und ging so bedächtig, als sehe er Fallstricke auf seinem Weg.

»Es sind zwei«, sagte er tonlos. »Irgendjemand hat sie getötet. Hat ihnen fast die Köpfe abgeschnitten. Eine Riesensauerei da drin.«

»O Gott«, sagte Ilka. »Das ist wirklich eine merkwürdige Landschaft hier.«

Gegen vierzehn Uhr rief Ilka Petersen erneut beim BND an.

»Also, wie schaut's jetzt aus?«, fragte Sowinski.

»Schlecht schaut's aus! Beim Transport heute kamen, wie

berichtet, drei amerikanische Begleiter mit. Sie verschwinden in den Häusern. Kurz danach kommt seelenruhig ein Mann rausspaziert, und dann bricht die Hölle los, weil der offensichtlich aus drei eins gemacht hat. Wir haben aber alle Beteiligten auf Bildern. Ich schicke los, während wir reden.«

»Vielen Dank! Und was passiert da jetzt gerade?«

»Hier ist ein Riesenrummel. Noch kämpfen sie darum, ob die zwei Gebäude auf amerikanischem Grund stehen oder nicht. Da sind jetzt deutsche Kripoleute zusammen mit einem leitenden Oberstaatsanwalt aufgetaucht, die darauf bestehen, zum Tatort geführt zu werden. Sie behaupten, dass die Liegenschaft kein amerikanisches Territorium mehr ist. Es sind schon deutsche Reporter aufgetaucht und zwei Fernsehsender, hier ist richtig was los. Und wir fragen uns, ob wir den Toten in der Kühltruhe nebenbei erwähnen sollen. Denn der liegt garantiert nicht auf amerikanischem Boden.«

»Im Moment bitte noch nicht«, sagte Sowinski. »Grundsätzlich ist gegen die deutsche Polizei überhaupt nichts einzuwenden. Wir sind da außen vor, meine Liebe, und warten ab. Wenn die diskutieren, wer zuständig ist, dann sickert der Fall ganz allmählich ins Bewusstsein der Öffentlichkeit. Und irgendwann hätten wir es sowieso auslösen müssen. Aber so erledigt sich das von selbst. Also: Ducken Sie sich und holen Sie so viele Einzelheiten zusammen, wie Sie kriegen können. Und natürlich brauchen wir irgendwie auch sämtliche Daten der drei Amerikaner. Scheiße!«

»He! Was ist denn jetzt?«

»Ich habe nebenbei Ihre Bilder aufgemacht, die gerade eingegangen sind. Das gibt's doch nicht!«

»Was gibt's nicht?«

»Ich glaube, wir kennen den Kerl! Den Mörder!«

»Sollen wir versuchen, ihn zu finden?«

»Auf keinen Fall. Sie leben doch gerne, oder? Kommen Sie niemals auf die Idee, gegen den anzutreten. Niemals!, hören Sie? Ich will auf keinen Fall von einem Pressefritzen erfahren, dass wir in dem Fall drinhängen. Das ist ein Befehl. Und jetzt: Gott befohlen!«

In das Mikrofon auf seinem Tisch sagte er: »Wir brauchen sofort eine Konferenz. Sebastian Rogge hat in der Eifel zwei Amerikaner getötet, Brüder von der CIA. Und wir sehen richtig scheiße aus, wenn bekannt wird, dass wir seit Tagen vor Ort sind.«

Esser reagierte sofort. »Ich komme.«

»Ich auch«, sagte Krause.

Sowinski rief sein Sekretariat und bestellte Kaffee und irgendwelche Kekse, aber bitte keine gesunden, sondern richtig süße. Mit Füllung. Und die nächste halbe Stunde ohne jede Unterbrechung.

Esser und Krause kamen wenige Minuten später und setzten sich wortlos. Krause wirkte betreten.

Sowinski erklärte: »Ich habe eben mit den Petersens gesprochen und habe ihre Bilder. Rogge hat die Besatzung des CIA-Fliegers überfallen und zwei Agenten getötet. Danach ist er verschwunden, und da er ein cleveres Kerlchen ist, würde ich annehmen: spurlos. Sollen wir die Petersens jetzt abziehen?«

Krause antwortete nicht.

»Ich bin nicht dafür«, sagte Esser. »Sie können kaum entdeckt werden, sie sind Touristen, die gern wandern, sie haben bisher keine sichtbaren Spuren gezogen. Der Bauer mit der Kühltruhe mag sie, die Bundeswehr mag sie. So what?«

»Haben wir eine Verbindung zu der dortigen Mordkommission?«, fragte Krause. Er wirkte, als sei er nicht im Raum, sondern irgendwo weit weg.

»Ja, da habe ich eine«, nickte Sowinski.

»Belastbar?«

»Ja, auf jeden Fall.«

»Es kann sein, dass die Amerikaner, als sie die dortigen Stützpunkte aufgaben, ein Vorkaufsrecht für derartige Liegenschaften bekommen haben. Aber mehr auch nicht. Die Liegenschaft wird jetzt deutsch sein, vermietet an die Amerikaner. Der Ortsbürgermeister müsste das wissen, die Petersens sollen mal nachfragen.«

Dann sah Krause seine beiden Kollegen an und murmelte: »Ja, gut, dann sind wir hier fertig, dann gehe ich mal wieder.«

»Das solltest du nicht tun«, widersprach Sowinski.

»Aber ...«

»Du marschierst hier jetzt nicht raus, ohne mit uns über die beiden Toten gesprochen zu haben«, sagte Esser freundlich, aber bestimmt.

»Das kann man nicht diskutieren«, sagte Krause.

»Doch, kann man«, widersprach Sowinski. »Du trägst an ihrem Tod keine Schuld. Und du wirst uns das Gegenteil nicht einreden können.«

»Wenn wir besser auf Rogge aufgepasst hätten, wären sie jetzt noch am Leben. Wir denken hier großartig über Fallen für ihn nach und sehen den Wald vor lauter Bäumen nicht. Ein besseres Ziel als diese Folterflieger kann es doch gar nicht geben für so einen!«

»Selbst wenn wir es ein bisschen früher gewusst hätten«, sagte Sowinski schnell, »wie hättest du eingreifen können? Über die CIA, die Botschaft der USA hier in Berlin? Ich sage dir, was sie gesagt hätten: Beruhigen Sie sich, Herr Doktor Wiedemann, wir kümmern uns drum. Wir haben alles im Griff. Und weißt du, was passiert wäre? Gar nichts! Rogge hätte sie da unten in der Eifel sowieso getötet.«

»Das kann ich einfach nicht glauben«, sagte Krause bedrückt.

»Du machst mich wirklich krank!«, brauste Esser auf. »Was hättest du denen in der Botschaft gesagt? Dass da eventuell ein Mann auftauchen wird, der sehr gefährlich ist, und dass sie sich in Acht nehmen müssen? Du weißt aus Jahrzehnten Erfahrung, dass die CIA-Leute hier in Berlin garantiert keine Ahnung haben von ihren eigenen Berufskollegen, die von Mumbai nach Deutschland fliegen, um hier Verhöre durchzuziehen. Die haben von denen in der Eifel nicht mal eine Telefonnummer. Das ist der Sinn verdeckter Operationen. Und jetzt hör auf, dich fertigzumachen.«

»Ich nehme eine Auszeit.« Krause wandte sich zur Tür um. »Ihr könnt mich zu Hause erreichen.«

»Scheiße!«, rief Esser hinter ihm her.

ZWÖLFTES KAPITEL

Svenja und Müller waren am Abend zuvor todmüde aus Singapur angekommen und trödelten sich nun in den Tag hinein. Die letzten Tage waren überaus kräftezehrend gewesen, und sie vermieden jedes Wort darüber, weil immer noch die atemlose, gefährliche Spannung in ihnen hochkroch, wenn sie nur daran dachten. Sie wussten beide, dass es oft Monate brauchte, die Ereignisse seelisch zu verdauen.

»Du hast mir schon wieder die Boxershorts geklaut«, schimpfte Müller.

»Ja. Die stehen mir gut, nicht wahr?«

»Das stimmt allerdings.«

»Weißt du, was ich mache?«, verkündete Svenja lebhaft. »Ich kenne eine Wellnessoase in der Kantstraße. Da lassen sich reiche Berlinerinnen für ihre Lover aufmöbeln. Da gehe ich jetzt hin und nehme ein Bad in Rosenblüten und bestelle mir diese oder jene Massage.«

»Tu das.«

»Kriege ich dein Auto?«

»Aber ja.«

»Und bist du noch hier, wenn ich zurückkomme?«

»Ja, ich werde hier sein.«

»Und könntest du mich noch in den Arm nehmen?«

»Das geht nur nach einem schriftlichen Antrag in sechsfacher Ausfertigung.«

»Wird nachgereicht. Ich bin so froh, dass es dich gibt.«

»Und ich erst.«

Gerade als Müller die Hand nach ihr ausstreckte, klingelte das Telefon. Esser bat ihn, wenn es irgend ginge, am Nachmittag mit Svenja in den BND zu kommen.

Als er aufgelegt hatte, fragte Svenja: »War das deine Mutter?«

»Wie kommst du denn darauf? Nein, es war Esser. Wir sollen heute noch reinkommen.«

»Was täten die nur ohne uns?« Sie seufzte theatralisch.

»Insolvenz anmelden.«

Eine halbe Stunde später machte Svenja sich auf den Weg zur Wellnessoase.

Müller ging in sein Schlafzimmer und ließ sich auf das zerwühlte Bett fallen.

Er musste sich unbedingt bei seiner Mutter melden, er musste seine Tochter Anna-Maria anrufen, er musste das Grab seines Vaters besuchen und ein paar Blumen neben den Grabstein stellen. Er musste, musste, musste ... Er fand es immer schwieriger, in seinem Beruf die herkömmlichen sozialen Bindungen zu bedienen, wie es so lächerlich bei den Soziologen hieß. Er fand es sogar nahezu unmöglich. Und er wusste mit Sicherheit, er würde sich davor drücken, sooft und solange es eben ging.

Als es klingelte, dachte er, Svenja habe vielleicht die Schlüssel vergessen, und drückte den Haustüröffner. Dann klingelte es nach einer Weile erneut, und er riss die Tür auf, um sie hereinzulassen.

Vor ihm stand ein Mann, den er noch nie im Leben gesehen hatte. Sein Alter war schwer zu schätzen. Er konnte Mitte sechzig, vielleicht aber auch schon an die achtzig sein. Sein schlohweißes Haar fiel ihm bis auf den Kragen, und er trug ein Jeanshemd, Jeanshose und leichte hellbraune Slipper. Sein Gesicht wirkte irgendwie gütig mit all seinen Falten und den strahlend hellblauen Augen. Am linken Handgelenk trug er eine Breitling.

Er sagte: »Mein Name ist Toni. Kann ich Sie wohl einen Augenblick sprechen?« Toni? Toni? Da klingelte etwas. Aber was?

»Ja, natürlich«, sagte Müller. »Kommen Sie bitte herein.«

Er führte den Mann in das Wohnzimmer und bat ihn, Platz zu nehmen. »Ich kenne Ihre Mutter«, eröffnete der das Gespräch.

»Toni! Richtig. Ich erinnere mich. Sie wollte mit Ihnen an die Müritz.«

»Genau.« Toni lächelte.

»Ich glaube, wir haben noch Kaffee«, sagte Müller etwas fahrig. »Wollen Sie eine Tasse?«

Toni nahm das Angebot an, und während Müller für Tassen und Zubehör sorgte, erklärte er: »Ich bin hier, um mit Ihnen über Ihre Mutter zu sprechen.«

»Ach, ja? Ist etwas mit ihr?«

»Sie ist krank.«

»Was ist passiert?«

»Sie verlässt uns.«

»Wie bitte? Bedeutet das, sie stirbt?«

»Nein, das meine ich nicht. Sie leidet unter Altersdemenz. Sie ist dabei, uns zu verlassen.« Dann wedelte er mit beiden Händen. »Oh, das wird natürlich nicht von heute auf morgen passieren, aber die Aussetzer häufen sich. Manchmal ist sie tagelang völlig normal. Aber dann taucht sie plötzlich in eine Welt ab, zu der wir keinen Zugang haben. Verstehen Sie, was das bedeutet?« Nach einer kurzen Pause fügte er mit leiser Stimme hinzu: »Ihre Mutter ist eine wunderbare Frau.«

»Ja, das ist sie«, sagte Müller mechanisch.

»Ich weiß, dass Sie Ihre Mutter nicht oft sehen, weil Sie

beruflich sehr viel unterwegs sind. Deshalb ist Ihnen die Veränderung vielleicht auch noch gar nicht aufgefallen, aber ich dachte, Sie müssen das einfach wissen. Sie sind schließlich ihr Sohn.«

»Selbstverständlich«, antwortete Müller und setzte dann überflüssigerweise hinzu: »Das ist richtig.«

»Ich bin wirklich froh, Sie endlich angetroffen zu haben. Ich habe es vor zwei Monaten schon einmal versucht, dann vor ungefähr sechs Wochen und nochmal vor ein paar Tagen. Ich habe leider nie jemanden angetroffen, und einen Anrufbeantworter haben Sie wohl auch nicht. Als ich heute Morgen wieder anrief, war besetzt, da dachte ich, ich kreuze gleich mal hier auf.«

»Ich bin Ihnen sehr dankbar für Ihre Mühe«, sagte Müller aufrichtig. »Wo ist meine Mutter denn jetzt? Zu Hause?«

»O nein. Sie ist momentan in einer Pflegeeinrichtung. Kurzzeitpflege. Sie konnte nicht allein in ihrem Haus bleiben. Das ging einfach nicht mehr. Ihr Hausarzt hat sie dann eingewiesen, weil er Sie auch nicht erreichen konnte.«

»Und ist sie denn jetzt ... bei sich?«

»Das ist unterschiedlich. Mal ja, mal nein. Die Ärzte sagen, das ist nicht zu steuern. Aber sie war enorm ausgetrocknet, hatte viel zu wenig getrunken die letzten Tage. Und sie isst die falschen Sachen. Wenn Sie wollen, können wir sie zusammen besuchen. Es ist gleich hier um die Ecke.«

»Ja, danke, das wäre gut. Ich muss nur kurz eine Nachricht hinterlassen.«

Er schrieb auf einen leeren Briefumschlag: »Meine Mutter ist krank. Bis später.«

Dann gingen Toni und er hinunter. Als sie vor Tonis dunkelblauem Mercedes standen, wandte er sich Müller zu und schaute ihm in die Augen.»Erschrecken Sie aber bitte nicht«, sagte er leise, »manchmal ist sie sehr weit weg.«

»Ich bin jetzt vorbereitet«, sagte Müller. »Hatten Sie eigentlich irgendwelche Unkosten?«

»Nein, überhaupt nicht«, antwortete Toni. »Sie ist ja versichert.«

Der Wagen fuhr vollkommen geräuschlos, und Toni steuerte ihn leicht und elegant.

»Muss sie denn in ein Heim?«

»Eigentlich müsste sie das nicht«, antwortete Toni. »Sie kann nur nicht allein leben, also zum Beispiel im Haus Ihres Vaters. Da ist sie vor einiger Zeit am helllichten Tag im Nachthemd hinausgelaufen und hat dann bei einem Eismann im Park ein Eishörnchen zu fünfzig Cent bestellt. Es ist zum Glück nichts weiter passiert, aber es kann gefährlich werden. Wenn sie wieder zu Hause ist, werde ich mich erst einmal um sie kümmern, und dann sehen wir weiter.«

»Verstehe«, sagte Müller und spürte, wie Entsetzen in ihm hochkroch.

Toni fuhr durch eine Toreinfahrt in den Hof eines hellen, renovierten mehrgeschossigen Hinterhauses und parkte den Wagen. Neben dem Eingang entdeckte Müller ein Messingschild mit großen kursiven Buchstaben: LEBENSWIEGE stand da. Sie fuhren mit dem Lift hoch.

Es wirkte wie ein teures Hotel, und wahrscheinlich war es auch eines. Eine katholische Ordensschwester kam ihnen entgegengesegelt, erstaunlich jung und hübsch.

»Toni«, sagte sie lächelnd. »Wie schön, dich zu sehen. Deiner Freundin geht es gut. Wenn du magst, kannst du sie mitnehmen.« Dann nickte sie Müller zu.

»Er ist ihr Sohn«, erklärte Toni.

»Oh, das ist aber schön. Sie waren sicher im Ausland, oder?«

»Ja, das war ich.«

»Ich muss leider weiter, meine Lieblinge warten«, erklärte sie strahlend und verschwand in einem der Zimmer.

»Wer war denn dieses erstaunliche Fräulein?«, fragte Müller.

»Sie leitet das Ding hier«, sagte Toni. »Ich hatte verdammte Mühe, so eine zu finden.«

»Heißt das etwa, Sie sind der Besitzer hier?«

»So in etwa«, grinste Toni. »Kommen Sie.«

Das Zimmer seiner Mutter hatte eindeutig etwas Königliches. Es war ein riesiger Raum mit zwei Sitzecken, eleganten weißen Vorhängen und einem geradezu monströsen persischen Teppich in Blau und Rot. Das Bett in der Ecke wirkte dagegen sehr schlicht. Er erschrak, als er seine Mutter darin liegen sah. Er hatte sie als eine große, lebensfrohe Frau in Erinnerung. Die, die da im Bett lag, wirkte zart und zerbrechlich.

»Mein Junge!«, begrüßte sie ihn glücklich.

Er beugte sich zu ihr hinunter und umarmte sie. »Schön, dich zu sehen. Toni hat mir schon erzählt, was mit dir ist.«

»Wenn ich Diät halte und immer genug trinke, passiert es ja nicht wieder«, sagte sie. »Wo warst du denn diesmal?«

»In Indien und Pakistan«, antwortete er. »Und dann hatte ich die Nase voll.«

»Wir dachten schon, sie hätten dich irgendwohin ins Ausland versetzt.«

»Ich lasse euch jetzt einen Moment alleine«, sagte Toni und zwinkerte ihr zu. Dann verließ er das Zimmer und schloss leise die Tür hinter sich.

Müller fühlte sich plötzlich furchtbar unsicher, aber er nahm sich einen Stuhl und setzte sich zu seiner Mutter ans Bett. Sie griff nach seiner Hand, und ein wenig verlegen ließ er es geschehen.

»Du siehst müde aus«, sagte sie, »und du solltest mehr

essen. Aber ich freue mich so, dich zu sehen.« Zärtlich fuhr sie mit dem Daumen über seinen Handrücken.

So saßen sie eine ganze Weile, schweigend, und Müller spürte, wie das Unbehagen langsam wich.

Nach einer Viertelstunde kehrte Toni zurück. »Komm, meine Liebe, steh auf, ich bring dich heim«, sagte er zärtlich.

»Ich muss jetzt leider wieder los«, murmelte Müller. »Aber ich komme dich bald besuchen. Ich verspreche es dir.« Er beugte sich zu seiner Mutter hinab und küsste leicht ihre Wange. Dann reichte er Toni die Hand.

»Nun kommen Sie, das ist doch Quatsch.« Tonis Stimme klang energisch. »Ich fahre Sie eben heim.«

»Lassen Sie nur. Ich winke mir ein Taxi. Und vielen Dank, dass Sie meine Mutter nach Hause bringen. Ich melde mich, bis bald.«

Als er unten im Innenhof stand, spürte er, dass heiße Tränen über sein Gesicht liefen.

Esser brauchte eine schnelle Entscheidung über den Verbleib eines Außenagenten in Afghanistan. Also rief er bei Krause an und erfuhr von seiner Frau Wally, dass Krause gar nicht zu Hause war und dass sie auch keine Ahnung hatte, wo er steckte. Nein, er sei an diesem Tag und auch die Nacht vorher nicht eine Sekunde daheim gewesen.

Sowinski überlegte laut: »Da gibt es doch einen kleinen Park, in dem er sich immer versteckt, wenn seine Seele in Bedrängnis ist. Aber wo der liegt, weiß ich nicht.«

»Aber ich«, sagte Esser. »Ich hole ihn.« Er nahm seinen Mantel mit, der Himmel sah bedrohlich aus.

Esser war nervös, er hatte eine leise Ahnung, dass es diesmal besonders schlimm stand um Krause.

In der ZEIT hatte er gerade einen sehr interessanten und beunruhigenden Artikel gelesen, der sich mit den beruflichen Anforderungen im Alter beschäftigte, mit den Burnout-Syndromen der Leitenden. Die Zahl der Selbstmorde in zunehmendem Alter sei erschreckend – die höchste, gemessen an der Gesamtbevölkerung. *Bilanzselbstmord* nannte man das und meinte eine Entwicklung, die früher oder später beinahe jeden Mann traf, der sein Leben lang in Leitungsfunktionen gedient hatte. Der furchtbare Moment, in dem man begreift: Von jetzt an geht es ausschließlich bergab, irgendeinen Hoffnungsschimmer für die Zukunft wird es nicht mehr geben. Die Bilanz zeigt streng talwärts.

Vielleicht hatte es Krause erwischt, vielleicht war auch er an so einem Punkt angelangt? Gut, er war noch nicht einmal fünfundsechzig, aber er war schon ein arges Sensibelchen. Und wenn er ganz still wurde, sich nicht mehr an Diskussionen beteiligte und sich plötzlich aus so einer brandheißen Untersuchung zurückzog, dann wurde es brenzlig. Vielleicht war es auch einfach so, dass der Job ihn mittlerweile aufgefressen und er das endlich begriffen hatte.

Esser machte sich ernsthaft Sorgen.

Dann begann es zu schütten, und Esser zog den Trenchcoat an. Er trabte durch den Regen und spürte die Nässe auf dem Kopf und im Gesicht. Es war ein gutes Gefühl. Er erinnerte sich, dass auch Krause den Regen auf der Haut liebte. Unvermittelt fiel ihm ein, dass er nicht mehr wandern ging, nicht einmal mehr spazieren, dass seine Frau wahrscheinlich danach hungerte und eines Tages allein oder mit jemand anders losziehen würde.

Der Regen wurde immer heftiger, seine Hosenbeine waren schon völlig durchnässt und klatschten gegen seine Waden. Er fürchtete, die Schuhe könnten so viel Wasser nicht aushalten und ihm von den Füßen fallen. Flüchtig dachte er an das Loch in seiner rechten Socke, vorn am großen Zeh. Aber das war im Moment wohl nicht so wichtig.

Dann sah er Krause von fern, und der Regen legte weiter zu.

Krause saß auf einer Bank, den Oberkörper weit nach vorn geneigt, und sah so erbärmlich aus wie ein nasser Hund, vielleicht sogar ein bisschen wie ein Penner.

Esser setzte sich neben ihn und war so erleichtert, dass er nicht einmal fluchte, als er trotz Mantel auch noch einen nassen Hintern bekam. Er sagte kein Wort. So saßen sie da und wurden immer nasser, und beide schüttelten von Zeit zu Zeit den Kopf, um das Wasser aus dem Gesicht zu kriegen. Wie nasse Hunde eben.

Nach einer halben Stunde wurde der Regen noch intensiver, es pladderte, und der Weg zu ihren Füßen verwandelte sich in einen kleinen Bach.

»Starkregen«, sagte Esser ziemlich laut.

Krause schwieg.

»Leitende Spione gehören an den Schreibtisch!«, sagte Esser noch etwas lauter, um das Prasseln des Regens zu übertönen.

Krause setzte dem nichts hinzu.

»Tut gut, nicht wahr?«, fragte Esser.

»Ja«, sagte Krause. »Weißt du, was wir jetzt machen? Wir stellen ihm eine todsichere Falle. Es muss endlich Schluss sein.«

»*Wie lange wird* er brauchen, um im Raum Stuttgart aufzutauchen?«, fragte Krause in die Runde.

»Mindestens drei Tage«, sagte Esser. »Üblicherweise bewegt er sich langsam, das ist sein Modus Operandi. Er geht sehr resolut und schnell vor, wenn er tötet. Aber bis er tötet, vergeht Zeit. Ich will da an den katholischen Priester in Köln erinnern. Der Streit, ob Moschee oder keine Moschee, tobte schon seit Wochen. Und erst als dieser Streit ein wenig leiser wird und überlagert von aktuelleren Themen, taucht er auf, nimmt eine Armbrust und erschießt den Pfarrer. Es scheint ihm sehr wichtig zu sein, dem Opfer allein gegenüberzustehen, vor allem aber auch zuschauen zu können, wie sein Opfer stirbt. Dann taucht er ab. Und ich bin der festen Überzeugung: Er taucht langsam ab.«

Sowinski setzte hinzu: »Auch der Mord an Robson war offensichtlich von langer Hand geplant. Er tötet mit Genuss!«

»Ja!«, stimmte Krause zu. »Er ist ein Genießer. Und ich gehe davon aus, dass er auch ein Genießer ist, wenn er sich anschleicht und wenn er die Tatorte wieder verlässt. Ich nehme an, er spricht dauernd mit seinem Gott, mit Allah. Sie sind im ständigen Austausch. Die Frage ist, ob es Ausnahmen von dieser Regel gibt?«

»Aber ja!«, sagte Svenja bestimmt. »Wenn wir annehmen, dass tatsächlich er es war, der in Kotri zugeschlagen hat, dann kommen die Morde in der Eifel jetzt schon erstaunlich schnell.«

»Andererseits war der Überfall aber auch sehr durchdacht, er muss ihn von langer Hand geplant haben«, wandte Sowinski ein.

»Gut«, sagte Krause. »In der Regel geht er also eher langsam und bedächtig vor. So schrecklich die Vorfälle in der Eifel waren: Wir können das Beste draus machen. Denn wir haben ihn jetzt hier in Deutschland. Die Frage ist: Wird er wieder im Stuttgarter Raum auftauchen? Welche Orte dort müssen wir überwachen?«

»Es spricht vieles für Stuttgart«, warf Dehner ein. »Vielleicht muss er zwischen seinen ›Missionen‹ wieder in die

Fälscherwerkstatt. Vielleicht will er auch einfach etwas zur Ruhe kommen.«

»Wird er wirklich das Risiko eingehen, dorthin zu gehen?«, fragte Krause schnell.

»Mit Sicherheit«, antwortete Esser. »Er sieht kein Risiko. Warum denn auch?«

»Dann sollten wir unter allen Umständen diesen Keller sichern. Wie gehen wir das an?« Krause wirkte wieder sachlich und hart.

»Wir filmen mit einer Mikrokamera mit Restlichtverstärker«, erklärte Sowinski. »Dann brauchen wir allerdings einen ständigen Posten in der Praxis des Vaters darüber. Und zwar vor allem nachts.«

»Gibt es mögliche andere Orte, über die wir die Kontrolle haben müssen?«, fragte Krause mit einem Blick in die Runde.

»Seine komischen Untermietwohnungen«, meldete sich wieder Dehner. »Er hält sich da zwar fast nie auf, aber die Möglichkeit besteht dennoch.«

»Wie wird er sich bewegen?«

»Ich nehme an, er mietet zunächst ein Auto«, sagte Müller. »Er wird schon deshalb eines mieten, weil er es für sein Sicherheitsbedürfnis braucht. Bei kürzeren Strecken in Stadtbereichen wird er ein Taxi nehmen. Wenn er es genüsslich gestalten will, vielleicht sogar die Bundesbahn.« Er überlegte eine Weile. »Aber er hat auch das Geld für eine endlose Taxifahrt. Im Grunde ist das alles schwer vorauszusehen.«

»Dann darf ich den Mann zur Berichterstattung bitten, dem wir einen Plan zu verdanken haben. Mister Hacker, Ihr Auftritt bitte«, sagte Krause.

Goldhändchen war aus unerfindlichen Gründen ganz in Schwarz gekleidet. Im Hause liefen Gerüchte, das sei noch nie passiert, und möglicherweise sei jemand aus seiner Familie oder aus seinem Freundeskreis gestorben. Es könne natürlich auch sein, dass seine letzte Liebe ihm endgültig den Laufpass gegeben habe. Allerdings wirkte er nicht im Geringsten traurig, nicht einmal melancholisch.

»Wir haben es hier mit einem Plan zu tun, der voraussetzt, dass etwas bisher Undenkbares im Leben des Sebastian Rogge Realität zu werden verspricht.«

Goldhändchen griff nach dem schwarzen Seidentuch in dem offenen Kragen seines schwarzen Seidenhemds und korrigierte dessen Sitz.

»Wir haben uns gedacht, dass wir ihn vielleicht ganz öffentlich verspotten können. Wir dachten auch darüber nach, ihn irgendwie zu schocken. Überlegten dann, ob wir nicht beides zusammen erledigen können, also: ihn erstens zu schocken und ihn zweitens zum Gespött zu machen. Da er ganz offensichtlich auf einem Kreuzzug für den extremen Islam ist, wird ihn nichts tiefer treffen als Spott. Denn Spott signalisiert ja, dass der Verspottete etwas nicht verstanden hat, nicht über ausreichend Hirn verfügt. Da gab es also den Vorschlag einer bissigen Reportage über diesen Mann, der immer noch felsenfest davon überzeugt ist, dass ihm bisher niemand auf die Schliche gekommen ist. Was würde passieren, wenn in dieser Reportage ein Autor sich voller Sarkasmus der bösen Erkenntnis hingibt, dass Freund Sebastian Rogge durch die Welt zieht und angeblich unerkannt mordet, gleichzeitig aber dumm genug ist, sich dauernd zu verraten und stur wie ein kleines Kind an seine eigene Unfehlbarkeit und Unantastbarkeit zu glauben. Der Krieger Allahs? Der Narr Allahs!«

Er machte eine Pause und lächelte in die Runde. Dann nahm er ein Papiertaschentuch aus der Brusttasche des Hemdes und tupfte sich damit die Stirn ab.

»Was ist, wenn wir ihm beweisen, dass wir eine Menge über ihn wissen? Wenn wir ihm zum Beispiel mitteilen: Du bist längst erkannt, und sonderlich klug bist du nicht vorgegangen. Und es wird nicht mehr viel Zeit vergehen, bis irgendein trotteliger Dorfgendarm dich irgendwo festnimmt. Wir erwähnen seine komischen Visitenkarten, die er an den Tatorten hinterließ. Wir unterrichten ihn darüber, dass wir sogar wissen, wo er die Dinger hergestellt hat. Wir unterrichten ihn über Kolumbien, über New York, über Köln, auch über das ganz miese Ding mit der israelischen Susannah in Mumbai während des Überfalls durch die Pakistaner, und so weiter und so fort. Wir lassen ihn auch wissen, dass wir die Wohnungen kennen, die er anmietete. Stellen Sie sich vor, er sitzt des Nachts in einem Hotel oder in einem Internetcafé und stößt im Netz auf eine solche Reportage. Wo auch immer im Internet er sich herumtreibt: Er wird auf diese Reportage hingewiesen. Das kann man arrangieren.«

Er verzog das Gesicht, als müsse er etwas essen, von dem er mit Sicherheit wusste, dass es ihm nicht schmecken würde.

»Aber dann dachten wir: Das alles ist fade!«

Er strahlte sie an, er hatte Spaß mit ihnen, er mochte sie, sie waren sein Publikum. Jetzt kam er mit einem echten Goldhändchen-Leckerbissen.

»Das wird ihn nicht wirklich aufmischen, dachten wir. Da wird er nur zornig, kann aber selbst nicht gezielt einschreiten. Denn wen könnte er in diesem Fall schon als Opfer auswählen? Auf wen könnte er richtig zornig werden? Auf irgendeinen unbedeutenden Journalisten? Auf die gesamte Redaktion eines deutschen Magazins vielleicht, das diese Geschichte bringen wird?«

Jetzt begann Goldhändchen ein wenig schrill zu kichern,

rückte erneut sein schwarzes Halstuch zurecht und betupfte wieder seine Stirn, die pulvertrocken aussah.

»Wir kamen dann auf die Idee, diese ganze Sache etwas persönlicher zu gestalten, ihm die Möglichkeit zu geben, seinen Zorn an echten Menschen festzumachen, genau sagen zu können: Dafür wirst du sterben! Und deshalb haben wir uns gesagt: Machen wir es ganz anders! Stellen wir ihn vor vollendete Tatsachen!«

Er griff hinter sich auf Krauses Schreibtisch und nahm einige DIN-A4-Bögen zur Hand. Die verteilte er mit geradezu feierlicher Geste an jeden der Anwesenden. Ein lächerlicher Bogen pro Teilnehmer mit sicherlich nicht mehr als etwa dreißig Zeilen Text.

»Jeder hat jetzt den Plan, jeder hat fünf Minuten Zeit, ihn zu lesen, jeder kann sich äußern. Blumen bitte in die Künstlergarderobe. Beifallsbezeugungen werden gern entgegengenommen.«

Wie immer bei klaren Plänen war Svenja die Erste, die es begriffen hatte und es sofort gedanklich umsetzen konnte. Sie hob einen Zeigefinger, als müsse sie sich melden.

»Wenn ich das richtig verstehe, können dann drei Menschen mit ihrer sicheren Ermordung rechnen.«

»So ist es«, nickte Goldhändchen strahlend. »Und wir werden warten.«

Nach der Sitzung tippte Krause Svenja kurz auf die Schulter und sagte forsch: »Aber wir zwei fahren jetzt erst noch zu den Modys, bevor ihr wieder abdüst.« Svenja war dankbar, dass er sie mitnehmen wollte.

Das Gästehaus lag in einer sehr stillen Wohnstraße unweit des BND-Sitzes und wurde von einem fünfstöckigen Mietshaus zur Straße hin bewacht. Das kleine Wohnhaus war etwa so groß wie der alte Familiensitz in Kotri. Als Krause mit Svenja eintraf, wurde sie von den Kindern begeistert begrüßt. Besonders Elizabeth freute sich aufrichtig und hängte sich an Svenja, als wolle sie sie nie mehr loslassen.

»Du erdrückst mich noch«, sagte Svenja lachend. Dann umarmte sie Mara, ohne ein Wort zu sagen, und hielt sie lange fest. »Es wird alles gut«, flüsterte sie schließlich.

»Und das da ist wohl der weltberühmte Doktor Wiedemann«, sagte Mara mit leichter Ironie und unterzog Krause einer eingehenden Musterung, ehe sie ihm die Hand reichte. »Danke schön«, sagte sie. »Ich danke Ihnen sehr.«

»Ich habe das alles gerne arrangiert«, sagte Krause. »Aber weltberühmt möchte ich eigentlich nicht sein.«

Mara lachte. »Das Problem kenne ich. Mein Mann hockt wahrscheinlich bei einem deutschen Bier in der Küche. Wollen Sie ...«

»Schon unterwegs«, sagte Krause. »Äh, wo geht's bitte lang?«

»Hallo, ich bin Jules. Ich zeige Ihnen den Weg.«

Ismail Mody saß wirklich hinter einem Bier und stand auf, als Krause hereinkam.

»Doktor Wiedemann, ich danke Ihnen«, sagte Mody und reichte ihm die Hand. »Bitte setzen Sie sich doch.«

»Hätten Sie wohl auch eins für mich?«, fragte Krause.

»O ja, selbstverständlich. Irgendein guter Geist hat einen ganzen Kasten davon hier stehen lassen.« Er öffnete eine Flasche und stellte ein Glas daneben. »Deutsches Bier ist wunderbar«, sagte er. Dann lächelte er Krause an und sagte: »Wissen Sie, man hört im Gewerbe so einiges, und ziemlich viel von Wiedemann. Ich bin sehr neugierig.«

»Wie Sie sehen, bin ich ein bisschen zu fett und ein bisschen zu langsam.«

»Aber das Gehirn funktioniert noch, oder?«

»Ja, das würde ich mal behaupten. Ich bin hier, damit

eines zwischen uns beiden klar ist: Ich habe Sie mit Ihrer Familie nicht aus Mumbai nach Berlin geholt, um Sie und Ihr Wissen hier abzugreifen, falls ich den Fachausdruck benutzen darf. Ich habe Sie hierherbringen lassen, damit Sie zur Ruhe kommen. Ich weiß, das Land zu verlieren, ist ein beschissener Zustand, und ich will diesen Zustand nicht ausnutzen. Prost!«

Er schloss die Augen und sagte leise: »Das ist wirklich gut!« Dann fuhr er fort: »Ich weiß, dass es wahrscheinlich keinen Menschen auf der Welt gibt, der über die Berge zwischen Pakistan und Afghanistan so viel weiß wie Sie. Ich weiß auch, dass Ihr Wissen Millionen wert ist. Aber Millionen habe ich nicht, während andere sie durchaus haben. Was ich Ihnen bieten kann, ist Zeit. Und damit wir zwei uns klar darüber sind, wie viel Zeit ich meine, sichere ich Ihnen zu, dass Sie in aller Ruhe mindestens sechs Monate ohne die geringsten Schwierigkeiten bleiben können. Es wird niemand aus meinem Haus Druck ausüben, Sie müssen auch nicht Ihre Barreserven anknabbern, Sie sind mein Gast. Ich weiß, dass Sie unablässig darüber nachdenken, was für Ihre Familie am besten ist. Das aber sollte nicht Ihre Sorge sein. Ich hoffe, dass wir uns verstehen.«

»Was Frau Takamoto für uns getan hat, war wirklich beeindruckend, aber ich möchte Ihre Gastfreundschaft nicht über Gebühr strapazieren. Sagen wir so: Wenn ich bereit bin, über mich und mein Land zu sprechen, werde ich Sie anrufen. Ich weiß nicht, wann das sein wird. Pakistan ist für mich ein Meer von Tränen, und ich kann im Augenblick keine Auskunft darüber geben, wie lange das andauern wird.«

»Sehr lange«, sagte Krause. »Glauben Sie mir, sehr lange.« Dann stand er unvermittelt auf und ging zur Tür. Dort drehte er sich noch einmal um: »Sie haben Ihre Familie.«

Ismail Mody nickte nur, sagte aber nichts.

Svenja sah Krause neugierig an, und er sagte: »Wir wollen wieder, junge Frau!«

Svenja war verwirrt, sie hatte nicht mit einem so hastigen Aufbruch gerechnet.

Im Wagen murmelte Krause: »Ich habe ihm sechs Monate angeboten. Sechs Monate. Und ich nehme an, dass er irgendwann Auskunft geben wird.«

»Ach, Krause«, sagte Svenja hingerissen, und er wurde feuerrot, weil sie ihm kurz mit dem Handrücken über die Wange strich.

DREIZEHNTES KAPITEL

Thomas Dehner übernahm den Allgemeinarzt Dr. Moustafa Chaleb sowie seine Lebensgefährtin Christina Chaleb und ihren Sohn.

Da niemand sicher sein konnte, zu welchem Zeitpunkt Sebastian Rogge auftauchen würde, räumte Goldhändchen ihnen zwei Tage ein. Spätestens nach Ablauf dieser achtundvierzig Stunden würde jede Begleitung aufhören. Von dem Zeitpunkt an waren sie auf sich selbst gestellt und mussten mit dem leben, was im Internet zu lesen war.

Goldhändchen hatte ihnen eine virtuelle Welt verordnet.

Sie saßen wieder bei einem Tee in Christinas Wohnung und versuchten sich vorzustellen, was wohl in Sebastians Hirn vor sich gehen mochte.

»Was ist denn, wenn er den Text im Internet nicht akzeptiert, weil er nicht glauben kann, was er lesen muss?« Der Arzt hatte ein graues Gesicht und tiefe Ringe unter den Augen.

»Was genau meinen Sie?«, fragte Dehner irritiert.

Mit erhobener Stimme sagte der Mediziner: »Was ist, wenn er einfach losgeht und mich oder Christina oder uns beide töten will? Ohne jede Rücksicht darauf, was im Internet steht?«

»Das wird unter keinen Umständen geschehen«, beharrte Dehner. »Er lebt im Internet, er hat gar keine andere Welt, in der er sich heimisch fühlt.«

Der Arzt hatte nur mit Mühe akzeptieren können, dass an der Praxis ein Schild hing, auf dem zu lesen stand: »Wegen Krankheit bis auf weiteres geschlossen.« Er hatte wütend gepoltert: »Ich habe die Praxis in all den Jahren noch nie auch nur einen Tag dichtgemacht. Bis auf vierzehn Tage Urlaub im Jahr. Gut, und Weihnachten.«

»Dann ist das jetzt die Premiere«, stellte Dehner kühl fest.

»Was ist, wenn er mit einer Waffe auftaucht? Werden Sie ihn erschießen?« Christinas Stimme klang leicht hysterisch.

»Oh, das brauchen wir gar nicht. Wir haben vor, ihn ins Leere laufen zu lassen. Und da spielt eine Waffe keine sonderliche Rolle.«

»Das ist doch lächerlich!« Der Arzt schnaubte. »Er wird doch begreifen, dass ihm nichts mehr bleibt. Dann wird er die Waffe doch an den eigenen Kopf setzen. Oder? Ist das nicht so?«

»Das kann so geschehen«, sagte Dehner. »Vergessen Sie aber nicht, dass er viele Menschen vollkommen sinnlos getötet hat. Vergessen Sie auch nicht, dass er ein kranker Mensch ist. Todsicher einer, den niemand heilen kann. Und er wird weitermachen, wenn wir ihn nicht stoppen.«

»Herr Doktor Klar! Sie versuchen aber gerade, seinen Vater und seine ehemalige Ehefrau zu überreden, dabei zuzusehen.« Christinas Stimme war plötzlich sehr scharf.

»Ja.«

Sowinski hatte bei der Instruktion bemerkt: »Es kann Ihnen passieren, dass sie sehr häufig auf diesen Punkt zurückkommen: Dass sie nämlich gezwungen werden, etwas zu tun, was man von keinem Menschen auf der Welt verlangen kann. Dann müssen Sie stur sein, einfach nur stur. Lassen Sie sich nicht einreden, der Plan sei stümperhaft oder enthalte Fehler!«

Eine Weile herrschte Schweigen.

Es war Tag eins, morgens um 10:15 Uhr.

»Darf ich noch einmal rekapitulieren«, murmelte der Arzt müde. »Sie haben im Internet eine Falle aufgebaut, auf die Sebastian Ihrer Meinung nach im Laufe dieser insgesamt achtundvierzig Stunden stoßen wird. Dann wird er sich bewegen, weil er weiß, dass diese Falle tödlich für ihn sein kann. Ist das so richtig?«

»Das ist richtig«, versicherte Dehner. »Ich muss jedoch einschränken: Diese Falle ist durchaus nicht zwingend tödlich für ihn. Wir haben die Absicht, ihn einfach festzunehmen, wenn diese Möglichkeit irgendwie besteht. Sobald er sich bewegt, also entweder hierher in die Wohnungen stürmt oder in die Praxis, sind Sie beide längst außer Gefahr. Sie werden dann in ein Hotel evakuiert. Und Sie sind auch nicht gezwungen, ständig ins Internet zu starren und dabei vielleicht irgendwann die Nerven zu verlieren. Sie warten ganz einfach auf unsere Entwarnung. Dann ist Schluss.«

»Das klingt alles so einfach, beinahe tröstlich«, bemerkte Christina bitter.

»Es ist das notwendige letzte Kapitel«, sagte Dehner. »Ihr Sohn ist aus dem Haus, dem kann nichts zustoßen. Und Ihnen auch nicht, weil zu erwarten steht, dass Sebastian zuerst in Freiburg auftauchen wird. Denn es gibt auch dort jemanden, den er mit hoher Wahrscheinlichkeit töten würde, wenn er die Möglichkeit dazu bekäme.«

»Wie ist diese Frau denn eigentlich so?«, fragte Christina.

»Ich kenne sie nicht persönlich. Aber sie hatte den Mut, meinem Chef von ihrem Verdacht zu erzählen, und auch zu gestehen, dass sie Ihren Exmann geliebt hat.«

»Und von ihr hat er all das Geld?«, fragte der Arzt.

»So ist es.« Dehner nickte. »Da fällt mir noch ein, dass ich

Ihnen anbieten soll, mit meinem Chef zu sprechen. Wenn Sie also unsicher sind oder Fragen haben, die ich Ihnen nicht beantworten kann, brauchen Sie ihn nur anzurufen. Ich lege Ihnen hier einen Zettel mit seiner Direktwahl hin. Sein Name ist Wiedemann, Doktor Wiedemann. Tag und Nacht.«

»Was für ein Doktor ist er denn?«, fragte Christina.

»Doktor phil.«, erwiderte Dehner. »Und ich glaube, er war auch mal General. Aber das weiß ich nicht so genau. Er redet nie darüber. Rufen Sie ihn einfach an, dann wissen Sie schon nach ein paar Minuten, mit wem Sie es zu tun haben.«

»Das ist die fragwürdigste Gebrauchsanweisung, von der ich jemals hörte«, sagte der Arzt ironisch. Doch dann lächelte er. »Nichts gegen Sie, aber an den Inhalten der nächsten beiden Tage können Sie auch nichts mehr ändern. Und ich nehme an, Ihr Chef auch nicht. Und ich nehme weiter an, niemand in diesem Raum und niemand in Freiburg im schönen Breisgau.«

Dehner antwortete nicht, er nickte nur. Es war ihm plötzlich nur allzu bewusst, dass er hier derjenige mit der geringsten Lebenserfahrung war. Diese Empfindung war geradezu überwältigend, und er fühlte sich wie ein kleiner Junge, wie ein Lehrling, wie ein Zwerg.

»Und Sie glauben, dass er im Keller der Praxis auftauchen wird, um diese komischen Karten oder neue Ausweise herzustellen?«, fragte Christina mit einer ganz dünnen Stimme.

»Das kann passieren. Deshalb haben wir den Keller elektronisch aufgerüstet, und aus dem Grund sitzt auch ein Team von uns in der Praxis.«

»Und dann wird er festgenommen?«, fragte der Arzt.

»Nein. Wir nehmen ihn erst fest, wenn wir sicher sind, dass er im Internet die richtigen Texte gelesen hat.«

»Also, er wird nach einem Besuch im Keller der Praxis verfolgt, damit Sie wissen, wo er zurzeit wohnt?« Der Arzt war hartnäckig.

»Nein, darauf wollen wir nach reiflicher Überlegung verzichten. Dieser Mann ist gefährlich wie eine Klapperschlange. Ich habe Ihnen von den zwei toten Amerikanern in der Eifel berichtet. Man muss bei Sebastian immer annehmen, dass er blitzschnell zum Töten bereit ist. Eine Beschattung im klassischen Sinn bedeutet bei ihm viel zu viel Risiko. Er würde selbst in einer Einkaufspassage rücksichtslos zur Waffe greifen. Ein hohes Risiko auch für den Beschatter. Ich habe Ihnen gesagt: Wir wollen, dass er zu uns kommt.«

»Aber warum schicken Sie keine Sondereinheit rein, um ihn festzunehmen, wenn er kommt?«, fragte der Arzt etwas verwirrt.

»Das ist einfach zu beantworten. Wir sind eine Behörde, die im Ausland arbeitet und nur Informationsbeschaffung betreibt. Wir sind nicht die Polizei und haben auch nicht deren Befugnisse. Wenn bei derartigen Festnahmen jemand zu Tode kommt, wer auch immer das ist, dann haben wir ein rechtliches Problem. Wir können zu ungeheuren Schadenssummen verurteilt werden, und niemand würde uns verteidigen können. Unser Problem ist einfach, dass es uns in der Öffentlichkeit nicht gibt, nicht geben darf. Wir sind ein Geheimdienst.« Er wedelte mit beiden Händen. Es war schwierig, Laien zu erklären, was ein Geheimdienst konnte und durfte und was nicht. »Um Sebastian jetzt im Keller festzunehmen, müssten wir vorher sowohl einen Richter wie auch einen Staatsanwalt bemühen. Wir müssten ihnen genau erklären, wen sie da festnehmen sollen. Und wir würden sagen: Der Mann ist für jeden, der mit ihm zu tun hat, lebensgefährlich. Angenommen, man würde ein Spezialeinsatzkommando der Polizei in den Keller schicken, dann könnten wir nur beten, dass niemand zu Tode kommt. Wenn das geschieht, wäre es ein öffentlicher Skandal. Wir aber scheuen jede Öffentlichkeit wie der Teufel das Weihwasser.«

»Da kann man also nur hoffen«, murmelte der Mediziner resigniert.

»Ja«, sagte Dehner fest. »Mehr geht nicht.«

Der Arzt starrte aus dem Fenster. »Kann es sein, dass er zu wenig Hilfe bekam?«

»Das glaube ich auf keinen Fall«, antwortete Dehner. »Sie haben sich aufgerieben, Christina hat sich aufgerieben, jeder von Ihnen tat, soweit ich das beurteilen kann, weitaus mehr als normal. Wir denken, er hätte jede Hilfe bekommen können.«

»Ja, ja, Sie haben Recht. Meine Frau hat einmal gesagt: Alle Unterstützung, die wir ihm angeboten haben, hat er abgelehnt. Ja, das ist wohl wahr.«

»Es ist einfach schrecklich«, flüsterte Christina und begann zu weinen.

Moustafa Chaleb stand auf, kniete sich neben ihrem Sessel in den Teppich und hielt ihre Hände. »Es nimmt kein Ende, es nimmt einfach kein Ende mit ihm.«

Dehner schwieg, stand plötzlich auf und marschierte in Richtung Toilette, als müsse er einen bedeutsamen Schlusspunkt setzen.

Sowinski hatte ihn ausdrücklich gewarnt: »Sie werden Diskussionen erleben, die überhaupt keinen Sinn haben. Und Sie werden sie durchstehen müssen, dabei neben sich stehen und selbst nicht glauben, was Sie für einen Scheiß absondern können.«

Zum Glück für alle Beteiligten kam der Arzt, um sich abzulenken, auf die Idee, ein spätes Frühstück mit Speck und Eiern zuzubereiten. »Wir sollten essen, ehe wir uns noch in die Haare geraten.«

Also half Dehner den Tisch zu decken, ehe sie um 10:28 Uhr völlig aus dem Takt gebracht wurden.

Aus den beiden kleinen Lautsprechern neben Dehners drei Handys kam die kühle Mitteilung eines Mannes: »Der Gesuchte hat die Kellerräume unter der Praxis aufgesucht. Er betrat den fraglichen Kellerraum, zog darin das Jackett aus. Er hat jetzt begonnen, irgendetwas herzustellen. Er hantiert mit Papieren herum. Er macht einen sehr ruhigen Eindruck, wirkt sogar auffallend gelassen. Ich melde mich, wenn er den Raum wieder verlässt.«

Dehner drückte einen Knopf auf einem der Handys. »Dehner meldet Okay.«

Von irgendwoher kam eine Frauenstimme. »Takamoto und Müller auf der Anreise melden Okay!«

»Danke«, sagte der Mann in der Praxis.

»Sieh mal einer an«, murmelte Christina. »Schneller, als wir alle gedacht haben. Was mag er dort unten machen?«

»Irgendeinen Pass fälschen. Oder seine Visitenkarten herstellen. Er will doch immer weitermachen in seinem schrecklichen Leben«, sagte Dehner.

In dem Moment läutete sein privates Handy. Dehner fuhr zusammen. Mein Gott, das durfte nicht wahr sein. Er hatte sein Handy nicht ausgeschaltet. Er hätte sich ohrfeigen können für so viel Unprofessionalität. Aber noch während er mit sich ins Gericht ging, hatte er schon automatisch das Gespräch angenommen. Jemand meldete sich mit hoher, krähender Stimme. Der alte Rüdiger. Dehner ging mit schnellen Schritten ins Badezimmer und zog die Tür hinter sich zu. Rüdigers Stimme klang gut gelaunt: »Also, ich soll dich herzlich von Julian grüßen. Er würde sich freuen, dich mal wieder zu treffen. Du hast großen Eindruck gemacht, mein Lieber. An deiner Stelle würde ich das Angebot sehr zu würdigen wissen. Wir haben so viel zu tun, wir beide.«

»Aha«, sagte Dehner nur, weil ihm im Augenblick nicht das Geringste dazu einfiel.

»Also, wir sind heute Abend im Coque d'Or, und ich rate dir, so gegen Mitternacht da einzulaufen. Und: Er mag dich, soll ich sagen.«

»Aha«, sagte Dehner erneut. Er spürte, dass er wütend wurde, und er freute sich darüber.

»Also, können wir mit dir rechnen?«, krähte der Alte.

»Wie hoch sind denn eure Leasingraten, Papa Puff? Jetzt hör mir mal gut zu, du Arschloch: Leg deinem Kleinen eine Windel an, grüß ihn schön und fahr ihn heim.«

Als er den Aus-Knopf drückte, wich die Wut der Erleichterung. Falscher Zeitpunkt, aber das Thema war ein für alle Mal erledigt.

Die Villa von Beatrice Kant lag zwölf Kilometer von Freiburg entfernt außerhalb einer kleinen Ortschaft, die für ihr Obst berühmt war und Tausende von Touristen anlockte, wenn die Bäume in Blüte standen. »Bei uns wurde der Frühling erfunden!«, lautete der Werbespot, lächelnder Größenwahn.

Das Haus war riesig, gebaut wie ein Hufeisen mit der offenen Seite zum Tal hin. Es schwebte wie ein Raumschiff über den grünen Hügeln, pompös und angeberisch.

Von der Bundesstraße im Tal aus gesehen, kamen zuerst Hunderte Apfel- und Birnbäume, die auf der halben Höhe des Hügels von einem nahezu paradiesisch wirkenden großen Garten abgelöst wurden. Dort verlief die Abtrennung des Kant'schen Grundstücks. Zu diesem Grundstück führten drei Wege, zwei mit Schotter belegt für die Besitzer der Obstplantagen, und in der Mitte eine schmale asphaltierte Straße, die auch das Kant'sche Grundstück durchschnitt und auf einem riesigen Vorhof im Inneren des Hufeisens endete.

Sowinski hatte sich das Ganze am Bildschirm angesehen und dann lapidar verfügt: »Macht die beiden Schotterwege dicht, imitiert meinetwegen Baustellen. Wir können es uns nicht leisten, Rogge auf dem linken oder rechten Weg zu erwarten, um dann feststellen zu müssen, dass er mit einem Porsche durch die Mitte rauscht. Außerdem mache ich darauf aufmerksam, dass jemand einfach in einen Schotterweg fahren kann, dort das Auto abstellt und den Weg nach oben wechselt, indem er quer durch die Baumreihen marschiert.«

Dann stellte sich noch die Frage nach der Absicherung des riesigen Grundstücks auf der Rückseite sowie links und rechts.

»Keine Schwierigkeit«, hatte ein Kurier gemeldet. »Die Rückseite und die beiden Seiten des Grundstücks sind mit Kameras bestückt und zusätzlich lasergesichert. Jede Kamera ist unabhängig von der anderen und kann mühelos die Räume bis zur jeweils dritten Kamera übernehmen. Der Laser arbeitet vollkommen unabhängig von den Kameras. Da kommt keine Maus durch.«

Und es war eine weitere schwierige Frage zu klären: Wer soll im Haus sein, wenn Rogge kommt? Sowinski hatte wie immer die erste Lösung angeboten. »Svenja und Müller sollten im Haus sein. Die Hausherrin geht vor dem Eintreffen Rogges in den Heizungskeller und schließt beide Stahltüren hinter sich ab. Dann vier Leute im Mittelteil, oben, wo der Bau zweigeschossig ist. Entweder bleiben sie dort und warten auf Rogge, falls der den Weg zum Schlafzimmer der Hausherrin nimmt. Oder aber sie gehen nach unten und bilden einen Fächer, wenn notwendig.«

»Das ist mir alles zu kompliziert gedacht«, sagte Esser. »Hört sich nicht gut an.«

»Was ist daran nicht gut?«, schnaubte Sowinski.

Esser ließ die Frage unbeantwortet und sah stattdessen Krause an.

Der entschied: »Ich will außer der Kant nur Müller und Svenja in dem Haus haben, wenn Rogge kommt. Sowinski, deine Choreographie setzt voraus, dass alles reibungslos funktioniert. Leider arbeiten wir in einem Haus, das riesig ist, und ich denke, wir können unmöglich dort einen Fächer aufbauen und im Ernstfall vier Leute schießen lassen. Das gibt keine Verwundungen, das gibt Hackfleisch.«

Wie vereinbart fuhren also Svenja und Müller mit ihrem schweren Tourenwagen in die Garage, und das Tor schloss sich hinter ihnen. Die Lichter gingen an. Auch die Garage war gigantisch. Drei Autos standen darin, weitere vier hätten noch locker hineingepasst.

Es wirkte ein wenig grotesk, dass die Hausherrin sie neben einem leibhaftigen Butler empfing. Er hielt ein silbernes Tablett mit Getränken vor seinem gewaltigen Bauch.

»Ein Gläschen Sekt? Oder ein Säftchen?«, begrüßte Beatrice Kant sie.

Sie sagten artig Danke schön und nahmen ein Säftchen und waren sich sicher, noch nie zuvor in ihrer beruflichen Laufbahn eine derartig absurde Situation erlebt zu haben. Sie warteten auf einen Mörder – und nippten am Säftchen.

»Wir sind eigentlich zum Arbeiten hier«, sagte Svenja schließlich. Krause hatte mit der Hausherrin ein langes, emotionsgeladenes Telefonat geführt, ehe sie sich bereiterklärt hatte, mitzumachen.

»Ich kann unmöglich dabei sein, wenn er stirbt«, hatte sie gesagt.

»Das müssen Sie auch nicht«, hatte ihr Krause versichert. »So weit lassen wir es gar nicht kommen.«

»Ich zeige Ihnen am besten erst mal das Haus«, sagte Beatrice Kant, als stehe sie einem Museum vor. »Sie müssen sich ja schließlich mit den Räumen vertraut machen.«

»O ja, das müssen wir«, sagte Svenja ironisch. »Und wie wir das müssen.« Die erste Minute verlief bereits eindeutig schräg, und Svenja war die Frau auf Anhieb unsympathisch.

Sie erntete einen strafenden Blick von Müller und setzte rasch hinzu: »Leider ist es Pflicht für uns, keine Kür. Und wir müssen jetzt sofort alle nicht direkt Beteiligten aus dem Haus schaffen. Also alle Ihre Angestellten. Für die gibt es Hotelzimmer unten im Ort.«

»Ich weiß. Sie sind schon informiert und verlassen gleich das Haus. Na gut, dann besichtigen wir mal alle meine Staubfänger!«

Es folgte eine quälende halbe Stunde, in der sie brav hinter Beatrice Kant hertrotteten, die vor ihnen Türen aufriss, wieder schloss, Gänge entlangschritt, sie auf dieses oder jenes teure Stück aufmerksam machte.

»Da brauchen Sie ja eine Putzfrau nur zum Abstauben!«, sagte Svenja.

»So ist es, meine Liebe«, stimmte die Dame des Hauses zu.

Bizarr, dachte Müller. Öde, dachte Svenja.

»Es wird Zeit, dass ich den ganzen Scheiß loswerde«, bemerkte Beatrice Kant in einem plötzlichen Stimmungswechsel.

»Sie wollen das alles verkaufen?«, fragte Müller irritiert.

»Aber ja doch. Es ist der Teil meines Lebens, der mich am meisten belastet. Vierhundertsechzig Quadratmeter Wohnfläche, die mir zum Hals raushängen. Und jetzt in der Krise ist es enorm schwer, einen Käufer dafür zu finden.«

»Was würde so was denn etwa kosten?«, fragte Svenja.

»Rund sechzehn Komma fünf, plus/minus.«

»Das habe ich im Moment leider nicht flüssig«, sagte Svenja trocken.

Von der Tür ertönte die Stimme des Butlers: »Madame! Wir sind dann außer Haus.«

»Es dauert nicht lange«, antwortete Beatrice Kant freundlich. »Ich hole euch ab, wenn hier alles vorbei ist.« Dann wandte sie sich wieder den Besuchern zu. »Was wollen Sie denn eigentlich machen, wenn er kommt?«

»Es gibt keinen festen Plan«, antwortete Müller. »Wir müssen spontan reagieren. Es kommt eben darauf an, wie er auftritt, was er sagt und was er will. Was glauben Sie denn, wie er vorgehen wird?«

Beatrice Kant sah Müller an und hatte keine Antwort, in ihren Augen lag die nackte Angst.

»Es ist nicht unbedingt so, dass er Sie töten will«, versuchte Svenja sie zu beruhigen.

Beatrice Kants Blick wanderte zu Svenja, und ein Anflug von Arroganz schimmerte in ihren Augen. »Ich bin kein heuriges Häschen, meine Liebe. Nach den Worten Ihres Chefs kommt Sebastian ausschließlich hierher, um mich kaltzumachen. Ich brauche also Ihre Hilfe und nicht Ihr Mitgefühl.« Dann setzte sie hinzu: »Oder vielleicht will er ja doch nur noch ein Milliönchen mehr. Soll ich ihm das anbieten?«

Zicke, dachte Svenja nur.

Und Müller dachte verkrampft: Das kann gefährlich werden mit den beiden.

Er wusste, dass Svenja sich reichen Leuten gegenüber generell ablehnend verhielt, wobei ihm nicht klar war, warum eigentlich. Es war überdeutlich, dass sie auch diese reiche Frau nicht mochte, das Haus nicht mochte, auch das Schwimmbad wahrscheinlich nicht mochte, und schon gar nicht die mit Walnussholz getäfelte Bar oder das sogenann-

384

te Herrenzimmer, das wie eine Schiffskajüte mit runden messingbeschlagenen Bullaugen ausstaffiert war. Firlefanz, Schnickschnack, Gedöns.

Weil sie aber hier waren, um diese Frau davor zu bewahren, getötet zu werden, sagte er in schöner Offenheit: »Es wäre vielleicht gut, wenn ihr beide es aushaltet, euch ein paar Stunden zivilisiert zu benehmen und euch nicht lebensgefährlich zu verletzen.« Beatrice Kant stutzte kurz, sagte aber nichts dazu.

Um einer gütlichen Einigung nicht im Wege zu stehen, öffnete er eine Tür in den Garten und betrat eine Grünfläche, die eindeutig mit einer Nagelschere bearbeitet worden war. Er konnte sich nicht daran erinnern, jemals einen solchen Rasen gesehen zu haben, und war geneigt, sich zu bücken und zu überprüfen, ob es wirklich Rasen war und kein Teppich.

Weil sie wusste, dass Müller Recht hatte, sagte Svenja zu Beatrice Kant: »Ich entschuldige mich. Aber es geht mir einfach gegen den Strich, dass dieses Riesenhaus nur für eine Person da sein soll. Ich komme viel rum und sehe eine Menge Armut und Elend. Das hier ist in meinen Augen obszön!«

Nimm es und schluck es!, dachte sie aggressiv.

»Da gebe ich Ihnen Recht«, sagte Beatrice Kant spröde. »Mein Mann hat es gebaut, er wollte hier der Mittelpunkt sein, seine Freunde empfangen, sich wohlfühlen. Nur war er dann nie da. Aber es ist, verdammt noch mal, nicht mein goldener Käfig, sondern der Klotz an meinem Bein. Ich will den Scheiß nicht haben, hab ihn nie gewollt.« Sie war heftig geworden, richtig wütend. Dann sagte sie: »Wissen Sie, ich glaube, das ist jetzt nicht der richtige Zeitpunkt, um über moralische Fragen zu diskutieren. Schließlich sind Sie hier, weil Bastian mich töten will, und ich habe panische Angst vor ihm.«

»Ja, das ist wohl verständlich«, sagte Svenja. »Als Sebastian hier bei Ihnen war, in welchem Zimmer hat er da gewohnt?«

»In einem kleinen zum Berg hin.«

»Wenn ich alle drei Wege, die vom Tal hier heraufführen, sehen will, in welchem Raum muss ich da stehen?«

»In diesem hier, da sehen Sie dann die drei Wege. Wegen der Obstbäume können Sie die Schotterpisten selbst nicht erkennen, aber Sie sehen die Autos, die hierherkommen.«

»Gut. Dann stelle ich mir einen großen Tisch vor das Fenster in der Mitte. Wir brauchen auch noch einen kleineren Tisch für die Computeranlage. Dann weisen wir Sie ein.«

»Muss ich denn irgendetwas tun?«

»Nein, müssen Sie nicht. Aber Sie müssen verstehen, worum es uns geht. Haben Sie eigentlich eine zentrale Alarmanlage?«

»Aber selbstverständlich. Bei dem ganzen wertvollen Kram hier im Haus.«

»Kannte Sebastian diese Anlage?«

»O ja, natürlich. Aber wie muss ich mir den ganzen Ablauf denn vorstellen? Er kommt an, steigt aus dem Auto, und ich stehe in der Tür?«

»O nein, das wäre ja wie in einem Kitschfilm. Hier wird das alles etwas anders ablaufen. Und Sie stehen auf keinen Fall in der Tür.«

»Glauben Sie, er wird in der Nacht kommen?«

»Davon gehen wir aus. Sie sind gefährlich für ihn, Sie schreiben ein Buch über ihn, Sie zerstören seinen Traum. Also wird er Sie töten wollen.«

»Aber ... aber ich würde das doch nie tun.«

»Das mag ja sein, aber er glaubt es. Wir haben dafür gesorgt, dass er es glaubt. Waren Sie eigentlich glücklich mit ihm?«

»Ein paar Wochen lang, ja. Sehr sogar.«

386

Svenja griff in ihre Leinentasche und holte eine schwere Maschinenpistole von Heckler & Koch heraus und legte sie auf einen Tisch.

»Was, um Gottes willen, ist das denn?«, fragte Beatrice Kant entsetzt.

»Etwas Unangenehmes«, antwortete Svenja. »Diese Version hat zweiundsiebzig Schuss.«

»Aber wozu denn das?«

Svenja sah sie nur an, schwieg. Da beugte Beatrice Kant sich vor und weinte plötzlich laut wie ein Kind.

»Nein, nicht doch!«, sagte Svenja und nahm sie in die Arme.

»Was ist?«, fragte Müller von der Tür aus.

Svenja schnaubte wütend: »Es ist unglaublich, wie viel Kummer und Tod dieser Kerl in die Welt getragen hat.«

Krause ließ sich nach Hause fahren, um sich frischzumachen und Kleidung zum Wechseln zu holen.

Als er ins Wohnzimmer kam, saßen dort seine Frau Wally und Dieter in zwei Sesseln nebeneinander und sahen sich irgendetwas im Fernsehen an.

»Dornröschen«, sagte Wally begeistert. »Das Märchen. Dieter mag es so gern.«

»Das ist aber schön«, sagte Krause. »Ich will nur schnell eine Tasche packen. Ich brauche ein paar frische Sachen.«

»Musst du denn verreisen?«, fragte Wally.

»Nein, muss ich nicht. Lasst euch nicht stören, ich mache das schon.«

»Du weißt doch gar nicht, wie man das alles richtig zusammenlegt«, sagte Wally mit einem leichten Vorwurf in der Stimme.

»Das ist wohl richtig.«

»Dann setz dich hier zu Dieter und guck mit ihm zusammen. Und ich packe die Reisetasche.«

»Das ist lieb«, erwiderte Krause dankbar.

Er setzte sich in den Sessel und starrte auf Dornröschen, die gerade in einem völlig zugewucherten Schloss hoch oben im Turm auf einem schmalen Bett lag und einfach nur wunderschön war. »Und endlich kam der Prinz zu dem Turm«, erklang die Stimme des Erzählers, »und öffnete die Türe zu der kleinen Stube, in welcher Dornröschen schlief. Da lag es und war so schön, dass er die Augen nicht abwenden konnte.« Der Junge neben ihm atmete sehr heftig und bewegte sich hektisch und unkontrolliert. Und dann fiel seine linke Hand auf Krauses rechten Unterarm und krampfte sich dort fest.

Krause wollte seinen Arm befreien, die Berührung des Jungen war ihm unangenehm. Dann schossen ihm Wallys Worte durch den Kopf, und er dachte, dass dies wohl das Kind war, das sie nie gehabt hatte. Er wandte Dieter sein Gesicht zu und sagte mit einem Lächeln: »Das ist spannend, nicht wahr?«

Dieter antwortete etwas Unverständliches, das klang wie Geheul. Sein Gesicht verzog sich geradezu furchterregend – wahrscheinlich war das ein Lachen.

»Das ist ein gutes Märchen«, sagte Krause und legte seine linke Hand auf die Hand des Jungen.

Dann kam Wally mit der Reisetasche, starrte auf Dieter und ihren Mann und strahlte.

Noch während sie so in der Tür stand, klingelte das Telefon. Wally ging hin und meldete sich mit: »Ja?« Wortlos reichte sie den Hörer weiter an Krause.

»Es gibt Bewegung«, erklärte Esser. »Wir nehmen an, er hat gerade den Computer seines Vaters in der Praxis besucht. Wir haben ihn im Stand-by-Modus gelassen und sind uns ziemlich sicher, dass er es war, weil er sich ganz direkt und ohne den geringsten Fehler in diesen Rechner hineingehackt hat. Der Kerl geht da einfach so spazieren. Er hat wohl entweder das Geschlossen-Schild an der Praxis gesehen oder die entsprechende Mitteilung auf der Internetseite gelesen. Wie auch immer: Wir gehen fest davon aus, dass er jetzt die Mitteilung der Frau liest.«

»Ich komme gleich wieder rein. Was haben wir denn im Computer des Vaters?«

»Die Anfrage von Beatrice Kant, ob er sie unterstützt.«

»Bis gleich«, sagte Krause.

John hatte im Hotel um einen Laptop und einen Drucker gebeten, weil er dringende Geschäfte zu erledigen habe.

»Ich brauche ihn nicht länger als etwa eine Stunde«, hatte er erklärt.

Ein Mann an der Rezeption hatte ihm versichert: »Das gehört bei uns selbstverständlich zum Service, Herr Kühn.«

Man hatte ihm die Anlage auf das Zimmer gebracht und gleich angeschlossen, während er ein spätes Frühstück zu sich nahm.

Jetzt saß er vor dem Schreibtisch und hatte ein ausgedrucktes Schriftstück vor sich, das für ihn trotz der klaren Worte nur schwer zu begreifen war und ihm eine Hitzewelle nach der anderen über den Rücken jagte.

Er stand so heftig auf, dass der Stuhl hinter ihm polternd umkippte, und ging an das Fenster, starrte ein paar Sekunden hinaus, sah aber nichts. Drehte sich um, nahm den Stuhl, stellte ihn wieder hin, setzte sich, starrte auf das bedruckte Blatt Papier, stand wieder auf, legte sich auf das Bett, blickte gegen die Decke, fuhr sich mit der Hand über die Augen, sprang erneut auf, ging zu dem Stuhl, setzte sich aber nicht, ging wieder zum Fenster, stand dort, zwang sich dann zurück an den Tisch und las noch einmal, was er gefunden hatte.

»Lieber Herr Doktor Moustafa Chaleb! Wir kennen uns nicht, aber wir sind trotzdem auf eine sehr tragische Weise miteinander verbunden.

Ich weiß nicht, wie viel Sie selbst über die Aktivitäten Ihres Sohnes wissen oder zumindest erahnen. Ich habe ihm jedenfalls vertraut, aber nun muss ich dem Ganzen ein Ende bereiten.

Ihr Sohn Sebastian war eine Zeit lang bei mir angestellt. Und er war eine Zeit lang mein Liebhaber. Es fällt mir schwer, das seinem Vater gegenüber so zu formulieren, aber jetzt zählt für mich nur noch die Wahrheit. Sebastian gab mir gegenüber vor, er wolle sich um Straßenkinder in Kabul kümmern, und erhielt zu diesem Zweck von mir eine Schenkung über 700 000,– Euro. Von meinem Mann erhielt er weitere 500 000,– Euro. Ich weiß, dass er meinen Mann auf seinem Segelboot vor Hawaii ermordete.

Ich weiß inzwischen auch, dass er in vielen Ländern unter verschiedenen Namen Menschen tötete. Und ich weiß, dass er behauptet, im Auftrag Allahs tätig zu sein. Er sieht seine Aufgabe darin, die verhassten Gegner des Islams umzubringen. Bei seinen Rachefeldzügen nahm er in Kauf, dass auch immer vollkommen unbeteiligte Menschen – auch Kinder – starben.

Bei der letzten Internationalen Buchmesse in Frankfurt lernte ich Herrn Dr. Waldemar Glaubrecht kennen. Er ist Besitzer des Verlages Glaubrecht & Sohn in Wiesbaden. Ich habe gewagt, ihm von meinem Leben zu erzählen, und Dr. Glaubrecht fragte mich, ob ich mir vorstellen könne, die ganze Geschichte aufzuschreiben. Ich habe lange überlegt, erklärte mich aber schließlich einverstanden. Mir gibt das Niederschreiben des Erlebten die Möglichkeit, mich innerlich davon zu distanzieren und vielleicht irgendwann einmal vergessen zu können.

Herr Dr. Glaubrecht war bereit, mir einen Mann vom Fach zur Seite zu stellen, der den Stoff nach professionellen Grundsätzen ordnet, aufbereitet und mir beim Schreiben hilft.

Nun habe ich selbstverständlich das Problem, dass ich so gut wie nichts über Sebastians Leben weiß. Er hat mir damals noch nicht einmal erzählt, dass er einen Vater hat, der in Stuttgart eine Praxis betreibt. Ich habe eigentlich nur über ein Einwohnermeldeamt herausgefunden, dass Ihr Sohn den Namen Ihrer Frau angenommen hat.

Ich bin mir darüber im Klaren, dass diese Nachricht ein furchtbarer Schock für Sie sein muss, und sicher brauchen Sie Zeit, um in Ruhe über alles nachzudenken. Aber ich wäre Ihnen unendlich dankbar, wenn Sie mir Ihre Hilfe zukommen ließen und mir etwas über Ihren Sohn erzählen könnten. Und seien Sie versichert: Geld spielt bei diesem Projekt nicht die geringste Rolle. Es geht mir auch nicht darum, um jeden Preis Aufsehen zu erregen, wenngleich das wohl in diesem Fall unvermeidlich ist. Der SPIEGEL und der STERN haben bereits um Vorabdruckrechte angefragt, ebenso FOCUS.

Natürlich würde ich alle offenen Fragen am liebsten in einem persönlichen Gespräch mit Ihnen klären. Lassen Sie mich bitte wissen, wann und wo wir uns treffen können.

Mit vorzüglicher Hochachtung

Beatrice Kant.«

»Du Nutte!«, sagte John leise. »Du dreckige Nutte!«

Sein Hals war wie zugeschnürt, er bekam kaum noch Luft.

Gehe langsam durch den Tag!, hatte jemand im Internet geschrieben, der wie er an Allah glaubte. *Wir müssen töten! Das ist eine Pflicht. Aber vorher müssen wir um Klarheit ringen!*

Natürlich konnte das Ganze ein Bluff sein. Das war doch total absurd.

Die Kant war ganz und gar seine Beute gewesen, eine Frau, die nur aus Gefühlen bestand, ekelhaft.

Also: Verlag Glaubrecht & Sohn in Wiesbaden.

Er brauchte nur Sekunden, um herauszufinden, dass es diesen Verlag tatsächlich gab.

John ging auf die Internetseite des Verlages, fand viel Wortsalat und Geschwafel, das sich offenbar auf bereits erschienene Bücher bezog. Er fand aber auch eine kurze Passage von einigen Zeilen, die vor vier Tagen eingegangen war.

»Ich mache Dich darauf aufmerksam, liebe Beatrice, dass wir bei einem solchen Projekt niemals mit ungenauen Andeutungen kommen dürfen, niemals mit massiven Angriffen auf diesen Mann, ohne etwas Konkretes in der Hand zu haben und die Vorwürfe genau belegen zu können. Also: Wenn Du also behauptest, er hat in New York einen Millionär getötet, der gerade mit zwei Prostituierten Kokain schnupfte, dann musst Du auch sagen, an welchem Datum das geschah, um wie viel Uhr, wie die Prostituierten hießen und was genau die Mordkommission vorfand, als sie das Haus betrat. Ich weiß, das ist viel Arbeit, aber ohne diese Fakten geht das nicht. Waldemar.«

»Ich weiß das doch, Waldemar, aber manchmal bin ich noch wie gelähmt vor Schmerz und Trauer. Alles andere am Telefon. Gruß, Beatrice.«

Unglaublich!

John zog sich rasch aus und ging in das großzügige weiß gekachelte Badezimmer. Er hatte die Erfahrung gemacht, dass er unter der Dusche besonders gut nachdenken konnte. Und er musste nachdenken, musste unbedingt zu Zielen finden. Er brauchte Klarheit über seinen Weg.

Das Wasser prasselte auf seinen Kopf, und er versuchte zu beten. Aber er war nicht demütig, er war nur wütend. Und Wut war nicht gut.

Okay, sie arbeiteten an einem Buch.

Was musste er tun, um das zu verhindern?

Es war viel zu einfach, zu beschließen, diese Kant zu töten. Wenn sie sich an seinen Vater gewendet hatte, war es logisch, dass sie auch mit Christina in Verbindung getreten war. Diese Schlampe, die seinen Sohn geboren hatte.

Also Christina.

Er trocknete sich ab und setzte sich dann nackt vor den Laptop. Er besuchte Christinas Seite. Da war der übliche Quatsch, aber vor sechs Tagen hatte die Kant etwas angefragt.

»Glauben Sie, dass Sie es schaffen können, mir über Ihre Ehe mit Sebastian Rogge Auskunft zu geben?«

»Das kommt etwas überraschend. Ich glaube nicht, dass ich das will. Und ich weiß auch nicht, wie Dr. Chaleb darüber denkt. Wir haben schon genug gelitten.«

»Vielleicht können wir telefonieren? Ich kann auch jederzeit nach Stuttgart kommen. Überlegen Sie bitte noch einmal. Beatrice.«

Also doch Beatrice Kant. Sie war eindeutig die Quelle. Und sie war das Ziel.

Er rief die Rezeption an.

»Haben Sie ein schnelles Auto? Ich brauche es heute Abend für ungefähr acht bis zehn Stunden.«

»Wir haben einen Autoverleih nebenan. Die haben einen Jaguar mit einer Dieselmaschine, der sehr schnell ist. Wäre Ihnen das recht, Herr Kühn?«

»Ja, das klingt gut.«

Es war mittags gegen dreizehn Uhr, als sie Beatrice Kant baten, jetzt für etwa ein, zwei Stunden in ihr Schlafzimmer zu gehen und sich auszuruhen.

»Wir schauen uns inzwischen noch einmal im Haus und im Garten um«, erklärte Müller. »Da brauchen wir dich nicht.«

»Ist gut. Was glaubt ihr denn, wann er kommt?«

»Ich habe ja schon gesagt, dass er mit Sicherheit nicht bei Tageslicht auftaucht«, antwortete ihr Svenja. »Er geht vermutlich davon aus, dass du den Butler im Haus hast und die anderen zwei Angestellten, also wird er eher nachts kommen.«

Sie hatten sich gemeinsam auf das Du verständigt, weil es Beatrice Kant anscheinend etwas ruhiger machte. »Du bist jetzt Teil des Teams«, hatte Müller es ein wenig überzogen formuliert.

»Also, dann verschwinde ich jetzt mal«, sagte sie. »Bis später.«

Sie ging nur zögerlich fort, fragte sich, was die beiden in Haus und Garten wohl Besonderes entdecken wollten. Aber gut, sie waren die Profis. Inzwischen hatte sie die beiden richtig gern, und das verstärkte ihren Wunsch, irgendwann ein normales Leben führen zu können.

»Erledigen wir zuerst den Garten«, bestimmte Svenja. »Der macht die meisten Probleme.«

»Er ist beschissen!«, bestätigte Müller. »So wirr!«

»Dazu kommt, dass Rogge darin gearbeitet hat. Ich wette, der kennt jeden Busch. Und das wird er ausnutzen.«

Also gingen sie über den großen Vorplatz durch den Kies und waren sich sicher, dass Rogge diesen Weg garantiert vermeiden würde: Man konnte keine zwei Schritte ungehört gehen. Die Frage war, ob er links oder rechts im Garten hochgehen würde.

»Machen wir erst mal die linke Seite vom Haus aus gesehen«, sagte Müller. »Wer übernimmt die?«

»Mache ich«, sagte Svenja. »Glaubst du, er würde im Zweifel auch die Angestellten hier töten?«

»Die Frage ist gottlob nur theoretisch. Aber ich bin mir sicher, dass er davor nicht zurückschrecken würde. Denk doch nur an die Kinder in Bogotá.«

Sie gingen nebeneinander das schmale Asphaltband durch die Mitte des Gartens hinunter und erreichten das große Tor, das nach Beatrice' Angaben nur ganz selten geschlossen wurde. Es lief auf Rollen und war eine drei Meter hohe Stahlkonstruktion, die in dieser sanften und sonnigen Landschaft gänzlich fremd und unnötig erschien.

»Was glaubst du, wie wird er kommen?«, fragte Svenja.

»Ich nehme an, er fährt von der Bundesstraße auf den mittleren asphaltierten Zubringer. Ich denke, er wird so weit den Berg hinauffahren, dass er nach dem blutigen Besuch hier das Auto schnell erreichen kann. Also wohl bis zum Tor.«

»Das glaube ich nicht. Ich denke, er wird versuchen, möglichst ungesehen an das Haus heranzukommen. Er wird es zu Fuß machen.«

»Von unten, von der Bundesstraße?«

Sie nickte. »Möglicherweise denkt er sogar daran, das Haus hinten hinaus zu verlassen, indem er einfach die Sicherungsanlagen ausschaltet. Er wird zu Fuß flüchten. Hinten gibt es ein Tor, das benutzt wird, wenn man schwere Lasten in das Haus oder in den Garten bringen will. Weißt du noch, wie Krause sagte: Er kommt langsam, er tötet schnell, er verschwindet langsam. Welchen Raum wird er deiner Meinung nach im Kopf haben, wenn er an Beatrice denkt?«

»Wahrscheinlich ihr Schlafzimmer«, überlegte Müller. »Da haben sie miteinander geschlafen.«

»Glaubst du, dass sie ihn hasst?«

»Nein, das glaube ich nicht. Mir scheint es fast, als wäre es immer noch eine Zeit mit ein paar guten Erinnerungen für sie.«

»Aber er hat ihren Mann ermordet!«

»Richtig. Aber die Entfremdung von ihrem Mann war zu dem Zeitpunkt schon unüberbrückbar. Sie wollte doch schon damals dieses verdammte Haus loswerden, sie hat es nie gemocht. Und ihren Mann ebenso wenig. Von Liebe ganz zu schweigen.«

»Also gut, gehen wir es an.«

»Glaubst du wirklich, wir müssen hier bis zwischen die Obstbäume kriechen, um ihn zu kriegen?«, fragte Müller.

»Nein, wahrscheinlich nicht. Aber ich will unter allen Umständen wissen, wie ich mich hier bewegen kann, falls er hier steckt. Und wie er sich bewegt, wenn er von hier aus auf das Haus zugeht. Was sieht er dann?«

»Zum Beispiel ihre Schlafzimmerfenster. Das sind die beiden links außen im Mittelteil, erster Stock. Sie lässt die Lampen heute an.«

Plötzlich ließ Svenja sich nach vorn fallen, brachte die Arme erst im letzten Moment vor den Körper und grinste dann zu ihm hoch. »Also von hier aus kann ich tagsüber etwa die halbe Strecke zur Bundesstraße unter Kontrolle haben. Nicht mehr als einhundertfünfzig Meter am helllichten Tag. Und nachts ist das sehr undeutlich, sehr schwammig. Mit anderen Worten: Du kannst hier unter den Obstbäumen auch mit restlichtverstärkten Gläsern bestenfalls vierzig Meter kontrollieren. Wenn er dunkel gekleidet ist, sieht man ihn sicher erst, wenn er auf zwanzig Meter heran ist, und das auch nur, wenn er sich bewegt. Wir sollten uns aus diesem Terrain raushalten, wir nehmen den Garten als Spielwiese.«

Sie gingen zurück zum weit geöffneten Stahltor und wollten sich gerade trennen, als ihre Handys sich meldeten.

Es war Sowinski.

»Wie weit seid ihr?«

»Wir prüfen gerade die Spielwiese«, antwortete Svenja. »Wir haben entschieden, dass wir den Garten kontrollieren wollen, nicht die vorgelagerten Obstplantagen. Das ist zu riskant.«

»Wie viele Leute sind denn unten auf der Bundesstraße?«, fragte Müller.

»Zwei«, sagte Sowinski. »Viel zu wenig, wenn Sie mich fragen. Sie sitzen in einem Wohnmobil in einer Einbuchtung der Straße und können von dort alle drei Wege überblicken. Ich schalte sie bei Einbruch der Dunkelheit automatisch auf Ihre Handys, bis dahin werden sie Sie anrufen müssen, falls was passiert. Wie hält sich Frau Kant?«

»Eigentlich ganz gut«, antwortete Svenja. »Ich habe selten eine Kapitalistin erlebt, die dermaßen stinkig auf ihr Kapital ist. Das macht einem einfachen Mädchen aus dem Proletariat doch wieder Mut.«

Sowinski lachte herzlich. »Ich habe auch etwas zum Mutmachen. Sie kennen ja beide die Petersens, die in der Eifel die von Rogge ermordeten CIA-Agenten gefunden haben. Die Amis dort können den Fall nicht verhandeln, weil die Liegenschaft deutsch ist. Aus dem Grund können sie den Fall aber auch nicht vertuschen! Jetzt ist da eine ganze Mordkommission durch das Tor eingedrungen und hat hektisch die Arbeit aufgenommen. Es ist also nur eine Frage der Zeit, wann die Medien sich darum kümmern und ...«

»Moment mal, gab es da nicht noch einen eisgekühlten Afghanen?«, warf Svenja ein.

»Genau!«, sagte Sowinski lachend. »Das muss man sich mal vorstellen: Die Ilka hat genau den richtigen Moment abgewartet, ist dann auf einen Beamten der Kommission zugegangen und hat dem verlegen verklickert, dass sie bei einer wilden Sauferei auf dem Hof des örtlichen Großbauern in einer Kühltruhe einen reizenden jungen Mann entdeckt hat. Sie habe das zunächst ihrem Suff zugeschrieben. Die weißen Elefanten des Delirium tremens eben. Inzwischen aber glaube sie, dass vielleicht doch was dran sei. Der Beamte hat sie angestarrt wie einen Alien und ist dann Hals über Kopf zum Hof gebraust. Und hat die Leiche entdeckt.«

»Und jetzt sitzen die Petersens in der Falle«, sagte Müller.

»O nein, die Petersens waren zu dem Zeitpunkt schon wieder auf dem Weg nach Berlin. Das war ihre letzte Amtshandlung in Sachen Eifel. Und der Chef überlegt jetzt, ob er ihnen irgendeine Tapferkeitsmedaille an die Brust heften kann. Auf jeden Fall sollten sie einen Oscar für das beste Provinzduo kriegen, das wir je hatten.«

»Dann richten Sie mal meine Glückwünsche aus«, sagte Svenja.

»Jetzt mal Spaß beiseite: Wie geht es Ihnen beiden?«

»Gemischt«, gab Müller Auskunft. »Aber wir arbeiten dran.«

Ehe Sowinski das Gespräch beendete, sagte er, was er gern sagte in solchen Fällen: »Ich bin bei euch.«

»Also gut«, sagte Svenja. »Ich nehme den linken Streifen, du den rechten. Wollen wir das durchspielen?«

»Das sollten wir auf jeden Fall.«

»Es ist ganz schön heftig in der letzten Zeit«, murmelte sie.

»Ja, wir sind geschafft. Wir gehören ins Bett. Oder besser noch: unter Palmen.«

»Lieber ins Bett«, grinste sie anzüglich.

Sie nahmen beide die extremste Außenlinie, die der

Garten an beiden Zäunen möglich machte, und hielten dabei genau alle zehn Schritte an, um festzustellen, ob sie den anderen sehen konnten oder nicht. Sie merkten sich alle Büsche und Bäume, die es notwendig machten, einen Halbkreis zu schlagen. Und immer wieder machten sie nach zwanzig Schritten den Versuch, bis an das schmale Asphaltband in der Mitte heranzukommen, ohne vom anderen gesehen zu werden. Auf diese Weise legten sie die etwa dreihundertfünfzig Meter hoch konzentriert zurück.

Sie brauchten beinahe eine Stunde für diese Aktion.

»Es folgt der Tanz im Haus«, sagte Svenja. »Mit Waffen?«

»Natürlich. Aber ich will zuerst mal einen Kanten Brot. Irgendetwas Einfaches.«

»Das gibt es hier bestimmt nicht.«

Beatrice hatte sie aufgefordert, sich in der Küche zu bedienen, deshalb sparten sie sich das Nachfragen. Sie fanden ein frisches Brot in einem Tontopf und Butter im Kühlschrank und trugen beides an den Tisch, den sie als Ausguck ausgewählt hatten und der genau in der Mitte des Hufeisens vor einer der Fenstertüren stand.

»Seelenschmiere«, sagte Svenja, während sie ein Stück Brot sehr dick mit Butter bestrich. Dann fragte sie unvermittelt: »Denkst du jetzt öfter an deine Mutter, seit du weißt, dass sie dement ist?«

»Ja, natürlich. Und dieser Toni ist für sie ein Glücksfall, glaube ich. Mir ist irgendwie klargeworden, dass ich meine Mutter kaum kenne, ich weiß fast nichts von ihr. Und das will ich ändern, verstehst du?«

Bevor Svenja antworten konnte, hörten sie Beatrice die Treppe herunterkommen. »Was habt ihr denn erobert?«

»Brot und Butter«, sagte Svenja. »Setz dich zu uns, wir teilen.«

Beatrice brach sich ein kleines Stück vom Brot ab und strich damit über die Butter.

»Darf ich mal was fragen?«

»Aber ja«, sagte Müller.

»Ich hab so was wie euch ja selten im Haus. Und ich habe von meinem Schlafzimmerfenster aus beobachtet, wie ihr im Garten zum Haus hin geschlichen seid. Warum macht ihr so etwas?«

»Es ist eine Art der Versicherung«, sagte Svenja. »Wir können dabei rausfinden, wie wir gehen müssen, wenn der Rogge kommt. Hinter welchem Busch er sich verstecken könnte. Und wie man ihn dann erreichen kann, ohne dass er einen sieht.«

»Ich verstehe. Und was habt ihr hier alles auf den Tisch gepackt?«

Svenja lächelte. »Sechs Handys, zwei kleine Lautsprecher, damit der andere mithören kann. Wir haben eine Direktschaltung zu einem Beobachter unten auf der Bundesstraße und eine ständige Schaltung in unsere Berliner Zentrale. Die können mithören, was hier läuft. Mithören kann auch ein Kollege in Stuttgart, der mit Moustafa und Christina Chaleb in einer Wohnung sitzt. Dann haben wir hier noch zwei Maschinenpistolen, die schlimm aussehen, die wir aber wahrscheinlich auch gar nicht brauchen. Zwei schwere Faustfeuerwaffen mit dem Namen Glock, die man am Gürtel trägt, dann zwei kleine flache Revolver, mit denen man in engen Räumen gut zurechtkommt, also zum Beispiel auf den Fluren hier. Dann noch zwei weitere Geräte, die wie Handys aussehen, die aber sieben Stunden lang alles aufnehmen, was hier in diesem Raum gesprochen wird. Deine Bürolampe noch, in die wir eine neue Birne eingesetzt haben, die ein spezielles Licht wirft, das mit dem bloßen Auge nicht zu erkennen ist, wohl aber mit diesen Stirnreifen hier, die wir um den Kopf tragen. Die Ferngläser daran sind restlichtverstärkt. Das heißt, wir sehen mit ihnen auch in vollkommener Dunkelheit. Rogge, wenn er denn kommt, sieht von außen gar nichts, obwohl wir dicht am Fenster sitzen.«

»Macht ihr so was eigentlich oft?«

»Nein, zum Glück nicht. Genau genommen ist das hier eine Premiere«, antwortete Müller. »Eigentlich sieht jeder Fall anders aus. Es gibt keine Rezepte, die überall funktionieren. Und so einen Haufen Waffen haben wir eigentlich nie bei uns.«

»Und hier im Haus wollt ihr jetzt also üben?«

»Weißt du bei jeder Tür hier, nach welcher Seite sie aufgeht?«, fragte Müller. »Oder wie weit genau eine Tür von der anderen entfernt ist? Und weißt du genau, was du siehst, wenn du eine Tür aufmachst? Und was du nicht siehst, weil es im toten Winkel liegt?« Er lachte. »Du weißt es nicht. Aber wir müssen es wissen. Das ist für uns schlicht der Unterschied zwischen Leben und Tod.« Dann senkte er schnell den Kopf, weil der letzte Satz unklug gewesen war.

Beatrice starrte Müller an und sagte beinahe verzweifelt: »Ihr beide seid doch nicht hierhergekommen, um zu sterben.«

Dann begann sie ganz still zu weinen.

»Mein Gott, Müller«, zischte Svenja und legte Beatrice tröstend den Arm um die Schulter.

»Vielleicht hatte der Operationsleiter Recht. Vielleicht wäre es besser, wenn ...« Müller schämte sich ein wenig.

Es war ein Punkt heftigen Streites gewesen, ob man Beatrice Kant sicherheitshalber aus ihrem Haus ausquartieren sollte, bis Sebastian Rogge gefasst war. Sowinski war dafür gewesen, Esser unschlüssig, Krause strikt dagegen, weil er glaubte, Rogge sei ein misstrauischer Mann, der Fallen sofort roch.

»Es ist doch so, dass wir Frau Kant unbedingt im Spiel lassen müssen, damit die Falle perfekt ist. Wir nehmen an, er kommt in der Nacht, um sie zu bestrafen oder zu töten. Er wird am Fuß des Hügels stehen, und er wird die Lichter im Haus sehen. Gehen wir von dem wahrscheinlichsten Szenario aus. Er steht da in der Nacht, sieht, wie Beatrice noch einmal Licht macht, durch die Räume im Erdgeschoss und ersten Stock wandert, dann in ihr Schlafzimmer geht und sich hinlegt. Das kann man nicht türken, das würde ihm sofort auffallen. Wir können keine Pappkameradin aufbauen. Lasst sie mitspielen und in einen absolut sicheren Raum gehen, in den er nicht eindringen kann. Und vergesst nicht, ein wirklich perfektes Szenario zu bauen. Also: auch Lichter in den Fenstern der Angestellten.«

»Ich habe schlechte Nerven«, schluchzte Beatrice. »Tut mir leid.«

»Nein, das war einfach eine dumme Bemerkung von mir«, sagte Müller betreten.

»Wir bringen das jetzt in Ruhe hinter uns«, sagte Svenja resolut. »Aufregen können wir uns hinterher.« Gleichzeitig wusste sie, dass das letztendlich dummes Gerede war.

»Also gut. Wiederholen wir noch einmal: Wir steuern über Fernbedienung die Lichter in den Zimmern der Angestellten. Rogge steht unten am Tor, er lässt sich Zeit. Er sieht dich, wie du in diesem Raum das Licht löschst, dann das Licht in der Küche, das man durch eine offene Tür sieht. So gehst du weiter in dein Schlafzimmer, immer als verlöschende Lichtspur. Dort machst du das Deckenlicht an, damit er dich sieht. Dann dein Schlaflicht. Aber du kommst schnell im Dunkeln runter in den Keller und ab in den Heizungskeller. Du schließt beide Stahltüren hinter dir ab. Ist das so weit klar?«

»Ja«, sagte sie leise.

»Und du steckst dir diesen Knopf ins Ohr«, sagte Müller. »Wir können dich hören und du uns. Es reicht, wenn du flüsterst. Du bist keine Sekunde allein. Wollen wir das nochmal üben?«

»Das wäre vielleicht gut«, sagte Beatrice mit kläglicher Stimme.

Sie übten drei Durchgänge lang, es dauerte fast eine Stunde, aber Beatrice hielt erstaunlich gut durch und machte keine Fehler.

Es gab vier hausinterne Wandtelefone, die automatisch freigeschaltet wurden, sobald jemand einen der Hörer abnahm. Einer war in Beatrice' Schlafzimmer, ein zweiter neben der Küche, ein dritter an einer Wand im Keller neben dem Eingang zum Schwimmbad, der vierte in der Wohnung des Butlers. Beatrice nahm jeden Hörer bis auf den letzten ab und fragte deutlich: »Ist da jemand?« Alles klappte reibungslos. Sie absolvierte ihr Programm, ging hinter die beiden Stahltüren vor dem großen Heizungsraum und schloss ab.

Dann machten sich Svenja und Müller auf ihre Reise durch das Haus. Sie merkten sofort, dass die Faustfeuerwaffen brauchbar waren, nicht aber die Maschinenpistolen. Sie waren zu klobig und zu schwer, und sie hatten den Nachteil, dass sie beide Hände erforderten, was ihre Bewegungsfreiheit erheblich einschränkte. Die Waffen hatten auch noch einen weiteren Nachteil: Es machte Lärm, wenn man sie irgendwo auf den Boden legte. Also deponierten sie an einzelnen Punkten kleine Sofakissen, um die Waffen geräuschlos ablegen zu können.

Um zwanzig Uhr baute sich im Westen eine schwarzblaue Wolkenwand auf, eine halbe Stunde später kamen die ersten wütenden Böen, dann rauschte der Regen. Schließlich knallte sogar Hagel herunter. Das Gewitter schien genau über diesem Berg zu stehen.

»Das wird eine Schlammschlacht«, sagte Svenja seufzend.

»Hält uns jung«, sagte Müller und grinste schief.

Beatrice versuchte ein wenig Spott: »Endlich ist mal was los hier in dem Bau.«

Nach etwa einer Stunde hatte sich das Wetter wieder beruhigt, und die Wolken segelten davon. Die Luft wirkte wie gereinigt. Sie öffneten drei der hohen Fenstertüren.

»Soll ich uns noch was zu essen machen? Das Brot war doch ein bisschen wenig«, sagte Beatrice.

»Das wäre gut«, nickte Müller. »Aber nur eine Kleinigkeit und nichts Warmes.«

»Und keinen Tisch decken«, bestimmte Svenja. »Warte, ich gehe mit.«

Sie waren übereingekommen, Beatrice Kant nirgendwo in dem großen Haus allein zu lassen.

Um kein Klischee auszulassen, gab es echten Kaviar auf Käsecrackern mit hartgekochten Eiern.

»Du kriegst das Ganze mit Leberwurst«, sagte Svenja. »Kaviar gibt es nur für die Gebildeten.«

»Danke, das ist lieb.« Müller konnte Kaviar nicht ausstehen.

Nach dem Imbiss zogen Svenja und Müller sich um. Sie kleideten sich schwarz, schwärzten auch ihre Gesichter. Sie setzten die Stirnbänder mit den Spezialgläsern auf, drückten sich die Stöpsel in die Ohren und legten einen Brillenhalter an, in den ein Mikrofon integriert war, dessen Mundstück dicht am Mund saß. Um den martialischen Eindruck ein wenig zu dämpfen, sagte Svenja zu Beatrice: »Ich weiß, wir sehen aus wie Karnevalisten, aber der Spuk wird schnell vorbei sein.«

Um 23:55 Uhr meldete sich der Posten auf der Bundesstraße. »Wir nehmen an, er ist es. Ein silberner Jaguar mit Stuttgarter Kennzeichen. Er rauscht jetzt zum vierten Mal hier vorbei. Nach den Fotos ist es unser Mann.«

»O Gott«, rief Beatrice und wollte aufspringen.

»Immer mit der Ruhe«, sagte Svenja schnell und legte ihr eine Hand auf die Schulter. »Wir fangen mit der Show erst an, wenn er das Auto verlässt und auf dem Grundstück ist. Also keine Hektik.«

»Er kommt jetzt zum fünften Mal aus dem Dorf heraus in Richtung Freiburg, er fährt in Höhe des Grundstücks extrem langsam, er ist gut zu erkennen. Er trägt dunkle Kleidung. Nein, er hält wieder nicht an, sondern gibt etwas Gas und verschwindet.«

»Berlin!«, sagte Müller. »Der Tanz geht los.«

»Ich bin bei euch«, sagte Sowinski seinen Spruch auf.

»Macht es gut, meine Lieben«, sagte Esser gut gelaunt.

»Er kommt jetzt zurück«, meldete der Posten an der Straße. »Diesmal fährt er rein. Auf dem asphaltierten Weg. Er fährt, Moment mal ... er fährt höchstens zwanzig Meter. Jetzt hält er. Er rührt sich nicht.«

Es dauerte mehr als zehn Minuten, bis die nächste Meldung kam.

»Jetzt steigt er aus. Er sieht sich um, er macht alles auffallend langsam. Er geht los, auch langsam. Er bleibt nicht auf der kleinen Straße, er verschwindet zwischen zwei Baumreihen. Wir verlieren ihn jetzt. Ende.«

»Bleib ganz ruhig«, sagte Müller zu Beatrice. »Svenja und ich gehen jetzt in die äußersten Ecken dieses Raumes. Wir sind am Boden und von außen nicht sichtbar. Du bleibst hier im Zimmer. Du bist sichtbar. Du gehst hin und her, du richtest hier was und da was. Du bist ganz gelassen dabei. Wenn du willst, kannst du ein Handy am Ohr haben und mit irgendwem telefonieren. Wenn wir den Rogge unten am Tor feststellen, geben wir dir Bescheid, und du spulst in Ruhe dein Programm ab. Ist das klar?«

»Ja, alles klar«, sagte sie. »Ich könnte mit einer Freundin sprechen.« Das kam sehr zaghaft.

»Tu das. Und wir verschwinden mal«, sagte Svenja gelassen. »Ich werde mit dir flüstern, wenn es weitergeht.«

Sie verschwanden nicht wirklich, sondern legten sich an der ersten und sechsten Fenstertüre auf den Boden und starrten mit ihren Spezialgläsern hinaus in die Nacht.

»Jetzt habe ich dich aus dem Bett geholt«, plapperte Beatrice los. »Das tut mir wirklich leid, aber wir haben schon so lange nicht mehr telefoniert. Wie geht es dir denn so?« Sie machte es wirklich gut, ging beim Sprechen hin und her, wie Menschen, die nichts zu tun haben außer klatschen. Sie trug einen Teller in die Küche, kam wieder zurück, brachte dann ein Glas in die Küche, setzte sich einmal kurz auf einen Stuhl. Sie kicherte, sie blödelte. Das Einzige, was ihr nicht gelang, war ein Lachen.

Nach einer Viertelstunde sagte Svenja: »Er steht im Tor, genau in der Mitte.«

»Ich sehe ihn«, sagte Müller. »Aufmerksames Kerlchen.«

»Er kommt jetzt auf deiner Seite hoch«, sagte Svenja. »Beatrice, jetzt lösch mal das Licht.«

»In Ordnung«, sagte sie zittrig und beendete schnell ihr Telefonat.

»Spul es ganz in Ruhe ab, wie wir es geübt haben«, sagte Svenja. »Und denk daran, du bist mit uns verbunden, wir hören jeden Laut von dir. Verlier das Mikro nicht.«

Das Licht im großen Raum erlosch, dann das Licht in der Küche, dann das im Treppenhaus.

»Wir gehen jetzt raus«, sagte Müller. »Ab durch die Mitte.«

Sie hasteten ins Treppenhaus, von dort in den Keller, nahmen den Gang zum Schwimmbad und kamen an die Treppe zum Garten. Dort trennten sie sich.

Müller lief um das Haus herum und kam zwischen den Büschen seitlich davon heraus. Er blieb stocksteif stehen und kontrollierte seinen Atem. Dann sah er Svenja gegenüber am anderen Zaun stehen und sah auch, wie sie sich abduckte und dann sechs Meter weiter neben einem blühenden Busch wieder auftauchte.

Müller dachte: Sie ist verdammt gut.

Über ihnen ging das Licht in dem Raum neben Beatrice' Schlafzimmer an. Er konnte ihren Schatten sehen, der auf den Vorhängen zitterte. Auch die Lichter in den Apartments der Angestellten brannten.

Es sah aus, als käme Rogge direkt auf ihn zu, aber dann hielt er plötzlich inne, nahm den Weg quer über das schmale Asphaltband und war auf Svenjas Seite. Er bewegte sich vollkommen lautlos.

»Schon kapiert«, hauchte sie.

Müller sah, wie sie sich eng am Zaun auf den Boden legte, und ganz unvermittelt fühlte er eine große Zärtlichkeit für sie. Er ging in die Hocke und sah Rogge, der sich ungefähr auf Svenjas Höhe erneut dem Asphaltweg näherte.

Er wechselt wieder, er will die totale Kontrolle, dachte Müller. Er selbst bewegte sich ganz vorsichtig aus der Hocke hoch in den Stand. So konnte er im Zweifelsfall schneller starten.

In Beatrice' Zimmer ging das Deckenlicht an, einen Moment später das Licht am Bett. Dann erlosch das Deckenlicht.

Rogge stand eine Weile mitten auf dem Zubringer und beobachtete das Haus vollkommen bewegungslos. Dann drehte er sich wieder nach rechts und nahm den Weg auf

Svenjas Seite mit zwei Schritten. Dort blieb er stehen und starrte auf das Haus.

»Bei dir«, hauchte Müller.

»Okay«, kam es zurück.

Rogge stand jetzt zwischen Svenja und dem Hauptbau, er war eigentlich genau da, wo sie ihn haben wollten.

Müller sah, wie Svenja sich vom Haus eng am Zaun entlang wegbewegte, sie war jetzt hinter Rogge.

Rogge ging langsam weiter auf das Haus zu, es wirkte wie extreme Slowmotion, wie die Bewegungen eines Roboters: ein Schritt, stehen bleiben, umsehen, wieder ein Schritt.

Das Licht im Apartment des Butlers ging aus, kurz darauf verlosch auch das Licht in einem anderen Angestelltenzimmer. Ein Licht brannte noch.

Er will die Treppe in den Keller nehmen, dachte Müller. Aber wieso? Er hat keinen Schlüssel.

Er sah, wie Svenja sich jetzt wieder auf das Haus zubewegte.

Dann beobachtete er, wie Rogge vorsichtig an den Glaswänden des Schwimmbades entlangschlich.

»Was will er da?«, flüsterte Svenja.

»Um das Haus herum?«

»Geht doch gar nicht.«

Es stimmte, von dort aus konnte Rogge das Haus nicht umrunden. Er war jetzt auf der Innenseite des Hufeisens, da, wo das Gebäude in den Mittelteil überging. Was wollte er da nur?

Svenja ging auf den schlammigen Boden herunter und schob sich ganz langsam auf Rogge zu. Er war jetzt ungefähr vierzig Meter von ihr entfernt.

Dann war er auf einmal verschwunden. Zuerst dachte Müller, er hätte sich besonnen und suche einen anderen Weg. Aber das konnte nicht sein. Wo war er?

Plötzlich traf Svenja ein Schwall schwüler Luft, vermischt mit starkem Chlorgeruch. »Er ist im Haus«, hauchte sie. »Er ist drin.«

Müller musste den Drang unterdrücken, einfach loszuspurten. Er überquerte das Asphaltband und kam in Svenjas Gartenstreifen an. Er bewegte sich schnell auf sie zu.

»Scheiße!«, zischte sie wild. »Er ist drin. Er hatte einen Schlüssel für die Glaswand.«

»Wir gehen rein«, sagte Müller.

Sie bewegten sich jetzt schnell. Rogge hatte hinter den Rhododendronbüschen die Glaswand ein Stück aufgeschoben, weit genug, dass er hindurchpasste. Sie hörten ihn nicht mehr.

»Ich rechts«, flüsterte Svenja. Das hieß, sie kontrollierte ab sofort die rechte Seite des Weges, Müller die linke. Sie trugen jetzt in jeder Hand eine Waffe, beide waren entsichert. Sie liefen hintereinander, Svenja voran.

Dann hörten sie Rogge plötzlich sprechen, und sie waren für den Bruchteil einer Sekunde verwirrt. Mit wem redete er?

Er stand am Fuß der Treppe nach oben und sprach in den Hörer des Innentelefons: »Erinnerst du dich daran, dass du mich immer nass haben wolltest, wenn ich hier unten war? Du hast immer gesagt: Trockne dich nicht ab, das machen wir im Bett.« Seine Stimme war in dem sicher zwanzig Meter langen Kellergang erstaunlich laut.

Er machte eine Pause.

»Ich komme jetzt, meine Liebe, ich komme jetzt hinauf zu dir. Ich komme, dich zu strafen.«

In dem Moment fing Beatrice im Heizungskeller an zu schreien. Es klang zunächst gedämpft, wurde aber immer lauter. Sie war nun eindeutig zu orten.

»Ah, du hast dich verkrochen!«, sagte Rogge. »Sieh mal an. Du hast wohl geahnt, dass ich komme.«

409

Dann war er mit zwei schnellen Schritten an der ersten stählernen Tür und versuchte sie aufzuziehen. »Du hast dich also eingeschlossen! Du Verräterin, du Dreckshure!«

In seiner Rechten hielt er eine schwere Faustfeuerwaffe. Müller schätzte, dass es eine Neun-Millimeter-Glock war, aber genau war das nicht auszumachen.

Rogge machte keinen Fehler, er hielt die Waffe nicht schräg zum Schloss, sondern senkrecht darauf und schoss zweimal.

In dem langen Gang detonierten die zwei Schüsse mit ohrenbetäubendem Lärm wie eine gewaltige Sprengladung.

Rogge zerrte mit aller Gewalt an der Türklinke. Er setzte seinen linken Fuß gegen die Tür und zog dann mit einem Ruck. Sie sprang auf.

»So, gleich bin ich bei dir«, hörte Müller ihn mit mühsam unterdrückter Erregung sagen.

Er fragte sich, warum Rogge nicht das Licht einschaltete. Und noch während er darüber nachdachte, drückte Rogge auf den Schalter.

»Down!«, sagte Svenja leise und scharf.

Um eine Verblitzung der Augen zu vermeiden, schoben sie beide ihre Spezialgläser von den Augen.

Rogge stand breitbeinig da und sah sie an. Er hatte die Situation sofort begriffen: Er machte ein paar Schritte auf sie zu und eröffnete das Feuer.

Svenja schob sich schnell in einen Kellerraum, in dem nur Altpapier gestapelt war. Müller verschwand nach rechts hinter einem Pfeiler.

Es herrschte Stille, durchdringende Stille.

Dann begann Beatrice wieder panisch zu schreien. Das Schreien ging schnell in ein Wimmern über.

»Es ist alles okay«, sagte Svenja laut. »Er kommt nicht an dich heran.«

Rogge schoss wieder in den Gang. Diesmal feuerte er drei Schüsse ab. Und er war clever genug, sofort das Magazin zu wechseln. Nahezu lautlos machte er drei, vier schnelle Schritte.

»Jetzt«, sagte Svenja, stürmte in den Gang und warf sich auf die Knie. Müller war sofort über ihr.

Aber Rogge war verschwunden.

»Treppe rauf«, flüsterte Svenja.

»Ich gehe! Du gehst raus.«

»Okay.« Svenja drehte sich um und verschwand lautlos.

Müller war mit wenigen Schritten an der Treppe, die nach oben führte. Er kam mit einer plötzlichen Bewegung um die Ecke, beide Waffen hoch in den Händen.

Nichts.

»Rogge ist oben im Haus«, sagte er ins Mikro.

»Okay, verstanden. Kein Ausweg für die Ratte.« Sie hatte die Spezialgläser wieder vor die Augen geklappt.

»Er wird todsicher an den Tisch gehen, auf dem unsere ganze Elektronik flimmert und unser Zeug liegt«, sagte Müller, und seine Stimme klang ruhig und fest.

»Dann hat er zwei Maschinenpistolen«, stellte Svenja ebenso ruhig fest.

»Das kann eng werden.« Müller hatte jetzt die Hälfte der Kellertreppe hinter sich.

»Ich sehe ihn«, sagte Svenja leise. »Er steht am Tisch, vor unserem Kram.«

»Ich komme durch die Küche. Ich greife an ... Jetzt!« Er war mit drei langen Schritten im großen Raum und schoss mit beiden Waffen.

Aber Rogge war nicht mehr zu sehen. Alles, was er hörte, war ein unterdrücktes Lachen, und plötzlich kam vom Fußboden eine Garbe der Maschinenpistole, es hämmerte laut und dröhnend.

Die Geschosse jagten durch den kleinen Flur vor der Küche, aber Müller lag längst auf dem Boden und drückte sich in einen toten Winkel.

Dann war es still. Sehr still.

Mit einem scharfen Knistern erlosch die Verbindung zwischen Svenja und Müller. Rogge hatte die Geräte abgestellt. Es herrschte der totale Blackout.

»Du kommst nicht weit!«, sagte Müller laut. »Du bist ein mieser Krieger, mein Freund. So einen wie dich kann man nur verachten.«

Rogge reagierte nicht.

Ich muss ihn angreifen, dachte Müller. Ich muss ihn dazu bringen, zu schießen, sich zu bewegen. Ich sollte versuchen zu flippern.

Niemand konnte mehr sagen, wer diesen Begriff geprägt hatte. Es handelte sich dabei um eine lebensgefährliche Schießübung. Geschossen wurde in äußerster Schräglage auf einem harten Boden. Müller flipperte. Die Kugeln jagten wie Hornissen durch den Raum, prallten auf den Marmor, sprangen wieder hoch. Sie waren absolut unberechenbar.

Müller hechtete nach vorn in den großen, dunklen Raum, rollte sich ab, kam sehr nah an die Fenstertüren heran und schoss dabei ununterbrochen.

Dann entdeckte er Rogge. Er stand rechts von ihm, vor einer Sitzecke, brachte sofort die Maschinenpistole in Anschlag und begann zu feuern.

Svenja brach mit lautem Klirren in den Raum, sie war durch eine der geschlossenen Glastüren gesprungen. Rogge stand im gleißenden Mündungsfeuer seiner Waffe wie in einem Lichtspot.

Svenja schrie, während sie mit beiden Waffen auf ihn

feuerte. Ihre Schreie waren hoch und gellend und kamen immer näher.

Mein Gott, dachte Müller verzweifelt, blieb aber am Boden liegen.

Dann fiel Rogge. Er sackte langsam nach vorn, kämpfte vergeblich dagegen an. Schließlich war er auf den Knien. Nur wenige Sekunden später gaben seine Muskeln ganz auf, und er knallte auf den Boden.

»Müller?«, fragte Svenja in die Stille hinein.

»Ja, hier.«

»Bist du ...?«

»Nein, alles okay. Nur eine Schramme am Arm. Kannst du mal Licht machen?«

Svenja tastete sich zum Schalter vor, und der Raum wurde hell. Sie sahen, dass Rogge eigentlich keinen Kopf mehr hatte.

»Wo ist die Schramme?«

»Hier oben, ist nicht so wild«, sagte er. »Du warst richtig gut.«

Sie stand da und starrte Rogges leblosen Körper an. Und plötzlich rannte sie auf ihn zu und holte mit dem Bein aus, um ihn zu treten.

»Svenja!«, brüllte Müller. »Er ist tot.«

»Er war so ein Schwein«, sagte sie und weinte.

Gleich am nächsten Tag mussten sie ein unangenehmes Gespräch im BND über sich ergehen lassen.

»Rogge wurde von zweiundzwanzig Kugeln getroffen, sechs davon waren tödlich«, sagte Krause sachlich.

Müller und Svenja schwiegen.

»Wie lebt man damit?«

»Ich hatte keine Wahl«, antwortete Svenja. »Er hätte erst Müller und mich erschossen und dann Beatrice.«

»Vielleicht warst du es ja gar nicht«, warf Müller ein. »Vielleicht waren das ja auch meine Kugeln. Wie dem auch sei: Rogge war ein Typ, der niemals aufgegeben hätte, der hätte bis zum bitteren Ende weitergemacht. Es ging nicht anders.«

»Ich verstehe. Dann musste es wohl so sein.« Krause sah sie forschend an. »Und Sie beide kommen beim Psychologen auf die Couch. Das ist ein Befehl.«

Nun lagen sie dicht nebeneinander in der Stille, bis Svenja irgendwann sagte: »Jetzt möchte ich eine rauchen.«

»Hier gibt's keine Zigaretten«, sagte Müller.

»O mein Gott, bin ich platt«, flüsterte Svenja. »Ich bin sozusagen impotent.«

»Das könnte ich noch nicht mal mehr buchstabieren. Und meine Mutter muss ich auch noch besuchen.«

»Hast du Angst gehabt?«

»Ja. Um dich. Und wie!«

»Bleibt irgendwas Gutes?«

»Ja, wir leben«, sagte er. »Das ist doch schon mal was. Und Rogge wird nicht weitermorden.«

»Und Maras Familie hat wieder eine Zukunft. Hast du Angst um deine Mutter?«

»Klar. Sie reist ins Nirvana, und ich kann ihr nicht folgen.«

»Das möchte ich aber auch hoffen, dass du ihr vorerst nicht dahin folgst.«

»Ob Beatrice es wohl schafft?«

»Ich denke schon, sie ist zäh. Wenn sie erst mal dieses furchtbare Haus verscheuert hat, kann sie einen neuen Start machen.«

Er griff nach ihrer Hand.

»Ich hätte wirklich gern eine Zigarette«, sagte Svenja.

»Im nächsten Leben!«, antwortete Müller.

Dann schliefen sie ein.

Mit Bestsellern reisen
Für unterwegs immer das richtige Buch!

Großes Gewinnspiel mit attraktiven Buchpaketen

Machen Sie mit! Im Internet unter
www.heyne.de/reisen-und-lesen-Bestseller

Teilnahmeschluss ist der 13. Mai 2011

Viel Glück wünscht Ihnen Ihr
Wilhelm Heyne Verlag

Eine Teilnahme ist nur online unter
www.heyne.de/reisen-und-lesen-Bestseller
möglich. An der Verlosung nehmen
ausschließlich persönlich eingesandte
Antworten teil. Mehrfacheinträge (manuell
oder automatisiert) sind nicht zugelassen.
Der Rechtsweg ist ausgeschlossen.

HEYNE <